KB111694

그녀만 있으면
완벽한 남자 2

그녀만 있으면
완벽한 남자2

초판 1쇄 인쇄일 2017년 04월 21일
초판 1쇄 발행일 2017년 04월 27일

지은이 | 고지영
펴낸이 | 김기선

편집장 | 김은지
편집부 | 임종성, 박지은, 김지현, 정미정

펴낸곳 | 와이엠북스(YMBOOKS)
출판등록 | 2012년 7월 17일 (제382-2012-000021호)
주소 | 서울시 도봉구 노해로 379, 802호(창동, 대성빌딩)
전화 | 02)906-7768 / **팩스 |** 02)906-7769
E-mail | ymbooks@nate.com

ISBN 979-11-322-4141-6 04810
ISBN 979-11-322-4139-3 (set)

값 9,000원

YMBOOKS
ROMANCE STORY

그녀만 있으면 완벽한 남자

고지영 장편소설

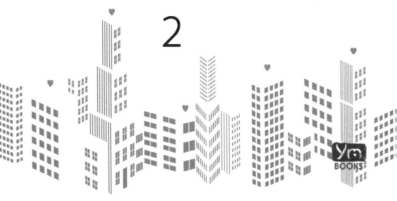

2

Ym
BOOKS

차 례

22. 완벽하게 자각하다

사장실 안으로 들어온 진이 피곤해 보이는 얼굴로 한숨을 내쉬었다. 이를 본 하렴이 불안한 표정을 지으며 물었다.

"필립은?"

"로열 가장 꼭대기 층에서 쉬고 있어."

그의 대답에 하렴의 눈썹이 살짝 구겨졌다.

"거긴 내가 제일 아끼는 곳이잖아."

"알아. 하지만 필립이 거기 아니면 싫대."

"하아……. 또 시작이군."

필립은 하렴을 처음 만난 스무 살 때부터 줄곧 하렴의 물건에 욕심을 내곤 했었다. 이유는 모른다. 그냥 무조건 하렴의 것이라면 빼앗고 보았다. 친구든 애인이든 주변 사람이든 집이든 만년필이든.

하지만 단 하나, 그가 뺏을 수 없는 게 있었다. 그건 바로 마크 회장의 관심과 사랑.

하렴이 아직 십 대일 때 마크 회장을 처음 만났는데, 그때 마크 회장은 하렴의 총명함과 센스에 반해 성인이 될 때까지 그를 후원했다. 마크 회장은 단순히 학비만 지원한 것이 아니라 유명 인사들을 만나게 해주거나 회사 경영 수업도 받을 수 있게 해주었다. 그야말로 하렴을 자신의 아들처럼 돌보았던 것이다. 주변 사람들이 필립이 아니라 하렴이 막내아들 같다고 할 정도였으니까.

그 때문에 필립이 하렴을 경계하게 된 건 어찌 보면 아주 당연한 일이었다. 그래서 하렴의 물건에 욕심을 내는 걸지도 모른다. 하지만 십 년이 지난 지금 필립은 미국 도미호텔 본사의 주요 인사이고 하렴은 겨우 한국 도미호텔의 대표일 뿐이다. 결국 피가 물보다 진했던 것이다.

아무리 도미호텔 차기 경영 대표 후보로 이름을 올리고 있는 하렴이라지만, 그건 어디까지나 소문일 뿐. 결국 도미호텔의 경영자 자리에 자신의 것은 없을 거라는 걸 하렴은 어렴풋이 알고 있었다. 그러니 이제 자신을 그만 경계해도 될 텐데, 필립은 이번에도 차빈을 건드림으로써 하렴의 신경을 긁어놓았다.

그때 진이 하렴의 신경을 더욱 자극하는 말을 던졌다.

"그리고 차빈 씨 전화번호 알려달래서 알려줬어."

"뭐? 형, 미쳤어?"

하렴은 순간적으로 자리를 박차고 일어났다. 거기서 그치지 않고 버럭 소리를 치자 진은 억울하다는 표정을 지었다.

"그럼 어쩌냐? 감히 회장 막내아들 말을 거역해? 일개 월급쟁이가?"

"그놈이 어떤 놈인지 잊은 거야? 완전 여자한테 환장한 놈이라고!"

"알아. 하지만 차빈 씨는 현명하고 똑똑하니까 알아서 잘 처리할 거야."

"걔가 현명하고 똑똑한 건 형보다 내가 더 잘 알아. 하지만 걘 여자야!"

"뭐?"

생각지도 못한 하렴의 대꾸에 진은 순간 멈칫했다.

"걔 팔이랑 다리 봤어?"

갑작스런 하렴의 질문에 진은 정색하며 고개를 저었다.

"내가 그걸 왜 봐? 본 적 없어."

"잘못 건드리면 부러질 것 같단 말이야. 게다가 보통 애들보다 키도 작고 체격도 작아서……."

"너 대체 무슨 소릴 하는 거야?"

진이 결국 그의 말을 이해할 수 없다는 표정과 어투로 물었다. 하렴이 또 버럭 목소리를 높였다.

"필립이 힘으로 어떻게 해버리면 어쩔 건데!"

"설마 그렇게까지 하겠어?"

필립이 아무리 개망나니여도 마크 회장의 아들이었다. 교양이며 상식이며 수업 받은 게 남들하고 레벨이 다른데, 그런 몰상식한 짓을 할 리가 없지 않은가. 하지만 하렴은 진과 같은 생각이 아닌 모양이었다.

"필립한테 빨리 전화 좀 해봐."

하렴이 진을 향해 서늘하게 말하자 진은 서둘러 휴대폰을 꺼내 들었다. 그리고 곧바로 필립에게 전화를 걸었다. 하지만 그는 전화를 받지 않았다.

"안 받아."

"그럼 이차빈한테 해봐."

그런데 차빈 역시 전화를 받지 않았다.

"……안 받아."

"그럼 필립 방에 해봐."

잠시 후 진은 침통한 표정으로 고개를 저었다.

"젠장!"

쾅- 책상을 내려친 하렴은 그대로 사장실을 박차고 나왔다.

호텔 엘리베이터를 타고 꼭대기 층으로 올라간 하렴은 단숨에 로열 스위트룸의 문 앞까지 달려갔다. 그러고는 잽싸게 지갑 안에서 카드 키를 꺼냈다. 곧 문에서 잠금 해제되는 소리가 나자 하렴은 그 문을 벌컥 열어젖혔다.

"……!"

그의 시야로 바닥에 누워 있는 차빈과 그 위에 덮치듯 엎드려 있는 필립의 모습이 들어왔다. 게다가 필립은 샤워가운 차림이었다. 눈앞에 펼쳐진 광경에 하렴은 이성의 끈이 끊어져버렸다.

"저 미친 자식이……!"

냅다 안으로 달려 들어간 하렴이 필립의 어깨를 덥석 잡아채고는 그대로 주먹을 날렸다.

퍽- 그 때문에 필립의 몸이 바닥을 나뒹굴었다. 그러나 하렴은 거기서 멈추지 않았다. 그가 바닥에 널브러진 필립의 멱살을 잡아챈 다음 살기를 담아 말했다.

"너 이게 무슨 더러운 짓이야?"

입안이 터진 듯 필립의 입가에 피가 묻어났다. 그 상태로 필립은 씨익 미소를 지었다.

「오해야, 해리.」

오해? 하렴이 순간 멈칫하자 필립이 샤워가운 소매로 피 묻은 입가를 닦으면서 말을 이었다.

「무섭게 왜 이래, 해리? 뭔가 큰 오해를 한 것 같은데…….」

"오해는 무슨……!"

얼굴에 비릿한 웃음을 단 채 말하는 필립에게 하렴은 다시 주먹을 휘두르려고 했다. 그런데 그 순간 어느새 몸을 일으킨 차빈이 다급하게 그의 팔을 붙잡았다.

"맞아요. 오해예요."

하렴의 팔을 꽉 잡은 채 차빈이 단언했다. 이 때문에 하렴이 그녀를 쳐다보자 그녀가 빠르게 말을 이었다.

"사실은 필립이 욕실에서 넘어져서 허리를 다쳤거든요. 그래서 제가 부축하고 나오다가 힘이 달려서 같이 넘어진 거예요. 그뿐이에요."

말을 마친 차빈이 하렴의 팔을 놓고 넘어져 있는 필립에게로 몸을 숙였다.

「괜찮으세요?」

「아니. 나 더 아파진 것 같아, 베이비.」

자신을 걱정하는 차빈을 향해 필립은 울상을 지었다. 그러고는 허리에 손을 얹으며 앓는 소리를 냈다. 안타까운 표정을 지은 차빈이 고개를 확 돌려 하렴에게 소리쳤다.

"애기도 제대로 안 들어보고 다짜고짜 왜 그래요, 정말?"

"……."

하렴은 표정 없는 얼굴로 아무 말도 하지 않았다. 그런 그를 보며 필립은 기세등등해졌다. 이내 필립이 당당한 표정으로 목소리를 높였다.

「막무가내로 사람을 때리다니, 미친 거야? 이번 일에 대한 보상은 꼭 받아내고 말겠어.」

"……."

이번에도 하렴은 아무런 대꾸도 하지 않았다. 굳어진 얼굴로 가만히 있던 그가 잠시 후 드디어 입을 열었다.

「필립.」

「왜?」

필립이 바닥에 넘어져 있는 상태 그대로 고개를 뻣뻣하게 쳐들었다. 그 순간 하렴이 한국어로 말했다.

"네 엉덩이 쪽에 바퀴벌레 있어."

"뭐? 어디, 어디?"

하렴의 말을 들은 필립이 자리에서 벌떡 일어났다. 그러고는 방정맞게 폴짝폴짝 뛰었다.

난리를 피우는 필립의 모습을 지켜보던 차빈의 입이 점점 크게 벌어졌다. 방금 엄청난 일이 두 가지나 일어났다. 필립은 방금 한국어를 이해하고 한국어로 말했다. 그리고 허리를 다쳐 부축을 받아야 했던 사람이 토끼처럼 폴짝폴짝 뛰기까지 한다.

"한국어……? 아니, 그보다 허리 아픈 거 아니었어요?"

놀란 차빈이 어리둥절한 목소리로 묻자 자리에서 폴짝폴짝 뛰던 필립이 움직임을 딱 멈췄다. 그의 입에서 한탄 섞인 음성이 튀어나왔다.

"아아……."

차빈은 지금 이 상황이 너무 황당했다. 자신은 저 거짓말쟁이에게 한 번도 아니고 두 번도 아니고, 무려 세 번이나 속은 것이다. 그 순간 하렴이 피식 웃으며 굳어진 필립을 향해 말했다.

"고급스런 우리 호텔에 벌레 따위 있을 리가 없잖아?"

"너 이 자식……."

필립이 두 눈을 부라리며 노려보자 하렴은 어깨를 으쓱했다.

"네가 잘하는 거짓말, 나도 한번 해본 것뿐이야."

필립은 자신의 귀여운 외모를 이용해서 사람을 홀리는 재주가 있다. 게다가 언변도 훌륭해서 거짓말도 진실처럼 들리게 한다. 하지만 결국 거짓은 거짓이다. 그게 하렴의 눈에는 다 보인다.

"차빈이 속았다고 나도 속을 것 같냐?"

필립은 조금 분한 듯한 표정을 지었지만, 끝내 아무 말도 하지 못했다. 그에게서 시선을 거둔 하렴이 차빈을 향해 고개를 확 돌렸다.

"야, 이차빈."

차빈이 겁먹은 눈동자로 그를 쳐다보자 하렴이 다시 입을 열었다.

"내가 분명히 조심하라고 경고했지? 모든 상황이 다 수상한데, 그걸 속냐, 넌?"

그의 눈을 피해 차빈은 얌전히 시선을 내렸다. 하렴이 말을 이었다.

"잘 들어. 내가 다 설명해줄게. 필립은 일부러 내가 제일 아끼는 방에 묵는다고 했고, 샤워가운을 입은 채 너를 불렀어. 나는 두 사람이 함께라는 걸 진을 통해서 짐작하게 되었고, 결국 여기까지 달려왔지."

실수 한 번 없이 하렴은 청산유수로 말을 쏟아냈다. 이는 그가 얼마나 화가 나 있는지 잘 알 수 있는 부분이었다.

"그사이 필립은 너에게 부축해달라고 하다가 너와 함께 넘어졌어. 나한텐 마침 애용하는 방이라 카드 키가 있었고 난 그걸로 문을 열고 들어왔지. 그때 두 사람은 내 눈앞에서 넘어져 있었고."

하렴의 말을 들을수록 차빈의 얼굴은 하얗게 질려갔고 필립의 표정은 덤덤해져갔다.

"이게 과연 전부 다 우연일까?"

"……."

세 사람 사이에 적막이 흘렀다. 그때, 필립이 두 손을 들어 박수를 짝짝짝 쳐서 적막을 깼다.

"역시."

필립은 과장되게 감탄한 표정을 지으며 하렴 쪽으로 성큼성큼 걸어왔다.

「해리는 똑똑해. 그래서 우리 아빠가 널 좋아하나 봐.」

말을 하면서 필립은 태연하게 샤워가운 끈을 고쳐 맸다. 그러고는 생글생글 웃는 얼굴로 말을 이었다.

「문 열리기 전에 넘어지려고 내가 얼마나 타이밍을 조절한 줄 알아?」

필립의 말에 차빈은 뒤통수를 세게 얻어맞은 듯한 기분이 들었다.

"허- 말도 안 돼."

어안이 벙벙해서 차빈은 이 이상 아무 말도 할 수가 없었다. 그때 하렴이 그녀를 돌아보며 말했다.

"내가 왜 너한테 휴가까지 줬는지 이제 알겠지?"

차빈은 그저 멍하니 고개를 끄덕였다. 그런 그녀의 팔을 향해 하렴이 손을 뻗었다.

"나가자."

차빈의 손목을 덥석 잡은 하렴이 그대로 걸음을 옮기려다가 뭔가 생각난 듯 발을 멈췄다. 곧 그가 차빈을 돌아보며 짧게 말했다.

"먼저 나가 있어."

차빈이 불안해 보이는 눈동자로 그를 올려다보았다. 하렴이 빠르게 덧붙였다.

"3분이면 돼."

그래도 차빈이 망설이는 듯 보이자 하렴은 싱긋 미소를 지었다.

"정말 딱 3분이면 돼. 나도 이 자식이랑 단둘이 3분 이상 있기 싫으니까."

결국 차빈은 먼저 밖으로 나갔다. 그녀가 나간 후 하렴은 필립을 향해 가까이 다가섰다. 그러곤 그의 앞에서 팔짱을 꼈다.

「내가 이런 치사한 짓은 안 하려고 했는데, 회장님께 전부 보고드려야겠어. 네가 한국까지 와서 내 사람을 건드렸다고.」

「애석하지만, 그건 우리 아빠한텐 꽤 익숙한 일이라 타격이 없을 거야, 친구.」

필립이 뱉은 마지막 단어가 마음에 안 든다는 듯 하렴은 눈썹을 구겼다.

「친구? 지금 이 상황에 친구 소리가 나오냐, 넌?」

「난 네가 내가 가져다주는 온갖 역경을 극복하고 멋지게 성장

하길 바라거든. 이보다 좋은 친구가 또 어디 있겠냐?」

능글능글하고 뻔뻔한 태도로 일관하는 필립 때문에 하렴은 울컥 화가 치밀었다.

다음 순간 하렴은 질렸다는 표정으로 몸을 돌렸다. 그러다 아직 하지 못한 말이 생각난 듯 다시 몸을 틀었다.

「마지막으로 경고하는데……..」

「……?」

하렴이 필립을 노려보며 살벌한 음성으로 말을 이었다.

「저 여자, 다신 손대지 마. 안 그러면 진짜 죽여버릴 거야.」

그런 다음 하렴은 미련 없이 가버렸지만, 남겨진 필립은 그의 뒷모습에서 시선을 떼지 못했다.

하렴은 번번이 자신한테 뭔가를 빼앗기면서도 늘 감정을 억제하던 녀석이었다. 그건 자신이 은혜를 입은 마크 회장의 아들이기 때문이었을 것이다. 그랬던 그가 지금은 자신을 죽이겠다고 말하고 있다.

필립은 지금 이 상황이 너무 재미있어서 견딜 수가 없었다. 곧 그의 입가에 매력적인 미소가 걸렸다.

"안녕?"

출근하자마자 사장실로 들어온 차빈은 하렴보다 필립을 먼저 봐야 했다. 사장실 소파에 천진난만한 얼굴로 앉은 그는 이제 아주 자유롭게 한국어로 이야기를 하고 있었다.

"들어봐, 차빈. 나 어젯밤에 거의 십 년 만에 엄마 꿈을 꿨어."

"아, 네."

상사의 말을 무시할 순 없어서 차빈은 짧게 맞장구를 쳤다. 솔직히 그녀는 이 거짓말쟁이와 더는 이야기를 나누고 싶지 않았다. 하지만 그는 그녀와 생각이 다른 것 같았다.

"있잖아, 내가 거짓말을 잘하게 된 것도 다 우리 엄마 탓이야."

차빈의 무관심한 표정에도 아랑곳 않고 필립은 계속 재잘거렸다. 이에 차빈은 책상에 앉아 있는 하렴을 향해 도와달라는 눈빛을 보냈지만 그는 신문에서 시선을 떼지 않고 있었다.

"우리 엄만 내가 아프다고, 다쳤다고 거짓말을 하면 날 보러 와 줬거든."

"……그것도 거짓말이죠?"

필립의 말에 동정심이 든 차빈이 흔들리는 눈빛으로 그에게 물었다.

"이건 진짠데. 그치, 해리야?"

소파에 앉은 필립이 억울하다는 표정으로 하렴을 돌아보며 그의 동조를 구했다. 하지만 돌아온 건 차디찬 한마디뿐이었다.

"나가."

여전히 신문에서 시선을 떼지 않고 있는 하렴과 의심의 눈초리를 보내고 있는 차빈을 번갈아 쳐다보면서 필립은 한숨을 내쉬었다.

「하아, 양치기소년이 이렇게 억울했겠구나.」

영어로 혼잣말을 하는 필립의 표정이 정말 억울해 보였기에 차빈은 슬쩍 그의 눈치를 보았다. 그때 그녀와 눈이 마주친 필립이 다시 입을 열었다.

"우리 엄마가 한국 혼혈인 건 말했나? 그래서 내가 한국어를 말할 수 있는 거야."

"아, 정말이요?"

결국 차빈의 입에서 놀란 목소리가 튀어나왔다. 그 목소리를 들은 하렴이 마침내 신문에서 시선을 떼면서 말했다.

"그걸 또 믿냐? 한국여자 꼬시다 한국어가 느는 것뿐이야."

그 말에 차빈은 씁쓸한 미소를 지었다. 또 속을 뻔했네.

이를 본 필립이 펄쩍 뛰며 하렴에게 말했다.

"그치만 해리, 넌 알잖아? 우리 엄마 한국 혼혈인 거."

"알지만 관심 없어. 꺼져."

"차가운 놈."

하렴의 냉정한 태도에 필립은 마음이 상한 듯 입술을 삐죽거렸다. 그러더니 이내 차빈에게 고자질하듯이 말을 시작했다.

"저놈은 스무 살 때도 저랬거든? 근데 이상하게 여자들한테 인기가 많았어. 얼굴은 나보다 못생겼는데 말이야."

그때 잠자코 듣고 있던 하렴이 갑자기 자리에서 일어서더니 당당하게 두 팔에 팔짱을 꼈다.

"수영을 해서 네놈보다 몸이 좋았으니까."

"그래. 다들 네 몸에 혹한 거지."

"맞아. 다들 네 돈에 혹했듯이."

두 사람이 서로를 노려보기 시작하자 차빈은 중간에서 어쩔 줄을 몰랐다. 불현듯 하렴이 크게 한숨을 내쉬고는 먼저 입을 뗐다.

"근데 넌 일도 안 할 거면서 한국엔 대체 왜 왔냐?"

"너 괴롭히러 왔지."

필립의 얄미운 대답에 하렴은 혀를 차면서 다시 자리에 앉았다.

"많이 괴롭혔으니까 이제 그만 좀 꺼져라."

"그래. 알았어."

웬일로 순순히 대답하는가 싶더니 필립은 소파에서 일어나 문 앞에 서 있는 차빈에게 다가갔다.

"나가자, 차빈."

그는 이렇게 말하며 차빈의 손목을 덥석 잡았다. 그걸 본 하렴이 눈썹을 확 구겼다. 그러나 하렴의 표정을 못 본 건지 안 본 건지 필립은 그대로 차빈을 데리고 사장실을 나갔다.

사장실을 나오자마자 차빈은 필립의 손을 떼어냈다. 그녀를 미소 띤 얼굴로 쳐다보면서 필립이 말했다.

"아무래도 해리가 차빈을 좋아하는 것 같아."

"네?"

엄청난 말을 아무렇지도 않게 하는 필립 때문에 차빈은 어안이 벙벙했다. 이 사람, 대체 무슨 소릴 하는 거야?

"말도 안 돼요."

그의 말을 차빈은 도저히 믿을 수가 없었다.

"그럼, 우리 한번 확인해볼까?"

갑작스런 필립의 제안에 차빈은 두 눈을 크게 뜨며 되물었다.

"확인이요?"

"응. 솔직히 차빈도 궁금하지?"

"아, 그건……."

그렇지만.

"궁금한 얼굴인데, 뭐. 나는 있잖아, 농담이 아니라 솔직히 해리를 좋아해. 하지만 싫어하기도 하지."

차기 경영자 후보라는 하렴과 회장 막내아들인 필립. 필립의 아버지가 예뻐하는 하렴과 하렴이 존경하는 회장의 아들인 필립.

"애증의 관계라는 거군요."

하렴과 필립의 어려운 관계가 조금은 이해가 되는 순간이었다.

"맞아. 그래서 난 해리한테서 시선을 뗄 수가 없어. 뭐든지 궁금하고 신경 쓰여. 솔직히 나는 지금 해리가 차빈을 좋아하는지 아닌지 신경 쓰여 죽겠어."

이렇게 말하는 필립의 눈동자에선 반짝반짝 빛이 나고 있었다.

"차빈이 할 건 아무것도 없어. 아니, 딱 하나 있다. 퇴근 후에 반드시 휴대폰을 꺼둘 것. 이것만 하면 돼."

차빈은 순간 망설여졌다.

'이 거짓말쟁이 말을 들어야 하나?'

하지만 차빈은 그가 무슨 짓을 할지 궁금하긴 했다. 아니, 더 솔직히 말하면, 하렴이 정말 자신을 좋아하는지 너무 궁금했다.

지하에 있는 바(bar)로 들어서자마자 하렴은 단번에 필립을 찾아냈다.

「여기까지 왜 불러낸 거야?」

그가 필립이 앉아 있는 자리로 다가서면서 퉁명스럽게 말했다. 필립이 고급스러운 바의 정경과 무척 잘 어울리는 슈트 차림의 하렴을 감탄하듯 올려다보았다.

「어서 와. 앉아.」

「싫어. 빨리 할 말이나 해. 그거 들으러 온 거니까.」

하렴의 강경한 태도에 필립은 어쩔 수 없다는 듯 그를 지그시 보면서 말을 시작했다.

「나 말이야, 진심으로 차빈이 좋아진 것 같아.」

「뭐?」

순간 하렴이 눈살을 찌푸리며 필립을 노려보았다.

「거짓말하지 마.」

하지만 필립은 동요 없는 평온한 얼굴로 말을 이었다.

「나 사실 네가 한국으로 간 후에도 너에 대한 관심을 놓지 않고 있었어. 그래서 계속 너에 대한 보고를 받고 있었지. 그런데 두 달에 한 번 꼴로 비서를 갈아치우던 네가 이번 비서는 꽤 오래 곁에 두더라? 경력도 없고 엘리트도 아닌 비서를 말이야. 그래서 조사를 좀 했지. 대단한 건 없었지만 생긴 게 귀엽더군. 호텔 근처에서 마주쳤을 때 단번에 알아봤어. 그런데 차빈은 내 예상보다 훨씬 더 귀엽고 순수한 여자더라.」

필립이 잠시 말을 끊고 하렴을 향해 수줍은 미소를 지었다.

「나 아무래도 반한 것 같아.」

달콤한 필립의 표정과는 반대로 하렴의 표정은 점점 일그러지고 있었다.

「그래서 차빈을 미국으로 데려갈까 해.」

"미쳤냐?"

순간적으로 하렴의 입에서 한국어가 튀어나왔다. 그러나 이번에도 필립은 별 동요 없이 자신의 말을 이었다.

「내가 미친 것 같아? 하지만 가능할걸? 인사이동이야 내 말 한마디면 가능한 거고, 차빈도 미국으로 가고 싶다고 말했어. 아무래도 그녀의 커리어를 생각하면 한국보단 미국이 나을 테니까.」

"거짓말하지 마. 안 믿어."

하렴의 입에서는 계속 한국어가 나오고 있었지만 정작 본인은 그걸 깨닫지 못하고 있었다.

「그래. 믿건 안 믿건 네 자유니까. 하지만 그녀하고는 이미 이야기가 다 된 거야. 참고로 내일 새벽 비행기로 떠나기로 했어. 정식 발령은 아니고, 비자 때문에 조만간 다시 들어오긴 할 거야.」

"말도 안 돼. 걔가 나한테 말도 없이 그럴 리가 없어."

「너한테는 내가 대신 보고한다고 했거든. 그러면서 오늘 밤엔 전화기를 꺼두라고 했어. 혹시라도 너한테 전화 받고서 흔들리면 안 되니까.」

"……진심으로 하는 얘기야, 너?"

하렴의 눈동자가 많이 흔들리고 있었다. 그의 표정을 지그시 응시하면서 필립이 진지하게 말했다.

「못 믿겠으면 차뷘한테 전화해봐.」

하렴은 곧바로 차빈에게 전화를 걸었다. 하지만 그녀의 휴대폰은 꺼진 상태였다. 순간 하렴은 머릿속이 새하얘지는 기분이었다.

잠시 후 그는 휴대폰을 손에 쥔 채 자리에 털썩 앉았다. 믿고 싶진 않지만 불행히도 자신은 필립을 잘 안다. 한다면 하는 녀석이다. 그만한 힘과 재력, 고집이 있는 놈이니까. 하렴이 절망에 찬 시선을 아래로 떨군 순간 필립이 담백한 어조로 말했다.

「표정이 꼭 사랑하는 여자를 놓친 표정 같네.」

필립의 목소리에서 조롱을 느낀 하렴이 급히 시선을 들어 올렸다. 그와 눈이 마주친 필립이 나직하게 물었다.

[혹시 차빈 좋아해?]

하렴의 두 눈동자가 크게 흔들리자 필립은 진지한 목소리로 말을 이었다.

[확실하게 말해봐. 네가 진짜 차빈을 좋아하는 거라면, 절대 안 데려갈게.]

물론 필립은 자신이 차빈을 좋아하든 안 좋아하든 데려갈 놈이다. 하지만 어쩐지 지금은 진실을 말해야만 할 것 같았다.

하렴이 입을 열었다.

늦은 밤, 차빈은 휴대폰을 손에 쥔 채 불안한 얼굴을 하고 있었다.

'필립은 도대체 무슨 일을 꾸미고 있는 걸까? 이대로 그를 믿고 있어도 되는 걸까?'

일단은 필립의 말 때문에 휴대폰을 꺼둔 상태이긴 하지만 찜찜한 기분을 영 떨쳐낼 수가 없었다.

'아무래도 안 되겠어.'

차빈은 결국 꺼져 있던 자신의 휴대폰 전원을 다시 켰다. 그런데 그 순간 전화가 걸려왔다.

Rrrrrr.

깜짝 놀라 서둘러 전화를 받았다. 발신자는 그녀가 익히 잘 알고 있는 남자였다.

"여보세요? 사장님?"

-너 뭐야? 왜 연락이 안 돼?

"아아, 그게, 그냥 잠깐 꺼뒀는데요…….."

대충 얼버무리려는 그녀의 말을 자르며 하렴이 급히 물었다.

-너 진짜 미국 갈 거야?

"네?"

생뚱맞은 그의 질문에 차빈은 어안이 벙벙했다. 그녀가 대답할 말을 찾고 있던 그 순간 하렴이 빠르게 말했다.

-일단 만나서 얘기하자.

"아, 네. 그럼 내일 뵙겠습니다."

차빈은 그가 내일 회사에서 만나서 얘기하자고 하는 줄 알았다. 그런데 그 순간 하렴이 코로 웃었다.

-내일? 웃기지 마. 지금 집 앞이야. 나와.

이 늦은 시간에 자신의 집까지 찾아온 하렴 때문에 차빈은 혼비 백산 상태였다. 일단 그녀는 완벽하게 민낯인 얼굴을 커버하기 위해 급하게 비비크림을 바르고 립글로스를 칠했다. 그런 다음 곧바로 민트색 외투를 입으면서 밖으로 나갔다.

대문을 열자마자 그 앞에 슈트 차림의 하렴이 보였다. 차빈은 외투의 앞섶을 여미며 빠른 걸음으로 그에게 다가갔다.

"필립이 뭐라고 말했는진 모르겠는데, 저 미국 안 가요, 절대."

"응. 필립도 널 데려가지 않겠다고 약속했어."

하렴의 표정이 너무도 진지했기에 차빈은 순간 당황했다.

"네? 필립하고 그런 약속을 왜 해요? 제가 절대 안 갈 건데."

그녀의 황당해하는 표정을 본 하렴은 그제야 정신이 번쩍 드는 것 같았다.

"……나 또 당한 거구나, 그놈한테."

나지막한 하렴의 혼잣말에 차빈은 어이없어하면서 입을 열었다.

"네, 무슨 말을 했든 다 거짓말이에요. 필립이 하는 말의 억양만 들어도 거짓말인지 아닌지 아는 분이 대체 왜 속은 거예요?"

얼마 전 스위트룸에서 필립이 한 거짓말들도 다 꿰뚫어 본 그가 아니던가. 그녀에게 하렴은 아무런 대꾸도 하지 않았다. 차빈이 계속 말했다.

"필립보다 절 더 믿었어야죠. 제가 그렇게 당신한테 믿음을 못 줬나요?"

"……응."

하렴의 짧은 대답에 차빈은 울컥 마음이 상했다. 아직도 자신은 그에게 그런 믿음 하나 주지 못하는 존재란 말인가. 그동안 함께한 기간이 결코 짧지 않은데도 말이다.

"나는 네가 불안해."

차빈은 늘 그에게 최선을 다했다고 생각했다. 하지만 정작 본인이 그걸 느끼지 못했다면 아무 의미가 없는 일 아닌가. 침울한 표정을 짓는 차빈을 보며 하렴이 말을 이었다.

"그러니까 내 시야에서 사라지지 마."

"……!"

차빈은 심장이 쿵 내려앉는 것만 같았다. 두 눈을 크게 뜨는 그녀를 바라보며 하렴이 나직하게 말했다.

"나는 네가…… 좋은 것 같으니까."

차빈의 눈동자가 크게 흔들렸다.

'나를 좋아한다고?'

눈앞에서 직접 들은 말이었지만 그녀는 도저히 믿을 수가 없었다. 흔들리는 차빈의 눈동자를 보면서 하렴은 방금 전 필립과 있었던 일을 떠올렸다.

『확실하게 대답해. 네가 진짜 차빈을 좋아하는 거라면, 절대 안 데려갈게.』

심장은 세차게 뛰어대고 있는데 아이러니하게도 몸 안의 피는 차갑게 식는 기분이었다. 그래서 정신이 또렷하게 맑아졌다.

「나는…….」

두어 달 전부터 차빈만 보면 토할 것같이 속이 울렁거렸었다. 가볍게 지나가는 증상이라 여겼었지만 그때부터 이상하게 시윤이란 놈만 보면 속이 뒤집어질 것같이 불편했고 필립이 그녀를 덮치고 있는 걸 본 순간에 이성적인 생각이 불가능할 정도로 화가 났었다. 지금 역시 필립이 그녀를 데려간다고 생각하니까 이성적인 생각이 불가능하다.

「……좋아해.」

왜 이제야 깨달은 걸까. 나는 좋아하고 있었던 거구나.

그 순간 하렴은 '무지(無知)'라는 것이 얼마나 편하면서도 무서운 것인지를 깨달았다.

아무것도 몰랐다면 이 감정이 가지는 무거움도 괴로움도 알 수 없었을 테니 얼마나 편할 것이며, 또 한편으론 끝까지 몰랐다면 결국 잃고 나서야 그 소중함을 알았을 테니 얼마나 무서운 것이란 말인가. 하지만 한 번 알아버리면 되돌릴 수 없다. 그러니 자연스럽게 따라오는 이 감정의 무게도 견뎌내야만 한다.

「차빈을 절대 잃고 싶지 않아.」

무엇보다 자신은 지금 그녀가 없으면 안 된다. 그녀가 곁에 없다는 상상을 하는 것만으로도 머릿속이 새하얘져서 바보가 될 것만 같았다.

「좋아. 약속대로 그녀를 데려가진 않을게. 근데 해리 너…… 그런 얼굴도 할 줄 아는구나?」

하렴이 필립의 마지막 말을 상기하고 있던 그때, 차빈이 황당하단 어조로 말했다.

"사장님, 지금 무슨 소릴 하시는 거예요?"

하렴은 가로등 불빛을 받아 불그스름한 그녀의 놀란 얼굴을 담담히 마주했다.

"조, 좋은 것 같다니요, 무슨 그런 소릴……."

"실제로 내 감정이 그래."

지금 이 순간 하렴은 그 어느 때보다 진지했다.

"저도, 저도 사장님 좋아해요. 사장님은 은근히 다정하시고……."

차빈이 더듬더듬 자신의 말을 시작했다. 하지만 정신이 카오스 상태라 순조롭게 말을 이어가지는 못했다. 그때 하렴이 그녀의 말을 자르며 입을 열었다.

"나는 네가 필립한테 깔려 있었을 때 그 녀석을 죽이고 싶었을 정도로, 네가 그 녀석과 떠난다고 생각하니까 머릿속이 하얘질 정도로, 네가 좋아."

저질러버렸다. 이보다 직접적이고 이보다 강렬할 순 없는 고백을. 하렴은 삼십 평생 해본 적도 없고, 차빈은 받아본 적도 없는 그런 고백을 말이다.

순간 차빈은 얼굴이 화악 달아오르는 것을 느꼈다. 그건 하렴 역시 마찬가지인 듯했다.

"얼굴이 후끈거리니까 일단, 먼저 갈게. 잘 자."

하렴은 뒤도 안 돌아보고 곧바로 자신의 차를 향해 달려갔다.

"사, 사장님?"

급하게 가버리는 하렴의 차에서 시선을 떼지 못하면서 차빈은 두 손을 들어 자신의 입을 가렸다.

'이게 뭐야, 대체 뭐냐고. 지금 도대체 무슨 일이 벌어진 거야?'

어리둥절해하던 차빈은 불현듯 휴대폰을 들고 필립에게 전화를 걸었다. 그러면 이 모든 상황을 아주 잘 알고 있을 것이다.

"여보세요? 필립?"

곧바로 필립의 밝은 목소리가 들려왔다.

-차빈? 축하해!

"축하? 저는 이게 대체 무슨 상황인지 전혀 모르겠어요."

-뭘 몰라? 해리가 고백 안 했어? 차빈을 좋아한다던데?

"했어요, 했는데……."

-그럼 됐잖아. 아, 혹시 해리가 사귀자고는 안 한 거야? 그럼 키스는? 키스도 안 했겠네?

필립의 화끈한 표현에 차빈은 또다시 얼굴이 달아오르는 것만 같았다.

"그, 그런 걸 어떻게 해요? 안 했어요."

-하긴. 그 녀석이 인기는 많은데 은근히 숙맥이라 연애를 잘 못하긴 하지. 여자랑 길게 만나는 꼴을 못 봤거든, 내가.

그의 말을 들으면서 차빈은 손으로 부채질을 시작했다. 초겨울인데 왜 이리 덥담.

그때 전화기 너머 필립이 장난기 가득한 목소리로 말했다.

-보아하니 아직 사귀는 건 아닌 모양이네. 우리 해리 좀 빨리 받아줘. 내가 보기엔 차빈도 해리 좋아하니까.

차빈은 깜짝 놀라 하던 손부채질을 멈췄다. 고작 며칠 같이 있었던 사람한테 그를 좋아하는 걸 들키고 말았다.

나란 인간이 허술한 거니, 이 남자가 대단한 거니, 아니면 신하렴이 둔한 거니.

-나 너무너무 재미있는 걸 봐버려서 오늘은 진짜 꿀잠을 잘 것 같아.

지금 필립의 목소리는 여태껏 한 번도 들어본 적 없는, 들뜨고 신난 목소리였다.

-굿나잇, 차빈.

"……굿나잇, 필립."

전화는 끊어졌지만 차빈은 아직도 얼떨떨한 기분이었다.

'신하렴이 날 좋아한다고? 대체 왜? 내 어디를? 어머머?'

차빈은 출근길에 집 앞에 서 있는 시윤을 발견하고 발을 멈췄다. 그는 두 손을 뒤로 감추듯 선 채 차빈을 향해 인사했다.

"누나, 좋은 아침이에요."

말쑥한 차림으로 서 있는 시윤을 바라보며 차빈은 곤란한 표정을 지었다.

"나 출근해야 되는데."

"잠깐이면 돼요."

시윤은 뒤에 감추고 있던 것을 차빈의 앞으로 내밀며 말했다.

"이거 선물이에요."

그가 내민 것은 모서리에 리본이 붙은 작은 상자였다. 그것을 내려다본 차빈의 얼굴이 딱딱하게 굳어졌다.

"전부터 주고 싶었던 건데, 누나가 연락이 잘 안 돼서……."

"미안."

시윤을 향해 차빈이 냉정하게 말했다.

"난 받을 수 없어."

그런 다음 그녀는 그대로 시윤을 스쳐 지나갔다. 하지만 시윤은 거기서 포기하지 않고 차빈을 따라가 그녀의 팔을 잡아챘다.

"누나!"

몸을 홱 돌린 차빈이 미간을 살짝 찡그리며 말했다.

"전에도 말했지만, 나 그 사람 좋아해."

하지만 시윤은 물러서지 않았다.

"누나 언젠간 그 사람한테 상처받을 거예요."

"아니. 안 받을 거야. 그리고 설사 받는다 해도 상관없어."

차빈의 태도는 흔들림 없이 강경했다. 시윤이 그녀의 팔목을 놓지 않고 더욱 꽉 잡으며 말했다.

"나, 누나 포기 못해요."

"나도야. 그 사람 포기 못해."

차빈 역시 팔에 힘을 주면서 강한 어조로 말했다. 그런 다음 모질게 시윤의 손을 떼어냈다.

"누나……."

시윤의 얼굴이 울 것처럼 일그러졌다. 하지만 차빈은 그를 향해 냉정하게 선언했다.

"우리 이제 다신 보지 말자."

내가 좋아하는 건 신하렴이니까. 이제야 그도 나를 좋아하게 된 것 같으니까. 나는 이제 신하렴만 볼 거다.

실망 가득한 표정이 된 시윤을 두고 차빈은 다시 등을 돌렸다. 그때 시윤이 그녀의 등에 대고 말했다.

"서정이 누나가 내일 또 그 사람 만날 거라고 했어요."

"……그래도 상관없어."

차빈은 발을 멈춘 채 차갑게 내뱉었다.

"나는 그 사람이 좋아."

다음 순간 그녀는 걸음을 떼고 앞으로 걸어갔다. 멀어지는 그녀의 뒷모습을 보면서 시윤은 복잡한 표정을 지었다.

사장실 앞에 섰는데 묘한 긴장감이 밀려왔다.

"후우……."

심호흡을 한 차빈이 사장실 문에 노크를 하려던 순간 뒤에서부터 손이 훅 들어오더니 그녀의 팔목을 낚아챘다.

"차빈, 안녕?"

갑자기 나타난 필립이 그녀의 팔을 잡아끌었다.

"아침 회의 있지? 같이 가자."

"네? 전 사장님을 모시고 가야……."

"내가 더 직급 위인 거 잊은 거야, 차빈?"

곤란해하는 차빈을 엘리베이터 앞까지 끌고 가면서 필립이 짓궂게 말했다.

"날 더 모셔야지."

결국 차빈은 필립을 데리고 국제회의실로 향해야 했다.

잠시 후, 국제회의실 상석에 앉은 필립이 자신의 옆자리 의자를 빼내며 차빈을 올려다보았다.

"여기 앉아, 차빈."

"아, 네."

자리에 앉자마자 차빈은 비서용 휴대폰으로 하렴에게 전화를 걸려고 했다. 하지만 그 순간 필립이 그게 뭐냐며 빼앗아 가버렸다. 그리고 그것을 한참 동안 가지고 놀았다.

곧 회의실 안으로 임직원들이 하나둘씩 모이기 시작했고 얼마 안 있어 하렴도 무서운 얼굴을 한 채 회의실 안으로 들어왔다.

"안녕, 해리?"

자신의 자리에 앉아 있는 필립과 그 옆의 차빈을 번갈아 쳐다보며 하렴은 나직하게 한숨을 내쉬었다.

"좋은 말로 할 때 일어나……."

"회의 시작하시죠. 제가 오늘 마지막 날이라 무지 바쁘거든요."

필립이 하렴의 말을 자르며 회의실 직원들을 향해 말했다. 곧바로 회의실 안의 불이 꺼지자 하렴은 어쩔 수 없다는 듯 차빈의 옆자리에 앉았다.

회의가 시작되고 한국 도미호텔의 내년 상반기 기획안 및 부산 지점 개관에 관한 보고를 듣고 있던 필립이 갑자기 회의용 마이크를 잡았다.

-「으음. 솔직히 미국 본사에서는 한국 도미호텔에 큰 기대를 걸지 않고 있습니다. 20년 동안 보여준 게 있어야 말이죠.」

아침 일찍부터 회의실에 모인 수십 명의 임직원들을 향해 던진 냉정한 돌직구였다. 회의실 분위기가 침울해지는 것을 가만히 지켜보던 필립이 이내 싱긋 미소를 지었다.

-「하지만 신하렴 사장한테는 큰 기대를 걸고 있어요. 그는 언젠간 우리 도미호텔 경영의 한 축이 될 대단한 남자니까.」

"쟤 왜 저래."

차빈의 옆에서 하렴이 불안하단 뉘앙스로 말을 뱉어냈지만 차빈은 어떤 대꾸도 할 수가 없었다. 어젯밤 그의 고백이 생각나서 하렘의 얼굴을 똑바로 쳐다볼 수조차 없었던 것이다. 회의 분위기와 상관없이 차빈의 심장은 계속 두근거렸다.

-「그런데 얼마 전에 한국 도미호텔이 한국 호텔 브랜드지수 2위를 했다더군요? 본사에서는 그 부분을 대단히 아쉽게 생각하고 있습니다. 하지만 이 역시 신하렘 사장이 반년 안에 반드시 1위로 올려줄 거라 믿고 있습니다.」

"역시. 저 말이 본심이었군."

계속 이어지는 필립의 말에서 본론을 읽어낸 하렘이 쓰게 웃었다.

결국 필립을 보낸 건 나에게 압박을 가하기 위함이었군.

잠시 후 회의가 끝나고, 필립은 직원들에게 마지막 인사를 전했다. 그의 인사에 차빈이 제일 아쉬워했다.

"벌써 돌아가시는 거예요?"

"응. 인천에 있는 할머니 댁에 가야 할 것 같아서. 할머니한테 들렀다가 미국으로 돌아가야 하니까 우린 여기서 마지막 인사를 해야 할 것 같아."

복도로 나오자마자 필립은 제일 먼저 하렘에게 성큼성큼 다가갔다.

"나 간다니까 아쉽지?"

하렘은 무척 귀찮다는 표정으로 그를 쳐다보았다.

"잘 가라. 다신 오지 말고."

하렘의 시큰둥한 대꾸를 필립은 장난스럽게 받아쳤다.

"에이, 맘에도 없는 소리 하지 말고."

"나는 맘에도 없는 소릴 못해. 할 줄을 몰라."

"똑똑하니까 그런 것도 좀 배우면 좋을 텐데, 그치?"

"아니. 난 괜찮아. 이런 인생도 살 만해."

"그런 너랑 엮이는 남 생각은 안 하니?"

그렇게 두 사람은 한동안 으르렁거리며 서로를 노려보았다. 얼마 안 있어 하렘에게 질렸다는 듯 필립이 먼저 물러섰다. 그가 차빈을 돌아보며 마지막 인사를 건넸다.

"차빈도 안녕. 잘 있어."

"네, 조심히 가세요."

"아, 그리고⋯⋯."

필립은 잠시 뜸을 들이더니 헛기침을 한 번 하고는 작은 목소리로 속삭이듯 말했다.

"우리 해리한테 잘해줘. 안 그러면 내가 나의 모든 빽과 힘을 동원해서 차빈을 괴롭힐 거니까."

그 순간 차빈은 확실히 느꼈다.

아아, 역시 이 사람은 사장님을 싫어하는 것보단 좋아하는 쪽에 가깝구나.

"나 로비까지 배웅해줄 거지?"

필립의 부탁으로 세 사람은 로비로 향하는 엘리베이터의 앞에 섰다. 곧 엘리베이터가 도착하자 그 안으로 하렘과 차빈, 필립 순으로 올라탔다. 그런데 마지막으로 올라탄 필립이 갑자기 차빈의 양어깨를 덥석 잡았다.

"⋯⋯?"

차빈의 두 눈이 동그래지는 순간 필립이 고개를 숙이더니 그녀의 입술에 키스를 했다.

"야!"

하렴이 필립을 향해 버럭 소리를 질렀다.

"내 마지막 인사."

잽싸게 입술을 뗀 필립이 차빈을 향해 찡긋 윙크를 날렸다. 그 순간 하렴이 우악스런 손길로 그의 어깨를 잡아챘다. 하지만 필립은 아랑곳 않고 얼굴 가득 얄미운 미소를 띠었다.

"미안. 내가 너보다 먼저 차빈과 키스를 해버렸네?"

그런 그를 죽일 듯이 노려보면서 하렴이 입을 열었다.

"신이 나서 어쩔 줄 몰라 하는 상황인 것 같은데, 소금 좀 뿌릴게."

"응? 소금? salt?"

무슨 뜻인지 몰라 계속 생글거리는 필립을 향해 하렴이 서늘하게 말을 이었다.

"우린 이미 키스한 사이야."

"뭐?"

필립이 놀란 눈으로 차빈을 돌아보았다.

"어젠 분명 키스 안 했다고 했는데?"

"그건 어젯밤에는 안 했다는 뜻이었어요."

차빈이 얼굴을 붉히며 대답의 말을 내놓은 순간 필립의 입이 쩍 벌어졌다.

"뭐야? 그럼 둘이 사귀지도 않으면서 키스를 했단 말이야? 이 응큼한 색마들!"

필립이 펄쩍 뛰며 난리를 피우자 하렴이 그를 한심하다는 듯이 쳐다보았다.

"그게 남의 여자한테 키스한 색마 입에서 나올 말이냐?"

하렴의 말에 차빈은 심장이 쿵 내려앉는 느낌이 들었다.

'나, 남의 여자라니? 누가? 나? 내가 왜 남의 여자야? 나는 그냥 여자일 뿐! 누구의 소유물도 되지 않겠…….'

그때 혼란스러워하는 차빈에게로 하렴이 손을 뻗었다. 차빈이 멈칫한 사이 그의 엄지가 그녀의 입술을 문지르듯 부드럽게 닦아냈다.

"계속 그러고 서 있을 거야? 화장실 가서 물로 입 좀 헹구고 오지?"

이에 차빈은 홀린 듯 우렁차게 대답했다.

"네!"

……이 남자의 소유물이라면 될 수 있을지도.

진심으로 긍정적으로 생각해보는 차빈이었다.

23. 완벽하게 좋아하니까

"사장님께 보고해주시겠어요?"

설마설마했는데, 정말 신서정이 왔다. 시윤의 말이 진짜였다.

"저 왔다고."

차빈은 떨떠름한 표정을 지으며 자리에서 일어섰다. 화려한 명품 코트를 입고 나타난 신서정은 여전히 예뻤고, 여전히 하렴에게 관심이 아주 많은 듯 보였다. 차빈은 순간 불안했지만, 하렴이 전에 그녀에겐 관심이 없다고 말했으니 그를 믿어보기로 했다.

"사장님, 신서정 씨 오셨습니다."

차빈은 사장실 문을 열고 하렴에게 신서정이 왔음을 알렸다. 그러자 하렴이 피곤해 보이는 얼굴로 고개를 들었다.

"저 왔어요, 하렴 씨."

당당하게 사장실 안으로 들어서는 서정의 목소리에서 교태가 느껴졌다. 하렴이 그녀를 물끄러미 보면서 말했다.

"제가 바쁘다고 말씀드렸을 텐데요?"

"음? 바쁘니까 저보고 오라는 건 줄 알았는데, 아니었나요?"

"네, 아니었습니다."

단호한 하렴의 태도에 안심하면서 차빈은 차를 준비하기 위해 뒤로 물러섰다. 그런데 그때 하렴이 그녀를 향해 말했다.

"나가지 마, 이 비서."

"네?"

"거기 서 있으라고."

차빈은 사장의 명령이니 그 자리에 멈춰 설 수밖에 없었다. 그녀가 가만히 서 있는 것을 확인한 하렴이 서정에게로 고개를 돌리며 입을 열었다.

"이제 오지 마십시오."

"네?"

서정은 당황한 기색이 역력한 표정으로 하렴을 쳐다보다가 문 앞에 서 있는 차빈의 눈치를 보았다. 이내 그녀가 억지로 미소를 지으며 물었다.

"지금 농담하시는 거죠?"

"아닙니다. 저 그렇게 아무한테나 농담하는 남자 아니거든요. 이제 오지도 마시고 연락도 그만하십시오."

하렴의 냉정한 태도에 서정은 자존심이 상한 듯한 표정으로 눈썹을 치켜 올렸다.

"설마, 제가 마음에 안 드시는 거예요?"

"설마가 아닙니다. 정말 마음에 안 듭니다."

그 순간 서정의 얼굴이 붉으락푸르락 변하기 시작했다. 그걸 눈치챘음에도 하렴은 덤덤히 말을 이었다.

"저는 정말 마음에 드는 여자가 따로 있거든요."

그러면서 하렴은 고개를 돌려 차빈을 지그시 바라보았다. 하렴과 눈이 마주친 차빈은 순간 얼굴이 화끈거렸다. 그들의 모습을 본 서정은 온갖 신경질을 내면서 사장실을 빠져나갔다.

"내가 이런 수모를 당하고도 가만히 있을 줄 알아? 내가 네 호텔 이미지를 어떻게 만드는지 두고 봐, 한번!"

그녀가 나가고 나자 하렴은 골치가 아프다는 듯 두 손으로 관자놀이를 누르며 한숨을 내쉬었다.

"후우……."

그사이 차빈은 안절부절못하며 하렴의 눈치만 보고 있었다. 그녀에게로 시선을 돌린 하렴이 툭 던지듯 말했다.

"뭐 해? 나가."

"네? 아, 네."

뭐야, 저 차가운 태도는.

'나한테 고백했던 사람 맞아? 그날 밤의 그거, 꿈이었니? 내가 만들어낸 환상이야? 신서정 때문에 기분이 안 좋은 건 알겠지만, 그렇다고 나한테까지 차가울 건 없잖아.'

차빈은 하렴의 무심한 어투에 마음이 싱숭생숭했다.

하렴과 점심식사를 하기 위해 사장실로 들어온 진은 하렴의 푸석한 얼굴을 발견하고 두 눈을 크게 떴다.

"너 오늘 무지 피곤해 보인다?"

도자기같이 반지르르하던 피부에서 윤기가 사라지고 눈 밑엔 다크서클이 자리 잡고 있었던 것이다. 진은 그의 모습이 안타까웠다.

"필립 때문에 맘고생 해서 그래?"

하렴을 괴롭히는 게 취미인 필립이 다녀갔으니 충분히 그럴 만도 했다.

"어젠 잠을 한숨도 못 잤어."

"필립 때문에 열 받아서?"

"어."

아직도 분이 안 풀린다는 듯 하렴은 두 주먹을 불끈 쥐었다.

필립 자식이 감히 자신도 두 번밖에 못 맞춰본 차빈의 입술에 입을 맞췄단 말이다.

그 자리에선 태연하게 대응했지만 사실 그에게 당했던 일 중 제일 충격적인 사건이었다. 필립이 그런 엄청난 짓을 저지르고 쌩하니 떠나버린 후 울분과 분노에 사로잡혀 잠 한숨 자지 못했을 정도니까.

빌어먹을 필립 놈.

"그래도 이젠 갔으니까 마음 좀 풀어."

"다신 꼴도 보기 싫어, 그 망할 자식. 그럴 수만 있다면 평생 안 보고 살고 싶어. 어떻게 그런 놈이 마크 회장님의 아들일 수가 있지?"

마크 회장은 야망이 크고 계산적이긴 해도 이치에 맞지 않는 행동을 하거나 오기를 부리지 않는 현명한 사람이었다. 그런데 필립은 어떤가. 딱 그와 정반대 같은 인물이 아닌가.

하렴은 치가 떨린다는 듯 고개를 세차게 저었다. 그를 물끄러미 보고 있던 진이 불쑥 말했다.

"근데 너 한국어가 좀 는 것 같다?"

"그래?"

"어. 예전같이 이상하거나 저렴한 표현을 좀 덜 하는 것 같아."

진지한 진의 말에 하렴은 그 이유를 곰곰이 생각해보았다. 그랬더니 의외로 답이 빨리 나왔다.

"요즘 화가 나는 일이 너무 많아서 그런가 봐."

"화가 나?"

"응. 화나는 일투성이야."

진이 납득한다는 듯 고개를 끄덕였다.

"하긴. 넌 화나면 시리도록 냉정해지지. 실수도 안 하고."

"아까도 신사장이 나한테 저주를 퍼붓고 갔어."

고개를 끄덕이던 진이 문득 그 움직임을 멈췄다.

"신 사장? 협력업체 사장 중에 신 사장이라고 있나?"

"왜, 그 여자 연예인 있잖아. 우리 호텔에서 드라마 찍은."

그제야 진은 그가 누구를 말하는지 알아차렸다.

"아하, 신서정! 그 톱스타는 왜 또 건드렸어?"

"내가 건드린 게 아니라 그 여자가 먼저 건드렸어. 자꾸 귀찮게 연락하고 문자 보내고."

짜증이 묻어나는 하렴의 표정을 보면서 진은 씁쓸하게 웃었다.

"인기남은 괴롭구나."

"응. 형은 잘 모르겠지만, 인기 많으면 겁나 피곤해."

"……나 갑자기 너랑 밥 먹기 싫어졌어. 갈래. 이따 기분 풀리면 저녁이나 같이 먹자."

기분 상한 진이 뒤로 물러서는 액션을 취하자 하렴이 그를 향해 빠르게 말했다.

"저녁은 안 돼. 선약 있어."

"오오, 신하렴 주제에 '선약'이란 말도 알아?"

장난스럽게 놀란 표정을 짓던 진이 문득 궁금해진 듯 물었다.

"근데 누구랑? 여자랑?"

하렴은 아무 대답 없이 씨익 웃었다. 그 해사한 미소에 진은 확신했다.

"여자네, 여자. 남자랑 먹는 거면 저런 표정이 나올 수가 없지, 암."

퇴근시간까지 차빈의 고민은 계속되었다. 오늘 하루 하렴의 태도는 전과 다를 게 없었다. 신서정한테 수모를 줄 때 '마음에 드는 여자'라고 하면서 자신을 쳐다보긴 했지만, 딱 그것뿐이었다. 그 이외의 것은 모두 똑같았다.

'그렇다면 그 고백은 꿈이었나?'

차빈이 꿈과 현실을 구분하지 못하는 자신의 우매함에 절망하고 있던 그때, 사장실 문이 열리고 하렴이 걸어 나왔다.

"저녁 먹자."

"네? 왜, 왜요?"

"저녁 먹고 싶으니까."

하렴의 당당한 태도에 이끌려 차빈은 그와 함께 엘리베이터에 올랐다. 둘만 있는 조용한 공간 안에서 하렴이 차빈에게 물었다.

"뭐 먹을래? 파스타? 여자들은 파스타 좋아하잖아."

"저는 그냥, 사장님이 드시고 싶은 거 먹을게요."

차빈이 자신의 구두코만 쳐다보면서 대답하자 하렴이 그녀의 정수리를 향해 말했다.

"왜? 우리 첫 데이트인데 네가 좋아하는 거 먹어야지."

그 순간 차빈이 고개를 확 들어 올렸다.

"데, 데이트요?"

하렴의 말에 차빈은 심장이 콩콩콩 빠르게 뛰었다.

"설마, 사장님, 그때 하신 말씀이 혹시…… 진심이셨던……."

"응."

하루 종일 차빈이 고민했던 것을 가볍게 비웃듯 하렴은 곧바로 고개를 끄덕였다. 이에 차빈은 다시 한 번 확실하게 확인하고 싶은 마음이 생겨 조심스럽게 말했다.

"정신 차리세요. 저 이차빈이에요. 당신이 늘 바보라고 했던."

"알아. 네가 이차빈이 아니면 내가 이럴 이유도 없어."

까- 차빈은 하마터면 비명이 터져 나올 뻔했다.

"그런데 아까는 왜 그렇게 퉁명스럽게 굴었어요?"

상기된 얼굴의 차빈이 묻는 말에 하렴은 의아한 표정을 지었다.

"내가? 언제?"

그 표정을 보고 차빈은 깨달았다.

'아아. 이 남잔 원래 싹퉁머리 없이 말할 때가 많지, 참. 말투를 좀 더 고쳐줘야겠구나.'

차빈이 속으로 굳은 결심을 하고 있던 그때 엘리베이터 문이 열렸다. 그 엘리베이터의 문을 잡아주면서 하렴이 그녀에게 먼저 나가라고 손짓했다. 그의 매너에 두근거리며 차빈은 발을 뗐다.

"근데 우리 어디로 가는 거예요?"

차빈이 자신의 곁으로 걸어오는 하렴을 향해 묻자 그가 담백하게 대답했다.

"일단 나가자. 단둘이 있고 싶어."

총지배인실을 나온 진은 바삐 걸음을 옮겼다. 딱히 기다리는 사람이 있는 것은 아니었지만 그래도 오랜만에 정시 퇴근이라 기분이 조금 들떴다. 그때 호텔 유리문을 향해 걸어가고 있는 그의 곁으로 사복으로 갈아입은 선영이 다가왔다.

"총지배인님, 퇴근하세요?"

"아, 네. 선영 씨도요?"

"네."

선영이 상큼하게 웃으며 대답하고는 주위를 두리번두리번 살폈다. 잠시 후 그녀가 목소리를 낮춰 말했다.

"저 실은 총지배인님께 드릴 말씀이 있는데."

"뭔데요?"

다음 순간 선영이 한층 더 낮아진 목소리로 말했다.

"사실은 총지배인님 별명, '야닮소' 있잖아요."

"네."

"그거 제가 지었어요."

"네?"

진은 깜짝 놀랐다. 분명 전에 희진이 자신의 별명 '야쿠자를 닮은 소도둑'을 지었다고 고백했다. 그런데 선영 역시 그 별명을 지었다고 하고 있으니 진은 조금 당황스러웠다.

"그러니까 저 밥 사주세요."

선영이 진을 향해 싱긋 웃어 보였다. 솔직히 진은 난감했다.

과연 누구의 말이 진실인 걸까. 아니, 그보다 선영에게도 식사를 대접해야 하는 건가, 말아야 하는 건가.

진은 그 순간 희진의 예쁘장한 하얀 얼굴을 떠올렸다.

"죄송해요. 오늘은 제가 선약이 있어서요."

선약은 없었다. 하지만 머릿속이 혼란스러워서 선영과 식사를 할 수가 없었다.

이게 대체 무슨 일이람? 왜 내 별명을 서로 지었다고 하는 거지? 왜 서로 밥을 사달라고 하는 거냐고?

'인기남은 괴롭다.'

하렴의 기분을 아주 조금이나마 이해할 수 있게 된 진이었다.

차빈은 하렴과 함께 지하주차장으로 가서 그의 차에 올라탔다.

"우리 뭐 먹을래요?"

조수석에 앉은 차빈이 운전석을 돌아보며 물었다. 하렴이 차를 출발시키며 덤덤하게 대답했다.

"너 먹고 싶은 거."

"에이, 그러지 말고 사장님 먹고 싶은 거 먹어요."

"그러니까 너 먹고 싶은 거."

운전하고 있는 하렴의 옆얼굴을 뚫어지게 쳐다보면서 차빈이 다시 물었다.

"사장님이 먹고 싶은 건요?"

"그게 너 먹고 싶은 거라고."

그 말을 들은 차빈의 두 볼이 화악 붉어졌다. 황급히 두 손을 들어 볼을 가린 차빈이 수줍은 목소리로 말했다.

"저도 사장님이 먹고 싶은 거 먹고 싶어요."

"따라 하지 말고, 빨리 말해. 너 먹고 싶은 게 내가 먹고 싶은 거야."

"그러니까 제가 먹고 싶은 게 사장님이 먹고 싶은 거라니까요?"

하렴의 얕은 인내심이 이제 슬슬 바닥을 드러내고 있었다. 먹고 싶은 거 하나 말하는 게 그리 어려운 일은 아니지 않은가.

"네가 먹고 싶은 게 뭐냐니까?"

하렴의 목소리가 조금 높아지자 차빈은 당황했다.

"그게 사장님이 먹고 싶은 거라고요."

"내가 먹고 싶은 거 말고 너 말이야, 너. 너, 너."

"그러니까 제가 먹고 싶은 건 사장님이라니깐요?"

그 순간 두 사람 사이에 적막이 흘렀다. 곧바로 자신의 말실수를 깨달은 차빈이 서둘러 다시 입을 열었다.

"아니, 아니, 그러니까, 사장님이 먹고 싶은 거라고요. 아니, 이것도 좀 이상한가? 암튼, 사장님이 먹고 싶은 게 결국 저도 먹고 싶은 건데……."

그때 하렴이 신호등의 빨간 불빛을 발견하고 스르륵 차를 세웠다. 차를 세운 그가 갑자기 자신의 슈트 재킷을 벗으며 말했다.

"뭐, 정 그렇게 원한다면……."

"버, 벗지 마요! 말실수한 거란 말이에요!"

차빈의 두 손이 다급하게 그의 재킷의 깃 부분을 잡았다. 하지만 하렴은 꿋꿋하게 그것을 벗으려고 했다.

"난 괜찮아. 먹어."

"제가 안 괜찮아요!"

두 사람이 실랑이를 벌이고 있던 그때 신호등의 색깔이 바뀌었다. 그걸 본 차빈이 삿대질을 하면서 소리쳤다.

"시, 신호 바뀌었어요! 어서 출발해요!"

그녀의 우렁찬 목소리에 하렴은 어쩔 수 없다는 듯 차를 출발시켰다. 그로부터 얼마 지나지 않아 차빈은 갑자기 먹고 싶은 게 떠올랐다.

"저 갑자기 부대찌개가 먹고 싶어졌어요. 근데 사장님은 그런 거 싫어하죠?"

하렴의 미간이 미세하게 좁혀졌다.

"그게 뭐야? 무슨 찌개 이름이 그래?"

"아주 얼큰하고 맛있는 거예요."

"얼큰? 매운 거야?"

"네. 조금?"

"그럼 안 돼. 그냥 내가 가끔 가는 레스토랑으로 갈 거야."

그 순간 차빈은 살짝 기분이 상했다. 그녀의 입이 뾰로통하게 튀어나왔다.

"그럴 거면 다음부턴 아예 먹고 싶은 걸 물어보지 말아요."

"알았어. 안 물어볼게."

단호한 그의 대답이 차빈은 꽤 당황스러웠다.

"그렇다고 알았다고 대답하면 어떻게 해요?"

"그럼 날더러 뭘 어쩌라고?"

"정말 여자의 마음을 전혀 모르는군요!"

"남자니까 당연히 모르지."

작은 실랑이가 벌어지긴 했지만 두 사람은 결국 하렴이 가끔 가는 이탈리안 레스토랑으로 향했다. 레스토랑 주차장에 차를 세운 하렴이 차에서 내려 조수석 문을 열었다.

"내려."

차빈이 내키지 않는다는 듯 움직일 생각을 안 하자 하렴이 짧게 한숨을 내쉬었다.

"알았어. 그럼 솔직하게 말할게."

"……?"

차빈의 두 눈에 의문이 서렸다.

"첫 데이트 첫 식사인데, 매운 음식 싫었어."

"……."

"인증에 땀나는 것도 싫었고 그, 빨간, 김치가루 그것도 묻을까 봐 싫었어."

"코 밑은 인증이 아니라 인중이라고 해요. 그리고 그 빨간 가루 는 고춧가루고요."

"응. 그거. 그러니까 오늘만 내 말 들어."

"알았어요."

마침내 차빈은 기분 좋게 차에서 내렸다.

하렴과 함께 저녁식사를 하는 내내 차빈은 그의 얼굴을 힐끔힐끔 쳐다보았다. 그와의 식사가 처음은 아니었지만 마치 처음인 것처럼 신기했던 것이다. 그러던 중 하렴과 정면으로 눈이 딱 마주쳤다.

"뭘 봐?"

하렴의 무심한 어투에 차빈은 시선을 밑으로 내렸다.

"그냥 봤어요."

신기해서. 머쓱해진 차빈이 물잔을 들고 마시기 시작하자 하렴 이 그녀에게 다시 물었다.

"왜? 잘생겨서?"

"컥-"

잘만 넘어가던 물이 목젖에서 턱 걸려버린 느낌이었다. 급히 물잔을 내려놓은 차빈이 그를 쳐다보며 두 눈을 깜박거렸다.

"그런 농담도 할 줄 아시네요."

그랬더니 하렴의 반응이 가관이었다.

"농담 아닌데?"

그 순간 차빈은 할 말을 잃었다. 그녀는 그저 눈앞에 있는 하렴의 반듯한 얼굴을 멍하니 쳐다볼 수밖에 없었다.

'잘생긴 건 사실이라 반박을 못하겠네. 그나저나 이 남자, 묘하게 기분이 좋아 보이는데?'

그는 평소와 다름없는 모습인 듯하면서도 묘하게 표정이 신나 보였다. 그래서 차빈도 덩달아 미소가 지어졌다.

"아, 그리고 너 말이야."

하렴이 문득 떠올랐다는 듯 입을 열었다.

"난 너 보는 앞에서 신서정 정리했으니까 너도 그 시윤이란 놈 정리해."

그 말에 차빈은 피식 웃음이 터졌다. 그녀가 조금 장난스럽게 그 이유를 물었다.

"왜요?"

말이 떨어지기 무섭게 하렴은 무슨 그런 당연한 걸 묻느냐는 표정으로 입을 열었다.

"넌 나랑 사귀어야 하니까."

"네?"

갑작스런 그의 말에 차빈이 두 눈을 크게 뜨자 하렴이 얼굴을 딱딱하게 굳혔다. 그가 그녀를 지그시 바라보며 다시 말했다.

"내가 이차빈 널 좋아하니까."

달콤하게 들리는 하렴의 고백에 차빈은 시선을 테이블 위로 내리며 입술을 꽉 다물었다. 그렇게 하지 않으면 얼굴에 미소가 퍼질 것만 같았기 때문이다.

"흠흠."

목소리를 가다듬은 그녀가 다시 시선을 올리며 물었다.

"그거 설마 사귀자는 제안인가요?"

"그렇게 들렸으면 그런 거겠지?"

"아아, 그렇군요."

차빈이 덤덤히 고개를 끄덕이자 하렴의 정갈한 눈썹이 본래의 형태를 잃고 일그러졌다.

"대답이 왜 그래?"

"뭐가요?"

차빈이 뻔뻔한 표정으로 되물었기에 하렴은 헛웃음을 터뜨렸다. 그는 지금 이 상황이 무척 마음에 들지 않았다.

"좀 더 구체적인 대답이 필요할 것 같지 않냐?"

"으음. 글쎄요."

애매한 차빈의 태도에 하렴은 슬슬 조바심이 났다. 그래서 단도직입적으로 물었다.

"예스야, 노야? 예스지?"

"글쎄요."

변함없는 차빈의 태도 때문에 하렴은 결국 목소리를 높였다.

"뭐야? 너 설마 튕기냐?"

이번엔 차빈이 눈썹을 찡그렸다.

"말투가 왜 그래요? 저 정말 제대로 한번 튕겨볼까요?"

"……잘못했어."

예상치 못한 하렴의 사과에 차빈은 내심 깜짝 놀라고 말았다. 그의 약한 모습을 보는 건 처음이었다.

'날 정말 좋아하는구나, 이 남자.'

그 순간 차빈은 그동안 그를 혼자 짝사랑하던 기억이 떠올랐다. 비록 그렇게 오랜 기간은 아니었지만, 그때의 그 외로웠던 마음을 보상받는 기분이었다. 차빈은 이 기분을 좀 더 누리기로 했다.

"오늘은 이만 집에 가고 싶어요."

"차도 안 마시고?"

"네, 피곤해서요."

자리에서 일어서는 차빈을 보며 하렴은 몹시 아쉬운 듯한 표정을 지었다. 하지만 끝까지 매너 있게 말했다.

"그럼 집까지 데려다줄게."

"됐어요. 남한테 도움 받는 거 별로 안 좋아해서."

"남……?"

충격 받은 듯한 하렴을 남겨두고 차빈은 도도하게 자리를 떴다.

당당하게 레스토랑을 나오는 차빈의 입가에 행복한 미소가 피어올랐다. 집으로 향하는 내내 그녀는 구름 위를 걷는 듯한 기분이었다. 유명한 책에서 나오는 대사처럼 자신이 좋아하는 사람이 자신을 좋아하는 건 기적이라고 생각했다. 그런데 그런 기적이 지금 자신의 눈앞에서 벌어진 것이다.

들뜬 발걸음으로 현관문을 열고 들어서자 소파에 앉아 있던 인후가 그녀를 돌아보았다.

"다녀왔습니당."

딸의 밝은 인사에 인후는 눈썹을 치켜 올렸다. 이런 밝은 모습을 본 게 얼마 만이던가. 인후는 그런 딸이 이상해서 곧바로 의심의 눈초리를 보냈다.

"너 무슨 일 있냐?"

날카롭게 들어오는 질문에 차빈은 내심 뜨끔했지만 애써 태연하게 부정했다.

"아닌데?"

"그럼 미쳤냐?"

"그건 더더욱 아니거든?"

"그럼 남친 생겼냐?"

순간 차빈이 펄쩍 뛰었다.

"아, 아니? 아빠야말로 미쳤어?"

"넌 그게 아빠한테 할 말이냐?"

"하도 말도 안 되는 소릴 하니까 그렇지."

"남친 생겼냐는 게 그렇게 미친 소리야?"

도둑이 제 발 저린다고, 차빈은 순간 과잉 반응을 해버린 자신이 부끄러웠다. 차빈이 아무 대꾸도 않고 얌전해지자 인후는 그녀를 자신의 옆자리에 앉게 했다.

"너도 이제 애인 사귀어야지."

"됐어. 난 아빠만 있으면 돼."

인후의 옆에서 차빈이 배시시 웃었다. 그러나 인후는 웃지 않았다.

"언제까지고 아빠가 네 곁에 있을 순 없잖아."

인후는 늘 차빈이 걱정스러웠다. 강한 척, 센 척해도 착하고 여린 아이란 걸 제일 잘 아니까. 이따금씩 목을 조여오는 듯한 자신의 과거가 언젠가 그녀에게도 상처를 줄까 두려웠다.

"갑자기 그게 무슨 소리야? 아빠 어디 가려고?"

차빈이 화들짝 놀란 얼굴로 물었다. 인후가 서둘러 변명했다.

"아니, 말이 그렇다는 거야. 아빠가 언제까지고 네 곁에 꽃중년으로 있을 순 없으니까."

차빈은 헛웃음이 터져 나왔다. 지금 이 순간 인후의 뻔뻔한 얼굴이 하렴 특유의 자신만만한 얼굴과 겹쳐 보였던 것이다.

"남자친구는 걱정 마. 언젠간 생기겠지."

"그 언젠가가 언젠데?"

불현듯 인후의 머릿속에 시윤의 곱상한 얼굴이 떠올랐다. 그가 옆에 앉은 차빈을 향해 조심스럽게 물었다.

"그럼 시윤인 어때?"

"시윤이는…… 내가 벌써 찼어."

그녀의 대답에 이번엔 인후가 펄쩍 뛰었다.

"너 진짜 미쳤구나?"

인후가 차빈의 양어깨를 덥석 잡으며 목소리를 높였다.

"그런 꽃미남을, 게다가 이제 유명한 배우가 될 애를 차다니!"

다음 순간 인후의 두 손이 차빈의 어깨를 잡은 채 앞뒤로 흔들기 시작했다. 차빈은 그저 인후가 흔드는 대로 묵묵히 흔들렸다.

"네가 배가 불렀구나, 불렀어."

인후는 시윤이 보기와 달리 성실하고 나이에 비해 성숙한 점이 마음에 꼭 들었었다. 그런데 그런 그를 겪어보지도 않고 거절한 딸이 참 답답했다.

"모쏠 주제에 그런 남자를 차다니! 네 인생에 두 번 다신 없을 기회였을 텐데!"

그때 차빈이 인후의 팔에 손을 얹으며 입을 열었다.

"알아. 하지만 그렇다고 남자로 느껴지지 않는 남자랑 사귈 순 없잖아."

"너한테 남자로 느껴지는 남잔 누군데?"

그 순간 차빈은 자연스럽게 하렴의 얼굴을 떠올렸다. 그러자 그동안 그와 있었던 많은 일들이 함께 떠올랐다.

"내가 위기일 때 도와주고 손 내밀어주고, 날 위해 싸울 줄도 알고, 입은 좀 험해도 알고 보면 다정하고, 잘생겼는데 철벽남에다 고백도 달콤하게 할 줄 아는……."

"그래서 그놈이 누군데?"

인후가 차빈의 말을 자르며 잽싸게 물었다. 그 탓에 차빈은 하마터면 하렴의 이름을 말할 뻔했다. 순간 멈칫한 차빈이 두 눈을 예리하게 빛내고 있는 인후를 향해 고개를 좌우로 저었다.

"없어, 그런 사람."

하지만 인후는 코로 웃을 뿐이었다.

"딸아, 아빠는 바보가 아니란다. 그 정도로 구체적인 묘사를 한다는 건 보통 그런 상대가 있다는 거거든?"

"없어. 희망사항이야, 희망사항."

"희망사항이 그렇게 구체적이면 넌 평생 결혼 못한다?"

지금은 어쩔 수 없이 받아들이고는 있지만 본래 인후는 차빈이 호텔에서 일하는 것을 많이 싫어했었다. 그런 그에게 그 호텔 사장과 좋아하는 사이라고 말하면 과연 어떤 반응을 보일까 차빈은 무서웠다. 분명 시윤과 비슷한 반응을 보일 것이다.

"아, 글쎄, 그 입 험한 철벽남이 누구냐니까?"

"영화에서 본 남자야!"

집요하게 구는 인후를 피해 차빈은 자신의 방으로 도망쳤다.

"형, 왔어?"

아침 보고를 위해 사장실로 들어선 진은 하렴이 건넨 인사에 식겁했다.

"그런 친근한 인사는 적응이 안 되는데."

진은 평소와 달리 말랑말랑한 분위기를 내뿜는 하렴을 신기하단 듯이 쳐다보았다. 평소의 그라면 분명 '왜?' 혹은 '…….' 이랬을 텐데 말이다.

"나 미국에 언제 가야 되지?"

하렴의 질문에 진은 또 한 번 놀랐다.

부모님과의 추억 혹은 기억 때문에 미국에 다시 가는 걸 좋아하지 않던 하렴이었다. 그걸 잘 알기에 한국 도미호텔 대표 취임 1주년 기념으로 미국 본사에 방문해야 하는 일정을 입 밖으로 꺼내지도 못하고 있었다. 그런데 놀랍게도 하렴 쪽에서 먼저 꺼낸 것이다. 게다가 그걸 묻는 그에게 날카로운 기색은 전혀 없었다.

"다음 달 말. 그때면 취임한 지 1년 되니까."

"일주일 정도 있어야 되지?"

"응."

"흐음. 그렇구나."

하렴은 선선히 고개를 끄덕였지만 진은 그런 그가 이상했다.

역시, 오늘 하렴의 분위기가 어딘가 다르다. 필립이 다녀간 뒤라서 한동안은 저기압일 거라 생각했는데 말이다.

그때 하렴이 진을 향해 불쑥 물었다.

"거기에 비서도 데려갈 수 있지?"

생뚱맞은 그의 질문에 진은 의아함을 감출 수가 없었다.

"왜? 이 비서 데려가려고?"

"응."

"네 마음이지, 뭐. 근데 왜 데려가려고?"

하렴은 대답 없이 그저 씨익 웃었다. 그에 진은 질색하며 말했다.

"뭐야, 이 자식? 되게 무서운데?"

진은 아까부터 나긋나긋한 하렴이 아무래도 이상했다. 결국 단도직입적으로 물었다.

"너 무슨 일 있냐?"

"어."

역시. 무슨 일이 있는 거였다. 혹시 어디 아픈가? 무슨 큰 병에라도 걸린 건가? 진은 걱정이 되었다.

똑똑- 그때 문에서 노크 소리가 들렸다. 그 소리를 들은 하렴이 중얼거리듯 말했다.

"왔다."

"응? 뭐가?"

"내 무슨 일."

하렴의 대답이 끝남과 동시에 문이 열리고 깔끔한 정장 차림의 차빈이 들어왔다. 하렴은 그녀를 향해 싱그러운 미소를 지어 보였다.

"왔어?"

그때였다. 진은 뒤통수를 세게 얻어맞은 듯한 느낌이 들었다.

아픈 게 아니라…… 결국 그렇고 그렇게 된 건가?

"뭐야? 설마 둘이 사귀는 거야?"

진의 물음에 두 사람은 각기 다른 반응을 보였다.

"어. 맞아."

"아뇨! 그럴 리가요!"

그 둘을 보며 진은 떨떠름한 표정을 지었다. 이렇게 될 줄 예상 못했던 건 아니지만, 그래도 자신은 아무리 생각해도 차빈이 너무 아까웠다.

"그래, 그렇구나. 근데 난 하렴이를 잘 아니까…… 하렴이가 아 깝지 않은 건 아니고 차빈 씨가 아깝지 않은 것도 아닌데, 전자는 거짓말이고 후자가 진심이야."

"뭐라고?"

하렴은 몹시 꼬아놓은 그의 말을 알아듣지 못했지만 괜히 화가 나는 걸 보니 칭찬은 아닌 것 같았다. 한국어가 약한 하렴을 놀릴 만큼 놀린 후 진은 사뭇 진지하게 말을 시작했다.

"하지만 명심해. 넌 아직 인정받지 못한 대표야. 그 증거로 아직 사내에는 네 안티 세력들이 있어. 그 세력들이 너 연애한다고 하면 참 좋아하겠다, 그치?"

말을 마친 진은 그대로 쿨하게 사장실을 빠져나갔다. 그가 나가 고 나자 하렴은 조금 떨떠름한 표정으로 차빈을 돌아보았다.

"저 형 지금, 우리보고 비밀연애 하라는 거지?"

이에 차빈은 덤덤하게 고개를 끄덕였다.

"네, 맞아요. 근데 저도 사내에선 비밀로 해야 한다고 생각해요."

"왜?"

"사장이랑 비서랑 사귄다고 소문나면 사내 분위기가 얼마나 안 좋아지겠어요?"

차빈은 과거 자신의 인터뷰 때문에 그들이 스캔들에 휘말렸던 사건을 기억해내고 말을 이었다.

"그리고 예전에 그런 소문도 있었으니까, 다들 제가 사장님을 꼬셨다고 생각할 거예요."

"……흐음."

그제야 하렴은 심각한 표정으로 고개를 끄덕였다. 그가 납득한 듯 보여서 차빈도 안심했다.

"그러니까 네 말은……."

잠시 후 하렴이 입가에 미소를 띤 채 입을 열었다.

"우리가 오늘부터 1일이라는 거구나?"

차빈은 자신이 위에 있는 듯한 '갑'의 기분을 좀 더 누리고 싶었지만, 그냥 이쯤에서 솔직해지기로 했다.

"네, 좋아요."

"좋아?"

"우리 사귀어요."

선언하고 나니까 마치 자신이 먼저 사귀자고 말한 것만 같았다. 차빈은 부끄러워서 얼른 이 자리를 벗어나고 싶어졌다.

"그럼, 전 이만……."

"잠깐."

그런데 하렴이 움직이는 그녀의 팔을 잡아챘다. 그러고는 그대로 잡아당겨 그녀를 품에 안았다.

"사, 사내에서 이게 뭐 하는 짓이에요?"

깜짝 놀란 차빈이 더듬거리며 말했다. 하렴이 그녀의 어깨로 얼굴을 내리며 속삭였다.

"어지러워서 잠시 기대는 중."

껴안는다거나 포옹이라는 것이 사내에 어울리지 않는다면 그것을 대신할 표현들은 얼마든지 있다.

"혹은 힘들어서 비서한테 의지하는 중."

그 정돈 해도 되잖아, 라고 중얼거리는 하렴의 목소리가 무척 달콤해서 차빈은 심장이 간질간질거렸다.

오늘은 아침 일찍 미국 본사와 화상 회의가 있는 날이었다. 때문에 차빈은 새벽부터 회의실로 출근해서 회의를 준비하고 있었다.

차빈은 익숙한 손놀림으로 컴퓨터 화면을 켜고 회의 스크린과 연결한 다음 화상 회의 프로그램으로 접속을 시도했다. 그때 회의실 문이 열리고 하렴이 들어왔다. 그를 발견한 차빈이 다소 곤란해 보이는 표정을 지었다.

"일찍 오셨네요? 아직 테스트 중인데."

하렴이 한 손을 주머니에 찔러 넣은 채로 그녀에게 다가왔다.

"너 보려고 일찍 온 거야."

지나치게 솔직한 하렴의 대답에 차빈은 수줍은 미소를 지었다. 그사이 하렴은 근처 의자에 앉더니 그녀를 향해 손을 내밀었다.

"이리 와봐."

차빈은 두 눈을 동그랗게 뜬 채 그 손을 내려다보았다. 솔직히 그의 손을 덥석 잡고 싶었지만 살짝 열려 있는 회의실 문이 신경 쓰였다.

"누가 들어오면 어쩌려고요?"

"오늘 화상 회의는 내가 간단히 보고만 하면 되는 거라 아무도 안 와."

"그래도……."

"이리 와."

하렴이 차빈의 손목을 잡고는 그녀를 끌어당겼다. 그런데 그 순간, 삐빅- 화상 회의 프로그램에서 소리가 나더니 미국 본사 컴퓨터와 연결된 회의 스크린에 조각 같은 얼굴 하나가 떴다.

-「헤이! 나야, 나!」

그는 얼마 전 한국을 다녀간 미국 도미호텔 해외지사 총괄매니저 마크 필립이었다. 그의 등장에 하렴은 노골적으로 불쾌하단 표정을 지었고 차빈은 재빨리 하렴의 손을 떼어냈다.

-「웬일이냐? 회의엔 참석도 안 하던 놈이.」

비꼬는 하렴의 태도에도 아랑곳 않고 필립은 카메라를 향해 손을 붕붕 흔들었다. 미국 본사 회의실을 배경으로 앉아 있는 그의 목소리가 스피커를 통해 다시 흘러나왔다.

-「회의엔 참석 안 해. 한국이랑 화상 회의를 한다기에 혹시 볼 수 있을까 싶어서 들렀을 뿐. 근데 아직 시간도 안 됐는데 벌써 프로그램이 연결되어 있네? 난 역시 운이 좋아. 태어날 때부터 그랬어.」

-「그럼 그렇지.」

그럴 줄 알았다는 듯 하렴은 코로 웃으며 두 팔을 교차시켜 팔짱을 척 꼈다. 그사이 필립은 한 화면에 들어올 정도로 딱 붙어 있는 하렴과 차빈의 모습을 수상히 여기고 두 눈을 가늘게 떴다.

-「근데 왜 빈 회의실에 둘만 있어?」

-「이제 30분 후면 화상 회의잖아.」

하렴이 의자 등받이에 등을 기대며 쿨하게 대답했지만 필립은 여전히 의심의 눈초리를 보냈다.

-「그럼 나 안 나타났으면 둘이 30분 동안 뭐 할 생각이었는데? 그렇게 딱 붙어서? 야하다, 너희?」

장난기 가득한 필립의 도발에 하렴이 발끈하고 말았다.

-「야하긴 뭐가 야해? 야한 짓은 아직 시작도 안 했어.」

그 순간 차빈이 깜짝 놀라 하렴의 어깨를 잡아챘다. 그녀의 얼굴은 조금 상기된 듯 보였다.

"왜 그런 말을 해요?"

"아, 미안. 저 녀석의 자극에 넘어갔어."

하렴이 쿨하게 사과했지만 차빈은 도저히 쿨할 수가 없었다. 분명 필립 성격에 조용히 넘어갈 리가 없다. 때문에 차빈은 차마 시선을 돌려 필립의 얼굴을 볼 수가 없었다.

-「둘이 사귀는 거구나? 그치? 그런 거지? 응? 응?」

역시 예상대로 필립은 자리에서 펄쩍 뛰며 난리법석을 피웠다.

-「와, 와, 대박! 그럴 줄은 알았지만 생각보다 빠른데? 해리는 내가 인정한 연애고자란 말이야!」

"시끄러."

하렴이 시크하게 말하며 자신의 귀를 막는 시늉을 했다. 그 행동에 서운함을 느낀 필립이 또다시 목소리를 높였다.

-뭐야, 해리! 너희를 엮어준 소중한 사람한테 그게 할 말이냐?

그러거나 말거나 하렴은 시큰둥한 표정으로 컴퓨터 마우스에 손을 얹었다. 그러곤 화상 회의 프로그램의 종료버튼에 마우스 커서를 가져가며 그를 위협했다.

"화면 끌 거야."

-「잠깐!」

하렴이 잠시 손을 멈춘 사이 필립이 다급하게 차빈을 불렀다.

-「차빈, 차빈!」

-「네.」

차빈이 영어로 짧게 대답하자 필립은 곁눈질로 하렴을 힐끔 보고는 그녀를 향해 말했다.

-「그거 알아? 차빈이 나한테 전화했던 날, 나 해리 만났었잖아. 그때, 내가 미국으로 차빈을 데려가겠다고 장난을 쳤더니 해리가 말이야…….」

그 순간 불안감을 느낀 하렴이 잽싸게 그의 말을 잘랐다.

-「이상한 소리 하지 마라, 너.」

하지만 그 정도로는 필립의 입을 막을 수 없었다.

-「해리가 막 울 것 같은 얼굴로 '차빈을 좋아해'라고…….」

삑- 결국 하렴은 재빨리 프로그램을 종료시켜버렸다. 하지만 차빈은 이미 다 들어버린 후가 아닌가.

"정말 그랬어요?"

차빈이 놀라서 동그랗게 뜬 눈으로 물었다. 하렴은 내심 당황했지만 애써 당당하게 대꾸했다.

"야, 넌 저놈 말을 믿냐? 이 세상에서 거짓말을 제일 잘하는 놈인데."

Rrrrrr. 그 순간 필립으로부터 전화가 걸려왔다. 하렴은 받고 싶지 않다는 불편한 얼굴로 자신의 휴대폰을 내려다보았다. 전화가 계속 울렸기에 하렴은 어쩔 수 없이 통화버튼을 눌렀다.

-「지금 당장 프로그램 다시 연결해. 그렇지 않으면 나 지금 당장 한국으로 날아갈 거야.」

필립은 다짜고짜 이렇게 말하고는 전화를 끊어버렸다.

"후우, 이놈은 그러고도 남을 놈이지."

하렴은 짧게 한숨을 내쉰 후 다시 프로그램을 연결시켰다.

삑- 연결된 소리가 나자마자 필립이 들뜬 목소리를 보내왔다.

-「헤이, 헤이! 나 보여?」

곧이어 회의 스크린에도 필립의 잘생긴 얼굴이 떠올랐다. 상기된 표정의 그가 차빈을 보며 말했다.

-「암튼, 차빈도 그 얼굴을 봤어야 하는 건데! 얼마나 귀여웠다고! 해리가 남자만 아니었다면 사랑에 빠졌을 거야.」

또다시 짜증이 치민 하렴이 마우스로 손을 뻗었다. 곧바로 그 행동을 포착한 필립이 다급하게 그를 말렸다.

-「어, 어? 끄지 마, 끄지 마! 더 보고 싶단 말이야!」

-「누굴? 나를?」

하렴이 미간을 좁히며 묻자 필립이 펄쩍 뛰었다.

-「미쳤냐? 당연히 차빈이지!」

-「그렇다면 더더욱 꺼야지.」

다음 순간 하렴이 필립을 위협하듯 마우스에 얹은 손가락을 까닥거렸다. 그 모습을 본 필립은 피식 웃으며 고개를 끄덕였다.

-「오케이, 오케이. 오늘은 이쯤에서 물러나주지. 대신 선물을 하나 보내줄게.」

-「무슨 선물? 보내지 마.」

선물이란 단어에 하렴은 질색하며 거절했다. 하지만 필립은 아랑곳 않고 선한 미소를 지어 보였다.

-「부담 갖지 마. 비싼 거 아니야.」

-「그런 문제가 아니라 그냥 싫다고. 그리고 어차피 조만간 또 볼 텐데 뭐하러 선물을 보내?」

하렴이 무심한 표정으로 던진 말에 필립이 반색하며 되물었다.

-「아! 해리, 너 곧 미국 오지?」

-「응.」

-「그렇다면 더더욱 축하선물을 보내야지! 기대하숑!」

삑- 이번엔 필립 쪽에서 화상 회의 프로그램의 접속을 끊어버렸다.

"불길한데……."

하렴이 나직하게 중얼거리는 사이 그들의 대화를 잠자코 듣고 있던 차빈이 호기심 가득한 얼굴로 입을 열었다.

"미국이라뇨? 사장님 미국 가세요?"

"취임 1주년 기념으로 가야 돼. 다음 달 말에."

"그럼 한 달 조금 넘게 남았네요."

탁상 달력을 확인하는 차빈을 보면서 하렴이 불쑥 물었다.

"너 여권은 있지?"

"네. 왜요?"

"왜요는 무슨. 너도 가야지."

"저도요?"

하렴의 뜻밖의 제안이 차빈은 내심 기뻤다. 그가 자기 사람으로서 자신을 필요로 하는 느낌을 받았기 때문이다.

"응, 넌 내 비서잖아."

그의 대답에 차빈은 가슴이 벅차올랐다.

친구 민수의 방문이 인후는 너무 뜻밖이었다. 그냥 와봤다는 친구의 말에 인후는 어색하게 웃어 보였다.

"잘 왔어."

마침 카페가 한산한 시간이었기에 인후는 민수를 창가 쪽 테이블로 안내했다.

"예전처럼 연락 좀 하고 살자."

민수의 말에 인후는 씁쓸하게 웃었다.

"미안. 좀 바빴어."

"그때 부탁한 취직 건은 잘 안 됐다고 들었어."

"어, 그렇게 됐어. 그땐 신경 써줘서 고마웠다."

전에 인후는 기업체 사장인 민수에게 차빈의 취직 자리를 부탁했었다. 비록 차빈의 거부로 이루어지지는 못했지만 말이다.

"좀 잘 살지 그랬어."

안타까움이 묻어나는 친구의 목소리에 인후는 아무 말도 할 수가 없었다.

"난 솔직히 네가 수정 씨하고 이혼할 줄은 정말 몰랐어."

"……"

"엄청 힘들게 결혼한 거였잖아."

전 부인인 수정하고는 힘들게 결혼을 하고 쉽게 이혼을 했다. 사랑했지만 그쪽 집안에서 아무것도 가진 게 없는 자신을 탐탁지 않게 여겼던 것이다. 그땐 정말 뭘 해도 되지 않았고 뭐든 잘 풀리지 않았다. 모두가 자신을 탓했고 자신에게만 책임을 물었다.

마침내 그는 지쳤고, 결국 이혼을 선언했다. 하지만 수정에게 그것을 받아들일 충분한 시간을 주지 않았다. 그야말로 일방적인 이혼선언이었다. 이기적이었고 비겁했으며 졸렬했다.

도망치듯 그녀와 우리의 아이를 떠나왔다. 늘 그리워하던 첫사랑을 만나면 지금까지의 모든 상처가 치유될 거라 유치하게도 그렇게 믿었었다. 하지만 그녀 역시 만날 수 없게 되었는데, 그땐 가족에게 다시 돌아갈 용기도 힘도 아무것도 없었다. 오로지 차빈의 작은 손만이 살아갈 이유였다.

"아들하고는 만났어?"

갑작스런 민수의 물음에 인후는 침울한 표정을 지었다.

"아니. 아직."

"내가 주소 아는데, 알려줄까?"

"아니야. 됐어."

걱정스럽게 자신을 바라보는 친구에게 인후가 짧게 덧붙였다.

"나도 알아."

갈 수가 없어서 못 가고 있을 뿐.

"그럼 언제 만나러 갈 거야?"

인후는 바로 대답의 말을 내놓지 못했다. 하지만 한참 후 혼잣말처럼 나직하게 대답했다.

"……곧 가야지."

24. For My Perfect Man

매주 있는 월요일 오전 회의가 시작될 무렵 도미호텔의 상무와 총지배인, 부총지배인 이렇게 세 명이 회의실 안으로 들어왔다. 그들은 각자 휴대폰을 손에 든 채 심각한 얼굴로 대화를 나누고 있었다. 곧 그들의 뒤로 하렴이 차빈과 함께 나타났다.

"사장님!"

하렴을 발견한 세 명이 일제히 그에게로 다가갔다. 갑작스런 그들의 행동에 하렴은 미간을 살짝 찡그렸다.

"신서정이 자기 SNS에 올린 사진 보셨습니까?"

부총지배인의 생뚱맞은 질문에 하렴은 무표정한 얼굴로 되물었다.

"왜요? 제가 봐야 합니까?"

"네, 꼭 보셔야 합니다."

대답을 마친 부총지배인이 들고 있던 휴대폰을 하렴에게 들이밀었다. 그 휴대폰 화면에는 신서정이 자신의 울긋불긋 반점이 난 팔 부분을 보이게 찍은 셀카 사진이 떠 있었다. 문제가 된 건 태그였다.

[#먼지알레르기, #청결상태, #심하다정말, #실망, #내일병원행, #D호텔]

D호텔이라고 썼지만 전에 신서정이 도미호텔 로열 스위트룸에서 찍은 사진과 각도랑 배경이 똑같았다. 이건 완전 노골적으로 도미호텔의 청결상태를 비난한 글이라 할 수 있었다.

"이걸 왜 저희들에게 알리지 않고 SNS에 올렸을까요?"

차빈이 당황한 얼굴로 물었다.

"사과나 재발방지가 목적이 아니라 공개비난을 하고 싶었던 거겠죠."

총지배인 진이 그녀를 향해 친절하게 대답해주자 차빈의 머릿속에 얼마 전 신서정이 사장실에서 퍼부었던 말들이 떠올랐다.

'내가 이런 수모를 당하고도 가만히 있을 줄 알아? 내가 네 호텔 이미지를 어떻게 만드는지 두고 봐, 한번!'

그렇다면 이건 그녀의 복수란 말인가? 유치하다, 정말.

"이것도 '좋아요'가 오만이 넘었어요."

부총지배인이 걱정 가득한 얼굴로 말했다. 그때 옆에 서 있던 상무 역시 걱정스런 표정으로 말을 시작했다.

"우리 호텔의 청결상태가 불량이라니, 있을 수 없는 일입니다. 메이드 교육을 다른 곳보다 평균 2시간 이상 더 하고 있고, 중간 체크도 얼마나 열심히 하고 있는데요. 하지만 사실과 관계없이 여론이 그렇게 흘러간다면 분명 호텔 이미지에 악영향을 미칠 겁니다."

잠자코 있던 하렴이 직원들을 향해 입을 열었다.

"신서정, 블랙리스트에 올리고 이젠 예약도 받지 마."

"그런데 이제 어떻게 하실 겁니까? 대책은 있으신 겁니까?"

이어지는 상무의 질문압박에 하렴은 답답함을 느끼고 한숨을 내쉬었다. 그 순간 상무가 기다렸다는 듯이 그에게 말했다.

"제 생각엔 사장님이 직접 신서정을 만나시는 게 좋을 듯합니다."

"제가요? 직접?"

"당연히 그러셔야죠. 호텔 내부에는 신서정이 사장님한테 차였다는 소문이 파다합니다. 여자한테 상처를 줘서 이런 일이 생겼으면 당연히 책임을 지셔야죠."

하렴보다 스무 살은 많은 상무가 진지한 표정으로 하렴을 쳐다보았다. 그를 마주 보며 하렴은 점잖게 다시 물었다.

"어떻게 책임을 질까요? 차서 미안하다고 사과라도 할까요?"

"네."

상무의 표정과 어조는 단호하기 그지없었다. 그래서 하렴은 그가 자신의 안티 세력들 중 하나라는 확신이 들었다. 전에 자신과 대립했던 전무도 포함해서 말이다. 잠시 회의실 안에 무거운 침묵이 가라앉았다. 그때였다.

"제가 만날게요!"

차빈이 갑자기 손을 들어 올리면서 말했다. 그곳에 있던 하렴과 상무, 총지배인, 부총지배인의 시선이 모두 그녀에게로 향했다.

"이런 일에 사장님이 직접 나서시는 건 보기 좋지 않습니다. 사장님은 호텔의 얼굴이시니까요. 비서인 제가 알아서 처리하겠습니다."

패기 넘치는 차빈의 모습에 상무는 조금 떨떠름한 표정을 지었다.

"저번 일도 그렇고, 이 비서는 참 나서길 좋아하는 것 같아."

비꼬는 상무의 말에도 차빈은 씩씩하게 대답했다.

"네! 저만 믿어주십시오."

그 후 곧바로 사장 비서실로 돌아온 차빈은 제일 먼저 신서정에게 전화를 걸었다. 하지만 전화는 연결되지 않았다. 예상했던 일이라는 듯 차빈은 꿋꿋하게 세 번 더 전화를 걸었다. 이어서 서정의 매니저와 소속사에도 전화를 걸었지만 연결된 곳은 한 군데도 없었다. 하지만 차빈은 이 정돈 예상했었다며 콧방귀를 뀌었다.

'받을 때까지 전화해야지.'

그때 사장실 문이 열리고 하렴이 얼굴을 빼꼼히 내밀었다. 그러고는 고개를 까닥거리며 그녀를 불렀다.

"이리 와봐."

"네."

얌전히 대답한 후 차빈은 사장실로 걸음을 옮겼다. 문 뒤에서 그녀를 기다리고 있던 하렴이 그녀가 들어오자마자 입을 열었다.

"그 여잔 내가 만날게. 저번에 보니까 성격 진상이던데."

"아니에요. 제가 만날 거예요."

"왜? 그냥 내가 사과하는 게 간단하잖아."

차빈은 말없이 하렴을 지그시 쳐다보았다. 그 때문에 하렴이 의아한 표정을 짓자 그녀가 진지하게 말했다.

"물론, 저도 신서정이랑 만나기 싫습니다. 하지만 사장님이 신서정이랑 만나는 건 더 싫어요."

그녀의 단호한 말에 하렴은 피식 웃음을 터뜨렸다.

"그런 말 왜 해? 기대고 싶게."

하렴이 이렇게 속삭이며 손을 뻗었다.

"잠깐만 기대자."

그의 손이 차빈의 팔을 잡고 그대로 그녀를 끌어안았다. 잠시 머뭇거리던 차빈도 이내 두 손으로 하렴의 허리를 잡았다. 두 사람의 몸이 하나가 된 것처럼 딱 붙었다 느낀 순간 하렴이 고개를 내리더니 그녀의 입술에 가볍게 뽀뽀를 쪽 했다.

"……!"

깜짝 놀란 차빈이 두 눈을 동그랗게 뜨자 하렴이 미소 띤 얼굴로 말했다.

"왜? 또 사내에서 이런 짓 한다고 뭐라고 하려고?"

차빈은 아무 말 않고 작게 미소를 지었다. 그런 그녀의 입술에 다시 한 번 입을 맞추며 하렴이 말했다.

"이건, 그거야. 사내에서 비서와 말 또는 입 맞추는 중."

"사장님…… 한국어가 많이 느셨네요."

조그맣게 감탄의 목소리를 내는 차빈의 입술 위에서 하렴이 또다시 낮게 속삭였다.

"혹은 부하직원 입막음하는 중."

키스하는 두 사람의 입가에 똑같은 미소가 걸렸다.

도미호텔 레스토랑에서 하렴과 점심 식사를 하던 진이 갑자기 생각난 얼굴로 말했다.

"얼마 전에 할아버지가 얼굴 한번 보자고 하셨어."

"응. 난 언제든 괜찮지. 할아버지 스케줄에 맞춰줘."

하렴과 진의 할아버지는 여든이 넘은 나이에도 아직 일신기업의 회장 자리에 있으면서 경영에 관한 모든 일을 진두지휘하고 있어 하렴보다 더 바빴다. 죽는 순간까지 영향력 있는 사람으로 있고 싶다는 할아버지를 떠올리며 하렴은 미소를 지었다.

"근데 너 결혼은 언제 할 거냐고 걱정하시더라."

"결혼?"

결혼은 사업 확장의 일환으로서 늘 염두에 두던 것이었다. 그런데 이번엔 이상하게 결혼과 차빈의 얼굴이 같이 떠올랐다.

이차빈이랑 결혼이라……

나쁘지 않을지도, 라고 생각하며 하렴은 피식 웃었다. 그때 먼저 식사를 마친 진이 물 컵을 들어 올리면서 말했다.

"그나저나 이번엔 할아버지 만나도 좀 안심이야. 너 한국어 늘어서."

진이 물을 한 모금 마시고는 하렴을 향해 이어 말했다.

"너 저번에 할아버지 만났을 때 진짜 상태 심각했잖아."

"그랬나?"

고개를 갸우뚱하는 하렴을 보면서 진은 답답하다는 듯이 또 물을 마셨다.

"그래, 인마. 그냥 속이 부대끼다고 하면 될 걸 계속 배가 끼룩끼룩하다고 해가지고 할아버지가 막 사전 찾아보고 그랬잖아."

"이번엔 괜찮을 거야. 옆에서 이차빈이 하도 사사콜콜 잔소리를 해대서 이상한 말은 잘 안 내뱉게 됐거든."

"역시 차빈 씬 대단해."

진이 감탄한 표정으로 박수를 치기 시작했다. 그러다 문득 그의 손이 공중에서 멈췄다.

"엣? 나 지금 깜박 속아 넘어갈 뻔했어."

"뭘?"

"나 지금 사사콜콜이 맞는 표현인 줄 알고, 너 되게 말 잘한다 생각했단 말이야."

진이 상기된 얼굴로 말을 마치자마자 하렴이 놀란 눈으로 물었다.

"사사콜콜 아니야?"

"너 지금 사사건건과 시시콜콜을 섞은 거야, 인마."

"아, 그래? 역시 한국어는 어렵네."

고개를 설레설레 젓던 하렴이 입가에 미소를 단 채 덧붙였다.

"이차빈한테 더 배워야지."

배워야겠다는 사람 표정이 너무 신나 보여 진은 헛웃음이 터졌다.

식사를 마치고 혼자 자신의 방으로 걸어가던 진의 걸음이 우뚝 멈췄다.

"기다리고 있었어요, 총지배인님."

총지배인실 앞에서 희진이 자신을 기다리고 있었던 것이다. 요 며칠 일부러 그녀를 피하고 있었는데 말이다.

"요즘 많이 바쁘신가 봐요? 전화 잘 안 받으시던데."

희진이 배시시 웃으며 말하자 진이 다시 걸음을 옮겨 그녀에게로 천천히 다가갔다.

"아아, 네. 좀 바빴습니다. 무슨 일 있으십니까?"

지극히 사무적인 진의 태도에 희진은 살짝 실망한 표정을 지었다.

"아뇨. 그건 아닌데……."

"그럼, 제가 좀 바빠서, 먼저 가보겠습니다."

급히 걸음을 떼려는 진에게로 희진이 손을 뻗었다. 그 손이 진의 팔뚝을 덥석 잡았다. 놀란 진이 움직임을 멈추자 희진이 말했다.

"총지배인님, 혹시 저 피하시는 거예요?"

"그건, 아닙니다."

진이 굳은 채로 서서 희진을 내려다보았다.

"그냥 좀 혼란스러워서 그렇습니다."

"뭐가요?"

진은 요 며칠 동안 자신의 머릿속을 지배하고 있던 생각들에 대해 입을 열었다.

"그, 희진 씨가 이렇게 연락을 자주 하고 저한테 잘해주는 이유가 대체 뭔지……."

"그걸 몰라요?"

진의 말을 자르며 희진이 당돌하게 말했다.

"그거야 당연히 총지배인님을 좋아하니까 그런 거잖아요."

"……!"

순간 진은 깜짝 놀라서 심장이 쿵 내려앉는 줄 알았다. 그 생애 이렇게 당당한 고백은 처음이었다.

"여보세요? 신서정 씨?"

사흘간 수십 번의 시도 끝에 드디어 신서정과 연락이 닿았다. 문자로 내일은 변호사를 통해 연락드리겠다고 한 게 통한 모양이다.

-전 할 말 없어요.

서정이 곧바로 전화를 끊으려고 했기에 차빈은 다급히 소리쳤다.

"제발 끊지 말아주세요!"

-대체 왜 이러시는 건데요?

서정의 목소리에서 짜증이 느껴졌다. 그래서 차빈은 최대한 빠르고 간결하게 말했다.

"저는 도미호텔 신하렴 사장님의 비서인 이차빈입니다. 내일 시간 좀 내주실 수 있습니까? 단 10분이라도 좋습니다. 서로 오해가 있으면 풀어야 하는 게 맞지 않겠습니까."

예상대로 서정은 만남을 거부했다. 하지만 도미호텔을 위해서 차빈은 절대 포기할 수가 없었다. 그 후 차빈은 삼십 분 넘게 서정을 어르고 달래서 겨우 만날 약속을 잡았다.

-좋아요. 약속 장소와 시간은 문자로 보내죠.

뚝- 그렇게 전화는 끊어졌다. 안심한 차빈은 휴대폰을 내려놓고 책상 위에 놓아둔 봉지사탕을 집어 들었다. 그녀가 사탕을 입에 넣고 당분을 섭취하고 있는 사이 그녀의 휴대폰으로 문자가 하나 도착했다. 그 문자를 확인한 차빈은 깜짝 놀라고 말았다.

[압구정 마루스튜디오 2층, AM 4:00 -신서정]

"AM? 새, 새벽 4시?"

허- 나 참, 이거 완전 일부러 이러는 거지?

울컥 화가 치밀었지만 겨우 잡은 약속이니 받아들일 수밖에 없었다. 하지만 자신은 그렇다 쳐도 하렴이 그걸 허락할진 의문이었다. 차빈의 까만 눈동자가 사장실 문으로 향했다.

"내일 신서정 씨 만나기로 했습니다."

잠시 후 사장실로 들어간 차빈이 자리에 앉아 있는 하렴을 향해 조심스럽게 보고했다.

"그래? 잘됐네. 혼자 괜찮겠어? 나랑 같이 갈까?"

"그건 안 됩니다. 둘이 가는 게 신서정을 더 자극하는 걸 수도 있으니까요."

하렴이 살짝 미소 띤 얼굴로 고개를 끄덕였다.

"오케이. 그럼 끝나면 연락해. 데리러 갈게."

"……5시쯤 될 것 같아요. 약속이 4시니까."

차빈은 잠시 망설이다가 겨우 입을 열어 대답했다.

"5시? 그럼 내가 그쯤 차 끌고……."

"새벽."

차빈이 덧붙인 단어에 하렴의 눈썹이 꿈틀 움직였다.

"새벽?"

미간을 좁히며 불쾌한 표정을 지은 하렴이 그녀를 향해 강한 어조로 말했다.

"안 돼. 취소해."

하지만 차빈 역시 물러설 수 없었다.

"그때밖에 시간이 안 된대요."

"그 시간에 무슨 일이 생길 줄 알고? 절대 안 돼."

하렴의 강경한 태도에 차빈은 답답하다는 듯 아랫입술을 깨물었다. 잠시 고민하던 그녀가 하렴의 책상 앞으로 가까이 다가서며 다시 입을 열었다.

"일단 신서정은 유명한 여배우고, 만나는 장소도 압구정 한복판이에요. 그러니까 이상한 짓은 절대 안 할 거예요. 아니, 못할 거예요. 그래봤자 한두 시간 정도 늦는 거겠죠, 뭐. 심리적으로 저를 이기고 싶을 테니까."

"무슨 소린진 잘 모르겠는데, 암튼 여자들의 기싸움이다, 이거야?"

그녀의 말에 설득 당했는지 하렴의 단호했던 태도가 조금 누그러졌다.

"네. 그러니까 사장님은 이 일에서 아예 빠지세요. 전부 제가 알아서 해결하겠습니다."

하렴은 자리에 앉은 채 물끄러미 그녀를 올려다보았다. 그리고 얼마 후 진지한 음성으로 말했다.

"알았어. 널 믿을게. 넌 내 사람이자 내 사랑이니까."

그의 말에 차빈은 배시시 미소를 지었다. 그때 하렴이 갑자기 생각난 듯 그녀를 향해 말했다.

"아, 그럼 어차피 새벽에 출근해야 하니까 오늘은 우리 집으로 갈래?"

"네? 왜, 왜요?"

갑작스런 그의 제안 때문에 차빈은 심장이 쿵쾅거렸다. 저게 무슨 의미지?

"약속이 새벽 4시니까 3시엔 일어나서 준비해야 할 거 아니야? 우리 집이 압구정하고 더 가까우니까 단 10분이라도 더 잘 수 있잖아."

하렴의 표정은 평소와 똑같았고 어조 또한 평온했다. 하지만 차빈은 두 눈을 예리하게 빛내며 그를 흘겨보았다.

"그렇게 순수하게 배려하는 척해도 소용없어요. 그 엉큼한 속을 제가 모를까 봐요? 제가 얼마나 예리한데요. 다 꿰뚫어 본다고요."

"……난 진짜 순수하게 우리 집 2층에서 자란 말이었는데, 너 생각보다 되게 엉큼하구나?"

나직하게 이어지는 하렴의 말에 차빈의 동공이 크게 흔들렸다.

그녀의 표정을 빤히 보면서 하렴이 말을 이었다.

"그렇게 안 봤는데, 되게 엉큼하고 음흉하고 음산한 여자였구나."

"음산하진 않아요! 아니, 그렇다고 나머지가 맞다는 게 아니라……! 다 틀린데, 특히 마지막은 나머지 것들이랑 성질이 다른 표현이라고요. 아니, 지금 그게 중요한 게 아니라……!"

"뭐, 어때. 여자도 엉큼할 수 있지. 난 다 이해해."

"이해하지 마요! 내가 그게 아니라는데 왜 이해를 해요?"

차빈은 억울하다며 펄쩍 뛰었지만 하렴은 좀처럼 믿어주질 않았다.

새벽 3시 반.

차빈은 코트를 여미며 집을 나섰다. 새벽이지만 컨디션은 아주 좋았다. 신서정과의 기싸움에서 밀리지 않기 위해서 일부러 따뜻한 물에 목욕을 한 후 숙면을 취했기 때문이다. 덕분에 기분도 무척 상쾌했다.

대문 앞에는 하렴이 보내준 차가 정차되어 있었고 차빈은 그 차를 타고 압구정까지 이동했다. 압구정에 있는 마루스튜디오 앞에 도착하자마자 차빈은 씩씩하게 차에서 내렸다. 그러곤 운전을 해준 기사에게 감사 인사를 전했다.

"감사합니다, 김 기사님."

새벽이라 거리는 한산했고 사람들도 거의 보이지 않았다. 차빈은 건물의 2층과 연결된 계단으로 올라갔다. 그사이 시간은 새벽 4시가 되었다.

스튜디오 안으로 들어서자 사진 촬영을 준비 중인 여자 스태프 한 명과 남자 스태프 한 명이 눈에 들어왔다. 그들 역시 차빈을 발견하고 의아한 시선을 보냈다. 차빈이 재빨리 입을 열었다.

"신서정 씨하고 만날 약속을 했는데, 그분 촬영이 몇 시죠?"

"아아, 아마 5시쯤 오실 거예요."

'역시. 한 시간을 기다려야 하는 건가. 그 정도면 양호하네.'

차빈은 긍정적으로 생각하며 근처 소파에 앉았다. 이제부터 남은 시간을 어떻게 때워야 하나 고민하던 그 순간 차빈의 눈에 촬영장 중앙에 서 있는 남자모델이 들어왔다. 기다랗고 슬림한 기럭지에 작은 얼굴을 소유하고 있는 모델은 분명 차빈이 익히 잘 알고 있는 남자였다.

"어머?"

놀란 차빈이 자리에서 벌떡 일어섰다.

"시윤아⋯⋯!"

낯선 곳에서 익숙한 이를 만난다는 건 꽤 반가운 일이다. 비록 조금 껄끄러운 관계가 되긴 했어도 말이다. 그때 카메라 앞에 서 있던 시윤이 피식 웃으며 그녀에게 말했다.

"이제 발견한 거예요?"

그가 차빈에게로 성큼성큼 다가왔다.

"난 누나 들어왔을 때부터 누나만 쳐다보고 있었는데."

낯선 스튜디오 안에서 시윤을 만나게 될 줄은 정말 몰랐다. 차빈은 자신을 향해 다가오는 시윤을 보며 물었다.

"새벽부터 사진 촬영하는 거야?"

"드라마 스케줄 때문에 어쩔 수 없어서요."

레드와인색의 벨벳코트를 입고 스모키 화장을 한 시윤의 모습은 누가 봐도 연예인 그 자체였다. 차빈은 그의 모습이 조금 낯설게 느껴졌다.

"서정이 누나 만나러 온 거예요? 그 사건 때문에?"

시윤은 서정이 도미호텔을 모함하는 SNS를 올렸다는 사실을 이미 알고 있는 듯했다.

"응. 그래서 지금 기다리는 중이야."

"내 다음 타임이 서정이 누나라고 들었어요. 근데 그 누나가 제 시간에 오는 스타일이 아니라서 꽤 기다려야 할 거예요."

"응. 각오하고 있어."

차빈이 힘없이 웃으며 대답했다.

"그럼, 전 일할게요."

"응. 수고해."

시윤은 다시 카메라 앞으로 돌아갔고 차빈은 다시 소파에 앉아 서정을 기다렸다. 서정을 기다리는 내내 차빈은 시윤의 촬영하는 모습을 지켜보았다. 줄곧 어리게만 봤는데 카메라 앞에 서 있는 시윤의 모습은 프로 남자의 느낌이 물씬 풍겼다.

……꽤 멋있네. 그나저나 신서정은 언제 오는 거야?

서정은 5시도 아닌 6시가 되어서야 모습을 드러냈다. 늦은 주제에 미용실까지 다녀온 듯 그녀는 헤어도 메이크업도 완벽했다.

"어머, 제가 너무 늦었네요."

예상대로 이렇게 유치하게 복수하는 거구나. 전부터 느낀 거지만 이 여자, 되게 유치한 여자다. 그녀를 2시간이나 기다린 차빈이었지만 애써 아무렇지도 않은 척 덤덤하게 대답했다.

"괜찮습니다. 스튜디오 안이 따뜻해서 졸면서 기다렸……."

그 순간 서정이 걸음을 옮기며 차빈의 말을 싹둑 잘랐다.

"저 옷 먼저 갈아입을게요."

여기서 더 기다리라고? 진짜 설득이고 뭐고 뒤통수 한 대만 때리고 싶다. 차빈이 울컥 치민 화를 삭이고 있던 그때 시윤이 그녀에게로 다가왔다.

"아, 시윤아, 촬영 끝났어?"

"네. 그럼 잘 해결하고 가요."

시윤은 쿨하게 자리를 뜨는 듯했다. 그런데 몸을 돌린 그가 갑자기 손을 뻗어 차빈의 손에 무언가를 쥐여주고는 가버렸다.

차빈은 고개를 숙여 그가 쥐여준 것을 확인했다. 두 번 접은 작은 쪽지였다.

〈피팅룸 앞으로 좀 와줘요.〉

쪽지를 읽은 차빈은 조심스런 발걸음으로 피팅룸까지 갔다. 방 앞에 다다르자 살짝 열린 문 틈으로 시윤의 목소리가 들려왔다.

"누나, 그거 팔은 어쩌다 그런 거예요?"

시윤의 목소리에 이어 서정의 목소리도 들려왔다.

"팔? 아아, 이거?"

"사진 찍으면 보일 것 같은데요? 어쩌다 그런 거예요?"

그 순간 차빈은 시윤이 자신을 도와주기 위해 일부러 저런 질문을 하는 거란 확신이 들었다.

"나 얼마 전에 이사했잖아. 새집알레르기 같은 거야. 내 피부가 워낙 예민하잖아."

새집 알레르기? 역시 저 반점 증상은 우리 호텔에서 발생한 게 아니었군?

"메이크업 하면 안 보여. 후후-"

서정의 얄미운 웃음소리를 들으며 차빈은 자리로 돌아갔다. 잠시 후 옷을 갈아입은 서정이 차빈에게로 유유히 다가왔다.

"많이 기다리셨죠?"

"네, 많이 기다렸습니다."

차빈의 대답에도 서정은 여전히 당당한 자기 페이스를 유지했다.

"근데 제가 또 이 뒤에 촬영이 있거든요. 그래서 시간이 딱 3분 정도 괜찮네요."

2시간 넘게 기다리게 해놓고 겨우 3분? 차빈은 더 이상 그녀의 무례를 참아줄 수가 없었다. 그래서 곧바로 본론을 꺼냈다.

"그럼 단도직입적으로 말씀드리겠습니다. 신서정 씨 SNS에 있는 저희 호텔 사진, 내려주시죠."

하지만 서정은 무표정한 얼굴로 자신의 손목시계를 확인할 뿐이었다. 잠시 후 그녀가 천천히 입을 열었다.

"저도 그러고 싶은데, 그 SNS 비밀번호를 잊어버렸어요."

"비밀번호 찾기로 찾으시죠."

"그러기엔 제가 시간이 너무 없어서요. 워낙 바쁘거든요."

그때 스튜디오 구석에 있던 매니저가 서정을 불렀다. 노골적으로 촬영 시작을 재촉하는 목소리였다.

"촬영 시간 됐네요. 이만 일어날게요."

서정이 자리에서 일어서자 차빈 역시 그녀를 따라 일어섰다.

"그럼 어쩔 수 없네요."

"여기까지 오셨는데, 좀 죄송하네요."

좀? 좀 죄송해? 이 여자 안 되겠네. 화를 억누른 차빈이 나직하게 말을 시작했다.

"제가 점잖게 얘기할 때 들어주시죠."

자신을 도발하는 듯한 발언에 서정의 예쁘게 정리된 눈썹이 사납게 치켜 올라갔다.

"뭐라고요?"

"왜 거짓말을 하시는 거죠? 우리나라 톱스타께서 대체 뭐가 아쉬워서?"

"무슨 거짓말이요?"

그 순간 차빈이 서정의 가느다란 팔뚝을 덥석 잡았다.

"이게 뭐 하는 짓이에요?"

"무슨 거짓말이냐면서요? 이 거짓말이요."

차빈이 시선을 내려 서정의 반점 있는 팔뚝을 쳐다보자 서정의 눈동자가 미세하게 흔들렸다. 차빈은 동요가 느껴지는 서정의 얼굴을 보면서 다시 입을 열었다.

"이거 저희 호텔에서 생긴 알레르기 아니잖아요?"

차빈의 올곧은 시선이 서정의 굳은 얼굴로 향했다.

"얼마 전에 30억 상당의 고급빌라로 이사하셨다는 기사를 봤거든요, 제가."

서정이 마른침을 삼키면서 입을 열었다.

"그게 이 알레르기랑 무슨 상관인데요?"

"정말 상관이 없다고 생각하세요? 그럼 제가 서정 씨 주치의 한 번 만나봐도 될까요?"

서정은 화난 표정이었지만 더 이상 어떤 말도 하지 않았다. 그런 그녀에게 차빈이 쐐기를 박듯 말했다.

"이 알레르기, 저희랑 상관없다는 거 압니다. 그러니까 이제 그만하시죠.”

“……이거 놓으세요. 점잖지 못하게.”

서정이 신경질적으로 차빈의 손을 쳐냈다. 터져 나오려는 한숨을 참으며 차빈이 말했다.

“점잖게 해결하고 싶어서 이러는 겁니다. 저희도 소송까진 가고 싶지 않거든요.”

“…….”

“직접적은 아니어도 노골적으로 저희 호텔을 겨냥한 건데, 저희도 가만있을 순 없죠.”

서정은 곤란해 보이는 표정으로 아랫입술을 잘근잘근 깨물었다. 그녀를 지그시 보면서 차빈이 정중하게 말했다.

“그 사진, 내려주시겠습니까? 그리고 이왕이면 오해였다는 글도 함께 부탁드립니다.”

“……알았으니까 그만 가세요.”

결국 서정은 신경질적으로 대답하고는 등을 돌려 가버렸다. 그녀의 뒤에서 차빈은 안도의 한숨을 내쉬었다.

홀가분한 마음으로 스튜디오를 나온 차빈은 계단을 내려오면서 시윤에게 전화를 걸었다. 그에게 고맙다는 인사를 꼭 전하고 싶었던 것이다.

“시윤아, 고마워.”

전화기 너머로 시윤의 웃음 섞인 목소리가 들려왔다.

-제가 한 게 뭐 있다고요.

“네 도움 아니었으면 이렇게 빨리 해결하진 못했을 거야. 정말 고마워.”

-고마우면 밥 사요.

시윤의 말에 차빈은 계단을 내려오던 발을 멈췄다. 아무리 고마워도 이건 곤란하다.

"밥? 글쎄, 나 남자친구도 있고 요즘 워낙 바빠서……."

-밥은 아침이 좋겠네요. 아침 사줘요.

"아침?"

차빈이 의아함에 두 눈을 동그랗게 뜨는 순간 건물의 유리문이 열리고 시윤이 들어왔다.

"네, 아침."

들고 있던 전화기를 흔들며 시윤이 싱긋 웃었다.

"너 아직 안 갔어?"

"누나 나오는 거 기다렸죠."

차빈이 부담스럽지 않게 일부러 밖에서 그녀를 기다린 것이다.

"누나 남자친구 생긴 것도 알겠고 바쁜 것도 알겠으니까, 나 아침이나 좀 사줘요. 새벽부터 촬영해서 배가 너무 고프단 말이에요."

"으, 응. 알았어. 가자."

이번 사건 해결에 시윤의 도움이 컸기 때문에 차빈은 그의 말을 거부할 수 없었다. 결국 그와 함께 걸음을 옮겼다.

"사진 내려갔어요. 그리고 해명 사진도 올라왔고요."

그로부터 한 시간도 지나지 않아 문제의 신서정 반점 사진은 삭제되었다. 그 대신 울상을 짓고 있는 신서정의 새로운 사진이 업데이트되었다. 일단 도미호텔 측은 문제가 커지는 걸 원치 않기 때문에 그 새로운 사진의 태그를 사과로 받아들이기로 했다.

[#단순반점 #알레르기는무슨 #오해 #미안 #D호텔]

차빈이 보여준 SNS 사진을 확인한 하렴이 싱긋 미소를 지으며 자리에서 일어섰다.

"잘했어. 그래서 내가 포상을 좀 해줄까 하는데."

"포상이요? 어떤 거요?"

'포상'이란 단어에 차빈의 표정이 화사하게 밝아졌다. 호텔에 도움이 될 만한 일을 한 것 자체가 기쁜 일이지만 포상까지 받는다면 더더욱 기쁜 일이 아닌가. 그때 하렴이 그녀의 앞으로 다가서며 자신의 입술을 검지로 톡톡 두드렸다.

"이거."

그 모습을 본 차빈이 부끄러워하며 뒤로 물러섰다.

"왜 이러세요. 사장님, 요즘 신왕자가 아니라 에로왕자 같아요."

하지만 하렴은 포기하지 않고 그녀 쪽으로 다시 걸음을 옮겼다.

"이리 와봐."

"싫어요."

"말은 '싫어요' 하면서 입은 웃고 있는데?"

"아니거든요?"

하렴이 손을 뻗어 차빈의 팔목을 잡아끌자 차빈은 못 이긴 척 그에게 안겼다. 그런데 그때 주머니에 넣어둔 휴대폰에서 진동이 느껴졌다.

"잠깐만요, 문자 왔어요."

하렴의 손을 떼어내고 차빈은 방금 도착한 문자를 확인했다. 문자의 발신자는 시윤이었다.

[누나, 아침 잘 먹었어요!^^ 누나랑 먹어서 그런가, 더 맛있더라고요.]

"……!"

화들짝 놀란 차빈이 휴대폰 화면을 끄려는 순간 하렴이 그것을 빼앗았다.

"이게 뭐야?"

휴대폰에서 시선을 거둔 하렴이 살벌하게 차빈을 노려보았다.

"너 애랑 아침밥 먹었냐?"

"아니, 그게, 사정이 있어요. 얘가 신서정 사건을 해결하는 데 결정적인 도움을 줬거든요. 그래서 고마운 마음에……."

"내 도움은 필요 없다고 하더니, 이 자식 도움은 받았어?"

"그게, 정말 우연히 만나가지고 진짜 우연히 도와준 거예요."

그때 차빈의 휴대폰으로 또다시 문자가 도착했다. 두 사람은 동시에 그 문자를 확인했다.

[오늘도 남자친구랑 행복한 하루 보내요!♡]

"이, 이거 봐요! 얘가 나한테 남자친구랑 행복한 하루 보내라잖아요! 애랑은 진짜 그냥 밥만 먹은 거예요."

"흐음."

하렴의 태도가 조금 누그러지자 차빈은 재빨리 그의 손에서 휴대폰을 빼앗았다. 그런데 그때 하렴이 갑자기 버럭 목소리를 높였다.

"아, 나 깜박 속을 뻔했어! 그럼 맨 끝에 붙은 하트는 뭐야?"

"실수인가 보죠. 저도 이런 실수한 적 있거든요. 그리고 사장님도 전에 물음표 붙이려다가 실수하신 적 있잖아요? '미쳤냐♡' 이렇게."

하렴이 께름칙한 기분을 떨쳐내지 못하고 있던 그때 문자가 또 도착했다.

"또 그놈이야?"

차빈은 하렴의 눈치를 보면서 문자를 확인했다. 그런데 이번 발신자는 안내데스크에서 일하는 선영이었다.

"아뇨. 선영 언니예요."

[사장 비서실로 택배 와 있음! '푸롬 필립'이라고 쓰여 있어(참고로 내가 발음 굴린 거 아님. 진짜 한국어로 이렇게 쓰여 있음)]

"비서실로 택배가 하나 와 있대요."

문자를 읽은 차빈이 하는 말에 하렴이 심드렁하게 물었다.

"누구한테 온 건데?"

"필립이요."

'필립'이란 이름을 들은 하렴의 표정이 달라졌다.

왠지 불길하다. 그것도 엄청.

"얼마 전에 선물 보낸다고 하더니 그건가 봐요."

차빈은 재빨리 발을 떼면서 하렴을 향해 말했다.

"바로 가져올게요."

"잠깐!"

하렴이 사장실 문으로 걸어가는 그녀를 급히 불러 세웠다. 차빈이 의아한 얼굴로 그를 돌아보자 하렴이 짧게 덧붙였다.

"같이 가."

그녀석의 선물이라니, 분명 정상적인 것일 리가 없다. 그도 그럴 것이 하렴은 그동안 필립에게서 받았던 선물들을 이렇게 정의하고 있었던 것이다.

'비싸게 산 쓰레기.'

하렴은 필립이 보낸 택배 상자를 손에 꼭 쥔 채 불안해 보이는 표정을 짓고 있었다. 그는 차빈이 들겠다고 하는 것도 만류하고 그것을 자신의 손으로 꼭 사수하고 싶어 했다. 덕분에 차빈은 그 상자 안의 내용물이 너무 궁금해서 견딜 수가 없었다.

"그거, 열어보면 안 돼요?"

"안 돼."

계속 눈치만 보던 차빈이 겨우 용기를 내어 말했지만, 그녀의 제안은 단박에 거절당했다. 그 단호한 거절 때문에 차빈의 궁금증은 배가되었다.

"그게 대체 뭔데요?"

결국 차빈이 단도직입적으로 물었다. 그런데 하렴의 대답이 좀 이상했다.

"나도 몰라."

"네? 몰라요? 근데 왜 못 열게 해요?"

"……여태껏 그녀석이 나한테 선물한 것들은 죄다 쓰레기에 가까운 것들이었거든."

대답을 하면서 하렴은 그동안 필립에게서 받았던 선물들을 떠올렸다. 그러자 절로 한숨이 새어나왔다.

그 비싼 루왁커피의 원료라며 커피 열매를 먹인 사향고양이의 배설물을 준 적도 있었고, 할리우드 섹시스타의 누드 포스터를 백 장이나 건넨 적도 있었으며, 위아래로 연결된 동물 잠옷을 세 벌이나 선물한 적도 있었다.

대체 왜 고양이의 배설물을 그대로 주고 똑같은 누드 포스터를 백 장씩이나 건네며 어울리지도 않는 동물 잠옷을 선물하냔 말이다! 그건 아마도 그가 자신의 곤란해하는 얼굴을 보고 싶기 때문에 저지른 일들일 것이다. 그러니 이번에도 분명…….

"근데 그거, 사장님한테 보낸 게 아니라 저한테 보낸 거예요."

그때 차빈이 하렴을 향해 조심스럽게 말했다. 그 말에 하렴은
천천히 고개를 숙였다. 정말 택배 상자 위에 붙은 송장에는 '투 차
빈'이라고 쓰여 있었다. 그것을 확인한 하렴이 멈칫하는 사이 차빈
은 그의 손에서 상자를 가져갔다.

곧 엘리베이터에서 내려 비서실 책상으로 달려간 차빈은 빠른
손놀림으로 그 택배 상자를 개봉했다. 상자를 열자마자 보이는 건
필립이 영어로 쓴 편지였다.

〈아빠한테 받은 해리 어릴 때 사진들과 내가 갖고 있던 해리 사진
들! 차빈에게 선물하고 싶어♡〉

차빈의 손이 그 편지를 걷어내자 그 밑에 있던 사진들이 보였
다. 첫 장은 하렴의 십 대 때의 모습이 찍힌 사진이었다. 그 사진
속엔 다듬어지지 않은 짧은 머리와 지금보다 두껍고 정리도 안 된
굵은 눈썹을 가진 하렴이 카메라를 향해 뚱한 표정을 짓고 있었다.

"너무 귀엽다."

차빈이 미소를 지으며 그 사진을 넘기자 이번엔 소파에서 잠을
자고 있는 하렴의 사진이 보였다.

"뭐야? 사진이었네."

그사이 차빈의 뒤로 다가온 하렴이 택배 상자 안을 확인하고는
안도의 목소리를 냈다.

"네. 사장님은 10대 때도 잘생기셨네요."

"잘생긴 게 어딜 가겠어."

거만하게 말하는 하렴 때문에 차빈은 피식 웃음이 났다. 웃으면

서 그녀는 자신이 본 그의 사진들을 하렴에게 건넸다. 그러곤 다음 사진으로 시선을 옮겼다.

그런데 그 순간 그녀의 얼굴에서 미소가 사라졌다. 그다음 사진 속엔 파티장인 듯한 공간에서 하렴이 양쪽, 그리고 앞뒤로 예쁘고 늘씬한 여자들에게 둘러싸여 있었던 것이다. 그런데 그다음 사진, 그리고 그다음 다음 사진도 모두 여자들과 함께였다. 게다가 주변 여자들의 옷은 하나같이 다 가슴이 파여서 꽤나 야했다.

"이, 이게 다 뭐예요?"

차빈이 넘긴 사진들을 보고 있던 하렴이 그녀의 목소리에 놀라 고개를 돌렸다. 차빈의 손에 들린 사진들을 확인한 하렴이 눈썹을 구겼다.

"필립 이 자식……!"

내 이럴 줄 알았다. 이래서 녀석의 선물 따위 반갑지 않았던 거다.

"당장 버려."

하렴이 사진들을 뺏으려고 하자 차빈이 급히 손을 뒤로 뺐다.

"싫은데요?"

"버리자. 버리게 해줘."

하렴이 그녀를 향해 진지하게 부탁했지만 차빈은 단호히 고개를 저었다. 그런 그녀에게 하렴이 조그마한 목소리로 말했다.

"……잘못했어."

"뭘요?"

"여자들이랑 파티 하는 자리에 가서. 여자들이랑 사진 찍어서. 여자들 옆에 서 있어서."

그때 그의 눈에 사진을 쥔 채 부들부들 떨고 있는 차빈의 손이 포착되었다. 조금 흠칫한 하렴이 서둘러 다시 입을 열었다.

"하지만 나는 맹세코 파티 장소에 30분 이상 머무른 적 없었어. 그리고 파티도 상위 1프로 자제들 사교모임이라 간 것뿐이야."

"⋯⋯."

"그리고 무엇보다 내가 안 가면 날뛰는 필립을 누가 말리냐고 마크 회장님이 가달라고 부탁하시기도 했고."

잔뜩 화가 나 있는 듯한 차빈의 표정을 보면서 하렴은 필립을 원망하고 또 원망했다.

나한테 보낸 게 아니라고 조금이나마 방심했던 내가 정말 바보다.

"누가 에로왕자 아니랄까 봐 여자들이랑 참 가까이도 서 있네요."

비꼬는 차빈의 말에 하렴은 진지하게 반박했다.

"걔네들이 붙은 거야. 난 처음부터 끝까지 그 자리에 그대로 서 있었어."

"거짓말하지 말아요."

"진짜야. 사진도 필립이 마크 회장님 보여준다고 해서 억지로 찍은 것뿐이라고."

하렴은 정말 억울했다. 마크 회장 때문에 몇 번 사교 파티에 간 적은 있지만 파티를 즐겼던 적은 단 한 번도 없었다. 하지만 차빈은 좀처럼 믿어주질 않았다.

"집에서도 막 파티 하고 그랬죠? 여자도 초대하고?"

"맹세코 나는 집에 여잘 초대한 적도 없었고 파티를 즐기는 편도 아니었어."

그럼에도 여전히 차빈의 두 눈은 의심으로 가득 차 있었다. 그래서 하렴은 보고 싶지도 않은 사진들을 향해 검지를 뻗으며 말을 이었다.

"그럼 사진을 다시 봐봐. 이 파티 사진들 중에 내가 웃고 있는 사진이 있기는 해?"

그 말대로 천천히 시선을 내려 사진들 속 하렴의 얼굴을 확인했다. 열 장이 넘는 사진들 속에서 그는 한결같이 무표정이었다. 그걸 확인하자 차빈은 조금 기분이 나아졌다.

그때, 어떡하든 필립이 만들어낸 이 망할 상황에서 벗어나고 싶어진 하렴이 제안했다.

"그러니까 주말에 우리 집에 놀러 와."

"그러니까? 접속 부사가 좀 이상하지 않아요?"

하렴이 생뚱맞게 꺼낸 제안에 차빈의 두 눈이 커졌다. 그녀를 보며 하렴이 진지하게 말을 이었다.

"나 지금 난생처음 정식으로 우리 집에 여자를 초대하는 거야."

그는 정말 집에 여자를 초대한 적이 단 한 번도 없었다. 초대할 필요도 없었고 그러고 싶지도 않았다. 하지만 지금 하렴은 진심을 다해 그녀에게 제안하고 있었다. 그녀가 그의 처음이 되었으면 했다.

"내가 요리해줄게."

하렴의 진지한 눈빛에 차빈의 두 눈동자가 흔들렸다.

요리? 상당히 구미가 당긴다. 하지만 역시 아직은 좀 부담스러운 느낌이 강했다. 물론 그의 집에 가본 적이 있긴 하지만, 그건 비서로서지 여자로서가 아니지 않은가.

"아직 집까지 가기엔 좀……."

"부담스러워?"

차빈이 조심스럽게 고개를 끄덕이자 하렴도 쿨하게 고개를 끄덕였다.

"알았어. 그럼 기다릴게. 네가 오고 싶을 때 와."

그런데 그 순간 차빈의 표정이 미묘하게 굳어졌다.

……의외로 포기가 빠르네, 이 남자. 한 번만 더 제안해주면 못 이긴 척 가겠다고 말하려 했는데.

내심 서운했지만 차빈은 쿨한 척 말했다.

"알겠어요. 그때가 언제가 될진 모르겠지만."

그녀가 말을 마치자마자 하렴은 조용히 자신의 사진들을 주섬주섬 챙기기 시작했다. 그런 그의 팔목을 차빈이 덥석 잡아챘다.

"제가 처리하겠습니다, 사장님."

"아니야. 내가 버릴게."

"아뇨. 버려도 제가 버려요."

차빈이 두 눈에 힘을 주며 그를 빤히 쳐다보았다. 결국 하렴은 그 사진들을 손에서 놓고 말았다.

"알았어. 뒤처리 부탁해, 이 비서."

25. 완벽하게 잔인한 진실

퇴근할 때가 되면 하렴은 사장실에서 나와 차빈에게 손을 쓱 내민다. 차빈이 그 손을 잡으면 둘은 같이 엘리베이터에 오른다. 그리고 엘리베이터 안에서 서로를 사랑스럽단 눈빛으로 쳐다본다. 그런데 엘리베이터 문이 다시 열리면 두 사람은 손을 놓고 거리도 꽤 떨어져서 걷는다. 이건 두 사람이 사귀고 나서부터 늘 있는 퇴근 풍경이다.

"이대로 헤어지기 싫은데."

차빈의 집 근처에 차를 세우고 내린 하렴이 아쉽다는 표정으로 나직이 중얼거렸다. 그러곤 노골적으로 주변을 두리번두리번 둘러보았다.

"이 근처에 조용하고 으슥한 데 없어?"

"그걸 제가 알려줄 것 같아요?"

차빈이 새치름하게 치뜬 눈으로 하렴을 흘겨보았다. 하지만 하렴은 아랑곳 않고 그녀를 향해 씨익 웃었다.

"그럼 찾으러 돌아다니자."

그의 제안이 귀엽게 느껴져서 차빈은 웃음을 터뜨렸다. 잠시 곰곰이 생각하던 그녀가 입을 열었다.

"그럼 공원 갈래요?"

"응. 난 네가 공장엘 가자고 해도 가."

차빈의 입에서 또다시 피식 웃음이 터졌다.

"이쪽이에요."

차빈이 가리킨 방향으로 두 사람은 걸음을 옮겼다. 계절이 계절인지라 제법 쌀쌀한 바람이 불었지만 두 사람은 아랑곳 않고 서로의 손을 꼭 잡은 채 길을 걸었다.

그때 그들의 앞쪽에서 자전거 한 대가 빠르게 달려왔다. 그걸 먼저 본 하렴이 차빈의 손을 놓고 그대로 그녀의 허리를 감싸 안았다.

"……!"

하렴이 차빈의 몸을 자신의 쪽으로 당기고 난 다음 순간 자전거가 그들의 곁을 빠르게 지나갔다. 차빈이 화들짝 놀란 얼굴로 그의 손을 떼어냈다.

"왜, 왜 이래요?"

"자전거로부터 널 보호한 건데?"

솔직히 지금 차빈은 심장이 쿵쾅거려서 하렴의 말도 귀에 잘 들어오지 않았다. 아직도 허리에 그의 손의 감촉이 남아 있는 듯했다. 그와 키스도 했건만, 왜 이 손길에 이렇게 떨리는지 모르겠다.

"그렇다고 허릴 잡을 필욘 없잖아요?"

달밤의 가로등 불빛을 받은 차빈의 얼굴은 불그스름했다. 하지만 그건 비단 가로등 불빛 때문만은 아니었다.

"안 그랬으면 네가 다칠 수도 있었어."

"그냥 다치게 둬요."

그게 덜 심쿵할 테니까. 긴장한 차빈이 정색을 해버리자 하렴은 이해가 안 된다는 듯 눈살을 찌푸렸다.

"네가 다치면 내가 더 아픈데, 어떻게 그냥 두냐?"

그 순간 차빈의 얼굴이 더욱 붉게 물들었다.

"그런 말도 하지 말아요."

"왜?"

"부끄럽잖아요."

대답을 하면서 차빈은 그의 시선을 피했다. 그러자 하렴이 손을 뻗어 그녀의 턱을 잡더니 자신의 얼굴 쪽으로 돌렸다.

"설레서가 아니고?"

"그게, 그거예요. 저한텐 부끄러우니까 설레는 거고, 설레니까 부끄러운 거……."

그 순간 하렴의 입술이 차빈의 입술을 덮쳤다. 입술이 닿는가 싶더니 곧 부드러운 혀가 그녀의 입 안으로 들어왔다. 그의 혀는 천천히 유영하듯 치열을 훑고는 또 다른 혀와 엉켜들었다. 그가 주는 감각에 취한 채 차빈은 두 손으로 그의 코트를 꽉 움켜쥐었다. 그때 그녀의 입술 위에서 하렴이 속삭이듯이 말했다.

"그렇게 말하면 키스를 안 할 수가 없잖아."

하렴은 차빈을 두 팔로 꽉 안아주었다. 그러면서 그녀의 귀 쪽으로 고개를 숙였다.

"있잖아."

"네."

"오늘 우리 집 비었어."

그 소곤거리는 목소리에 차빈은 피식 웃으며 대꾸했다.

"사장님 집은 늘 비어 있잖아요."

"……안 속네."

장난스럽게 말하면서 하렴은 그녀에게서 몸을 떼어냈다. 두 사람은 다시 손을 잡고 나란히 걷기 시작했다.

"근데 포기한 거 아니었어요?"

문득 차빈이 하렴 쪽으로 고개를 돌리며 물었다.

"뭘?"

"저 집에 초대하는 거요. 아까 기다린다고 했잖아요."

"기다린다고 했지, 안 조른다고는 말 안 했잖아."

하렴이 정색하며 대꾸하자 차빈의 입가에 미소가 드리워졌다.

"그럼……."

잠시 후 그녀가 조심스럽게 입을 뗐다.

"이번 주말에, 갈게요!"

순간 하렴의 눈썹이 치켜 올라갔다.

"우리 집?"

"네, 사장님 집이요."

"정말?"

기쁜 얼굴로 되묻는 하렴에게 차빈은 다부지게 고개를 끄덕였다.

"다녀왔습니다."

집안은 어두컴컴하고 조용했지만 차빈은 버릇처럼 인사를 했다. 그러고는 곧바로 거실 불을 켜고 벽시계로 시간을 확인했다.

밤 12시. 인후는 아직 돌아오지 않은 듯했다. 요즘 카페가 더 바빠져서 오늘도 폐점이 늦어지는 모양이다.

그때 차빈의 눈이 바닥에 떨어져 있는 검정색 반지갑을 발견했다. 인후의 지갑이었다. 아무래도 그가 정신없이 나가면서 떨어뜨린 것 같았다. 차빈은 허리를 숙여 그 지갑을 집어 들었다. 그런데 그 두께에 깜짝 놀랐다. 얇아도 너무 얇았던 것이다. 그녀는 곧바로 지갑을 열어보았다.

역시.

인후의 지갑엔 천 원짜리 한 장만이 덩그러니 들어 있었다.

'돈 좀 넣어둘까?'

이런 좋은 생각이 든 차빈은 자신의 지갑을 꺼내기 위해 겨드랑이에 그 지갑을 꼈다. 그런데 가방 제일 밑에 깔려 있는 지갑 때문에 그녀의 움직임이 커졌다.

그 순간 인후의 지갑이 바닥으로 떨어져버렸다. 무심코 고개를 숙인 차빈의 눈에 인후의 지갑 사이로 삐죽이 튀어나온 사진 모서리가 보였다. 차빈이 그 사진을 보려고 지갑을 다시 들어 올린 순간 현관문이 열렸다.

"차빈아, 너도 이제 왔……."

현관으로 들어서던 인후가 차빈의 손에 들린 자신의 지갑을 발견하고는 사색이 되어 달려왔다. 황급히 차빈의 손에서 지갑을 빼낸 인후가 그녀에게 소리쳤다.

"너 이거 봤어?"

"어."

차빈은 짧게 대답하면서 인후가 미처 벗지 못한 운동화 한 짝을 슥 내려다보았다. 그는 지금 너무 급한 나머지 신발을 벗다 만 상태였다.

"봤다고?"

인후가 사색이 된 얼굴로 다시 묻자 차빈은 덤덤히 고개를 끄덕였다.

"어. 천 원밖에 없더라?"

그 순간 인후의 잔뜩 굳었던 얼굴이 조금 풀어졌다.

"아, 하, 그래. 아빠 진짜 돈 없어. 하하, 불쌍하지? 하하하-"

"응, 돈 좀 넣고 다녀. 그리고 신발도 좀 벗고."

"어, 그래, 알았어."

인후는 어색하게 웃으며 다시 현관으로 가서 신발을 벗었다. 그의 모습을 차빈은 뒤에서 물끄러미 지켜보았다.

'왜 저렇게 당황해? 새로 사귄 애인 사진이라도 있나?'

차빈은 조금 고개를 갸웃하다가 이내 방 쪽으로 몸을 돌렸다.

'시간을 좀 줘요.'

자신의 고백에 진은 이렇게 말했었다.

'대신 이번엔 전화 안 피할게요.'

부끄러운 듯 시선을 피한 채 말을 잇던 진의 모습을 떠올리며 희진은 나직하게 웃음을 터뜨렸다. 옆쪽 데스크에 서 있던 희진이 갑자기 웃음을 터뜨리자 선영이 의아한 표정으로 고개를 돌렸다.

"갑자기 왜 웃어?"

"있잖아, 총지배인님이……."

"아, 총지배인님 하니까 생각났다. 나 총지배인님한테 고백했어."

선영이 희진의 말을 자르며 담백하게 말했다.

"뭐? 고, 고백?"

희진의 두 눈이 화등잔처럼 커졌다. 놀란 그녀의 심장이 쿵쾅쿵쾅 뛰었다.

"무슨 고백? 사랑 고백?"

"사랑 고백은 아니고. 내가 총지배인님 별명 '야닭소' 지었다고 고백했어."

방금 전보다 희진의 눈이 더 커졌다. 당황한 그녀가 선영을 향해 따지듯이 말했다.

"야, 그거 엄밀히 말하면 네가 지은 거 아니잖아?"

"무슨 소리야? 너 전엔 내가 지은 거라고 말했었잖아."

"근데 그 별명은 내가 야쿠자랑 소도둑 얘기하는 거 보고 그냥 이어붙인 거라며?"

"그러니까. 결국 그 별명을 지은 건 나지."

"아니. 나 아니었으면 그 별명은 애초에 만들어질 수 없었어."

안내데스크에서 목소리를 높이고 있는 두 사람 때문에 호텔로비 내 고객들이 힐끔힐끔 그녀들을 쳐다보기 시작했다. 그 시선을 느낀 선영이 황급히 목소리를 낮추었다.

"근데 지금 왜 우리가 이걸로 싸우고 있는 거지?"

"그, 그러게. 별로 중요한 것도 아닌데."

큼큼, 밀려오는 민망함에 희진은 헛기침을 했다. 그때 선영이 원래부터 하고 싶었던 말을 이었다.

"암튼, 그 고백을 했는데도 총지배인님이 밥을 안 사줬어."

"아, 그래?"

희진의 눈동자가 미세하게 흔들렸다.

그렇다면 총지배인님은 우리가 서로 그 별명을 지었다고 우긴 다는 걸 알고 있는 상황이구나. 그런데 나한텐 그에 대해 한마디도 안 했다. 분명 왜 거짓말을 했냐고 물어도 되는 상황인데.

……정말 알면 알수록 진국인 남자다.

희진은 문득 그가 보고 싶고 그의 목소리가 듣고 싶어졌다.

'퇴근 후에 전화해봐야지.'

솔직히 지금 차빈은 너무 긴장해서 눈앞에 놓인 토마토 스파게 티가 잘 넘어가지 않았다.

"왜 안 먹어? 맛없어? 난 괜찮던데."

식탁 반대편에 앉은 하렴이 잘 먹지 못하는 그녀를 걱정스럽게 쳐다보았다. 그래서 차빈은 얼른 다시 포크를 움직였다.

그가 만든 것이니 맛있게 먹고 싶었고 실제로 맛도 있는 편이었 다. 하지만 차빈은 자신을 뚫어지게 쳐다보고 있는 하렴의 아직 덜 마른 머리카락과 딱 들러붙은 셔츠가 신경 쓰여 견딜 수가 없었다.

왜 그는 자신이 집에 오는 걸 알고 있었으면서 샤워를 한 것인 가? 대체 무슨 목적으로? 게다가 왜 하필이면 샤워 후 고른 셔츠 가 저렇게 타이트한 것인가? 도대체 무엇을 노리고?

샤워코롱 향을 풍기면서 젖은 머리카락으로 완성한 요리를 건 네는 하렴의 모습은 위험할 정도로 섹시했다. 차빈은 그때부터 묘한 긴장감에 휩싸여야 했다.

"영화 볼래?"

식사를 마치자마자 하렴이 제안했다. 차빈은 대답을 망설이다가 벽시계를 힐끔 올려다보았다. 밤 9시. 너무 늦었다고 말하기에도 애매한 시간이다.

'그래. 딱 영화 한 편만 보고 집에 가면 되지, 뭐.'

차빈은 이렇게 다짐하며 고개를 끄덕였다. 다음 순간 그녀는 허리를 꼿꼿하게 세운 채 소파에 앉았다. 리모컨을 손에 들고 조작하던 하렴이 어쩐지 불편해 보이는 그녀의 자세를 발견하고는 물었다.

"그렇게 보려고? 안 불편해?"

"괜찮아요."

곧 영화가 시작되려 하고 있었지만 차빈은 꼿꼿하게 버텼다.

"내가 안 괜찮아서 그래. 여기 소파에 기대."

하렴이 소파에 앉으며 자신의 옆쪽 소파등받이를 손가락으로 톡톡 쳤다. 하지만 차빈의 태도는 변함이 없었다.

"아뇨. 이게 편해요."

"내가 안 편하다니까."

"저는 편해요."

TV 화면만 응시한 채 차빈은 계속 거절했다. 그녀의 옆얼굴을 물끄러미 보던 하렴이 불쑥 그녀에게로 손을 뻗으며 말했다.

"그럼 나한테 기댈래? 억지로 기대게 해줄 수 있는데."

다음 순간 하렴의 손이 차빈의 허리를 잡고는 그대로 자신의 가슴 쪽으로 그녀를 당겨 안았다. 화들짝 놀란 차빈의 입에서 짧은 비명이 터져 나왔다.

"꺅!"

어깨에서 느껴지는 그의 탄탄한 가슴과 허리를 꽉 잡고 있는 강인한 손에 차빈의 심장은 쿵쾅쿵쾅 뛰기 시작했다.

"그, 그냥 소파에 기댈게요."

재빨리 다시 몸을 세운 그녀가 하렴의 손을 떼어내고 소파 등받이에 등을 기댔다. 이편이 확실히 편하긴 편했다.

"진즉에 그럴 것이지."

하렴은 낮게 중얼거리며 그녀의 옆으로 등을 기댔다. 그 순간 차빈은 슬쩍 눈만 돌려 하렴의 타이트한 셔츠를 훑어보았다.

'어떻게 저렇게 타이트한 옷을 입고도 배가 안 나올 수 있지? 식스팩이라도 있는 건가? 아니야. 식스팩은 그렇게 쉽게 만들어지는 게 아니잖아. 궁금한데 한번 벗겨보…… 려고 하지 마!'

차빈은 불순한 생각을 급히 털어내며 영화에 집중하려고 노력했다. 그런데 영화에 집중을 하고 있는 중간중간 후각을 통해 하렴의 샤워코롱 향이 전해졌다.

불현듯 차빈은 알 수 없는 갈증을 느끼고 마른침을 꿀꺽 삼켰다. 그런데 그때 하렴의 손이 그녀의 배 위로 올라왔다. 그 손은 그녀의 손을 찾는 듯하다가 이내 그녀의 배 위에서 가만히 그 움직임을 멈췄다.

"……!"

깜짝 놀란 차빈이 고개를 옆으로 돌렸지만 하렴은 평온한 얼굴로 영화만 보고 있을 뿐이었다. 차빈은 방금 밥을 먹어서 뽈록 나왔을 배가 신경 쓰였다. 그의 손에 자신의 뱃살이 느껴지지 않도록

숨을 살짝 들이쉬었다. 하지만 언제까지고 이렇게 숨만 들이쉬고 있다가는 저승으로 가버릴지도 모른다. 결국 차빈은 숨을 토해내면서 말했다.

"치워주세요."

그랬더니 하렴이 고개를 돌리며 덤덤하게 물었다.

"뭘?"

"손이요, 손."

"왜? 그냥 얹은 거잖아."

"당신은 그냥 얹은 거겠지만 나는 생명의 위협을 받고 있어요. 덕분에 숨을 못 쉬겠다고요."

배 나올까 봐. 자존심 때문에 이 마지막 말은 꾹 삼켰다. 그사이 하렴은 자신의 손을 거둬가며 차빈의 굳어 있는 얼굴을 물끄러미 쳐다보았다.

"너 근데, 왜 그렇게 긴장했어? 아무 짓도 안 하잖아, 나."

하렴이 이해할 수 없다는 어조로 말하자 차빈은 그를 원망하듯 흘겨보았다.

"샤워는 왜 했어요?"

"원래 그 시간에 해."

"셔츠는 왜 그렇게 타이트하죠?"

"그냥 걸려 있는 거 입은 건데, 이런 거 싫어해? 벗을까?"

"아뇨! 좋아해요."

다급하게 튀어나온 차빈의 대답에 하렴도 그녀 자신도 놀랐다. 당황한 차빈이 어쩔 줄 몰라 하는 사이 하렴의 입가엔 매력적인 미소가 걸렸다.

다음 순간 그는 손을 뻗어 차빈의 작은 턱을 잡았다. 그러고는 곧바로 입술을 맞췄다. 차빈의 윗입술과 아랫입술에 부드럽게 흔적을 남긴 그의 혀가 그녀의 안으로 들어갔다.

쿵쾅쿵쾅. 야릇하게 느껴지는 그의 움직임 때문에 차빈은 심장이 터질 것처럼 빠르게 뛰었다. 세차게 뛰는 심장소리가 하렴에게 들릴까 봐 차빈은 서둘러 그의 어깨를 밀어냈다.

"우리 그냥 영화만 보면 안 될까요?"

"넌 그냥 영화 봐. 난 널 볼게."

하렴의 손가락이 차빈의 입술에 묻은 타액을 닦아냈다. 그 때문에 차빈의 심장은 계속 뛰어댔다. 곧바로 다시 입을 맞추려는 하렴을 말리며 차빈이 급하게 말했다.

"요즘 나만 보면 스킨십하려는 거 알아요?"

"남자들은 원래 다 그렇잖아."

덤덤하게 대답하는 하렴을 향해 차빈이 다시 입을 열었다.

"진짜 남자들은 머릿속에 온통 그 생각밖에 없나 봐요?"

"그 생각? 무슨 생각?"

"그, 그 생각이요."

조금 당황한 듯한 차빈의 반응에 하렴은 짓궂은 표정을 지으며 말했다.

"그 생각이 뭔데? 말해봐. 너 한국어 잘하잖아."

그 순간 차빈은 오기가 생겨서 대답했다.

"야한 생각이요."

그러나 대답하자마자 얼굴이 화끈거렸다. 하렴은 차빈이 부끄러움에 얼굴을 붉히는 모습이 귀여워서 미소를 지었다.

"구체적으로 어떻게 야한? 난 한국어가 서툴러서 이해가 잘 안 되네."

요즘엔 거의 한국어 천재 수준이면서 무슨 소리람? 차빈은 잠시 망설이다가 다시 입을 열었다.

"그러니까 나를 막…… 막 그렇게 막……."

"막 뭐? 막 만지고? 막 더듬고?"

하렴이 차빈의 배 쪽으로 손을 뻗더니 부드럽게 터치했다. 자신의 뱃살을 만진 것 같은 그의 행동에 차빈은 깜짝 놀라 자리에서 일어섰다.

"하지 마요, 이 에로왕자!"

이렇게 갑자기 훅 들어오는 건 반칙이다. 적어도 숨을 들이쉴 기회는 줘야 하지 않나!

괴로워진 차빈은 하렴을 피해 저 멀리 구석으로 도망쳤다.

"그렇게 도망치지 마. 내가 벌레냐?"

멀어지는 차빈의 모습을 보면서 하렴은 시무룩한 표정을 지었다.

"알았어. 아무 짓도 안 할게. 차렷 자세로 있으면 되잖아."

결국 하렴이 한발 물러서면서 그녀를 달랬다. 하지만 차빈은 좀처럼 다시 움직이지 않았다.

"아니면, 그냥 집에 갈래?"

잠시 후 하렴이 굳은 얼굴로 다시 제안했다. 그러자 두 사람 사이에 어색한 정적이 흘렀다.

"……."

차빈은 더 괴로워졌다. 그렇다고 이제 와서 배를 만지는 게 싫었던 게 아니라 똥배를 만지는 게 싫었다고 이야기할 수는 없지 않은가. 그리고 무엇보다 그녀에겐 이 모든 일들이 처음이다. 연애도 스킨십도. 모두 어색한 일투성이란 말이다.

"이해해줘요. 처음이라서 그래요."

"……응. 이해해."

하렴은 충분히 그럴 수 있다는 듯 덤덤히 고개를 끄덕였다. 그를 보면서 차빈이 나직하게 말했다.

"천천히 해요, 우리."

"우린 지금도 충분히 천천히야."

하렴은 다소 씁쓸해 보이는 미소를 지었다. 하지만 금방 씁쓸한 미소를 거두고 차빈을 향해 다가갔다. 그가 차빈의 앞에서 그녀를 꼭 안아주며 속삭였다.

"그렇지만 더 천천히 가보자. 내가 거북이인가 신하렴인가 헷갈릴 정도로 늦춰볼게."

그의 말이 차빈은 너무 고마웠다.

"먼저 들어가."

늦은 밤, 하렴과 차빈은 10분째 서로 같은 말을 반복하고 있었다.

"먼저 가요."

"아니야. 너 먼저 들어가."

헤어지긴 싫지만 헤어져야 할 때 서로를 먼저 보내려는 애틋한 과정. 커플이라면 항상 거치는 이 과정을 이 커플도 겪고 있었다.

"이러다 밤새우겠어요. 사장님 먼저 차에 타요, 어서."

결국 차빈이 먼저 결단을 내렸다. 그런데 그 순간 그녀가 말한 단어가 하렴의 가슴에 괜히 턱 걸려버렸다.

"둘이 있는 데서 그 '사장님'이란 호칭은 별로인 것 같아. 뭐, 딴 거 좋은 건 없어?"

차빈이 곰곰이 생각에 잠긴 얼굴을 했다. 그러다 얼마 후 천천히 입을 열었다.

"그럼…… 오빠?"

뭐야. 하렴은 순간 조금 당황스러웠다.

"오빠?"

이 단어는 대체 뭔데, 이렇게 사람 기분을 이상하게 만드는 거지? 한국 남자들이 '오빠'라는 울림에 설레는 기분을 좀 알 것도 같다.

"부끄럽네요. 저 먼저 들어갈게요, 오빠."

"어, 어. 들어가. 오빤 이제 갈게."

차빈을 들여보내고 하렴은 그 자리에서 한참을 들뜬 마음으로 서 있었다.

잠시 후 설레는 마음을 진정시킨 하렴이 몸을 돌렸다. 주차해둔 곳을 향해 걷고 있는 그의 시야로 반대편에서 걸어오는 중년 남자가 들어왔다. 가로등 불빛을 받아 불그스름한 그 남자의 얼굴을 무심코 쳐다본 하렴은 심장이 쿵 떨어지는 느낌을 받았다.

"……!"

남자의 파마머리와 수염은 익숙지 않은 것이었지만 그의 눈, 코, 입은 하렴이 절대 잊으려야 잊을 수가 없는 것이었다.

하렴은 그 자리에서 발이 멈춰 움직일 수가 없었다. 그때 반대편 남자도 하렴을 발견하고 걸음을 멈췄다.

"……하렴아."

남자가 떨리는 목소리로 자신을 부르자 하렴은 온몸에 소름이 돋는 걸 느꼈다.

"내 이름 부르지 마."

하렴이 눈썹을 구기며 노골적으로 적의를 드러내자 중년 남자는 금방이라도 울 것같이 얼굴을 일그러뜨렸다.

"그동안 잘 지냈니, 우리 아들?"

울먹거리며 남자가 묻는 말에 하렴은 버럭 화를 냈다.

"감히 당신 입에서 '아들' 소리가 나와? 당신이 날 그렇게 부를 자격이나 있다고 생각해?"

"하렴아, 아빠는……."

"당신 없이 산 세월이 자그마치 십오 년이야. '아빠'란 표현이 어색해서 소름 돋을 만큼 시간이 흘렀다고!"

차빈을 좀 더 빨리 들여보낼 걸 그랬다. 그랬다면 이 남잘 안 만났을 수도 있었을 텐데. 아니, 아예 이 동네에 오질 말았어야 했다. 아니, 아니다. 아예 한국으로 돌아오질 말았어야 했다.

하렴은 도망치듯 남자에게서 등을 돌려 앞으로 걸어갔다. 그러자 남자가 달려가 그의 팔뚝을 덥석 잡았다.

"하렴아, 우리 어디 가서 얘기 좀 하……."

파앗- 남자의 손을 거칠게 떼어내며 하렴이 소리쳤다.

"이제 와서 이러는 거 역겨워, 정말!"

"무슨 말을 해도 좋아. 다만, 아빠는 하렴이 네가 정말 보고 싶었……."

"허튼수작 부리지 말고 내 인생에서 꺼져! 그거 당신 잘하는 거 잖아!"

자신의 아버지를 향해 독설을 뱉어낸 후 하렴은 다시 등을 돌렸다.

"하렴아……!"

매몰차게 가버리는 하렴의 뒷모습을 보면서 남자는 눈물을 흘렸다. 자리에 서서 조용히 울던 그가 이내 털썩 주저앉아버렸다. 그는 그렇게 한참을 울었다.

그런데 한쪽 구석에서 그들의 상황을 몰래 지켜보던 이가 있었다. 그곳을 우연히 지나치다 아는 얼굴들이 보여 무심코 발을 멈춘 시윤이었다.

굉장한 사실을 알게 된 시윤의 눈동자가 중심을 잃고 흔들렸다.

'저 두 사람이 부자지간이었어?'

시윤은 두 눈을 깜박거리며 다시 한 번 자리에 주저앉아 있는 남자의 얼굴을 확인했다. 하지만 몇 번을 봐도 그는 분명 카페 'HABIN'의 사장인 인후였다. 당황한 얼굴로, 시윤은 조용히 뒷걸음질을 쳤다.

26. 오나벽한 행복

잠을 한숨도 못 잤다. 한동안 지독히도 자신을 괴롭히던 불면증
이 다시 시작된 느낌이었다.

불면증은 십 대 후반 때 제일 심했었다. 그땐 잠을 자는 게 싫었
었다. 잠을 자면 늘 그 사람의 꿈을 꾸니까. 그로 인해 불면증에 시
달렸고 잠깐 잠에 들어도 늘 악몽을 꿨다.

하렴은 침대에 누워 어슴푸레 밝아오는 창밖을 멍한 눈빛으로
바라보았다.

'그동안 잘 지냈니, 우리 아들?'

어젯밤에 봤던 인후의 모습이 떠올라 하렴은 괴로웠다. 제일 행
복한 순간에 그 사람을 다시 만났다는 게 두려웠다. 그 사람이 꼭
자신의 행복을 망치기 위해 다시 나타난 것만 같았다. 그런 생각이
들자 숨이 잘 쉬어지지 않았다.

'아빠는 하렴이 네가 정말 보고 싶었어…….'

그토록 절실히 필요로 했을 땐 그림자도 안 보여주더니, 왜 이제 와서 아빠 같은 얼굴을 하고 있느냐 말이다. 답답한 가슴을 느낀 하렴은 눈썹을 찡그리며 이불을 꽉 움켜쥐었다. 숨이 막힐 것 같은 순간에 떠오른 건 차빈의 얼굴이었다.

하렴은 관자놀이의 식은땀을 닦아내며 휴대폰을 집어 들었다. 그리고 곧바로 차빈에게 전화를 걸었다.

-이렇게 아침 일찍부터 무슨 일이에요?"

차빈의 목소리가 들려오자 하렴은 숨이 탁 트이는 기분이 들었다.

"이차빈……."

-네. 잘 잤어요? 저 지금 출근하고 있어요.

"보고 싶어."

-이제 곧 볼 거잖아요.

전화기 너머 그녀의 웃음 섞인 목소리가 듣기 좋았다.

"네가 지금 내 옆에 있어줬으면 좋겠어."

-네?

"날 꼭 안아줬으면 좋겠어."

-……사장님, 왜 그래요? 무슨 일 있어요?

하렴은 전화기를 들고 있지 않은 손을 올려 마른세수를 했다.

"나 아파, 이차빈."

전화기를 통해 차빈의 놀란 목소리가 들려왔다.

-어디가요?

"그냥, 숨을 못 쉬겠어. 너를 봐야 숨 쉴 수 있을 것 같아."

-지금 집으로 바로 갈게요.

전화는 끊어졌다. 여전히 가슴이 갑갑하고 호흡기관에 문제가 생긴 것처럼 숨이 가쁘지만 이제 조금만 더 견디면 된다.

그로부터 30분도 지나지 않아 현관문이 열리는 소리가 들렸다.

"사장님!"

이차빈이다. 그녀가 왔다. 이제 숨을 쉴 수 있다.

"무슨 일 있었어요?"

침대 머리맡에 쪼그리고 앉으며 묻는 그녀에게 하렴은 나직하게 대답했다.

"악몽을 꿨어. 아버지를 만나는 악몽."

그건 악몽이다. 자고 일어나면 흐릿해질 악몽.

"그래서 나 한숨도 못 잤어."

다음 순간 차빈은 자리에서 일어서더니 외투를 벗었다. 자신의 행동을 물끄러미 보고 있는 하렴과 눈이 마주치자 차빈이 말했다.

"저는 지금부터 당신의 수면제예요. 저를 꼭 끌어안고 눈을 감으면 거짓말처럼 잠이 스르륵 올 거예요."

"너를 안고 있는데 잠이 올 리가 없잖아."

"제 말 한 번만 믿어봐요."

결국 하렴은 못 이긴 척 차빈을 품에 안은 채 두 눈을 감았다. 그런데 정말 거짓말처럼 잠이 밀려왔다.

"……정말 잠이 오네."

자신은 이제 그 사람의 도움이 필요 없을 정도로 성장했다. 그러니 그 사람 따위 필요 없다. 지금처럼, 이차빈만 있으면 된다.

"그죠? 이제 제가 있으니까 괜찮아요. 악몽은 절대 안 꿀 거예요."

이제 괜찮다. 더 이상 악몽도 꾸지 않을 거고 잠도 잘 잘 거다.

이제 정말 괜찮을 거다. 이차빈이 있으니까.

그렇게 하렴은 스르륵 잠에 빠져들었다.

요즘 차빈은 매일매일이 너무 행복했다. 온 세상이 핑크빛인 것도 모자라 반짝반짝 빛까지 내뿜고 있었던 것이다.

행복이란 게 이런 거구나. 사랑에 빠지면 세상이 이렇게 달라지는구나. 이런 생각이 매일 드는 날들이었다.

"좋은 아침입니다!"

오늘도 차빈은 직원들에게 밝게 인사를 하며 호텔 로비를 지나왔다. 그때 그녀의 눈에 로비 구석을 대걸레로 청소하고 있는 아주머니가 보였다.

"안녕하세요!"

"안녕, 비서 아가씨?"

평소 차빈은 인사성이 밝아서 직원들에게 평판이 좋은 편이었다.

"오늘 날씨가 정말 좋더라고요!"

아주머니 쪽으로 다가가며 차빈이 밝게 말하자 아주머니가 의아한 표정을 지었다.

"좋긴 뭐가 좋아? 오늘 영하로 떨어졌는데."

"아, 그래요? 그래도 전 좋던데, 헤헤-"

머쓱해진 차빈이 계속 실실 웃으며 걸음을 옮기던 때였다.

쿵-

대걸레를 빨기 위해 놓아둔 플라스틱 물통에 발이 걸려 넘어지고 말았다. 그 바람에 물통도 같이 넘어져서 차빈의 치마와 코트가 물에 젖었다.

아주머니가 깜짝 놀라 그녀에게 다가왔다. 그사이 차빈은 재빨리 몸을 일으켰다.

"죄송합니다!"

"조심 좀 하지. 다 젖었잖아."

"정말 죄송해요! 여긴 제가 다 치울게요."

차빈은 아주머니에게 연신 고개를 조아리며 사과를 했다. 지금 그녀는 자신의 치마가 젖은 것 따윈 아무래도 상관없었고 아주머니의 일을 방해했다는 생각에 괴로울 뿐이었다.

"주세요, 대걸레."

대걸레를 가져가려는 차빈을 말리며 아주머니가 안타깝다는 표정으로 말했다.

"여긴 됐으니까 어서 가봐. 다 젖었잖아."

"여기 치우고 갈게요."

그때 그들의 뒤에서 나직한 목소리가 들려왔다.

"뭐 하냐, 너?"

차빈은 자연스럽게 고개를 돌려 목소리의 주인공을 확인했다.

"아, 사장님."

그들의 뒤에는 검정색 롱코트를 입은 하렴이 서 있었다. 차빈과 눈이 마주친 그는 천천히 시선을 내려 그녀의 전신을 훑었다. 그가 그녀의 젖은 옷을 발견한 순간 차빈이 입을 열었다.

"제가 이 통을 엎었거든요. 그래서 바로 치우려고……."

"치마 젖었잖아."

하렴이 그녀의 말을 자르며 미간을 찌푸렸다. 그러곤 곧바로 자신의 롱코트를 벗어 그녀의 어깨에 덮어주었다.

"전 괜찮은데."

"보는 내가 안 괜찮아."

그사이 하나둘씩 모인 직원들이 그들의 모습을 흥미롭다는 듯이 지켜보기 시작했다. 직원들의 시선을 느낀 하렴이 차빈을 향해 짧게 말했다.

"따라와."

성큼성큼 앞장서는 하렴의 뒤에서 차빈은 다시 한 번 아주머니에게 사과를 했다. 그런 다음 하렴을 급히 따라갔다.

차빈을 데리고 자신의 집무실로 들어온 하렴은 곧바로 휴대폰을 들고 누군가에게 문자를 보냈다. 그러곤 소파에 털썩 앉으며 문앞에 서 있는 차빈을 올려다보았다.

"벗어."

"네?"

갑작스런 그의 말에 차빈의 두 눈이 휘둥그레 커졌다.

"그럼 젖은 옷을 계속 입고 있을 거야?"

"그렇다고 벗고 있을 순 없잖아요? 갈아입을 옷도 없는데."

차빈은 하렴이 벗어준 롱코트의 깃 부분을 두 손으로 꽉 잡으며 어쩔 줄 몰라 했다. 그 순간 하렴이 그녀를 바라보면서 덧붙였다.

"그래서 내가 직원 시켜서 메이드복 가져오라고 했어."

그럼 방금 휴대폰을 만졌던 이유가 바로 그거였단 말인가?

차빈이 당황한 표정으로 눈만 깜박거리는 사이 똑똑- 사장실 문을 노크하는 소리가 들렸다. 곧 문을 열고 들어온 부총지배인이 곱게 포개진 하얀색 메이드복을 하렴에게 건네고는 나갔다.

"갈아입고 와."

하렴은 자리에서 일어나서 차빈의 손에 그 메이드복을 다시 건 넸다. 그런데 그런 그의 얼굴이 어딘가 미묘하게 즐거워 보였다.

"표정이 묘하게 기뻐 보이는 건 제 착각이겠죠?"

"응, 착각이야. 갔다 와."

하지만 지금 하렴의 눈빛은 형형히 총기를 드러내고 있었고 입 가엔 얼핏얼핏 미소가 드리워졌다가 사라지기를 반복하고 있었 다.

하렴을 향해 의심의 눈초리를 보내면서도 차빈은 메이드복을 들고 사장실을 나왔다. 젖은 옷을 계속 입고 있을 순 없었으니 별 다른 방법이 없었다.

화장실에서 옷을 갈아입고 나온 차빈은 아무래도 어색한 느낌 에 자꾸 치마 끝과 소매 부분을 잡아당겼다. 나풀거리는 치마와 뽕 넣은 것처럼 부풀어 오른 어깨, 무엇보다 허리 부분을 감싸고 있는 레이스가 비서의 옷차림과는 상당히 거리가 멀었지만, 자신의 옷 이 마를 때까진 어쩔 수 없이 입고 있어야 했다.

"갈아입고 왔습니다. 이제 제 업무 볼게요."

차빈은 하렴에게 짧게 보고만 하고 자신의 자리로 돌아갈 예정 이었다. 하지만 그녀를 바라보는 하렴의 표정이 평소와 너무 달라 보여서 차빈은 도저히 참을 수가 없었다.

"사장님, 혹시 메이드복 판타지 있어요?"

평소보다 반짝반짝 빛을 뿜뿜고 있는 눈빛과 저 인자한 미소. 그렇게밖에 생각할 수 없었지만 하렴은 완강히 부인했다.

"그런 거 없어."

"아닌데요? 말과 달리 입술이 막 실룩거리는데요, 지금?"

"피곤해서 그래. 피곤하면 자주 입술에 경련이 일어."

말은 이렇게 했지만, 이후 하렴은 일하는 중간중간 차빈을 보러 사장실 밖으로 나왔고 몇 번이나 차빈을 안으로 불러들였다. 이유는 다양했다. '포스트잇을 어디다 뒀지?', '휴지통 좀 비워.', '사탕 있냐?' 등등. 하도 그러니까 차빈은 이제 하렴의 그런 모습이 귀엽게 느껴지기까지 했다.

하렴이 차빈의 책상에 있던 봉지 사탕을 가지고 들어간 지 얼마 지나지 않아 그는 물을 마시고 싶다며 다시 밖으로 나왔다. 차빈은 정수기로 다가가는 그를 미소 띤 얼굴로 바라보았다. 그런데 그때 그녀의 휴대폰으로 문자가 하나 도착했다. 시윤에게서 온 것이었다.

[누나, 오늘 아저씨 몸 상태가 별로 안 좋으신 것 같아요. 제가 집에 들어가라고 말씀드렸는데도 꿈쩍을 안 하시네요. 아무래도 누나가 와서 모시고 가야 할 것 같아요.]

"아빠가 좀 편찮으신가 봐요. 퇴근 후에 가봐야 할 것 같아요."

물을 마시고 있던 하렴이 그 상태 그대로 굳어졌다. 이건 예상치 못한 변수다.

"그래서 그러는데, 오늘은 좀 일찍 퇴근해도 될까요?"

"오늘 야근시키려고 했는데."

하렴이 노골적으로 아쉬워하는 표정을 짓자 차빈은 순간 헛웃음이 터졌다.

"역시. 사장님 메이드복 판타지 있죠? 맞죠?"

"그딴 거 없다니까. 그런 생각 할 거면 너 그냥 퇴근해."

"그렇게 말하면서 표정은 꼭 울 것 같은데요?"

"갑자기 어제 본 슬픈 영화가 떠올라서 그래."

시무룩한 하렴의 모습에 차빈은 자꾸 웃음이 났다. 그런 그녀의 책상 구석에는 아까부터 뽀송뽀송하게 잘 마른 그녀의 정장 치마가 놓여 있었다.

카페 'HABIN'으로 들어선 차빈은 카페 안 의자를 가득 채우고 있는 손님들의 수에 놀랐다. 바빠졌다더니 정말 손님이 많아졌구나. 그런데 인후가 보이지 않았다. 차빈이 정신없이 음료를 만들고 있는 시윤에게로 다가서며 물었다.

"아빠는?"

"좀 전에 먼저 들어가셨어요. 그러니까 누나도 어서 가봐요."

손님들로 가득한 카페 안을 둘러본 차빈이 걱정스런 얼굴을 했다.

"이런 상황인데 어떻게 그냥 가? 나도 도울게."

그때부터 차빈은 새로 오는 손님들로부터 주문을 받았고 시윤은 분주하게 주문을 확인하고 커피와 주스를 만들어냈다. 그렇게 바쁜 시간이 지나고 한가해지자 차빈은 시윤에게 고마움을 전했다.

"수고했어, 시윤아. 정말 고마워."

"아니에요. 누나야말로 피곤하지 않아요?"

"아니. 견딜 만해."

싱긋 웃은 차빈이 살이라곤 없는 시윤의 마른 얼굴을 물끄러미 바라보며 말했다.

"나보다 네가 더 걱정이다. 지금 너 얼굴 되게 말랐어. 밥은 먹고 다니니?"

시윤이 옅은 미소를 지으며 그녀를 응시했다. 그러다 불쑥 그녀를 향해 말했다.

"나 아직도 누나 좋아한다고 하면 진짜 이상한 놈이죠?"

"응."

냉큼 고개를 끄덕이는 차빈을 보면서 시윤은 비장하게 말했다.

"근데요, 나…… 누나 포기 안 했어요. 아니, 못하게 됐어요."

차빈의 미간이 살짝 찡그려졌다. 이에 아랑곳 않고 시윤은 매력적인 미소를 지었다.

"남자친구랑 헤어지고 나랑 만나면 안 돼요? 그 남잔 정말 아닌 것 같아서 그래요. 내가 정말 잘해줄게요."

"나 간다."

매정하게 고개를 돌리는 차빈에게서 시선을 거둔 시윤은 착잡한 마음으로 어질러진 카운터를 정리하기 시작했다. 그러다 문득 그의 눈에 구석에 놓인 인후의 지갑이 들어왔다. 그것을 집어 든 시윤이 차빈을 불러 세웠다.

"누나, 이거 아저씨 지갑이요. 놓고 가셨나 봐요."

차빈이 고개를 돌려 그것을 쳐다보았다. 며칠 전 인후가 급하게 뺏어 갔던 그 지갑이었다. 차빈이 지갑을 향해 손을 뻗는 순간 시윤이 갑자기 뭔가 생각난 듯 화들짝 놀라며 지갑을 도로 가져갔다.

"아, 아니다. 그냥 제가 내일 아저씨한테 직접 드릴게요."

차빈의 얼굴에 의아함이 서렸다.

"굳이 왜? 그냥 내놔."

"그냥 제가 내일 드릴게요."

"내가 주는 게 빠르잖아. 얼른 내놔."

차빈은 주춤하는 시윤의 손에서 지갑을 빼앗고는 카페를 나섰다. 거리로 나온 그녀는 불현듯 손에 든 지갑을 열어보고 싶은 호기심이 생겼다.

'그날, 아빠는 대체 뭐 때문에 그렇게 사색이 된 걸까.'

얼마 전 인후는 차빈이 자신의 지갑을 들고 있는 걸 보고 어쩔 줄 몰라 했었다. 그 모습을 떠올리며 차빈은 슬쩍 지갑을 열어보았다. '신인후'라고 적힌 인후의 주민등록증이 얼핏 보였다. 고작 주민등록증 때문에 사색이 된 건 아닐 테고…….

무심코 지갑 안쪽을 열어본 차빈의 눈에 사진 한 장이 포착되었다. 그녀의 손이 천천히 그 사진을 꺼냈다.

"……!"

그런데 사진을 본 차빈은 순간 심장이 쿵 내려앉는 느낌을 받았다. 자신이 아주 잘 알고 있는 인물의 사진이었던 것이다.

'신하렴?'

그것은 하렴의 어릴 때 모습이 찍힌 사진이었다. 얼마 전 필립이 보내준 하렴의 십 대 때 사진을 봤기 때문에 확신할 수 있었다. 사진 속, 십 대 초중반으로 보이는 아이는 분명 하렴이었다. 그런데 사진은 그거 하나만이 아니었다. 그 사진 뒤에 잡지에서 오린 듯한 하렴의 최신 사진이 있었다.

'이게…… 대체 뭐지?'

너무 혼란스러워서 차빈의 심장은 아플 정도로 쿵쾅쿵쾅 뛰기 시작했다.

'왜, 왜 아빠의 지갑에 사장님 어릴 적 사진이……? 그리고 왜 잡지에 나온 사장님 사진이 이렇게 예쁘게 오려져 있는 거야?'

차빈은 갑자기 너무 무서워졌다.

신인후……. 그리고 신하렴…….

'……아니야. 그럴 리가 없어.'

차빈은 손끝을 떨면서 인후의 지갑을 다시 닫았다. 그러고는 세차게 뛰어대는 심장을 진정시키려고 노력했다.

'사장님이랑은 단순히 성이 같은 걸 거야. 사진도 딸의 상사가 궁금해서 찾아본 걸 거야.'

하지만 좀처럼 심장은 진정될 기미가 보이지 않았다. 차빈은 비틀거리면서 다시 걸음을 옮겼다. 손에 들고 있는 인후의 지갑이 너무나도 무겁게 느껴졌다.

솔직히 집으로 어떻게 돌아온 건지도 모르겠다. 현관문을 열고 들어선 차빈의 눈에 살짝 열린 인후의 방문이 들어왔다.

차빈은 천천히 그곳으로 다가갔다. 문을 열고 들어서자 침대에서 자고 있는 인후의 모습이 보였다.

'아빠…… 아니지? 아빠가 그 사람의…… 아니지?'

텅 빈 것 같은 멍한 눈빛으로 차빈은 인후를 바라보았다.

잠시 후 그녀는 구석으로 걸어가서 인후가 즐겨 입은 코트 주머니에 그의 지갑을 넣었다. 그러고는 곧바로 몸을 돌려 자신의 방으로 갔다.

방 안으로 들어서자마자 그녀는 문 앞에서 털썩 주저앉아버렸다. 멍하니 앉아 있는 차빈의 눈에 눈물이 고이기 시작했다.

설마…… 그건 아니야. 절대 아닐 거야. 그럴 리가 없어. 말도 안 되는 상상 하지 마. 신인후가 신하렴의 아버지일 리가 없잖아.

하지만 모든 상황이 그렇다고 말하고 있었다.

'아버지한텐 잊지 못할 첫사랑이 있었는데, 이민 간 지 7년 만에 그 첫사랑을 찾아서 한국으로 가버렸어. 나는 겨우 열다섯이었지만 그 이후로 그야말로 돈이 되는 거라면 뭐든지 해야 했지.'

그때 하렴이 열다섯 살이었다면 차빈은 열한 살이었을 것이다. 바로, 지금으로부터 십오 년 전.

하렴의 아버지가 떠난 시기가 십오 년 전이고 인후가 자신의 앞에 나타난 것 역시 십오 년 전이다. 자신의 어머니가 세상을 떠난 바로 그 십오 년 전.

'나중에 알아보니까 아버지도 결국 그 첫사랑이랑 잘되진 못했다고 하더라. 가지고 나간 돈도 다 써버리고 지금은 빚더미에 앉았다고 하더라고. 뭐, 자업자득이지.'

그리고 인후는 처음 왔을 때 직업은 없었지만 돈은 많았다. 결국 그 돈을 다 써버려서 은행 빚으로 카페를 차렸었고.

모든 게 정확하게 맞아떨어졌기에 차빈은 절망했다. 하렴이 십오 년 동안이나 고통 받으며 외롭게 살아야 했던 이유가 바로 자신 때문이었다니…….

차빈은, 자신은 잘못이 없다고 우겨보고 싶었다. 자신은 단지 십오 년 전 어머니가 갑자기 돌아가시고 눈앞에 천사처럼 나타난 '아빠'라는 사람의 손을 잡았을 뿐이다. 그때 자신은 겨우 열한 살이었고, 혼자서 살아가기엔 너무 어렸다.

결국 차빈의 눈에서 눈물이 떨어져 내렸다.

솔직히 말하자면, 그가 자신의 '아빠'가 아닐지도 모른단 생각을 안 했던 건 아니다. 엄마가 항상 말하던 '아빠'의 모습과 인후의 모습은 많이 달랐으니까.

하지만, 그럼에도 불구하고, 차빈은 그의 손을 잡았다. '아빠'라고 불렀다. 그 먼 타지에서 하렴이 울고 있는 줄도 모르고 말이다.

흘러내리는 눈물을 참지 못하고 차빈은 바닥에 엎드려버렸다.

"흐윽……. 흑……. 흐으윽!"

눈물이 멈추지 않고 흘러내렸다.

'이건 정말 말도 안 돼. 너무 잔인한 현실이잖아.'

차빈은 그렇게 바닥에 엎드린 채 소리 죽여 한참을 울었다.

정말 믿고 싶지 않은 진실을 알게 된 그녀에겐 지금 절망이란 감정밖에 남아 있지 않았다. 자신이 알아낸 모든 사실을 부정하고만 싶었다. 제발 누가 좀 아니라고 말해줬으면 싶었다.

절망에 빠져 눈물만 닦아내던 차빈의 뇌리에 문득 스치는 인물이 있었다.

'민시윤.'

그러고 보니 아까 시윤의 행동이 많이 이상했었다.

'나 누나 포기 안 했어요. 아니, 못하게 됐어요.'

불과 며칠 전까지만 해도 자신을 깨끗이 포기한 것처럼 굴던 녀석이었는데 말이다. 혹시…… 그 녀석은 다 알고 있었던 건가?

생각해보면 인후의 지갑을 건넬 때 행동도 좀 이상했었다.

마치 내게 지갑을 주면 큰일 난다는 것처럼.

아까 전 일을 떠올리면 떠올릴수록 차빈은 확신이 들었다. 다음 순간 그녀는 급하게 자신의 휴대폰을 찾아 시윤에게 전화를 걸었다. 그리고 가타부타 길게 설명하지 않고 만나고 싶다는 말만 전했다. 시윤 역시 긴 말 않고 알았다고 대답했다.

전화를 끊은 차빈은 눈물을 닦으며 마음을 다잡았다.

마지막으로 시윤이에게 확인을 한번 해보자, 정말 마지막으로.

아침 일찍 차빈은 집 근처 공원에서 시윤을 기다렸다. 잠 한숨 자지 못해서 그녀의 얼굴은 푸석푸석하니 무척 피곤해 보였다.

"누나."

잠시 후 무슨 일인지 예상이라도 한 듯 시윤이 어두운 얼굴을 한 채 나타났다.

"얼굴이, 말이 아니네요."

걱정스런 시윤의 목소리에 차빈은 덤덤하게 입을 열었다.

"넌 그 이유를 알고 있을 것 같은데."

그 순간 시윤의 두 눈동자가 크게 흔들렸다. 시윤이 동요가 느껴지는 표정으로 다시 입을 열었다.

"아아······. 누나, 혹시 지갑 봤어요?"

차빈은 대답 없이 그저 아랫입술을 잘끈 깨물었다. 그 모습을 본 시윤은 참담한 표정을 지었다.

"역시. 그랬구나. ······누나, 괜찮아요?"

시윤이 조심스럽게 물었지만 차빈은 이번에도 아무런 대답을 하지 못했다. 그녀는 지금 그저 눈물을 참는 것밖에는 할 수 있는 일이 없었다.

"저도 처음엔 얼마나 놀랐는지 몰라요."

"······넌, 어떻게 알게 된 건데?"

잠시 후 감정을 억누른 차빈이 시윤을 향해 나직하게 물었다.

"얼마 전에 우연히 봤어요. 아저씨랑 누나네 사장님을요."

시윤은 차빈의 얼굴을 걱정 가득한 눈빛으로 바라보면서 천천히 말을 이었다.

"동네 한복판에서 둘이 막 싸우고 있더라고요. 누나 사장님이 아저씨한테 '아빠'라고 하지도 말라고, 소름 돋는다고 소리치는 걸 들었어요."

그 말을 듣는 순간 차빈은 다시 울컥 눈물이 차올랐다.

"아저씨는 그 사장님 이름을 부르면서 한참을 우셨고요."

이어지는 시윤의 말에 차빈은 결국 눈물을 한 방울 떨어뜨리고 말았다. 차빈이 급하게 눈물을 닦아내자 그걸 본 시윤이 주머니에서 손수건을 꺼내 그녀에게 내밀었다.

"그래서 저는 누나를 포기할 수 없게 된 거예요."

시윤의 손수건을 거절하고 차빈은 손으로 눈물을 닦았다. 그런 다음 나직하게 그를 불렀다.

"시윤아."

"네."

차빈이 고개를 들어 그렁그렁 눈물이 맺힌 눈으로 시윤을 바라보았다.

"이 비밀, 끝까지 지켜줄 수 있어?"

시윤이 놀란 눈을 하자 차빈이 다부지게 말을 이었다.

"나는, 내가 알아서 정리할게. 내가 잘 정리할 수 있게 넌 끝까지 모른 척해줘."

"……알았어요."

시윤은 차빈의 눈물 고인 두 눈이 가슴 아프게 느껴졌다. 진심으로 그녀를 좋아했고 그녀가 아프지 않길 바랐다. 그런데 결국 이렇게 되어버린 상황이 안타까웠다.

시윤이 본 인후와 차빈은, 동네 사람들이 성이 다른 부녀라고 뒤에서 수군거려도 보란 듯이 사이좋게만 지내던 부녀였다. 그래서 시윤은 단 한 번도 그들이 진짜 부녀가 아닐 거라고는 생각해 본 적이 없었다.

그들의 불안한 미래가 걱정스러워서 시윤은 멀어지는 차빈에게서 한참 동안 시선을 떼지 못했다.

[5분 정도 늦을 것 같아요. 미안해요.]

하렴은 차빈에게서 온 문자를 확인하고 또 확인했다. 그도 그럴 것이 5분은 이미 한참 전에 지났단 말이다. 전화라도 걸어볼까 고민하던 그때 저 멀리서 핑크색 코트를 입은 차빈이 하렴이 서 있는 출입문 쪽으로 달려오고 있는 게 보였다.

"이차빈."

하렴은 두 팔에 팔짱을 척 끼며 달려오는 그녀를 맞이했다.

"이게 5분이냐? 17분이나 늦었잖아."

"미안해요. 헤헤-"

배시시 웃는 차빈의 볼은 볼터치를 한 듯 발그레 예뻤고 머리에는 큐빅이 박힌 머리띠가 화려한 존재감을 드러내고 있었다.

"예쁘니까 봐준다."

오늘 차빈은 평소보다 화장에 신경을 쓴 듯 화사하니 예뻤다. 아무래도 자신을 만난다고 예쁘게 하느라 늦은 모양이다. 그래서 하렴은 더 이상 화를 내지 않고 놀이동산의 입구를 턱으로 가리키면서 말했다.

"유치하게 놀이동산이 뭐냐?"

"남자친구 생기면 꼭 와보고 싶었단 말이에요."

차빈이 졸라서 놀이동산에 오긴 왔지만 솔직히 하렴은 별로 내키지 않는다는 표정이었다. 그의 마음이 변할까 봐 차빈은 서둘러 걸음을 뗐다.

"일단 어서 들어가요."

그러면서 하렴의 팔에 팔짱을 꼈다. 갑작스런 차빈의 스킨십에 놀란 하렴이 그녀의 얼굴과 손을 번갈아 쳐다보았다.

"왜요?"

그의 의아한 시선을 느낀 차빈이 배시시 웃으며 물었다. 하렴이 얼떨떨한 표정으로 대답했다.

"아니, 먼저 스킨십을 해주시니까 황송해서."

"사장님 정말 한국어 많이 늘었네요. 황송이란 말도 할 줄 알고."

"잊은 모양인데, 나 6개 국어 할 줄 아는 언어천재야."

그의 자신만만한 대답에 차빈은 피식 웃음이 났다. 웃는 얼굴로 그녀는 다시 걸음을 재촉했다.

놀이동산으로 들어선 두 사람의 표정은 무척 대조적이었다. 차빈은 신이 나서 두 눈을 반짝반짝 빛내고 있는 반면 하렴은 심드렁한 얼굴을 하고 있었던 것이다.

"우리 저거 타러 가요."

롤러코스터를 발견한 차빈이 하렴의 팔을 잡아끌었다. 하지만 하렴은 그녀를 따라가지 않고 근엄하게 말했다.

"잘 들어. 내가 널 위해서 유치한 저거를 타주는 거야."

"네, 알았어요."

차빈의 얼굴엔 싱글벙글 미소가 가득해서 기분이 꽤나 좋아 보였다.

놀이기구를 타는 내내 행복한 얼굴을 하고 있는 차빈 때문에 하렴의 표정도 점점 온화한 기색을 띠었다.

"우리 또 뭐 탈까요?"

다른 놀이기구를 타기 위해 걸음을 옮기던 중 하렴의 시선이 문득 실내 놀이동산의 천장으로 향했다. 거기엔 천장을 레일로 연결해서 만든 열기구 모형의 놀이기구가 있었다. 하렴이 그것을 검지로 가리키면서 말했다.

"저거 재미있겠는데? 우리 저거 타자."

하렴의 들뜬 모습에 차빈은 그를 밉지 않게 흘겨보았다.

"어째 저보다 더 신난 것 같네요?"

"빨리 가보자."

그녀의 손을 잡아끄는 하렴을 보면서 차빈은 우뚝 걸음을 멈췄다. 하렴이 멈춰 선 그녀를 돌아보자 차빈이 진지하게 말했다.

"알았어요. 잘 들어요. 제가 당신을 위해서 저걸 타주는 거예요."

"어? 나 데자뷰 느낀다?"

하렴의 두 눈이 동그래졌다. 차빈은 씨익 웃으며 그의 손을 잡고 그 놀이기구 쪽으로 걸음을 뗐다. 그런데 그때 차빈의 휴대폰이 짧게 진동했다. 차빈은 하렴의 손을 잡지 않은 손으로 휴대폰 문자를 확인했다.

[차빈아, 오늘 많이 늦어?]

인후에게서 온 문자에 차빈은 정신이 번쩍 들었다. 하렴과 함께인 시간이 너무 행복해서 잠시 잊고 있었다.

차빈은 사실 오늘 데이트가 하렴과의 마지막 데이트라고 생각하고 나왔다. 이틀 밤을 꼬박 새우면서 고민하고 또 고민해봤는데, 결론은 하나였다.

나는 이 남자랑 헤어지는 게 맞다.

차빈은 휴대폰을 다시 집어넣으며 하렴의 옆얼굴을 물끄러미 바라보았다.

……하지만 맞다고 해서 그걸 꼭 하라는 법은 없다.

나는 역시 이 남자가 좋다. 이 남자랑은 헤어질 수 없을 것 같다. 참 이기적이게도 말이다.

하렴과 차빈을 태운 열기구 모형의 놀이기구는 천장에 연결된 레일을 타고 조용히 앞으로 나아갔다. 특별히 속도가 빠르지도 않았고 휘어지거나 굴곡이 있지도 않았다. 얌전히, 그저 얌전히 앞으로만 나아갈 뿐이었다.

"이거 되게 조용하고 재미없는 거구나."

둘만 있는 기구 안에서 하렴이 툭 내뱉은 말이었다. 차빈은 아무래도 놀이기구 선택을 잘못한 것 같다고 중얼거리는 그의 얼굴을 물끄러미 바라보았다.

'그가 모든 진실을 알게 되면 내가 얼마나 원망스러울까……. 그러니 이쯤에서 그만두는 게 맞지 않을까?'

그녀의 시선을 느낀 하렴이 그녀와 눈을 마주쳤다. 그 순간 차빈이 발꿈치를 들어 그의 입술에 뽀뽀를 쪽 했다.

"……!"

"이제 재미있어졌죠?"

갑작스런 차빈의 행동에 하렴은 정말 깜짝 놀랐다.

"왜 이래, 갑자기?"

"우리 사귀는 사이잖아요."

"그렇긴 하지만, 너 한 번도 먼저 스킨십 한 적 없었잖아."

하렴은 그녀답지 않은 행동을 하는 차빈이 너무 이상하게 느껴졌다. 그래서 다짜고짜 이렇게 물었다.

"너 나한테 무슨 잘못한 거 있어?"

하지만 차빈은 웃는 얼굴로 고개를 저었다.

"아님, 너 어디 아파?"

이번에도 차빈은 고개를 좌우로 저었다. 그런데 고개를 젓던 그녀가 문득 뭔가 생각난 듯 입을 열었다.

"전부터 말하고 싶었던 건데, '너', '야' 이런 표현 좀 안 쓰면 안 돼요?"

그녀의 지적에 하렴은 고개를 갸웃하며 되물었다.

"그럼 뭐라고 불러?"

"이름 있잖아요."

그러고 보니 하렴은 한 번도 차빈을 이름으로 불러준 적이 없었다. 풀네임은 있지만.

"저도 둘만 있을 땐 '오빠'라고 부를게요. 그러니까 사장님은 저를 '차빈아'라고 불러주세요."

하렴이 눈살을 찌푸리며 고개를 절레절레 흔들었다.

"나는 싫어. 나는 미국에서 오래 살아서 사람 이름 뒤에 '-아'나 '-야'라고 하는 거 간지러워."

"연인끼리 낯간지러우면 좀 어때서요. 대신 저는 이제 '오빠'라고 부른다니까요?"

솔직히 하렴은 차빈이 '오빠'라고 부르는 게 꽤 좋았다. 하지만 자신은 달랐다. 아무리 생각해도 한국 특유의 이름 뒤에 '-아' 부름은 역시 좀 많이 낯간지럽다.

하렴이 영 내키지 않는다는 표정을 지었다. 그걸 본 차빈이 싱긋 웃으며 다른 화제를 꺼냈다.

"우리 다음 주말에는요, 동물원 가요. 그리고 커플마사지도 받으러 가고 타로점도 보러 가요."

"그걸 하루 동안 다 할 수 있을까?"

"할 수 있어요! 새벽에 만나면!"

그녀는 무척 들떠 있는 듯 보였다. 그 모습이 기쁘지 않은 건 아니었다. 하지만 뭔가 조금 께름칙한 기분이었다.

"……너 오늘 좀 이상해."

결국 하렴은 내내 신경 쓰였던 부분에 대해 입을 열었다.

"그래요? 나 오늘 계속 웃음이 날 정도로 기분 좋은데요?"

"그래서 이상하다는 거야."

하렴이 진지한 표정으로 그녀를 보면서 말을 이었다.

"무리하고 있는 것 같잖아."

"……!"

하렴의 말에 차빈은 내심 흠칫 놀랐다. 계속 웃고만 있으면 될 줄 알았다. 그럼 그가 자신의 진짜 기분을 모를 거라 생각했다. 그러나 그 생각이 얼마나 안이한 것이었는지를 하렴이 친절하게 알려주었다.

차빈은 어쩔 줄 몰라 두 주먹을 꽉 움켜쥐었다. 그 순간 하렴이 그녀를 향해 진지한 음성으로 말했다.

"억지로 웃지 않아도 돼. 나한텐 네 우는 얼굴도 부은 얼굴도 못난 얼굴도 다 예쁘니까."

자신을 바라보는 하렴의 눈빛이 너무 따뜻해서 그녀는 그를 향해 두 손을 뻗었다. 그리고 그대로 그의 몸을 꽉 끌어안았다.

"우리 오늘 밤에 같이 있을래요?"

차빈이 나직하게 뱉어낸 말에 하렴의 두 눈이 커졌다.

"뭐?"

다음 순간 그는 두 손으로 차빈의 어깨를 잡고서 그녀를 거칠게 떼어냈다.

"너 진짜 어디 아파? 아님 아까 놀이기구에 머리 박았냐?"

당황한 기색이 역력히 드러나 있는 하렴의 놀란 얼굴을 보면서 차빈은 씁쓸한 미소를 지었다.

"아니거든요?"

다분히 충동적이긴 했지만 진심이 아닌 건 아니었다. 곧 차빈은 애써 다시 웃는 얼굴을 만들었다. 그와의 마지막 데이트를 이렇게 망칠 순 없었다.

"결국 싫다는 거죠? 이제 기회는 날아갔어요. 제가 모처럼 먼저 유혹해준 건데, 두 번 다신 없을 기회였는데, 당신이 찬 거예요!"

차빈이 그를 장난스럽게 흘겨보자 그제야 하렴은 입가에 미소를 띠었다.

"그래, 앞으로 넌 유혹하지 마. 해도 내가 해."

그가 차빈의 얼굴로 자신의 손을 가져가면서 말을 이었다.

"넌 존재 자체가 유혹이니까."

그의 따뜻한 손바닥이 그녀의 볼에 얹어진 순간 차빈은 눈물이 날 것만 같았다. 그래서 서둘러 고개를 돌렸다. 그때 그들이 탄 놀이기구가 목적지에 도착했다는 신호음을 냈다. 그와 동시에 사람들의 소란스런 음성이 들리기 시작했다.

"이제 내려야 돼요, 우리."

차빈이 문 쪽으로 돌아서면서 말했다. 곧 직원에 의해 놀이기구의 문이 열리자 차빈은 먼저 밖으로 나갔다.

"우리 솜사탕 먹을래요?"

발랄하게 말하며 걸어가는 차빈의 뒷모습을 바라보던 하렴의 표정이 갑자기 달라졌다. 그가 빠르게 달려가 그녀의 팔을 잡아챘다.

"왜요?"

차빈이 놀란 얼굴로 돌아보자 하렴은 안도의 한숨을 내쉬었다. 먼저 뛰어나간 그녀가 정말 이상하게도 꼭 사라질 것만 같았던 것이다.

"몰라. 그냥 잡고 싶었어."

차빈은 그런 그가 싱겁다며 피식 웃었다. 그녀의 말에 하렴은 고개를 갸우뚱했다.

"어떻게 사람이 싱거울 수가 있어? 나 안 싱거워. 맛볼래?"

그러면서 하렴은 그녀에게 자신의 팔을 내밀었다.

"싫어요. 그건 맛봐서 아는 게 아니라고요."

"먹어보라고, 이 팔 부분만."

하렴의 팔을 피해 몸을 뒤로 빼면서 차빈은 까르르 웃음을 터뜨렸다.

"거긴 맛 안 봐도 알겠어요. 짜요, 짜."

"근데 왜 싱겁다고 해?"

"그냥 실없는 소리 할 때 하는 표현이에요."

"실없는 건 또 뭔데? 바늘 없단 말도 있어?"

"누가 이 남자보고 언어천재래? 아님, 설마 지금 아재 개그 한 거예요?"

"아재 개그? 그건 또 뭔데?"

"아아, 아직 아재 개그 칠 정도는 아니구나."

"그게 뭔데, 대체?"

차빈은 그와의 이런 평범한 시간이 언제까지고 이어졌으면 좋겠다고 생각했다.

27. 세상에 완벽한 비밀은 없다

화려하게 화장을 하고 하얀색 하프 코트를 입은 희진이 구두 소리를 또각또각 내며 한 프렌치 레스토랑으로 들어섰다. 레스토랑 안의 사람들은 그녀의 화려한 외모에 이끌려 힐끔힐끔 시선을 보냈다.

"여깁니다, 희진 씨."

창가 쪽 테이블에 앉아 있던 진이 그녀를 발견하고 자리에서 일어섰다. 키가 큰 그가 일어서자 사람들의 시선이 그에게로 옮겨갔다. 그 순간 희진이 얼굴 가득 환한 미소를 지으며 그에게 다가갔다.

"이제나 저제나 총지배인님 연락만 기다렸어요."

희진이 자리에 앉자마자 진이 그녀를 향해 정중하게 말했다.

"식사는 제가 주문해뒀습니다. 오면 배고프실 것 같아서 저번에 들은 음식 취향에 맞춰 미리 주문했습니다."

"고마워요."

변함없이 젠틀한 그의 태도에 희진은 마음이 설레었다. 진을 지그시 바라보던 그녀가 테이블 위에 팔꿈치를 올리고는 손으로 턱을 괴었다.

"그나저나 오늘은 제 고백에 대한 대답을 들을 수 있는 건가요?"

희진의 도발적인 눈빛을 마주한 진이 헛기침하고는 입을 열었다.

"희진 씨는, 제가 왜 좋습니까?"

희진은 아무 말 없이 물끄러미 진을 바라보았다. 잠시 후 그녀의 입가에 매혹적인 미소가 걸렸다.

"선영이가 당신 별명을 지었다고 고백했다면서요?"

"아…… 네."

"근데 왜 나한텐 말 안 했어요? 왜 거짓말을 한 거냐고 따져도 되는 거 아닌가요?"

희진이 두 눈에 힘을 주며 그에게 대답을 재촉했다.

"……이유가 있을 거라고 생각했습니다."

진지하게 대답하는 진을 바라보던 희진이 아랫입술을 살짝 깨물었다.

"솔직히 처음엔 총지배인님을 무서운 분이라고 생각했어요. 외모만 보고요."

얼굴에서 웃음기를 싹 거둔 희진이 진지하게 고백했다. 진은 그녀의 목소리에 온 신경을 집중했다.

"근데 알고 보니까 젠틀하고 멋있는 데다 다정하기까지 하더라고요. 남자답게 자기 잘못도 인정할 줄 알고."

희진은 그의 외모에 가려져 미처 보지 못한 진가를 이제라도 알게 되어서 좋았다.

"그래서 반했어요."

희진의 당당한 고백을 들은 진은 가슴이 쿵쾅쿵쾅 뛰었다.

"제가 늘 총지배인님 보고 '야쿠자'랑 '소도둑' 닮았다고 말했는데, 선영이가 그걸 듣고는 '야쿠자 닮은 소도둑', 일명 '야닮소'라는 별명을 지어버렸어요."

이어지는 그녀의 담백한 고백에 진은 천천히 고개를 끄덕였다.

"그러니까 총지배인님 별명의 시초는 저였어요."

"……그런데 그런 야쿠자 닮은 소도둑을 좋아하게 되신 거군요."

조금 씁쓸해하는 그에게 희진은 울트라급 달달한 멘트를 던졌다.

"네. 이제는 총지배인님이 왕자님으로밖에 안 보일 정도로 좋아하게 됐어요."

그녀를 보며 진은 결심했다. 그녀가 솔직하게 말한 만큼, 이젠 자신이 솔직해질 순간이다.

"저는 솔직히, 희진 씨의 그런 당당함이 좋습니다."

"아, 그래요?"

희진의 표정이 화사하게 밝아졌다. 그녀를 향해 이번엔 진이 고백했다.

"그래서 희진 씨와 진지하게 교제해보고 싶습니다."

보고 있던 신문에서 시선을 떼고 벽시계를 힐끔 올려다본 하렴이 고개를 갸웃했다.

"뭐야, 이차빈."

지각이다. 그것도 30분이나.

"이상하네."

근데 늦는다는 연락도 없이 늦고 있었다. 늦을 땐 꼭 짧게나마 문자든 전화든 했었는데 말이다.

'무슨 일 있나? 아픈가? 사고 났나?'

하렴의 얼굴이 근심으로 어두워졌다. 결국 하렴은 차빈에게 전화를 걸기 위해 휴대폰을 집었다. 그때 차빈에게서 문자가 도착했다.

순간 표정이 밝아진 하렴은 곧바로 그 문자 내용을 확인했다. 그런데 그 문자는 언어천재인 하렴이 도저히 이해하기 힘든 내용이었다. 어려운 한국어도 아니었는데, 이해하기가 너무 힘들었다.

[우리 헤어져요.]

하렴은 차빈이 보낸 문자를 읽고 또 읽었다. 하지만 도저히 이해가 되지 않았다.

'도대체 왜?'

한참을 고민해보았지만 결론은 나지 않았다. 그나마 겨우겨우 가능성을 찾은 게 이거였다.

'얘 지금 장난치는 거지? 그렇지?'

그렇게밖에는 설명할 방법이 없었다. 그런데 그때 문득 이틀 전 차빈이 갑자기 했던 이상한 말이 떠올랐다.

'우리 오늘밤에 같이 있을래요?'

'……그건가? 설마, 내가 그날 밤에 같이 있자고 한 거 거부했다고 삐진 건가?'

그런 거라면 정말 억울했다. 자신은 정말 진심으로 그녀를 소중하게 생각해서 지켜준 건데 말이다. 하렴의 입에서 허탈한 목소리가 흘러나왔다.

"근데 아무리 삐져도 그렇지……"

어떻게 헤어지잔 말을 할 수가 있지?

겨우 두 달 남짓이었다. 어떻게 두 달 만에 헤어지잔 소릴 할 수가 있느냐 말이다. 하렴은 도저히 납득할 수가 없었다.

물론 하렴도 짧은 기간의 연애를 안 해본 것은 아니다. 생각보다 서로의 성격이 안 맞으면 이별이 빠를 수도 있다고 생각한다. 하지만 다른 누구도 아닌, 이차빈이었다.

첫 만남부터 남달랐던 그녀. 소울메이트란 단어가 간지러워서 늘 부정했지만, 그녀만큼 자신에 대해 잘 알아주는 여자는 없었다. 자신이 뱉어내는 말뿐만 아니라 말로 설명할 수 없는 감정까지도 알아주던 그녀가 아니던가. 솔직하게 말하면, 차빈이 자신의 운명일지도 모른다고 느꼈었다. 그 정도로 좋아했다.

사랑…… 그래, 솔직히 사랑까진 모르겠다. 하렴에게 사랑은 핑크빛이 아니라 잿빛이었으니까. 하지만 하렴은 차빈과 연애가 하고 싶었다. 그동안은 연애 따위 유치하다 여겼었고 불필요하다 여겼었다. 결혼 생각이야 있었지만 연애는 딱히 필요성을 못 느꼈던 하렴이었다. 그런 하렴이 처음으로 연애하고 싶다고 느낀 여자였다. 연애가 재미있다고 느낀 여자였다. 곁에 없으면 바보가 될 것만 같다고 느낀 여자였다.

"농담이 지나치잖아, 이차빈."

결론을 내린 하렴은 곧바로 차빈에게 전화를 걸었다. 하지만 그녀는 받지 않았다. 그 후 열 번도 넘게 전화를 걸었지만 단 한 번도 연결되지 않았고, 문자도 스무 통 넘게 보냈지만 답장은 오지 않았다.

결국 하렴은 자리를 박차고 차빈의 집으로 달려갔다.

하지만……. 초인종을 눌러도 인기척이 없었다. 그녀의 아버지가 운영한다는 카페 역시 굳게 문이 닫힌 상태였다.

갑작스럽게 세상에서 그녀의 존재만 연기처럼 훌쩍 사라진 느낌. 하렴은 알 수 없는 한기를 느끼고 어깨를 축 늘어뜨렸다.

이건 분명 뭔가 잘못된 거다. 아주 크게 잘못된 거다.

하렴은 깊이를 알 수 없는 절망을 느꼈다.

이럴 순 없다. 이건 정말 말도 안 된다.

그 후, 호텔로 돌아온 하렴은 극심한 두통을 느끼고 이마를 감싸 쥔 채 책상에 앉았다. 그런데 얼마 지나지 않아 사장실 문이 거칠게 열렸다.

"야, 신하렴!"

격앙된 표정으로 들어온 진이 하렴의 책상 앞으로 성큼성큼 걸음을 옮겼다. 그의 손에는 흰 봉투가 들려 있었다.

"아침 일찍 차빈 씨가 사직서 들고 왔던데, 대체 무슨 일이야?"

흰 봉투를 내밀면서 진이 내뱉은 말에 하렴은 벌떡 일어섰다.

"이차빈이 왔었다고?"

그것도 아침 일찍? 그럼 사직서를 먼저 내고 자신한테 헤어지자는 문자를 보낸 거란 말인가?

"어. 그래서 너한테 바로 오려고 했는데, 갑자기 급한 일이 터지는 바람에 이제야 온 거야."

출근 시간도 안 된 이른 아침에 차빈이 사직서를 들고 진을 찾아왔었다. 평소와 다른 그녀의 분위기 때문에 진은 아무 말도 못하고 사직서를 받아 들었다. 영 께름칙해서 곧바로 하렴을 찾아 영문을 묻고 싶었지만, 갑자기 호텔 객실의 중복 예약 문제가 발생하는 바람에 그걸 처리하느라 정오가 되어서야 하렴을 찾은 것이다.

"이게 도대체 무슨 일이야?"

툭 건드리기만 해도 울 것 같은 차빈의 얼굴 때문에 진은 그녀에게는 아무것도 묻지 못했다. 그래서 하렴에게 물은 것인데 이번엔 하렴이 울 것 같은 얼굴을 했다.

"설마 둘이 싸웠어?"

차라리 싸운 거였으면 좋겠다. 그러면 이토록 답답하지는 않을 테니 말이다. 하렴은 침울한 표정으로 입을 꾹 다물고 있었다. 그를 바라보던 진의 눈빛이 살짝 달라졌다.

"설마…… 말도 안 돼. 너희 설마 헤어진 거야, 벌써?"

그제야 하렴이 입을 열었다.

"그런 거 아니야."

하렴은 아니라고 말했지만 진은 자신의 생각이 맞는 것 같았다. 그때 하렴이 진지한 표정으로 다시 입을 열었다.

"걔가 '밀당'이란 걸 하는 것 같아."

"밀당?"

그래. 이건 밀당이다. 한국 여자들이, 아니 모든 여자들이 한다는 그 밀고 당기기. 아무리 생각해도 헤어질 이유가 없었는데 헤어지자고 했으니 이건 어쩌면 그녀의 '밀당'일지도 모른다.

필립이 전에 한국 여자들의 무서운 점은 '밀당이 쩐다'라고 한 적이 있었다. 그때 '쩐다'가 뭔지 몰라서 대충 알아들은 척 고개만 끄덕였는데 이제 보니 '굉장하다'라는 말인 것 같다. 그러니 이게 만약 그 '밀당'이라면 기꺼이 당해주겠다, 이거다.

"겨우 밀당하려고 회사에 사표까지 냈다고?"

"……"

하지만 진은 하렴과 생각이 다른 듯 보였다. 자신에게 불리하게 들리는 이야기는 못 들은 척 무시하는 하렴을 보면서 진은 혀를 끌끌 찼다.

"야, 너 아무래도 제대로 차인 것 같다."

"웃기지 마."

순간 하렴의 눈썹이 사납게 구겨졌다. 자신이 차이다니, 말도 안 된다. 게다가 우린 아직 헤어진 게 아니란 말이다.

"걔 다시 돌아올 거야."

"진짜 그렇게 생각해?"

"당연하지."

당당하게 대답했지만 초조한 기분을 감출 순 없었다. 그때 그의 얼굴을 물끄러미 보고 있던 진이 심드렁하게 말했다.

"식은땀이나 닦고 말해."

하렴은 곧바로 손을 들어 관자놀이의 땀을 닦아냈다.

"그럼 차빈 씨 사직서는 네가 알아서 처리해."

진은 이렇게 말하면서 하렴의 책상 위에 사직서 봉투를 올려놓았다.

그가 나가고 난 후 하렴은 천천히 그 봉투를 열어 보았다. 자신의 머릿속은 이렇게 복잡한데 그 안의 내용은 아주 간단했다.

〈일신상의 사유로 인한 사직서 제출〉

갑자기 이렇게까지 하는 이유가 뭘까. 하렴은 그녀에게 분명 다른 이유가 있을 것 같다는 생각이 들었다.

그도 그럴 것이 차빈은 얼마 전까지만 해도, 아니 불과 이틀 전만 해도 자신한테 푹 빠져 있는 듯했기 때문이다. 그런 여자가 갑자기 헤어짐을 고했다.

곰곰이 생각해보니 저번 데이트 때 차빈이 조금 이상하긴 했었다. 지나치게 웃었고, 이상하게 먼저 스킨십을 했었다.

'대체 뭐가 문제였고 무슨 이유에서였을까?'

그 이유를 알 때까지 하렴은 헤어져도 헤어진 게 아니었다.

잠시 멍하니 침울하게 앉아 있던 하렴이 갑자기 손을 뻗어 컴퓨터 마우스를 잡았다. 그리고 인터넷 검색 사이트 창을 열더니 이렇게 치기 시작했다.

[여자가 갑자기 헤어지자고 한 경우.]

자신은 도저히 모르겠으니까 다른 사람들의 의견을 찾아보기로 한 것이다. 그러자 맨 처음 보인 답변이 이거였다.

[원래 여자들은 그런 말 자주 합니다. 더 잘하라고 투정 부리는 거예요.]

아아, 역시. 그럴 줄 알았다. 하렴은 곧바로 마우스를 움직여 다음 답변을 보았다.

[여자들의 입버릇입니다. 속마음은 안 그래요. 내가 이래도 넌 날 좋아할 거니? 이런 마음으로 말해보는 못된 버릇이죠.]

그런 거였군. 여자를 몰라도 너무 몰랐다.

[제 여친은 어제도 헤어지자고 했어요. 벌써 다섯 번째예요. 근데 여자는 잡으면 다 잡힙니다.]

답변들을 읽고 있는 하렴의 입가에 미소가 번졌다. 그런데 다음 답변에 그 미소가 싹 사라졌다.

[안 그런 여자도 있습니다. 정말 힘들었거나 사정이 있어서 떠난 거면 다신 안 돌아와요.]

하지만 하렴은 그것을 못 본 척 빠르게 넘겼다. 그러곤 읽고 싶은 것만 읽기 시작했다.

[어장관리하다 질린 걸 수도 있어요. 그러니 다시 잡고 싶게 능력남이 되시면 됩니다.]

[진심이 아닌 경우가 많습니다. 그러니까 서운하게 하셨으면 얼른 풀어주세요.]

그래. 뭔진 잘 모르겠지만 내가 잘못을 했고 서운하게 만들었다면 내가 다 미안하다. 풀자, 제발.

하지만 하렴은 조용하기만 한 자신의 휴대폰을 힐끔 보고는 다시 절망했다.

'근데 뭐 전화를 받아야 풀든지 말든지 하지?'

하렴은 정말 답답해서 미칠 것만 같았다. 또다시 지끈거려오는 이마를 손으로 짚으며 크게 한숨을 내쉬었다. 그러다 문득 차빈이 보고 싶어졌다. 그녀가 너무 원망스러운데 보고 싶긴 또 엄청 보고 싶었다.

'이차빈. 뭔진 몰라도 네가 이겼다. 네 승리야.'

하렴은 모든 걸 되돌리고 싶었다. 그에게 이차빈은 정말 특별했으니까. 그의 인생에서 이렇게 미치도록 자신을 안달 나게 만든 여자가 있긴 했던가?

하렴은 자존심이고 뭐고 무조건 그녀를 잡고 싶었다.

그 시각, 차빈은 병실에 누워 있었다. 잠든 그녀의 곁에는 인후가 걱정스러운 얼굴을 한 채 앉아 있었다.

오늘 아침, 회사에 갔다가 일찍 돌아온 차빈이 갑자기 쓰러지는 바람에 인후는 심장이 덜컹했다. 며칠째 잠을 제대로 못 자고 밥도 잘 먹지 못하는 걸 눈치채고는 있었지만 평소 건강하던 아이가 갑자기 쓰러질 줄은 정말 상상도 못했다.

시간이 한참 지난 후 잠에서 깨어난 차빈을 향해 인후가 조심스럽게 물었다.

"너 무슨 일 있는 거지?"

진에게 사직서를 내고 돌아온 차빈은 지난밤을 꼬박 새운 탓인지 비틀거리며 쓰러지고 말았다. 다시 일어설 수 있을 거라 생각했는데 거짓말처럼 몸이 움직이지 않았다.

"아니야. 없어."

차빈은 단호하게 부인했다.

"정말이야?"

"어. 정말 아무 일도 없어. 의사 선생님도 그랬잖아, 그냥 피로누적이라고."

차빈을 바라보는 인후의 눈빛에서 걱정이 잔뜩 묻어났다. 잠시후 그가 진지한 표정으로 입을 열었다.

"차빈아, 아빠 바보가 아니야. 무슨 일이 있는 건지 아빠한테 솔직하게 말해줘."

그 순간 차빈은 눈물이 울컥 차오를 뻔했다. 하지만 꾹 참았다. 자신이 하렴을 좋아하게 된 건 그의 탓이 아니다. 그러니 이별 역시 그의 탓이 아니다.

"아빠, 나 좀 쉬고 싶어."

차빈이 나직하게 부탁하자 인후는 어쩔 수 없다는 듯이 자리에서 일어섰다.

"……그래. 아빠 밖에 있을게. 필요한 거 있으면 불러."

인후가 나간 후 차빈은 자신의 휴대폰을 찾아 하렴에게서 온 연락을 확인해보았다.

[부재중통화 13통 문자 21통]

몇날 며칠을 밤새 고민해보았지만 결론은 같았다. 하렴이 모든 사실을 알고 상처받기 전에 그를 떠나는 것. 물론 그가 이별을 쉽게 받아들이지 못할 거라 충분히 예상했었다. 그러니 이 정도는 감내할 수 있었다.

차빈은 천천히 그에게서 온 문자들을 읽어보았다. 그 안의 내용들은 전부 원망과 애절함으로 가득했다. 모두 충분히 이해할 수 있었다. 그런데 마지막 문자에 차빈의 눈동자가 제일 크게 흔들렸다.

[그때 그공원에서 기다릴게]

하렴의 성격을 잘 안다. 자존심 굽히고 보낸 것이니만큼 그는 자신이 올 때까지 밤새 기다릴 것이다. 은근히 고집 있고 뚝심 있는 남자니까.

고민하던 차빈은 결국 그에게 답장을 보냈다.

[기다리지 마세요. 우린 헤어졌어요.]

그러자 곧바로 그에게서 답장이 왔다.

[올때까지 기다린다]

이럴 줄 알았다. 다음 순간 차빈의 눈이 휴대폰 상단에 떠 있는 시간을 확인했다.

[PM 9:12]

갈 수 있을 리가 없다. 자신이 어떻게 헤어지겠단 결심을 한 건데……

분명 만나러 가서 얼굴을 보면 흔들릴 것이다. 그에게 다시 안

기고 싶어질 것이다. 그건 절대로 안 된다.

차빈은 마음을 모질게 다잡으며 이불을 머리끝까지 뒤집어썼다. 그리고 억지로 눈을 감았다. 하지만 잠이 올 리가 없었다. 그녀는 그렇게 뜬눈으로 시간이 가기만을 기다렸다.

뒤척거리는 사이 세 시간 반이 지났다. 차빈은 간호사한테 수면제라도 달라고 해서 먹고 자고 싶었다. 결국 침대에서 몸을 일으켰다. 침대 옆 간이침대에는 인후가 새우잠을 자고 있었다. 그의 잠을 깨우지 않으려고 차빈은 최대한 조심스럽게 침대에서 내려왔다. 그리고 자신의 코트를 집어 들고 병실을 나왔다. 그런데 병실을 나온 그녀가 향한 곳은 간호사 데스크가 아니라 엘리베이터였다.

잠시 후 정신을 차린 그녀는 자신이 병원의 로비에 서 있는 것을 알아차렸다. 결국 그녀는 하렴을 향해 가고 있었던 것이다.

저도 모르게 향하는 발걸음에, 차빈은 이렇게 된 이상 갈 수밖에 없다고 생각했다. 하지만 이대로 가면 그에게 병원에 있었다는 사실을 들키고 만다. 병원복을 입고 있는 자신의 몸을 가만히 내려다보던 차빈은 다시 병실로 올라가 옷을 챙겨 나왔다.

새벽 1시. 택시를 타고 집 근처 공원으로 향했다.

잠시 후 택시에서 내린 차빈은 문득 그가 아직까지 있을 리 없다는 생각이 들었다. 그도 그럴 것이 그때부터 자그마치 네 시간이나 흘렀던 것이다. 그래서 멀리서 그가 있는지 없는지만 확인하고 병원으로 돌아갈 생각이었다. 그런데 그때 그녀의 시야로 벤치에 앉아 고개를 푹 숙이고 있는 남자의 실루엣이 들어왔다.

"……!"

차빈은 순간 심장이 쿵 내려앉는 것 같았다. 사람이라곤 한 명도 없고 가로등 불빛도 잘 비추지 않는 어두운 벤치에 하렴이 혼자 앉아 있었던 것이다. 그 모습을 본 차빈은 가슴이 미어지듯 아팠다.

"지금이 몇 신 줄 알아요?"

차빈은 너무 속상해서 그에게로 다가가며 버럭 소리를 질렀다. 그러자 하렴이 고개를 들어 그녀를 쳐다보았다. 멍하니 그녀의 얼굴을 확인하던 그가 힘겹게 입을 열었다.

"몰라. 나는 아무것도 모르겠어."

"……."

"그러니까 제발 좀 알려줘."

그러면서 그는 천천히 자리에서 일어섰다.

"나 납득 좀 시켜주라."

가까이 다가온 차빈이 그의 앞에서 멈춰 서자 하렴이 말을 이었다.

"네가 왜 갑자기 사표를 내고 나한테 헤어지자고 했는지 나는 정말 모르겠어."

차빈은 하루 만에 많이 수척해진 하렴의 모습에 눈물이 날 것만 같아서 아랫입술을 잘끈 깨물었다.

"이 상황을 어떻게 받아들여야 하는지 나는 정말 모르겠다고."

"……그냥, 젊은 남녀가 만나다 헤어진 거예요."

차빈은 최대한 냉정하게 말했다. 그 순간 하렴의 눈썹이 파르르 떨렸다.

"그럼 넌 나한테 약속 같은 걸 하지 말았어야 했어. 동물원 가자는 약속도, 커플마사지나 타로점 보러 가자는 약속도 하질 말았어야지. 그래야 내가 이렇게 미치질 않지!"

하렴은 온몸으로 그녀가 원망스럽다고 소리치고 있었다.

"그땐 그런 기분이었지만, 지금은 그런 마음 다 식었어요."

차빈은 또다시 냉정하게 말하고는 몸을 돌렸다.

"그러니 그만 돌아가주세요."

하렴이 돌아선 차빈의 앞으로 빠르게 걸어가며 그녀를 막아섰다.

"두 달 만에 네가 나한테 질린 거여도 좋고, 내가 네 어장에 놀아난 거여도 좋아. 아무래도 상관없어."

차빈의 심장이 쿵쾅쿵쾅 세차게 뛰기 시작했다. 눈앞에 있는 그를 안고 싶어서 견딜 수가 없었다.

나는 역시 이 사람이 좋다.

"헤어지는 거, 다시 한 번만 생각해줘."

차빈은 자신의 팔이 그의 몸을 안아버릴까 봐 두 팔에 힘을 주면서 버텼다.

"아뇨. 그럴 생각 없어요."

다시 차빈은 모질게 걸음을 뗐다. 그런데 그 순간 하렴이 그녀의 팔을 덥석 잡으며 그녀를 불렀다.

"차빈아."

"……!"

처음이었다. 그가 '차빈아'라고 부른 건. 낯간지럽다고 절대 그렇게 부르지 않았었는데 말이다. 그가 얼마나 절실한지 시리도록 전해지는 느낌이었다.

"나는, 이렇게까지 눈치 보고 신경 쓰고 보고 싶었던 여잔 네가 처음이야. 그리고 지금도 상당히 자존심 상했는데 참고 있어. 그것도 네가 처음이야."

그가 말을 하면 할수록 차빈은 너무 가슴이 아팠다. 그래서 자신을 잡고 있는 그의 손을 떼어내고 가려고 했다. 하지만 그의 다음 말이 그녀를 힘 빠지게 만들었다.

"나는 그 정도로 네가 좋아. 정말 좋아."

이어지는 하렴의 애절한 고백에 차빈은 정말 무너져 내리고만 싶어졌다.

"너를 죽어도 놓치고 싶지 않아."

"……"

차빈은 흔들리는 마음을 애써 다잡았다.

"미안해요."

진심을 다해 고백하고 붙잡았지만 돌아온 대답은 차가웠다. 그녀의 냉정함에 하렴은 온몸에서 힘이 다 빠지는 기분이었다.

처음엔 차빈의 이별 선언이 장난이라 생각했고 농담이라 여겼었다. 그리고 단순히 자신이 잡으면 돌아올 거라 자만했었다. 하지만 모든 게 사실이었고 진심이었다. 잡아도 잡히지 않았다. 자신은 그녀에게 완벽하게 차인 것이다. 여전히 믿을 수 없었지만 그게 현실이었다.

"저는 그 정도로 당신을 좋아하지 않아요."

마지막 순간까지 차빈은 모질게 쐐기를 박아버렸다.

모든 게 끝이 난 것이다. 그렇게 애절하게 미치도록 잡고 싶었던 여자였는데, 여느 연애들처럼 그렇게 싱겁게 끝이 나버렸다.

말로 표현할 수 없는 허무함과 상실감이 하렴의 전신을 지배해 버렸다. 입맛이 싹 사라져 잘 먹지 못했고 온몸에 힘이 하나도 없어서 삶의 의욕조차 생기지 않았다. 그 탓에 하렴은 차빈이 떠난 뒤로 오직 술로 세월을 보냈다. 그것밖에는 할 수 있는 일이 없었기에 매일 마시고 또 마셨다.

오늘도 하렴은 여느 때처럼 술에 취해 소파에 널브러져 잠이 들어 있었다.

띵동- 조용한 집 안에 초인종 소리가 울려 퍼졌다. 하지만 하렴은 꿈쩍도 하지 않았다. 그런데 잠시 후 현관문이 열리는 소리가 났다. 아무래도 벨을 누른 이는 하렴의 집 비밀번호를 알고 있는, 하렴과 친숙한 인물인 것 같았다.

"어우, 술 냄새."

현관문을 열고 들어온 진은 거실로 들어서자마자 코를 막으며 인상을 찌푸렸다. 바로 거실 내에 진동하는 독한 술 냄새 때문이었다.

"주말 내내 술만 마신 거야?"

소파에서 자고 있는 하렴에게로 다가서며 진이 어이없다는 듯이 말했다.

"한국에서 실연 한번 제대로 당하는구나."

그의 시선이 자연스럽게 탁자 위와 바닥에 널브러져 있는 술병들로 향했다. 절로 나오는 한숨을 내쉬며 그는 다시 하렴에게로 시선을 돌렸다. 그의 시야로 하렴의 수염 난 턱이 들어왔다.

"수염 안 깎으니까 도둑놈이 따로 없네."

진은 혀를 끌끌 차며 하렴의 얼굴로 손을 뻗었다. 그러곤 면도 안 한 하렴의 까끌까끌한 턱을 들어 올렸다. 그제야 하렴이 잠에서 깬 듯 스르륵 눈을 떴다. 그의 두 눈은 진의 얼굴을 확인하고는 다시 스르륵 감겼다. 하렴의 초췌한 몰골에 속이 상한 진이 안타깝다는 어조로 말했다.

"이제 그만할 때도 됐잖아. 언제까지 차빈 씨 생각만 할……."

그 순간 하렴이 눈을 뜨며 진의 손을 거칠게 떼어냈다. 그러곤 그를 매섭게 노려보았다.

"차빈의 '차' 자도 꺼내지 마."

하렴의 살벌한 음성에 진은 짧게 한숨을 내쉬면서 대답했다.

"그래, 알았어."

진은 하렴이 얼마나 똑똑하고 현명한 남자인지 아주 잘 알고 있었다. 그러니 이 방황 역시 갈지 않을 거라 굳게 믿고 있었다.

"자, 이제 휴가는 끝이야. 내일은 오전부터 중요한 임원회의 있는 거 알지? 꼭 깔끔하게 하고 나와."

일주일이면 신하렴치고 충분히 오래 망가져 있었다. 그러니까 이제는 좀 일어서주길 바란다.

"……."

하지만 하렴은 아무 대답도 하지 않았다. 울컥 답답함을 느낀 진이 허리에 두 손을 척 올리며 입을 열었다.

"너, 인마……!"

진은 하렴에게 잔소리라도 한바탕 퍼부어주고 싶었지만 그의 야윈 얼굴을 본 순간 입이 딱 멈췄다. 진의 입에서 잔소리 대신 한숨이 터져 나왔다.

"후우……."

사실 진은 어제 새로운 보고를 하나 받았다. 하렴의 아버지이자 자신의 이모부인 신인후에 관한 정보였다. 요즘 너무 우울해하는 하렴에게 아버지의 새로운 소식이라도 전해줄 요량으로 인후의 뒷조사를 했던 것이다. 그러다 놀라운 사실을 하나 알아냈다.

"실연의 고통에 시달리고 있는 와중에 더 보태는 건지 덜어주는 건지 모르겠는데, 꼭 전해줄 말이 있어."

하렴이 다시 두 눈을 감으며 심드렁하게 대꾸했다.

"뭔데."

"이모부 소식이야."

"……!"

진의 말에 소파에 아무렇게나 누워 있던 하렴이 벌떡 몸을 일으킨 후 버럭 화를 냈다.

"누가 이모부야? 형한테 이모부가 어디 있어?"

흥분한 하렴이 두 눈을 부릅뜨고 진을 향해 계속 소리쳤다.

"나한테 아빠가 없는데, 형한테 이모부가 왜 있냐고!"

결국 진의 입에서 또다시 한숨이 터져 나왔다. 그동안의 감정의 골이 있으니 이런 반응을 예상 못했던 건 아니다. 하지만 그들은 피로 연결된 부자지간이었다. 그러니 언젠가는 꼭 예전의 관계로 돌아갈 수 있을 거라 그는 믿고 있었다.

"그럼 신인후 씨 소식 전할게."

진은 지금 하렴의 상태를 생각해서 한발 물러섰다. 곧 그의 입에서 방금 전보다 더 진지한 음성이 흘러나왔다.

"지금 그 첫사랑이란 분의 딸이랑 살고 계신대."

"허-"

헛웃음을 터뜨린 하렴의 두 눈이 더욱 날카로워졌다.

역시. 끝까지 실망만 주는 사람이다.

"이제 그 사람 소식 더 이상 들려주지 않아도 돼."

하렴은 냉정하게 진의 말을 잘랐다. 하지만 진은 아직 할 말이 남아 있었다.

"근데 하렴아……."

"제발, 나 지금 안 그래도 미칠 것 같거든? 형까지 보태지 말아줘."

다음 순간 하렴은 괴로운 듯 두 손으로 자신의 머리카락을 움켜 쥐었다.

사실 진은 그 첫사랑 딸이 이차빈이라는 사실까지 말하려고 했다. 하지만 과연 그걸 전하는 것이 옳은 건지 망설여졌다. 그게 과연 하렴의 고통을 덜지 더할지 판단이 서지 않았다. 말하면 차빈 씨가 떠난 이유는 분명해져서 덜 아플지도 모른다. 그러나 또 다른 상처를 얻게 된다.

"……그래, 알았어."

그래. 어쩌면 하렴이는 평생 모르는 게 더 나은 걸 수도 있다. 그 래서 차빈 씨도 녀석을 떠난 걸 테니까.

안타깝지만 실연의 상처는 언젠가 낫는다. 하지만 그 사랑한 여자가, 자신의 아버지가 자신을 버리고 선택한 첫사랑의 딸이라는 걸 아는 건 너무 잔인하다. 그건 단순한 실연의 상처가 아니지 않은가.

진은 결국 말하지 않는 걸 선택했다.

차빈은 복잡한 마음을 달래기 위해 대청소를 시작했다. 집 안의 창문이란 창문은 다 열고 쉼 없이 쓸고 닦았다. 대청소가 막바지에 다다라 마무리로 거실 바닥을 닦고 있던 그때 현관문이 열렸다. 문을 열고 들어온 이는 인후였다.

"너 뭐 해?"

인후가 바닥에 쪼그리고 앉아 걸레질을 하고 있는 차빈을 발견하고 두 눈을 크게 떴다.

"청소."

차빈의 짧은 대답을 듣자마자 인후는 황당하단 표정으로 화를 냈다.

"퇴원한 지 얼마나 됐다고 몸을 움직여? 네가 안 해도 내가 다 하니까 당장 그만둬."

"거의 다 했어."

하지만 차빈은 고집스럽게 걸레질을 계속했다. 결국 참다못한 인후가 그녀의 손에서 걸레를 빼앗았다. 그런 다음 자신의 손으로 직접 바닥을 닦기 시작했다. 그 모습을 본 차빈은 얌전히 일어나서 소파로 갔다.

"너 요즘 왜 그러냐?"

바닥을 닦으며 인후가 던진 질문에 소파에 앉은 차빈이 그를 슥 쳐다보았다.

"뭐가?"

"좀 변한 것 같아. 말도 없어지고."

차빈은 피식 웃으며 리모컨으로 텔레비전의 전원을 켰다. 그녀의 행동을 지켜보면서 인후가 계속 말했다.

"무엇보다 요즘 너 힘이 하나도 없어."

"그런 거 아니야. 나 전이랑 똑같아."

잠시 후 인후가 걸레를 놓고 자리에서 일어서더니, 차빈의 옆자리로 가서 앉았다.

"너 설마 그 입 험한 철벽남한테 차였냐?"

인후가 장난스럽게 묻자 차빈이 정색했다.

"아니야."

아직 차빈은 하렴을 떠올리기만 해도 가슴이 너무 아팠다.

"차였네, 뭐."

"아니라고."

차빈은 단호하게 대답한 다음 텔레비전으로 시선을 돌렸다. 두 사람 사이에 묘한 침묵이 흐르던 그때, 차빈이 갑자기 보고 있던 텔레비전을 껐다.

"아빠, 나 할 말 있어."

갑작스런 차빈의 말에 인후는 덜컥 겁이 났다.

"뭔데? 그렇게 심각한 얼굴 하니까 무섭다, 야."

서두를 꺼내놓고 차빈은 쉽게 말을 잇지 못했다. 한참을 주저하던 그녀가 결심한 듯 두 주먹을 꽉 쥐며 입을 열었다.

"나 이제 독립할까 해."

생각지도 못한 차빈의 선언에 인후는 뒤통수를 한 대 얻어맞은 것 같았다.

"뭐? 독립?"

인후의 두 눈이 휘둥그레 커졌다.

"응. 나도 이제 클 만큼 컸고 돈도 벌고 있으니까 독립해야지."

"너 호텔도 그만뒀잖아."

인후가 지적한 부분에 대해 차빈은 덤덤하게 대답했다.

"모아둔 돈 있어. 그리고 곧바로 다른 데 취직할 거고."

차빈은 하렴을 떠났으니 인후도 떠나는 게 맞다고 생각했다. 하지만 십오 년 넘게 아빠로 생각한 인후를 평생 안 보고 살 순 없으니 독립을 선택한 것이다.

"독립은 안 돼. 아빠한테 넌 아직도 어린아이 같단 말이야."

지금 인후는 상당히 충격을 받은 상태였다. 차빈의 독립은 단한 번도 생각해본 적 없는 일이었기 때문이다. 그는 차빈이 결혼할때까지 그녀를 곁에 두고 싶었다.

"아빠 너 결혼할 때까지 독립 안 시키고 싶은데."

"부탁이야, 아빠. 나 독립하고 싶어. 독립하게 해줘."

하지만 차빈의 태도는 강경했다. 의지가 느껴지는 그녀의 눈빛을 본 인후는 고민에 빠졌다.

"그럼, 아빠한테 조금만 생각할 시간을 줘."

"응."

딸이, 차빈이 변했다. 그건 아빠니까 알 수 있는 분명한 진실이다.

하렴은 시도 때도 없이 밀려오는 짜증을 견딜 수가 없었다. 그래서 결국 자리를 박차고 일어섰다. 봐야 할 기획안이 쌓여 있고결재 사인을 기다리는 보고서가 넘쳐나건만, 어느 것 하나 눈에 들어오지 않았다.

'보고 싶다.'

오직 차빈의 얼굴만이 눈앞에 아른거렸다. 술 없이 삼 일 정도잘 버티고 있었는데 오늘은 도저히 못 참겠다.

하렴은 결국 자신의 외투를 챙겨들고 사장실을 나왔다. 아무래도 차빈의 얼굴을 보고 와야 일이든 뭐든 할 수 있을 것 같았다. 차빈의 집으로 향하는 내내 하렴은 결심하고 또 결심했다.

'정말 마지막으로 딱 한 번만 더 보고 진짜 포기한다. 이제 안가, 절대 안 가. 마지막이야. 나도 자존심이 있는 놈이라고.'

그런데 막상 차빈의 집 앞에 와도 초인종을 누르거나 연락을 할 용기가 나지 않았다. 그래서 한 시간 가까이 집 앞을 서성이다가 다시 발길을 돌렸다.

'설마 우연히라도 볼 수 있길 바라고 온 건가. 한심하게.'

세워둔 차 쪽으로 걸어가던 하렴이 문득 발을 멈췄다. 요즘 아버지의 카페가 바빠졌다고 했던 차빈의 말이 떠오른 것이다.

'혹시 거기에 있으려나?'

결국 하렴은 차빈의 아버지가 운영한다는 카페 'HABIN'으로 향했다. 그래도 여기까지 왔는데 그냥 돌아갈 수는 없지 않은가.

하지만 하렴은 이번에도 카페 앞에서 들어갈 용기를 내지 못했다. 그저 카페의 큰 창을 통해 안을 스윽 둘러볼 뿐이었다. 점심시간이 훌쩍 지난 터라 카페 안에 사람은 거의 없었다.

그때 그의 눈에 카운터에 서 있는 차빈이 들어왔다. 그녀의 얼굴은 열흘 전보다 많이 말라 있었다.

'살은 왜 저렇게 빠진 거야? 속상하게.'

자신과의 이별 때문에 힘든 건가 싶어서 하렴은 신경이 쓰였다. 그런데 그때, 차빈의 곁으로 다가서는 한 남자가 있었다.

"……민시윤?"

차빈의 옆에 딱 붙어선 시윤이 웃는 얼굴로 그녀에게 말을 걸었다. 그러자 차빈이 웃는 얼굴로 대답했다. 그 모습을 본 하렴의 입에서 허탈한 웃음이 흘러나왔다.

"하…… 뭐야."

결국 저 어린놈한테 뺏긴 건가.

그는 잠시 동안 투명유리로 된 창을 통해 두 사람의 다정한 모

습을 지켜보았다. 괜히 왔다는 생각은 들지 않았다. 오히려 마음이
홀가분했다. 이제 일이든 뭐든, 다시 할 수 있을 것 같았다.

그래, 저 어린놈이랑 잘해봐라.

하렴은 몸을 반대쪽으로 홱 돌려 앞으로 걸어가기 시작했다. 아
주 바쁜 업무가 생각난 것처럼 성큼성큼 걸었다. 최대한 빠르게 그
곳을 벗어나려고 하던 그가 문득 발을 멈췄다.

'근데…… 생각할수록 열 받네?'

다음 순간 하렴은 눈썹을 확 구기며 다시 몸을 뒤로 돌렸다.

'저 얼굴만 반반한 어린놈 때문에 완벽남인 날 버려?'

속으로 화를 내면서 하렴은 다시 카페 쪽으로 걸음을 옮겼다.

씩씩거리며 카페에 다다른 하렴은 조금의 망설임도 없이 카페
문을 거칠게 열어젖혔다.

딸랑-

문에 달린 종소리가 크게 울려 퍼지자 차빈과 시윤은 자연스럽
게 고개를 돌려 그를 쳐다보았다.

"사, 사장님?"

하렴을 발견한 차빈의 두 눈이 커졌다.

"둘이 참 다정하다?"

하렴은 차빈과 시윤을 번갈아 쳐다보며 비비 꼬는 말투로 말했
다. 그사이 차빈은 재빨리 카운터에서 나와 그에게 다가갔다.

"여긴 무슨 일이에요?"

지금 차빈의 심장은 터질 것처럼 빨리 뛰고 있었다.

"너 나랑 헤어지고 저 어린놈 만나는 거냐?"

하렴이 다가온 그녀를 향해 묻자 차빈이 그의 팔을 덥석 잡았다.

"나가서 얘기해요."

차빈이 그대로 하렴의 팔을 잡아끌자, 어느새 달려온 시윤이 하렴의 팔에서 그녀의 손을 떼어내며 말했다.

"나갈 필요 없어요, 누나."

그런 다음 그는 두 눈에 힘을 주고 하렴을 쳐다보았다. 하렴을 내쫓고 싶은 마음에 그의 입에선 거짓말이 흘러나왔다.

"우리 두 사람 사귀기로 했습니다. 그러니까 방해하지 마시고 그만 가주세요."

그 당당한 태도에 하렴은 울컥 화가 치밀었다.

"뭐, 이 자식아!"

울컥한 하렴이 두 손으로 시윤의 멱살을 잡았다. 차빈이 깜짝 놀라 그를 말렸다.

"이러지 마세요! 놔요, 제발!"

차빈은 어떻게든 하렴을 카페 밖으로 데리고 나가고 싶었다. 왜냐하면 이제 곧 점심 약속 때문에 나간 인후가 돌아올 시간이었기 때문이다. 벽시계로 시간을 확인한 차빈이 다급한 마음에 소리쳤다.

"우린 끝났다고 했잖아요! 구질구질하게 왜 이래요?"

"뭐? 구질구질?"

하렴이 충격 받은 듯한 표정으로 시윤의 멱살에서 손을 놓았다. 하지만 차빈에겐 더 이상 지체할 시간이 없었다. 이런 곳에서 이런 식으로 인후와 하렴을 마주치게 할 순 없었다. 조급해진 차빈이 다시 그의 팔을 잡아끌었다.

"제발, 제발 그만 가줘요! 나가달라고요!"

"너 정말……!"

하지만 하렴은 꼼짝도 하지 않았다. 그래서 차빈은 일부러 그를 자극할 만한 말을 던졌다.

"당신, 나 사랑해요?"

그 순간 하렴의 두 눈동자가 크게 흔들렸다.

"뭐?"

"당신, 사랑 따윈 안 믿는 사람이잖아요? 지금도 당신은 그냥 자존심이 상해서 나한테 이러는 것뿐이잖아요?"

"야, 이차빈."

하렴의 얼굴이 상처받은 것처럼 일그러졌다. 촉촉해진 그의 눈동자를 본 순간 차빈은 가슴이 미어지는 것만 같았다.

"그래. 그만하자."

결국 하렴은 차빈의 손을 떼어내고 돌아섰다. 그의 뒷모습을 보는 차빈의 두 눈에 그렁그렁 눈물이 맺혔다. 그런데 그때 카페 문이 열렸다.

딸랑-

"아빠 왔다, 차빈⋯⋯."

문을 열고 들어온 인후가 하렴을 발견하고는 놀란 표정을 지었다.

"하렴아⋯⋯!"

그의 등장에 차빈과 시윤, 그리고 하렴이 동시에 굳어졌다. 방금 인후가 내뱉은 단어를 상기한 하렴의 동공이 마구 흔들렸다.

"아빠⋯⋯?"

하렴은 지금 눈앞에서 벌어진 상황을 믿기가 힘들었다. 당황한 얼굴로 인후와 차빈을 번갈아 쳐다보는 그의 머릿속에 진이 했던 말이 떠올랐다.

'신인후 씨, 지금은 그 첫사랑이란 분 딸이랑 살고 계신대.'

그 순간 하렴은 뒤통수를 둔기로 얻어맞은 듯한 큰 충격에 빠졌다.

그럼, 설마…… 그 첫사랑 딸이……?

"말도 안 돼……."

하렴의 입에서 허탈한 음성이 흘러나왔다. 차빈과 헤어지는 게 세상에서 제일 말도 안 되는 일이라고 생각했는데, 그보다 더 말도 안 되는 일이 벌어졌다.

그때 가만히 하렴의 행동을 지켜보고 있던 인후가 그에게로 다가서며 입을 열었다.

"하렴아, 여긴 무슨 일로……. 아, 혹시 차빈이 때문에 온 거니? 차빈이가 갑자기 일을 그만둬서……."

인후의 입에서 흘러나오는 '차빈이'라는 표현에 하렴은 심장이 조이듯 아파오는 것을 느꼈다. 다음 순간 그는 인후의 말을 무시한 채 고개를 돌려 차빈을 불렀다.

"이차빈."

그러자 그녀가 눈물이 그렁그렁 맺힌 눈으로 하렴을 바라보았다. 차빈과 눈이 마주친 순간 하렴이 그녀를 원망하는 표정으로 말했다.

"넌 다 알고 있었구나. 그래서 날……."

자신을 향한 그의 원망 가득한 눈빛을 마주 본 차빈은 눈물이 울컥 쏟아질 것만 같았다. 그래서 아랫입술을 잘끈 깨물었다.

"이제 다 이해가 되네. 이제 다 알겠어. 네가 왜 그랬는지."

"……."

무슨 말이든 변명이든 하고 싶었지만 차빈은 차마 입이 떨어지지 않았다.

"그래. 우리 다신 보지 말자."

하렴은 딱딱하게 말을 내뱉은 후 몸을 돌렸다. 또다시 보게 된 그의 뒷모습에 차빈의 눈에선 결국 눈물이 주르륵 흘러내렸다.

"흐흑……."

이렇게, 이런 식으로 알게 하고 싶진 않았다. 아니, 그럴 수만 있다면 평생 알게 하고 싶지 않았다.

그때 인후가 카페 출입문을 향해 성큼성큼 걸어가는 하렴을 따라갔다.

"하렴아, 잠깐만!"

인후의 손이 하렴의 어깨를 잡자 하렴은 있는 힘껏 어깨를 틀면서 거칠게 그 손을 쳐냈다.

"이거 놔!"

그러고는 살벌한 눈초리로 인후를 노려보면서 말했다.

"방금 내 말 못 들었어? 다신 보지 말자고 했잖아. 그거, 당신도 포함이야."

말을 마친 하렴은 미련 없이 몸을 획 돌려 카페를 빠져나갔다. 그 모습을 보면서 인후는 허망한 표정을 지었다.

"이게 대체 무슨 일이야?"

인후가 복잡해 보이는 얼굴로 중얼거렸다. 그사이 뒤쪽에서 흐느끼는 소리가 들려왔다.

"흑…… 흐흑……."

그 소리에 인후가 급히 고개를 돌리자 그의 시야로 어깨를 떨면서 울고 있는 차빈이 들어왔다. 놀란 인후가 재빨리 그녀에게 다가섰지만 차빈은 눈물을 멈추지 못했다.

"흑흑……."

그 순간 인후는 그녀가 우는 이유를 어렴풋이 짐작했다. 하지만 아니길 바랐다.

"차빈아, 설마…… 그 입 험한 철벽남이 우리 하렴이었던 거야?"

"……."

아무 대답 없이 눈물만 흘리는 차빈을 보면서 인후는 절망했다. 이래서 처음부터 도미호텔에 가는 걸 막았던 거다. 어떤 식으로든 하렴과 차빈은 엮이지 말았어야 했다.

"너 정말 우리 하렴이랑……."

인후가 믿을 수 없다는 듯이 중얼거리자 그들을 지켜보고 있던 시윤이 빠르게 다가왔다.

"아저씨, 제가 다 말씀드릴게요. 누난 그냥 보내주는 게 좋겠어요."

그의 말에 인후는 차빈을 가만히 쳐다보았다. 그녀에겐 시간이 필요한 듯 보였다. 인후가 아무 말 없이 돌아서자 차빈은 눈물을 닦으면서 카페를 나갔다.

28. 정말 완벽하게 끝

거실에 멍하니 앉은 채 인후는 소주를 마시고 있었다. 그때 현관문을 열고 차빈이 들어왔다. 그녀의 시선이 소주잔을 기울이고 있는 인후에게서 탁자 위에 있는 빈 소주병으로 향했다. 놀란 그녀가 재빨리 그에게로 다가가며 말했다.

"한 병을 다 마신 거야? 아빠 술도 약하잖아. 이제 그만 마셔."

인후의 손에서 소주잔을 뺏는 차빈의 두 눈은 퉁퉁 부어 있었다. 그것을 발견한 인후는 가슴이 미어지는 것만 같았다.

"그래서 그런 거였구나······."

잠시 후 인후가 나직한 목소리로 말했다.

"그날 네가 쓰러진 것도, 요즘 부쩍 말수가 적어지고 말라가던 이유도 다 나 때문이었구나."

"아빠······."

차빈이 걱정스런 얼굴로 인후를 쳐다보았다. 그는 마치 금방이라도 쓰러질 듯 위태로워 보였다.

"차빈아, 아빠가 미안해. 정말 미안해, 아빠가 못나서……."

인후가 괴로운 표정을 지으며 두 눈을 꼭 감았다. 그 모습을 지켜보는 차빈도 괴롭긴 마찬가지였다.

"그런 말 하지 마, 아빠. 난 정말 괜찮아. 나한테 미안해하지 마."

"어떻게 괜찮을 수가 있겠어. 아빠 때문에 사랑하는 사람을 잃은 건데……."

"아빠."

그 순간 차빈이 인후의 손을 꽉 잡았다. 그녀는 하렴만큼 상처받았을 그가 걱정스러웠다.

"내가 그때 아빠 말을 들었어야 했는데……. 그래서 도미호텔에 가지 말았어야 했는데……. 미안해."

"……."

사실 인후는 하렴이 어떻게 사는지 늘 궁금하고 걱정스러웠다. 그래서 항상 하렴의 소식에 관해 신경을 곤두세우고 있었다. 그러던 중 하렴이 도미호텔 회장의 마음에 들어 미국 도미호텔 본사에 입사했다는 소식을 전해 들었다. 그리고 1년 전 한국 도미호텔의 대표로 취임해서 한국에 온 사실도 기사를 통해 다 알고 있었다. 그렇기 때문에 차빈이 처음 도미호텔에서 아르바이트를 한다고 했을 때 그렇게나 반대를 했던 것이다.

"그땐 그냥 막연히 너희 둘을 만나게 하면 안 된다고 생각했어. 모든 사실이 밝혀지면 서로에게 상처가 될 뿐이니까. 그런데 이런 상황이 될 줄은……. 미안하다, 정말."

인후는 이 모든 상황이 견디기 힘들었다. 자신이 무책임하게 버려둔 아들과 그를 대신해서 금지옥엽 키운 딸이 서로 사랑하는 사이가 됐다니……

차빈은 괴로워하는 인후의 손을 다시 한 번 꽉 붙잡았다.

"아니야. 난 오히려 아빠한테 너무 미안해. 나 때문에 아들이랑 사이가 틀어진 거잖아?"

인후가 고개를 좌우로 저었다.

"아니. 그건 다 내 탓이야. 내가 십오 년 전에 가족을 버리지만 않았어도……"

첫사랑의 죽음을 안 십오 년 전, 인후는 혼자 남겨진 그녀의 딸을 도저히 외면하지 못했다. 그때 어린 차빈의 손을 잡은 건 지금도 후회하지 않는다. 하지만 자신의 선택으로 많은 이들이 상처를 받았다.

"나는 하렴이랑 하렴이 엄마한테 상처를 준 것도 모자라, 너한테까지 상처를 줬어. 그리고 하렴이한텐 새로운 상처를 또 줬지."

인후는 괴로움에 숨을 편하게 쉴 수가 없었다. 그래서 거칠게 숨을 토해내며 술잔을 들어 올렸다. 술잔을 비운 그가 절망적인 표정으로 말했다.

"나는 정말 아빠 자격도 없는 사람이야."

그러면서 그는 빈 술잔에 술을 따르려고 했다. 그걸 본 차빈이 그를 말리며 진지하게 말했다.

"아니. 아빠, 나는 아빠가 없었으면 죽었을 거야."

그런 다음 자신이 직접 술병을 들어 그의 잔에 따랐다.

"나를 살게 해준 아빠가 나는 너무 좋아."

채워지는 술잔을 보면서 인후는 울컥 솟아오르려는 눈물을 꾹 참았다.

"……고맙다, 차빈아."

"그러니까 너무 자책하지 마. 자, 이건 마지막 잔."

술병을 내려놓으며 차빈이 싱긋 웃어 보였다. 그런 그녀의 얼굴을 마주 보면서 인후도 옅은 미소를 지었다.

"우리 딸, 다 컸네."

겁을 잔뜩 먹은 얼굴을 하고 있던 조그맣고 말랐던 아이가 이렇게나 착하게 잘 자랐다. 참 고마운 일이다.

"진짜 딸처럼 잘 키워줘서 정말 고마워, 아빠."

차빈의 말에 인후는 눈썹을 파르르 떨며 울 것 같은 표정을 지었다. 미안해서 그녀의 눈을 계속 볼 수가 없었다.

"아빠 이제 들어가서 좀 쉴게."

인후가 자리에서 일어섰다. 그러고는 유유히 자신의 방으로 들어갔다.

"너 무슨 일 있냐?"

진은 아까부터 소파에 앉은 채 하렴을 지켜보면서 연신 고개를 갸웃거렸다. 오늘 그가 너무 이상했던 것이다.

"뭐가."

하렴이 기획안을 보면서 퉁명스럽게 묻자 진이 소파에서 몸을 일으켰다. 그러곤 하렴의 책상 앞으로 저벅저벅 걸어갔다.

"아니, 며칠 전이랑 완전히 다른 사람 같아서."

하렴이 기획안에서 눈을 떼지 않으면서 대꾸했다.

"일 열심히 하고 있는데 뭐가 문제야?"

"그게 문제야, 그게. 엊그제까지만 해도 세상 살기 싫다는 듯 대충대충 살더니 지금은 로봇처럼 일만 하고 있잖아."

"그게 나쁜 건 아니잖아."

하렴은 여전히 서류에서 시선을 떼지 않았다. 그런 그의 모습을 주시하면서 진이 다시 입을 열었다.

"그렇긴 하지. 근데 너 점심도 안 먹었다며? 임시 비서 말로는 하루 종일 사장실에서 꼼짝도 안 했다던데?"

오죽하면 차빈이 그만둔 뒤 임시로 뽑아놓은 여비서가 혹시 사장님이 워커홀릭이냐며 걱정스럽게 물었겠는가.

"비타민 먹었어."

"겨우 비타민? 안 되겠다. 나랑 나가자. 뭐라도 먹게."

하렴의 대답에 기함하며 진이 그의 팔을 잡아끌었다. 하지만 하렴은 그 손을 가볍게 쳐냈다.

"안 돼. 바빠."

"밥 먹을 시간은 있잖아."

"그동안 일을 너무 못했어. 봐야 할 기획안이며 결재보고서가 산더미야."

단호한 하렴의 태도에 진은 순간 놀란 표정을 지었다. 그러다 이내 얼굴 가득 환한 미소를 띠었다.

"이야, 이제야 진짜 신하렴 같네. 보기 좋다, 야."

역시. 자신의 믿음이 맞았다. 하렴은 방황을 깔끔하게 끝낸 모양이다. 그럴 줄 알았다.

"이제 너 다음 주에 미국 가는 거 걱정 안 해도 되겠다."

"당연하지."

진이 안심하는 표정으로 말하자마자 하렴은 덤덤히 고개를 끄덕였다. 그러곤 짧게 덧붙였다.

"걱정시켜서 미안."

"……!"

진은 진심으로 깜짝 놀랐다. 저 자존심 강한 하렴의 입에서 '미안'이란 단어가 나오다니. 어쩌면 그는 방황을 끝낸 게 아니라 어딘가 아픈 걸지도 모르겠다.

"갑자기 왜 그러냐, 너. 적응 안 되게."

진이 걱정스런 얼굴로 말했다. 그제야 하렴이 서류에서 눈을 떼며 그를 슥 올려다보았다.

"이제 정신 차렸어. 더 이상 내 인생을 신인후한테 휘둘리게 둘 순 없으니까."

찬바람 쌩쌩 부는 하렴의 말을 들은 진의 눈빛이 달라졌다. 이모부에 관해선 어떤 것도 입에 담지 말라던 그가 직접 그 이름을 꺼냈다. 그렇다면 그 이유는 딱 하나뿐일 것이다.

"너 설마…… 다 안 거야?"

이차빈이 이모부의 첫사랑 딸이고 지금껏 둘이 함께 살고 있었다는, 이 모든 사실을 다 알아버린 것.

"응. 그러니까 이제 괜찮아."

하렴의 덤덤한 대답에 진은 오히려 마음이 아팠다.

설마 벌써 알았을 줄이야. 저 속이 얼마나 문드러져 있을까. 역시 하렴은 방황을 끝낸 게 아니라 많이 아픈 거였다.

"형이 술 한잔 사줄까?"

진이 담담하기만 한 하렴의 얼굴을 지그시 바라보면서 제안했다.

"아니야. 나 일해야 돼. 다음 주에 미국 본사 가서 보고할 것도 많고 엄청 바빠. 그러니까 그만 나가줄래, 형?"

"어? 어, 그래."

진은 괜찮은 척하는 하렴을 일단 지켜보기로 했다. 저렇게 괜찮은 척 연기하다 보면 어느새 진짜 괜찮아지는 날이 오지 않을까 싶어서.

진이 나가고 얼마 후 하렴은 손에서 서류를 놓았다. 그의 입에서 심호흡하듯 크게 한숨이 터져 나왔다.

'나는 괜찮다. 정말 괜찮다.'

하지만 생각과 달리 그는 울컥한 마음이 들어 주먹으로 책상을 세게 내리쳤다.

쾅-

"……젠장."

괜찮다, 라고 수백 번 수천 번 되뇌어도 안 괜찮다. 괜찮을 리가 없다. 하지만 괜찮아야 한다. 무조건 괜찮아야 한다. 억지로 마음을 다잡으며 하렴은 다시 서류로 눈을 돌렸다. 그러나 머릿속은 아직 딴생각 중이었다.

'차라리 아무것도 몰랐다면, 그날 그 카페에 가지 않았다면, 나는 지금 더 편했을까?'

지금 이 고통이 너무 커서 그냥 실연의 고통이 더 나았을지도 모르겠단 생각을 떨쳐낼 수가 없었다. 물론, 그런 생각조차도 무의미하다는 걸 잘 안다. 하지만 그것조차 안 하면 미쳐버릴 것만 같았다. 그런데 그 순간 사장실 문이 벌컥 열렸다.

"……!"

깜짝 놀라 고개를 드니 그의 시야로 익숙한 얼굴이 들어왔다.

"이차빈?"

문을 연 이는 놀랍게도 차빈이었다. 이제 두 번 다신 볼 수 없을 거라 생각했는데 말이다.

"너 뭐야?"

그녀를 발견한 하렴의 심장이 거칠게 뛰기 시작했다. 그런데 자세히 보니 그녀는 눈물을 펑펑 흘리고 있었다.

"너 왜 울······."

"아빠가 사라졌어요!"

하렴의 말은 듣지도 않고 차빈이 소리쳤다.

"뭐?"

그녀가 우는 것도 당황스러운데 그녀가 하는 말은 그를 더 당황하게 만들었다.

"당신이 떠나라고 한 거죠?"

차빈이 얼굴 가득 눈물범벅인 상태로 물었다. 갑작스런 상황에 하렴은 당황한 기색을 감출 수가 없었다.

"뭐라는 거야."

이 여자, 갑자기 쳐들어와서는 무슨 이런 말도 안 되는 소릴 하는 거람?

그 순간 차빈이 다시 울먹이는 목소리로 소리쳤다.

"우리 아빠가 사라졌단 말이에요!"

또다시 듣게 된 그 말에 하렴은 순간적으로 울컥 화가 치밀었다.

"너네 아빤 왜 나한테 찾아?"

하렴이 버럭 화를 내자 차빈이 거칠게 눈물을 닦으면서 목소리를 높였다.

"당신이 떠나라고 협박한 거 아니에요?"

협박? 이게 진짜……! 사람을 뭘로 보고!

눈썹을 사납게 구긴 하렴이 그녀를 노려보며 말했다.

"그 사람한테 제발 떠나달라고 말하고 싶어도 말하려면 그 얼굴을 또 봐야 하니까 그게 싫어서 말 못하는 사람이야, 내가."

그의 말이 끝나자마자 차빈은 다리에 힘이 풀린 듯 털썩 주저앉았다. 하렴은 깜짝 놀라 반사적으로 그녀에게 다가갔다.

"……괜찮아?"

무릎을 굽혀 그녀와 눈높이를 맞춘 그가 걱정스레 묻자 차빈이 고개를 들었다. 그런데 하렴과 눈이 마주친 순간 그녀의 두 눈에선 다시 눈물이 흐르기 시작했다.

"이런 적 한 번도 없었단 말이에요. 나한테 말도 없이 갑자기 사라진 적은……."

그녀의 눈물을 보면서 하렴은 복잡한 표정을 지었다. 차빈이 손등으로 눈물을 닦으면서 하렴을 향해 물었다.

"무슨 나쁜 생각이라도 하는 건 아니겠죠?"

그렁그렁 눈물이 맺혀 있는 차빈의 두 눈을 마주 보면서 하렴은 최대한 냉정하게 말하려고 애썼다.

"그 인간, 신인후야. 엄청 이기적인 인간이라고. 자기한테 나쁜 생각 따윈 절대 안 할걸."

하지만 말투만 차가울 뿐, 그 내용은 결국 그런 사람 아니니 걱정 말란 거였다. 차빈은 그의 말을 충분히 이해했지만 그 어투가 마음에 들지 않아 새치름하게 말했다.

"아빠를 그렇게 말하지 말아요."

"네가 아는 '아빠'란 사람과 내가 아는 '신인후'가 같은 인물이라고 생각하지 마. 나한테 신인후는 좋은 사람 아니니까."

다음 순간 차빈이 그의 얼굴을 물끄러미 쳐다보기 시작했다. 그 시선이 부담스러워진 하렴이 눈을 피하자 차빈이 입을 열었다.

"아빠 너무 원망하지 말아요. 그래도 당신 어릴 때 사진이랑 최근 잡지 사진까지 지갑에 넣어두고 다니시던데……."

그녀의 말에 하렴은 눈썹을 구기며 다시 그녀에게로 시선을 돌렸다.

"그래서 내가 날 버린 그 사람한테 감사합니다, 라고 절이라도 해야 돼?"

"그건 아니지만, 그래도 아빠 마음을 좀 알아달라고요."

차빈이 안타깝다는 듯이 말했다. 하지만 하렴은 냉정하게 그녀의 말을 잘랐다.

"알고 싶지 않아. 절대."

솔직히 인후가 자신의 사진을 가지고 다닌다는 이야기는 조금 놀랍긴 했다. 하지만 15년 동안의 증오심 때문인지 가슴을 크게 울리지는 못했다. 다음 순간 하렴은 무릎을 펴 자리에서 일어섰다. 그러고는 차갑게 말했다.

"나가. 지금 나한텐 널 보는 것도 곤혹이야."

"……'곤욕'이에요."

밑에서 들려온 목소리에 하렴의 눈썹이 살짝 꿈틀거렸다. 이내 그가 차빈을 향해 신경질을 부렸다.

"이 상황에서 그걸 또 정정하고 싶냐, 넌?"

차빈이 머쓱해하는 표정으로 대꾸했다.

"버릇이에요."

그러고는 자리에서 몸을 일으켰다. 그사이 하렴은 자신의 책상으로 돌아가서 앉았다. 뒤에서 그 모습을 지켜보던 차빈은 문득 자신이 흥분해서 그의 사무실까지 와버리고 그에게 아빠를 협박한 거냐고 막무가내로 군 기억이 떠올라 조금 민망해졌다. 화끈거리는 얼굴을 푹 숙이며 그녀가 조그맣게 말했다.

"저 가볼게요. 제가 너무 흥분해서 이성을 잃고 무작정 달려왔네요. 죄송해요."

서류를 보고 있던 하렴이 고개를 슥 들어 올려, 가만히 문을 향해 걸어가는 차빈의 뒷모습을 바라보았다. 그런데 그때 차빈이 갑자기 몸을 홱 돌려 그를 쳐다보았다. 그녀와 눈이 마주치자 하렴은 황급히 시선을 다시 서류로 돌렸다.

"아빠가 어디 갈 만한 데 없을까요?"

들려오는 그녀의 질문에 하렴은 퉁명스럽게 반응했다.

"몰라. 그딴 걸 내가 어떻게 알아?"

"미안하네요. 그딴 걸 물어서."

실망한 차빈은 어깨를 축 늘어뜨리고 다시 문 쪽으로 걸어갔다. 그런데 그녀가 문 앞에 다다랐을 때 갑자기 뒤에서 한 단어가 들려왔다.

"해남."

그 목소리에 차빈은 의아한 얼굴로 어깨를 틀어 하렴을 쳐다보았다. 그는 무표정한 얼굴로 서류를 보고 있었다.

"뭐라고 했어요, 지금?"

하렴이 여전히 서류에서 눈을 떼지 않으면서 대답했다.

"해남이라고. 갈 만한 곳."

"해남이요? 사장님 고향?"

되물으면서 차빈은 재빨리 걸음을 옮겨 하렴의 책상 앞으로 갔다.

'해남! 내가 왜 그 생각을 못했지?'

그러고 보니 하렴의 고향이면 인후의 고향일 수도 있고 가족의 추억이 많은 곳일 수도 있다. 어쩌면 복잡한 마음을 달래려 그곳에 간 걸지도 모른다. 다음 순간 차빈이 희망에 찬 표정으로 말했다.

"아, 그럼 시간이 별로 없네요. 저 이만 가볼게요."

하렴에게 꾸벅 인사를 한 뒤 차빈은 다시 사장실 문을 향해 걸어갔다. 그 모습을 본 하렴이 조금 조급한 몸짓으로 자리에서 일어섰다.

"지금 해남 가려고?"

"네. 지금 안 가면 어두워져서 못 갈 거예요."

이렇게 대답하며 차빈은 사장실 문 손잡이를 잡았다. 금방이라도 멀리 가버릴 듯한 그녀의 행동에 마음이 급해진 하렴이 재빨리 물었다.

"어떻게 갈 건데?"

"운전해서 가야죠. 시윤이한테 차를 빌리든지 해서."

문득 하렴의 머릿속에 고속도로를 시속 20킬로미터로 달리던 차빈의 운전 실력이 떠올랐다.

"네가 운전하면 어차피 가다가 어두워질걸. 그냥 내일 가."

"안 돼요. 아빠가 걱정돼서."

그러면서 차빈은 사장실 문을 열었다. 발을 떼기 직전 그녀가 다시 하렴에게 인사를 전했다.

"그럼 실례가 많았습니다. 안녕히 계……."

"같이 가."

자신의 말을 자르며 들려온 목소리에 차빈의 두 눈이 커졌다.

"네?"

차빈은 자신이 잘못 들은 건 아닌가 싶어서 고개를 휙 돌려 하렴의 얼굴을 쳐다보았다. 그러자 하렴이 그녀의 눈을 보며 다시 그 말을 던졌다.

"같이 가자고."

자신이 들은 게 정확했다. 정말 같이 가자는 거였다.

"해남까지."

하렴은 운전을 하는 내내 침묵을 유지했다. 차빈도 딱히 말할 기분은 아니어서 휴대폰만 손에 쥔 채 앞만 주시하고 있었다.

하렴의 차는 전에 한 번 가본 적이 있는 해남의 한 민박집으로 향했다. 민박집 근처에 도착한 차가 부드럽게 멈춰 서자 차빈은 재빨리 문을 열고 내렸다. 그리고 무작정 민박집을 향해 달려갔다. 그러나 그곳에는 아무도 없었다. 주인아주머니도 없었고 인후도 없었다.

"하아……"

실망한 차빈의 어깨가 축 늘어졌다. 그런데 그때 그녀의 시야로 저 멀리 바닷가를 거닐고 있는 한 남자의 뒷모습이 들어왔다.

이 추운 겨울에 바닷가를 걷고 있다니……

그 남자를 주시하면서 차빈은 점점 발걸음을 빨리했다. 이내 차빈이 그를 향해 달려가면서 소리쳤다.

"아빠!"

그러자 그 남자가 뒤를 돌아 차빈을 보았다.

"……차빈아."

달려오는 차빈을 보면서 인후는 작게 그녀의 이름을 불렀다. 그 순간 차빈이 그의 품에 안겼다. 품에 안긴 차빈이 작게 떠는 게 느껴져서 인후는 마음이 아팠다. 자신이 아무 말 없이 떠나와서 걱정을 많이 한 모양이다.

인후는 단지 괴로울 정도로 복잡한 마음을 조금 진정시키고 싶었고, 진정이 되면 다시 돌아가려고 했다. 하지만 그게 언제가 될지 몰라 차빈에게는 말하지 못하고 왔던 것이다.

"아빠 대체 왜 그래? 말도 없이 사라지고! 얼마나 걱정한 줄 알아?"

투정 부리는 차빈을 향해 인후는 부드럽게 웃어주었다. 그런데 그때 그의 시야로 그들 쪽으로 걸어오고 있는 하렴의 모습이 들어왔다. 아들을 발견한 인후의 눈에 금세 눈물이 고였다.

"……하렴이도 같이 왔구나……."

그의 중얼거림에 차빈은 인후에게서 몸을 떼어내면서 하렴을 돌아보았다. 두 사람을 번갈아 쳐다보던 차빈이 갑자기 주머니를 뒤적이는 척하며 말했다.

"아, 휴대폰을 차에 두고 왔네. 금방 가지고 올게."

아무래도 부자만의 시간이 필요한 것 같아서 차빈은 일부러 자리를 피했다.

"여기까지 와줘서 고마워."

인후가 어느 정도 거리를 두고 멈춰서는 하렴을 향해 말했다. 하지만 하렴은 아무런 대꾸도 하지 않았다. 그런 그를 가만히 바라보던 인후가 그에게로 가까이 다가서면서 손을 뻗었다.

"미안하다, 하렴아."

하렴이 자신의 손을 잡으려고 하는 인후의 손을 피하며 차갑게 말했다.

"그딴 말 들으러 온 거 아니야."

그러고는 뒤로 한 발자국 물러서면서 냉정하게 말을 이었다.

"당신 딸한테 다시 가란 말 하려고 온 거야."

"하렴아……."

"저 착한 애 걱정시키지 말고 그만 돌아가."

말을 마친 하렴은 몸을 홱 돌려 앞으로 걸어갔다. 그의 뒤를 재빨리 따라가면서 인후가 애원했다.

"하렴아, 여기까지 왔는데, 아빠랑 얘기 좀 하자."

그러자 하렴이 무섭게 굳은 표정으로 걸음을 멈췄다. 곧 그의 살벌한 눈초리가 인후에게로 향했다.

"내가 여기 왔다고 괜한 오해하지 마. 분명하게 말해두지만, 난 당신을 용서할 수 없어."

"하렴아."

인후가 팔을 뻗어 다시 걸음을 옮기려는 하렴의 앞을 막아섰다. 그러곤 절박한 얼굴로 물었다.

"그래서, 나 때문에 우리 차빈이 버리는 거야?"

그 말에 하렴의 눈썹이 사납게 구겨졌다. 그와 동시에 두 사람의 시선이 공중에서 맞부딪쳤다. 물러설 생각이 없어 보이는 인후의 단호한 눈빛을 보면서 하렴이 서늘하게 말했다.

"그딴 말 쓰지 마. 버린 건 내가 아니야. 당신이지."

그 순간 인후의 눈빛이 크게 흔들렸다. 그럼에도 하렴은 냉정하게 말을 이었다.

"당신은 나도 우리 엄마도, 그리고 이차빈도 버린 거야."

하렴의 차가운 말은 인후의 가슴에 날카롭게 꽂혔다. 상처받은 인후가 고개를 푹 숙이며 입술 끝을 파르르 떨자 하렴이 말없이 그를 바라보았다. 잠시 조용히 있던 하렴이 다시 입을 열었다.

"그러니까 그나마 수습 가능한 이차빈만이라도 챙겨."

방금 전보다 조금 부드러워진 하렴의 목소리에 인후가 고개를 들어 그를 쳐다보았다. 시선을 피하고 있는 하렴을 향해 인후가 울 것 같은 표정으로 말했다.

"하렴아, 아빠가 정말 미안해."

하렴이 짧게 한숨을 내쉬었다. 그의 얼굴이 다시 무섭게 굳어졌다.

"나는 있잖아, 불행히도 당신을 닮아서 꽤 이기적이야."

잠시 후 그가 딱딱하게 굳은 얼굴로 입을 열었다. '미안하다' 이 한마디에 풀 수 있는 응어리였으면 얼마나 좋을까.

"그래서 당신을 용서할 수가 없어."

인후는 자신의 아들이 하는 냉정한 말을 들으면서 눈물을 삼켰다. 어린 아들과 몸 약한 부인을 버린 자신은 아들 앞에서 울 자격도 없는 것 같았기 때문이다.

날이 어둑어둑해졌을 무렵 차빈이 혼자 민박집에서 나왔다. 자동차 문에 엉덩이를 댄 채 기대 있던 하렴이 그녀를 발견했다. 이제야 아름다운 부녀 상봉의 시간이 끝난 모양이다.

"아빠 이곳에서 며칠 더 있고 싶으시대요."

차빈이 민박집 안에서 인후와 나눈 이야기를 하렴에게 전했다. 그러면서 은근슬쩍 하렴의 눈치를 보았다. 이를 알아챈 하렴이 그녀를 향해 짧게 물었다.

"왜?"

"안 들어가봐요?"

차빈이 인후가 있는 민박집을 가리키면서 말하자 하렴이 단호히 고개를 저었다.

"됐어. 그냥 갈 거야."

그러곤 그녀를 향해 툭 물었다.

"넌 어쩔래?"

"아빠 혼자 있고 싶으신 것 같아서, 저도 그냥 집에 가려고요."

"그럼 내 차 타고 갈래?"

하렴의 제안에 차빈은 순간 망설이는 표정을 지었다. 내려올 때야 경황이 없어서 그의 도움을 받았다지만, 올라갈 때는 그럴 이유가 없지 않은가. 하렴이 그녀의 얼굴을 물끄러미 보면서 다시 물었다.

"내 차 타고 갈 거야, 말 거야?"

"네? 아……."

그의 제안이 내심 기뻤지만 차빈은 덥석 그 제안을 받아들여도 되는 건지 고민이 되었다. 둘은 이미 헤어진 사이고, 또 인후로 인해 복잡하고 애매한 관계가 되었으니 말이다. 하지만 하렴은 그녀와 생각이 다른 듯 보였다.

"그냥 내 차 타고 가. 버스보단 그게 편할 거야."

"……네."

적극적인 하렴의 태도에 차빈은 못 이긴 척 고개를 끄덕였다. 그렇게 두 사람은 내려올 때와 마찬가지로 둘이서 하렴의 차에 올라탔다.

서울로 가는 내내 차 안엔 침묵이 이어졌다. 하지만 두 사람 다 딱히 불편함을 느끼진 않고 있었다. 그런데 두어 시간쯤 달렸을 때였다.

꼬르륵-

차빈의 허기진 배 속에서 난 꼬르륵 소리가 차 안을 불편하게 만들었다. 조용했던 차 안이라 그 소리가 유독 크게 울려 퍼졌다.

"배고파?"

하렴의 질문에 차빈은 아니라고 대답하고 싶었지만 소리가 너무 컸기에 부정을 할 수가 없었다.

"……네."

차빈이 화끈 달아오른 얼굴로 실토하자 하렴이 부드럽게 차선을 변경하면서 쿨하게 말했다.

"휴게소에서 뭐 좀 먹고 가자."

"괜찮아요."

"내가 안 괜찮아. 그 소리 또 나면 내가 괴로울 것 같아서 그래."

말하면서 하렴은 휴게소 쪽으로 차를 몰았다. 주차장에 차를 세운 하렴이 조수석을 쳐다보았지만 차빈은 좀처럼 차에서 내리지 못했다. 주저하는 그녀를 물끄러미 보던 하렴이 먼저 차에서 내렸다. 그러고는 조수석 문을 열었다.

"내려."

그러자 어쩔 수 없다는 듯이 차빈이 차에서 내렸다. 그녀를 데리고 식당으로 들어선 하렴이 사람들로 북적거리는 식당 안을 둘러보면서 물었다.

"뭐 먹을래?"

"간단하게 김밥 먹을래요."

그녀의 대답에 하렴의 두 눈이 바빠졌다. 식당 메뉴에서 '김밥'을 찾던 하렴이 무언가를 발견하고는 검지를 뻗었다.

"충무로김밥? 저건 뭐야?"

그가 가리킨 메뉴판을 본 차빈이 피식 웃음을 터뜨렸다.

"충무김밥이에요. 없는 '로' 자는 대체 왜 집어넣은 거예요?"

"아아. 충무까지만 보고 충무로인 줄 알았지. 실수야, 실수."

"실수도 반복되면 실력이라 그랬거든요?"

"실수는 성공의 어머니랬거든?"

"실수가 아니라 실패거든요?"

"그거나 그거나. 성공의 어머니는 실수 안 하냐?"

결국 차빈의 입에서 크게 웃음이 터졌다.

역시, 이 남자는 못 당하겠다.

그런데 그녀의 미소가 이내 씁쓸하게 바뀌었다.

이러고 있으니까 우리, 평소랑 똑같다.

……꼭 안 헤어진 것 같다.

잠시 후 식사를 마치고 식당을 나온 두 사람은 다시 차에 올라 탔다. 그리고 그대로 차빈의 집으로 향했다.

하렴의 차가 차빈의 집 대문 앞에 멈춰 서자 두 사람은 누가 먼 저랄 것도 없이 동시에 차에서 내렸다.

"고맙습니다. 여기까지 태워다주시고 또 밥도 사주셔서……."

차빈이 하렴에게 고개를 숙이며 감사의 인사를 전했다. 하지만 하렴은 생각에 잠긴 듯 말이 없었다. 그런 그를 향해 차빈이 다시 입을 열었다.

"그럼 조심해서 가세요."

말을 마친 차빈이 몸을 돌렸다. 그런데 그 순간 하렴이 그녀에 게로 다가서며 그녀의 이름을 불렀다.

"이차빈."

또다시 듣게 된 풀네임에 차빈의 심장이 이상하게 요동쳤다. 그녀가 천천히 몸을 다시 돌리자 하렴이 그녀와 시선을 마주하면서 입을 열었다.

"우리 이제 제대로 헤어지자."

"……!"

그 말을 들은 차빈의 몸이 미세하게 떨리기 시작했다.

"문자 같은 걸로 말고."

하렴이 덧붙인 말을 듣자마자 차빈은 울컥 눈물이 샘솟았다.

아아. 우린 정말 끝난 거구나.

"그동안 고마웠어."

하렴의 마지막 인사에 차빈은 정신이 번쩍 드는 것 같았다.

그래. 그의 모든 상처는 결국 다 '나'인데……. 그런 내가 그와 다시 잘될 일은 없는 게 당연한데……. 잠시라도 예전 같다 착각한 내가 너무 바보 같다.

"저도 그동안…… 너무 고맙고 미안했어요."

차빈은 목소리가 떨리지 않도록 잠시 말을 멈추고 천천히 내뱉었다. 다음 순간 하렴은 매정하게 돌아섰고 그 뒷모습을 보면서 차빈은 숨죽여 눈물을 흘렸다.

'바이 바이, 내 첫사랑.'

하렴이 시야에서 완전히 사라지자 차빈은 자리에 털썩 주저앉아 흐느끼기 시작했다.

"흐윽! 흑…… 흐으윽……."

진심으로 저 남자를 사랑했다. 하지만 이제 두 번 다시 만날 일은 없겠지. 만나면 안 되는 거겠지.

영원할 것만 같았던 우리의 관계는 그렇게 끝이 났다.

29. 완벽한 또 다른 시작

3개월 후-

집 안으로 들어선 차빈은 입고 있던 정장의 재킷을 벗으며 낮게 한숨을 내쉬었다.

"후우……."

오늘로써 벌써 일곱 번째 면접이다. 그런데 오늘도 그다지 희망 찬 기분은 아니다. 면접관에게 의욕이 없어 보인다는 말을 들었기 때문이다. 나름 똑 부러지게 자기소개를 마치고 대답도 열심히 잘했다고 생각했는데, 부족했던 모양이다.

곧바로 캐주얼한 복장으로 갈아입은 차빈은 다시 집을 나와 카페 'HABIN'으로 향했다. 그녀는 요즘 취업을 위해 면접을 보는 시간 이외에는 전부 카페에 투자하고 있었다. 인후가 아직 해남에서 돌아오지 않았기 때문이다. 언제 돌아올지 알 수는 없지만 그가 돌아올 때까지 차빈은 'HABIN'을 운영하기로 마음먹었다.

카페로 온 차빈은 익숙한 손놀림으로 가게 문을 열고 바닥 청소를 시작했다. 그러자 곧 손님들이 하나둘씩 들어왔다. 인후가 있을 때만큼 손님이 많은 건 아니었지만 단골손님이 꽤 생겨서 한산한 편도 아니었다. 게다가 종종 도와주러 오는 시윤 덕분인지 어린 여자 손님도 조금 늘었다.

정신없이 커피를 내리고 주스를 만들다 보면 어느새 시간이 훌쩍 지나간다. 그렇게 긴 하루가 끝나면 차빈은 잔뜩 지친 몸을 이끌고 카페를 나온다.

하루 일과를 마치고 어두운 밤거리를 터벅터벅 걷는 차빈의 어깨가 축 처져 있다. 오늘도 역시 몸에 힘이 하나도 없을 정도로 피곤하다. 하지만 이렇게 몸을 혹사해야만 잠이 잘 오기 때문에 딱히 불만은 없다.

솔직히 요즘 그녀는 모든 일에 무감각했다. 마치 감정을 잊어버린 것만 같다. 좀 더 구체적으로 표현하자면, 뇌에서 '희로애락'이 나란히 손을 잡고 나가버린 느낌이랄까.

그래도 오늘 우연히 자신과 나란히 지하철을 타고 가던 젊은 여자의 얼굴과 역에 멈춰 섰을 때 급히 뛰어 들어온 아줌마의 얼굴이 비슷하게 생겨서 조금 웃었다. 게다가 그 둘은 아는 사이도 아니었다.

산다는 건 그렇게 소소한 재미를 느끼는 것. 그것조차 느낄 정신이 없다면 살고 싶지 않은 것.

적어도 차빈은 오늘 한 번은 피식 웃었다. 그러니 아직은 살 만하다는 것이다. 그렇게 생각하고 싶었다.

도미호텔 내부 회의실 안에선 아침부터 큰 소리가 나고 있었다. 그러나 그 큰 소리는 다중의 목소리가 아닌 한 사람의 목소리였다.

"멍청이들만 처박아놨습니까, 여긴!"

상석에 앉은 하렴이 열 명 정도 되는 직원들을 날카롭게 훑어보면서 또다시 독설을 뱉어냈다.

"이곳에서 지금 되게 멍청한 냄새가 납니다. 아주 거슬려요."

거침없이 독설을 쏟아내는 하렴 때문에 회의실 안은 편하게 숨쉬기도 힘들 정도로 갑갑한 긴장감이 감돌았다. 어떤 이는 그 긴장감 때문에 몸이 아픈 것 같은 착각마저 느꼈다.

"브레인이 안 굴러갑니까? 그 털로 감싸져 있는 그거, 목 위에 있는 그거, 장식입니까?"

급기야 하렴은 직원들을 향해 검지를 뻗으며 삿대질을 하기 시작했다. 직원들은 긴 미국 출장을 마치고 일주일 전에 돌아온 사장의 상태가 전이랑 비교할 수 없을 정도로 날카로워져 있어서 많이 당황스러웠다.

"지금 제가 하는 말 때문에 당신들의 기분이 아주 구릴 수도 있어요. 이해합니다. 하지만 전 그 구린 기분을 미국에 있는 두 달 내내 느꼈습니다."

그때까지 하렴의 옆자리에서 아랫입술만 잘근잘근 깨물며 상황을 지켜보고 있던 진이 안 되겠는지 하렴 쪽으로 상체를 기울이며 그만 들리게끔 나직하게 말했다.

"하렴아, 제발 진정 좀……."

그러나 하렴은 그의 말을 무시한 채 다시 목소리를 높였다.

"내가 미국에서 어떤 소리까지 들은 줄 아십니까? 그 작은 한국

땅에서도 업계 1위를 못할 거면 대체 왜 사냐고 하더랍디까!"

그 순간 진이 도저히 참을 수 없다는 듯 자리에서 벌떡 몸을 일으켰다. 그러곤 하렴을 향해 상체를 숙이며 정중하지만 강한 어조로 말했다.

"그만하시고 저랑 나가시죠, 사장님."

이번에도 하렴은 들은 척도 하지 않았다. 진이 어금니를 꽉 깨물며 다시 말했다.

"너무 흥분하신 것 같습니다. 회의는 다음으로 미루고 조금만 쉬시죠."

그는 일단 하렴을 이곳에서 끌어내고 싶었다. 그 간절한 마음이 통했는지 하렴은 결국 자리에서 일어섰고, 그제야 진은 조금 긴장을 풀 수 있었다.

일주일 전 미국에서 돌아온 하렴은 언어상태 엉망에 예민과 까칠의 결정체였다. 시차 적응하고 시간이 좀 지나면 괜찮아지겠지 했는데 오히려 더 심해졌다. 독설은 기본이고 알아들을 수 없는 이상한 한국어 표현까지 서슴지 않았다. 지금의 그를 어느 누가 한 호텔기업의 대표라 하겠는가!

"사장님이 오랜 출장으로 발생한 시차 적응 문제 및 피로로 인해 감정이 많이 격해지신 상태입니다. 그러니 다들 이해해주시기 바랍니다."

놀라서 굳어 있는 직원들을 향해 정중하게 말한 다음 진은 빠르게 돌아섰다. 그리고 여전히 불만 어린 얼굴을 하고 있는 하렴을 데리고 회의실을 빠져나왔다.

"너 진짜 왜 그러냐?"

복도 끝으로 오자마자 진은 하렴을 향해 버럭 소리를 질렀다. 하지만 하렴의 태도는 뻔뻔 그 자체였다.

"내가 뭘? 다 우리 호텔 잘되라고 하는 말이잖아."

"그래. 의도는 좋은 거였다 치자. 근데 좀 더 고급스럽고 카리스마 있는 표현을 쓸 순 없었냐?"

"충분히 고급스럽고 카리스마 있지 않았어?"

하아- 진의 입에서 한숨이 절로 터져 나왔다. 하지만 딱히 해결책도 없었다. 하렴의 사정을 모르는 것도 아니고 그냥 이해하고 넘어가야지. 답답하지만 어쩔 도리가 없었다.

모든 걸 체념한 진이 아까부터 어렴풋이 느끼고 있었던 위화감에 고개를 갸웃했다.

"근데 김 비서는 어디 갔어?"

아까부터 보여야 할 인물이 한 명 안 보였던 것이다.

"몰라. 내가 어떻게 알아?"

시큰둥한 하렴의 반응에 진은 어이가 없었다. 김 비서는 5일 만에 일을 그만둔 전 비서를 대신해 어제 급하게 뽑은 두 번째 비서였다.

"아니, 아침에 출근한 사람이 없어졌는데 그걸 모른다고?"

하렴이 어깨를 크게 으쓱거렸다. 그런 다음 엘리베이터 쪽으로 걸음을 떼며 쿨하게 대답했다.

"도망이라도 갔나 보지, 뭐."

"뭐? 도망? 하루 만에?"

놀란 진이 급하게 하렴의 뒤를 쫓아갔다. 그때 마침 기다렸다는 듯이 엘리베이터 문이 열렸고 하렴은 자연스럽게 그것에 올라탔다.

"아침에 식은 커피를 가져왔길래 혼구녕을 내줬거든."

하렴을 따라 엘리베이터에 올라타던 진이 미간을 찌푸렸다.

"얼마나 혼냈는데?"

"남자 주제에 훌쩍거리며 울더라."

"야!"

둘만 있는 엘리베이터 안에 진의 고함이 울려 퍼졌다. 하지만 하렴은 여전히 심드렁한 표정이었다.

"넌 어떻게 미국에서 돌아온 지 일주일 만에 비서를 두 명이나 그만두게 만드냐?"

"걔네들 멘탈이 약해빠진 거야."

"네가 성격파탄자란 생각은 안 해봤고? 게다가 넌 언어폭력도 상당하거든?"

진은 답답한 마음에 계속 격앙된 목소리를 냈다. 그러나 이번에도 하렴은 무덤덤했다.

"그래도 잘 버틸 애들은 끝까지 잘 버텨."

하렴의 말에 진은 울컥 화가 치밀어 두 주먹을 불끈 쥐었다. 작년 한 해 동안 잘 버틴 비서는 딱 한 명뿐이었다.

"그거야 차빈 씨니까 잘 버틴 거고! 차빈 씨 같은 비서는 세상에 또 없단 말이야!"

그 순간 엘리베이터 안에 정적이 흘렀다. 내심 멈칫한 진이 괜히 차빈 얘기를 꺼냈나 후회하는 사이 하렴이 덤덤하게 입을 열었다.

"있어."

진이 반사적으로 반박했다.

"없다고, 인마! 봐봐. 지금도 없잖아. 너 이제 오후 스케줄은 또 어쩔래? 잡지사 인터뷰 있는데, 혼자 갈 거야? 한국어 상태도 엉망인 놈이?"

국내에서 제일 큰 잡지사 인터뷰인데 저런 상태의 하렴을 혼자 보낼 순 없었다. 그렇다고 자신이 따라가기엔 자신의 스케줄도 만만치 않았다. 게다가 오늘은 VIP 단체손님 예약이 있어서 도저히 시간을 낼 수가 없었다.

"그럼 빨랑 한 명 뽑든지."

하렴이 남의 일인 양 볼을 긁으면서 심드렁하게 말했다. 그 무심한 태도에 진은 또 화가 났다.

"두 시간도 안 남았는데, 어디서 사람을 구해? 그리고 거기가 얼마나 중요한 자린데 아무나 막 구해?"

그때 사장실이 있는 층에 도착한 엘리베이터의 문이 열렸다. 하렴은 알아서 하라는 말만 남기곤 그대로 엘리베이터에서 내려버렸다.

자신의 방인 총지배인실로 돌아오자마자 진은 지끈거려오는 관자놀이에 손을 얹으며 고민에 빠졌다. 그때 그의 휴대폰으로 문자가 하나 도착했다. 연인인 희진에게서 온 문자였다.

[많이 바빠요?]

진은 바로 답을 보냈다.

[네, 조금요. 사실은, 하렴이 비서가 또 일을 그만뒀거든요.]

진이 보낸 문자에 희진이 곧바로 답장을 보냈다. 그런데 그 문자를 보는 순간 진의 눈빛이 달라졌다.

[또요? 아, 그럼 차빈 씨한테 한번 부탁해봐요. 요즘 다시 취직자리 구하고 있는 것 같던데.]

그래. 이차빈. 그녀라면 더할 나위 없이 완벽하다. 하지만 염치가 있지, 이제 와서 또 어떻게 부탁을 한단 말인가? 하렴과의 관계를 모르는 것도 아니고.

진은 세차게 고개를 저었다. 그러나 아무리 고민하고 또 고민해봐도 생각나는 얼굴이라곤 차빈의 말간 얼굴뿐이었다.

'미친 척하고 부탁해봐? 에이, 말도 안 돼. ……그치만 혹시 모르잖아? 하루 정도는 시간 내줄지? 에이, 너 같음 시간 내겠냐?'

"……미치겠네, 정말."

다음 순간 진은 긴장된 얼굴로 휴대폰을 들어 올렸다. 그러곤 지푸라기라도 잡는 심정으로 차빈에게 전화를 걸었다. 하렴 때문에 고민하다 미친놈 되나 전화해서 미친놈 되나, 어차피 미친놈은 되는 거다. 그렇게 생각하니 마음이 훨씬 편해졌다. 긴 신호음 끝으로 차빈의 목소리가 들려왔다.

-여보세요.

"오랜만입니다, 차빈 씨."

전화를 건 진의 목소리는 조금 긴장된 톤이었다.

"저 김진입니다."

-아, 네. 오랜만이에요, 총지배인님.

"잘 지내셨죠?"

-네, 잘 지냈어요. 총지배인님도 잘 지내셨죠?

"네, 물론이죠."

-…….

어색하게 대화가 끊어졌다. 분명 그녀는 진이 갑자기 전화를 한 이유가 궁금할 것이다. 빨리 그 답을 알려주고 싶었지만, 차마 입이 떨어지지 않았다. 잠시 숨을 고른 진이 어렵게 다시 입을 열었다.

"정말이지, 차빈 씨에게 이런 부탁드리는 건, 정말 말도 안 된다고 생각합니다만…… 오늘 오후만 하렴이 임시 비서 좀 해주시겠습니까?"

-네?

예상대로 차빈은 깜짝 놀란 목소리를 냈다. 진은 이렇게 된 이상 적극적으로 나가야 한다고 생각했다. 지금 그녀의 도움이 절실하니까. 그리고 무엇보다 하렴에겐 그녀가 꼭 필요하니까.

"지금 하렴이 언어 상태가 심각합니다. 세 달 전하고는 비교가 안 될 정도로 상태가 나빠졌어요. 두 달에 가까운 미국 출장이 원인이긴 합니다만, 이건 정말 해도 해도 너무해요."

말하다 보니 차빈에게 하소연하는 형태가 되었지만 진은 전혀 개의치 않고 말을 이었다.

"게다가 아시다시피 그 녀석 성격도 보통이 아니잖습니까. 미국에서 돌아온 지 일주일밖에 안 됐는데 벌써 비서가 둘이나 그만뒀어요. 오늘 온 비서는 반나절 만에 도망을 갔고요."

-…….

전화기 너머 차빈은 아무 말도 하지 않았다. 하지만 진은 그녀의 마음을 충분히 알 것 같았다.

"차빈 씨가 곤란할 거란 건 잘 압니다. 하지만 저도 정말 절박해서요. 하렴이가 오늘 오후에 도미호텔 부산지점 개관과 관련한 잡지사 인터뷰가 있는데, 거기에 혼자 가게 생겼거든요. 이상한 한국어를 쓰는 건 물론이고 표현도 전보다 더 험악해진 상태인데 말이에요."

-…….

여전히 차빈은 말이 없었다. 진이 역시 무리인 건가- 하며 절망하려던 찰나 그녀가 목소리를 보내왔다.

-알았어요. 지금 갈게요.

급하게 사장실 문을 열고 들어온 진이 다짜고짜 하렴을 향해 말했다.

"인터뷰 갈 시간 됐어. 준비해."

하렴이 그런 그를 물끄러미 바라보며 물었다.

"형이 같이 갈 거야?"

"아니. 나 바빠."

"그럼? 사람 구했어?"

"응? 응."

진은 지금 다소 어색한 표정을 짓고 있었지만 하렴은 별로 신경쓰지 않는 모습이었다.

"남자? 여자?"

"여자."

"여자면 백프로 올 텐데."

하렴이 나직하게 중얼거리는 말을 듣자마자 진은 눈썹을 찡그렸다.

"야, 넌 어떻게 올릴 생각부터 하냐?"

"확률적으로 그렇단 말이야. 남자는 50프로 정도 울고."

"울릴 생각을 하지 말라고, 인마."

"울릴 생각한 적 없어. 그들이 스스로 운 거지."

진이 하렴을 보면서 한심하다는 듯이 혀를 끌끌 찼지만 하렴은 아랑곳 않고 자리에서 일어나 슈트 재킷을 챙겨 들었다. 재킷에 팔을 껴 넣고 있는 그의 뒤통수에 대고 진이 말했다.

"오늘 임시 비서는 절대 안 울 거야."

그러자 재킷을 다 입은 하렴이 몸을 빙글 돌려 진을 쳐다보았다.

"어떻게 그렇게 확신해?"

"네가 좋아하는 그 확률로 말해볼게. 백, 프, 로, 안 울어."

진의 표정은 확신에 가득 차 있었다. 하렴은 괜히 오기가 생겼다. 입가에 차가운 미소를 단 그가 혼잣말처럼 말했다.

"그렇게 말하니까 이번엔 진짜 울리고 싶네."

"울려봐, 어디."

결국 네가 울게 될걸. 진이 자신만만한 얼굴로 미소를 짓는 순간 노크 소리가 들렸다.

"왔나 보다."

순간적으로 반색한 진이 사장실 문 쪽으로 다가가면서 큰 목소리로 말했다.

"들어와요."

이내 문이 열리고 체크무늬 블라우스에 회색 치마를 입은 여자가 들어왔다.

"안녕하십니까."

"……!"

전혀 예상치 못한 인물의 등장에 하렴은 그 자리에서 굳어졌다. 이번엔 정말 울리긴커녕 울어버릴지도 모르겠다.

"이차빈……?"

차빈의 등장에 하렴은 그대로 굳어져 조금도 움직이지 않았다. 그는 그저 마지막으로 봤을 때보다 더 말라 있는 차빈의 모습을 말없이 바라보았다. 잠시 후 그의 입에서 황망한 목소리가 흘러나왔다.

"뭐야, 너."

진이 급히 앞으로 나서며 하렴을 향해 입을 열었다.

"하렴아, 내가 미처 얘기를 못했는데……."

그 순간 하렴이 그를 돌아보면서 버럭 소리를 질렀다.

"형이 애 부른 거야? 미쳤어?"

즐거운 추억보다 괴로운 기억이 더 많은 미국에서 예정 기간보다 더 오래 머문 이유는 바로 이 여자 때문이었다. 한국에 있으면 하루 종일 이 여자만 떠올라서 딱 미쳐버릴 것만 같았기 때문에. 그걸 제일 잘 알고 있는 진이 여기까지 그녀를 불렀다는 사실에 하렴은 화가 났다.

"그게 있잖아, 하렴아, 내가……."

자신을 노려보는 하렴의 날카로운 눈빛에 진은 서둘러 다시 입을 열었다. 그런데 그때.

"제가 설명할게요."

차빈이 하렴과 진 쪽으로 다가가면서 말했다. 그녀가 가까이 다가오자 하렴의 눈빛이 살짝 흔들렸다.

"너 뭐야, 대체."

자신의 앞에 멈춰 서는 차빈을 향해 하렴이 서늘하게 말하자 그녀가 입을 열었다.

"사장님의 임시 비서입니다."

차분하고 정중한 그녀의 대답에 하렴은 어이가 없다는 표정을 지었다. 그는 지금 그녀의 행동이 도저히 이해가 되지 않았다.

"형이 불렀어도 네가 오지 말았어야지."

"마침 일을 구하고 있었습니다. 취업준비생이거든요."

하렴은 자신의 앞에서 흔들림 없이 침착한 그녀의 태도가 마음에 들지 않았다. 자신은 이렇게나 미친 듯이 동요하고 있는데 말이다.

"간단하게 자기소개 하겠습니다. 이름은 이차빈. 나이는 올해로 스물일곱 됐고요, 비서 경력은 6개월 있습니다."

"……그래서? 임시 비서를 꼭 하시겠다? 난 절대 받아들일 수 없어."

눈썹에 잔뜩 힘을 주고 미간을 구긴 하렴이 살벌하게 말했지만 차빈은 어떤 표정 변화도 없이 덤덤하게 말을 이었다.

"겨우 반나절 쓰실 비서인데 뭘 그렇게까지 싫다고 파르르 떠십니까? 그리고 지금 급하신 거 아닙니까? 오늘 온 새 비서도 사장님 성질에 못 이겨서 도망갔다고 알고 있는데요."

"너도 도망가게 만들어줄까?"

하렴의 살벌한 발언에도 차빈은 움츠러들거나 기죽지 않았다.

"아뇨. 전 절대 도망 안 갑니다."

사실 차빈은 지금 손끝이 바들바들 떨릴 정도로 긴장을 한 상태였다. 하지만 가까스로 온몸의 힘을 다 끌어모아 태연한 척 버티고 있었다.

"뭐……?"

자신을 바라보는 하렴의 굳은 얼굴을 보면서 차빈은 두 주먹을 꽉 움켜쥐었다. 그런 상태로 짧게 덧붙였다.

"다시는 도망 안 가요."

지난 3개월 동안 이 남자가 너무, 너무 보고 싶었다. 하지만 두 번 다신 못 볼 거라 생각하고 절망 속에서 하루하루를 보냈다. 그런데 그를 다시 만날 수 있는 기회가 제 발로 찾아온 것이다. 어떻게 온 천금 같은 기회인데, 놓치겠는가.

"무슨, 소리 하는 거야, 너?"

그녀의 말에 하렴의 눈빛이 크게 흔들리자 차빈이 서둘러 말을 이었다.

"저를 채용하신 반나절 동안은 절대 도망 안 간다는 뜻입니다."

하렴에게 부담을 주고 싶진 않았다. 그가 보고 싶었던 건 어디까지나 자신의 감정일 뿐, 그의 감정은 다를 수도 있지 않은가.

"가시죠, 사장님."

차빈이 문 쪽으로 몸을 틀면서 팔을 들어 올렸다. 그러곤 하렴을 향해 정중하게 말했다. 하지만 하렴은 그녀를 본 척도 하지 않았다.

"가려면 너 혼자 가."

그는 차빈에게서 냉정하게 고개를 돌리더니 그대로 자신의 의자에 앉아버렸다. 그 행동에 이번엔 차빈이 당황했다.

"네? 인터뷰는 어쩌실 겁니까?"

"난 안 가."

하렴이 단언을 해버리자 그때까지 가만히 상황을 지켜보고 있던 진이 깜짝 놀라 그에게 달려갔다.

"그냥 다녀와, 하렴아. 시간 없어."

"취소해."

"이 좋은 기회를 왜 취소해?"

황당해하는 진에게로 하렴의 살벌한 눈초리가 향했다. 곧 그가 진을 원망하듯이 노려보면서 입을 열었다.

"대체 내가 어떤 소릴 지껄일 줄 알고 함부로 인터뷰를 잡아?"

그러자 진이 펄쩍 뛰며 목소리를 높였다.

"너 업계 1위 안 할 거야? 거기 구독률 톱에다가 기사도 깔끔하게 잘 써주는 국내에서 제일 큰 잡지사야. 네 개인 인터뷰 6페이지에 부산지점을 포함한 우리 도미호텔 관련 내용을 10페이지, 총 16페이지나 실어준다잖아. 이런 기회가 또 있을 줄 알아?"

"인터뷰 잘못해서 이미지 추락하면 어쩔 건데?"

하렴이 그의 말에 날카롭게 의견을 제시했다. 그때 그들의 모습을 잠자코 지켜보고 있던 차빈이 하렴을 향해 말했다.

"그럴 땐 보통 이미지 '실추'라고 합니다."

이에 하렴이 노골적으로 못마땅하단 표정을 짓자 그걸 본 진이 서둘러 다시 입을 열었다.

"네가 잘하면 되잖아, 잘하면! 본사에서 엄청 무시당했다며? 그럼 네가 보란 듯이 업계 1위로 만들어. 다신 무시 못하게."

"몰라. 자신 없어. 당황한 질문 받으면 어떻게 해?"

"'당황스런' 혹은 '황당한' 질문입니다."

이번에도 차빈은 자연스럽게 그의 말을 정정해주었다. 순간적으로 짜증이 치민 하렴이 고개를 돌려 그녀를 노려보았다.

"넌 조용히 좀 해……."

하지만 차빈은 기다렸다는 듯이 그의 말을 자르며 자신의 말을 시작했다.

"그럴 줄 알고 오면서 인터뷰 질문을 미리 받아놨습니다. 답변도 제가 미리 적어놨으니 읽어보십시오."

그러면서 가방 안에서 글이 빼곡하게 적힌 A4용지를 꺼내 하렴에게 건넸다.

예상치 못한 그녀의 준비성에 놀란 듯 하렴은 아무 말도 하지 못했다. 놀란 건 진 역시 마찬가지였다.

"전 거기까진 미처 생각 못 했는데. 고마워요, 차빈 씨."

"아닙니다. 당연히 제가 해야 되는 일인데요, 뭐."

그사이 하렴은 차빈이 건넨 종이를 말없이 받아 들었다. 그리고 그것을 조용히 눈으로 읽었다. 그때 그 모습을 본 차빈이 서둘러 말했다.

"약속 시간이 1시간도 안 남았습니다, 사장님. 인터뷰 내용은 가면서 보시죠."

"그래, 하렴아. 시간 없으니까 어서 가. 이젠 인터뷰 준비도 완벽하잖아."

차빈과 진의 재촉에 하렴은 얼떨결에 자리에서 일어섰다. 떨떠름한 표정으로 걸음을 옮기는 그의 손에는 차빈이 준 인터뷰 종이가 꽉 쥐어져 있었다.

그렇게 하렴과 차빈 두 사람은 나란히 지하 주차장으로 향했다.

급히 오면서 인터뷰 내용까지 준비해온 그녀의 노력 때문에 하렴은 어쩔 수 없이 차빈이 동행하는 것을 허락할 수밖에 없었다. 하지만 내심 영 내키지는 않았던지라 발걸음이 무겁기만 했다. 그런 그의 마음을 아는지 모르는지 차빈은 주차장으로 가는 내내 하렴의 뒤에 딱 붙어서 그를 귀찮게 했다.

"인터뷰 내용, 읽어드릴까요? 다 이해하시겠어요?"

하렴이 걸음을 늦추며 서늘하게 대꾸했다.

"……말 시키지 말고 조용히 가자."

"네."

잠시 조용히 있던 차빈이 주차된 하렴의 차를 발견하고는 그곳으로 달려갔다. 그리고 그 근처에 서 있던 운전기사와 반갑게 인사를 나누었다.

"안녕하세요, 김 기사님. 오랜만이에요."

"어? 오랜만이야, 이 비서. 그동안 어떻게 지냈어?"

하렴은 운전기사와 즐겁게 담소를 나누는 차빈의 모습에 심기가 더욱 불편해졌다. 그래서 입을 꾹 다문 채 차에 올라탄 후 차빈이 작성한 인터뷰 답변에만 시선을 두었다. 곧 김 기사와 차빈이 각각 운전석과 조수석에 올라탔고 얼마 안 있어 차가 출발했다.

차빈과 하렴을 태운 차는 오늘 잡지사 인터뷰 장소인 도심 속한 고급 한식당으로 향했다. 하렴과 함께 한식당의 정원으로 들어선 차빈이 손목시계로 시간을 확인하면서 말했다.

"좀 일찍 도착했네요."

그때 개량한복을 입은 종업원이 나타나 그들을 예약된 방으로 안내했다. 창호지를 바른 미닫이문을 열자 드라마에서나 나올 법

한 우아하고도 고풍스러운 방이 모습을 드러냈다. 먼저 방으로 들어간 하렴이 인터뷰 용지에서 시선을 떼지 않으면서 자리에 앉았다. 그의 눈치를 보며 옆자리에 앉은 차빈이 조심스럽게 물었다.

"다 외우셨어요?"

"……조용히 있어. 안 그럴 거면 나가든지."

"조용히 있겠습니다."

자신에게 냉정하게 굴며 눈길 한 번 주지 않는 하렴이었지만 그래도 차빈은 좋았다. 그의 얼굴을 맘껏 볼 수 있으니까.

차빈이 입술을 꾹 다문 채 하렴의 옆얼굴을 지그시 바라보고 있는 사이 그녀의 시선을 느낀 하렴이 고개를 돌렸다.

"그만 좀 쳐다봐."

그의 말에 차빈은 바로 시선을 내렸다. 하지만 얼마 지나지 않아 다시 시선을 올려 하렴의 옆얼굴을 뚫어지게 바라보았다. 또다시 시선을 느낀 하렴이 고개를 돌려 그녀를 쳐다보았다. 그녀와 눈이 마주친 그가 씁쓸하게 웃으며 입을 열었다.

"넌 참 날 편하게 볼 수 있네."

차빈은 가슴이 찌릿, 하고 아파왔다. 그렇지만 그녀는 애써 웃으면서 말했다.

"저는 당신이 밉지 않으니까요."

그 말인즉, 그녀를 편히 볼 수 없는 하렴은 그녀를 미워하고 있다는 말이 된다. 그 말을 들은 하렴의 표정이 딱딱하게 굳어졌다.

"난 네가 미운 게 아니라……."

"아뇨. 미워하십시오."

그 순간 하렴의 눈동자가 미세하게 흔들렸다. 동요하는 그를 바라보면서 차빈이 말을 이었다.

"제가 당신의 상처인 건 부정 못할 사실이고, 과거는 바꿀 수 없으니까요."

다음 순간 하렴은 말없이 시선을 다시 종이로 내렸다. 분명 다 외워놓은 내용이었는데 어느 글자 하나 눈에 들어오지 않았다. 가슴이 너무 아파서. 미워하란 말이 이렇게 아픈 말일 줄은 그는 미처 몰랐다.

똑똑- 그때 노크 소리가 들렸다.

"잡지사에서 왔나 봐요. 종이 치울게요."

차빈은 자연스럽게 인터뷰 용지를 접어 자신의 가방 아래 놓은 뒤 자리에서 일어나 잡지사 사람들을 맞이했다.

"어서 오세요. 반갑습니다. 저는 도미호텔 신하렴 대표님의 비서인 이차빈입니다."

과거는 바꿀 수 없지만 현재와 미래는 바꿀 수 있다. 그래서 차빈은 지금부터 하렴의 상처가 아닌 도움이 되려 한다. 비록 주어진 시간이 오늘 하루뿐이라 해도 말이다.

바쁜 일정을 마치자마자 진은 잽싸게 사장실로 올라왔다. 문을 열어 하렴의 얼굴을 확인한 그가 다짜고짜 물었다.

"인터뷰 잘했어?"

자리에 멍하니 앉아 있던 하렴이 그의 등장에 미간을 살짝 찡그렸다.

"잘하고 말고 할 게 어디 있어? 그냥 외운 거 말한 것뿐인데."

"하긴. 차빈 씨가 내 메일에 인터뷰 내용 보내놨길래 나도 봤는데, 기가 막히게 잘 썼더라. 시간도 별로 없었을 텐데."

차빈이 쓴 인터뷰 답변 내용은 겸손하면서도 자신감이 넘쳤고 사람들의 호감을 살 만한 적당한 유머도 배어 있었다. 게다가 누구보다 하렴을 잘 알고 있고 이해하고 있어서인지 그의 장점을 아주 자연스럽게 잘 드러내고 있었다.

"역시. 차빈 씨만 한 완벽한 비서가 없다니까."

진이 감탄한 듯 혼잣말처럼 중얼거리자 하렴이 그를 매섭게 쏘아보았다.

"완벽한 비서는 무슨. 아까도 내가 다른 내용 말할 때마다 건방지게 끼어들더라."

"어우야, 네 말 들으니까 더욱더 완벽하네. 네가 이상한 말 할까 봐 막은 거 아니야. 역시 멋지다, 차빈 씨."

흔들림 없이 계속해서 차빈을 찬양하는 진 때문에 하렴은 기분이 안 좋은 듯 보였다.

"멋지긴. 내 연애에 관한 질문도 걔가 싹수없이 다 쳐냈어. 인터뷰어가 걔 막 째려보더라."

"와, 그랬어? 역시. 이 비서가 최고다, 최고. 솔직히 그런 사적인 질문은 대답할 필요도 없잖아."

"최고는 무슨! 그 최고 비서가 아까 나한테 뭐랬는 줄 알아? 나보고 세 달 만에 왜 퇴보했냐고 하더라. 그래서 내가 막 화냈어. ……근데 퇴보가 뭐야?"

진이 순간 황당하단 표정을 지었다.

"그럼 넌 퇴보 뜻도 모르면서 화낸 거야? 너 진짜 왜 그러냐?"

진이 그를 한심하다는 듯이 쳐다보았지만 하렴은 무심하게 고개를 돌려버렸다.

"그래도 딴 비서들처럼 울진 않더라."

하렴이 덤덤하게 덧붙인 말에 진은 피식 웃음을 터뜨렸다.

"차빈 씨잖아. 울면 차빈 씨가 아니지."

차빈의 씩씩한 모습을 떠올리던 진이 슬쩍 눈길을 돌려 하렴의 눈치를 보았다. 그리고 잠시 주저하다가 결심한 듯 말을 꺼냈다.

"야, 하렴아. 아무리 생각해도 네 비서는 차빈 씨가 딱이야. 너도 그렇게 생각하지?"

"……아니. 전혀."

하렴이 성격에 곧바로 부정하지 않고 뜸을 들였다는 것은 어느 정도 수긍하는 부분이 있다는 의미일 것이다.

하긴. 그도 사람이라면 느꼈겠지. 누가 자신을 제일 잘 이해하고 생각하는지. 지금 자신에게 누가 제일 필요한지.

"차빈 씨 다시 일하게 하면 어떨까?"

"말도 안 되는 소리 하지 마."

하렴은 정색했지만, 진은 물러서지 않고 말을 이었다.

"솔직히 그 일이 차빈 씨 잘못도 아니고 지금 둘 사이에 어떤 감정도 없다면 차빈 씨가 다시 네 비서로 일해도 괜찮은 거 아니야?"

진은 '그 일'을 입 밖으로 꺼내는 게 조금 조심스럽긴 했다. 하지만 그가 생각하기에 상처는 담아두기만 하면 결국 곪아버린다. 그러니 차라리 드러내놓고 아물길 기다리는 게 나을 수도 있다. 비록 시간이야 오래 걸리겠지만 말이다.

"걔 잘못은 아니어도 걔만 보면 생각날 거야."

"차빈 씨 아니어도 그 일은 평생 널 따라다닐 거야. 결국 네가 극복해야 할 부분인 거지."

"……."

하렴은 생각이 많아진 듯 입을 다물어버렸다. 그런 그의 얼굴을 보면서 진은 자세를 고쳐 잡았다. 그러곤 정중한 어조로 말을 시작했다.

"전 지금 도미호텔의 총지배인으로서 말씀드리는 겁니다. 사장님에겐 이차빈 비서가 꼭 필요합니다."

"……."

그러나 하렴은 아무 대답도 하지 않았다. 그 행동이 진은 마치 희망고문처럼 느껴졌다. 그래서 이번엔 좀 더 강하게 말해보았다.

"솔직히 말하면, 나는 이제 네 비서 구하는 일에 신물이 나. 그만하고 싶어. 그러니까 지금 너만 오케이하면 너도 편해지고 나도 편해져. 그리고 차빈 씨도 더 이상 면접 보러 다니지 않아도 되고."

"……."

"그러니까 넌 말만 해. 차빈 씨한텐 내가 연락할게."

"……."

계속 입을 다물고만 있는 하렴이 답답해서 진은 으름장을 놓았다.

"아무 말 안 하면 진짜 전화해버릴 거야."

"……."

그러나 이번에도 하렴은 아무 말도 하지 않았다. 그렇게 두 사람 사이에 미묘한 침묵이 흐르고 얼마 후 하렴이 자리에서 일어섰다.

"……나 간다."

그대로 하렴은 몸을 돌려 문 쪽으로 걸어갔다. 대답 없이 가버리는 그의 뒤통수에 대고 진이 버럭 소리쳤다.

"야, 전화하지 마?"

여전히 말 한마디 없이 하렴은 사무실의 문을 열었다. 그리고 그대로 나가는 듯하다가 멈춰 서서 짧게 말했다.

"난 아무 말 안 했다."

그런 다음 문을 닫고 가버렸다. 혼자 남겨진 진은 잠시 두 눈만 깜박이다가 이내 자신이 한 말을 떠올리고 미소를 지었다.

"아무 말 안 하면 진짜 전화해버릴 거야."

진은 난생처음 하렴이 귀엽게 느껴졌다.

"……자긴 아무 말 안 했다. 그러니까 전화해라? 요 깜찍한 놈."

30. 그의 완벽한 피앙세

-월요일부터 다시 출근해주셨으면 해요.

차빈은 믿을 수가 없었다. 그래서 진에게 몇 번이고 되물었다. 하지만 돌아오는 대답은 똑같았다.

-하렴이도 좋다고 한 거니까 걱정 말고 와요. 연봉도 더 올려줄게요.

"아, 네. 감사합니다."

전화를 끊고서도 차빈은 한참을 멍하니 있었다. 도미호텔에 다시 출근할 수 있다니…… 너무 설렌다. 그런데 부풀었던 차빈의 마음이 갑자기 차갑게 식었다.

하지만 이건 어디까지나 일을 다시 할 수 있다는 사실에 설레는 것뿐, 하렴을 다시 볼 수 있다는 사실에 설렌 게 아니다. 절대 아니다. 설레서도 안 된다.

이제 다음 주 월요일부터 이력서를 넣거나 면접을 보지 않아도 되고, 생활비 걱정을 하지 않아도 된다. 그 사실이 설레는 거다. 그래서 차빈은 하루 종일 피식피식 웃음이 났다.

"무슨 좋은 일 있어요?"

카운터에 서서 피식 웃음을 흘리는 차빈을 향해 시윤이 물었다. 그는 요즘 차빈 혼자 일하는 게 안타깝다며 종종 카페로 와서 일을 도와주고 있었다.

"어? 아니."

퍼뜩 정신을 차린 차빈이 어색한 표정으로 대답을 하고는 곧바로 화제를 돌렸다.

"그나저나 너 요즘 많이 바쁘지? 나 카페 일에 어느 정도 적응했으니까 이제 안 와도 돼."

시윤이 싱긋 미소를 지으며 대꾸했다.

"아직 무명이라 많이 안 바빠요."

"그래도 요즘 너 알아보는 손님들 꽤 많아졌잖아. 어제도 촬영 있었고. 안 피곤해?"

시윤은 자신을 걱정스럽게 바라보는 차빈의 얼굴을 물끄러미 응시했다. 그녀의 눈빛은 누가 봐도 남자가 아닌 동생을 보는 눈빛이었다. 그걸 느낀 시윤은 쓰게 웃었다. 이내 그의 시선이 차빈의 눈에서 볼로 내려왔다. 그녀의 볼을 쳐다보던 시윤이 입을 열었다.

"누나야말로 피곤하죠?"

시윤이 불쑥 묻자 차빈의 두 눈이 동그래졌다.

"아니. 왜 그렇게 생각해?"

다음 순간 시윤의 긴 검지가 차빈의 볼 쪽으로 향했다.

"얼굴에 볼펜 묻어 있는데 전혀 모르네요?"

"아, 정말? 언제 묻었지?"

차빈이 손을 올려 손등으로 오른쪽 볼을 거칠게 닦아냈다.

"아까 재고 적다가 묻었나?"

마찰로 벌게진 그녀의 볼을 물끄러미 보던 시윤이 갑자기 손을 뻗어 그녀의 손목을 잡았다.

"거기 아니고 여기."

시윤의 손에 의해 차빈은 펜이 묻은 정확한 위치를 찾을 수 있었다. 그런데 그때였다.

"저기……."

그들 사이로 여자 목소리가 파고들었다. 시윤과 차빈이 동시에 고개를 돌리자 이십 대 초반 정도로 보이는 예쁘장한 여자가 보였다. 밝은 갈색으로 염색한 긴 파마머리에 하얀 얼굴을 가진 여자의 큰 두 눈이 시윤과 차빈을 번갈아 쳐다보았다.

"혹시 두 분이요, 사귀는 사이인가요?"

"네? 아, 그건 아닌……."

차빈이 서둘러 입을 연 순간 시윤이 앞으로 나서며 말했다.

"저희가 그걸 왜 대답해야 하죠?"

냉정한 시윤의 태도에도 여자는 흔들림이 없었다.

"궁금해서요."

"단지 그쪽이 궁금하단 이유라면 대답할 필요가 없다고 생각하는데요."

찬바람 쌩쌩 부는 시윤의 목소리에 차빈은 깜짝 놀라 그를 말렸다. 하지만 상대 여자는 별 동요 없이 말을 이었다.

"좋아하는 사람 곁에 있는 여자분이 여자친구인지 아닌지도 궁금해하면 안 되나요?"

여자의 초롱초롱하니 맑은 눈동자가 시윤을 똑바로 응시했다.

"저 좋아해요?"

시윤의 질문에 여자가 딱 잘라 대답했다.

"아뇨."

"네?"

예상했던 대답이 아니었기에 시윤의 페이스가 조금 흔들렸다.

"저 남자친구 있어요."

여자가 당당하게 덧붙인 말에 놀란 시윤이 헛기침을 몇 번 하고는 다시 물었다.

"방금 전에 '좋아하는 사람'이라고 했잖아요?"

여자의 까만 눈동자가 구석에 있는 테이블로 향했다. 자연스럽게 시윤과 차빈의 시선이 그녀를 따라가자 구석 자리에 앉아 이곳을 주시하고 있는 한 여자가 보였다. 그녀 역시 이십 대 초반 대학생처럼 앳돼 보였다. 세 사람의 시선에 그녀는 얼굴을 붉히며 고개를 푹 숙였다.

"제가 아니라 저기 있는 제 친구가요. 저 친구가 조금 소심한데요, 그쪽을 정말정말 좋아해요. 그쪽 보러 매일 이 카페에 올 정도로. 근데 옆에 계신 언니가 여자친구 같다고 하더라고요. 그래서 제가 친구 대신 직접 확인하려고 물어본 거예요."

똘망똘망해 보이는 여자의 눈빛이 다시 시윤에게로 향했다. 여자의 태도가 무척 당당했기에 시윤은 할 말을 잃고 그녀를 응시했다. 그때 차빈이 그녀를 향해 말했다.

"그럼 친구한테 전해줘요. 우리 둘이 아무 사이 아니라고."

"정말이요? 그렇게 안 보이는데요."

여자가 의심의 눈초리를 보냈다.

"정말이에요. 우린 친남매 같은 사이예요."

"진짜 친남매는 아니잖아요?"

여리여리한 생김새완 다르게 꽤나 다부진 그녀의 태도에 차빈은 조금 당황하고 말았다.

"으음. 친구분이 저 때문에 불안해하는 이유를 모르겠네요. 저는 시윤이보다 나이도 많고……."

"언니 너무 예쁘단 말이에요!"

생각지도 못한 대꾸였기에 차빈은 순간 멈칫했다.

"아……. 제가요?"

"네."

그러면 안 되는데 차빈은 자꾸 입가가 씰룩거렸다.

"일단, 고마워요. 고마운데, 저흰 정말 아무 사이 아니에요."

"그럼 언니 말만 믿고 갈게요."

드디어 여자가 차빈의 말을 받아들이겠다며 물러섰다.

"실례가 많았습니다."

자리로 돌아가기 전 여자는 차빈과 시윤에게 고개를 꾸벅 숙여 인사했다.

"은근히 예의 없는 타입이네요."

친구가 있는 테이블로 돌아가는 여자의 뒤에서 시윤이 나직하게 뱉어낸 말이었다.

"왜? 난 귀여운데."

차빈이 그런 시윤을 빙글 돌아보면서 말했다.

"전 무서워요. 생글거리면서 결국 자기 하고 싶은 말 다 하는 스타일이잖아요."

"그렇게 나쁜 애는 아닌 것 같은데."

차빈이 고개를 갸웃하자 시윤이 그녀를 물끄러미 보면서 딱 잘라 선언했다.

"암튼, 절대 엮이고 싶지 않은 타입이에요."

차빈은 그의 말을 그때는 이해할 수가 없었다.

사장 비서실로 올라가는 엘리베이터 안에서 차빈은 두근거리는 심장에 손을 얹었다. 모든 게 그리웠다. 이 호텔도, 많은 일들이 있었던 이 엘리베이터 안도.

잠시 후 엘리베이터의 문이 열리자 차빈은 천천히 걸음을 옮겼다. 그리웠던 그녀의 책상 앞에는 진이 서 있었다.

"안녕하십니까."

"어서 와요, 차빈 씨."

진이 예의 그 온화한 미소를 지으며 그녀를 반겼다. 그가 들고 있던 하렴의 스케줄표와 비서 전용 휴대폰을 차빈에게 건네며 말했다.

"하던 일이니까 긴 설명은 필요 없겠죠?"

"네."

"그날 봐서 알겠지만 하렴이 한국어 상태가 아주 엉망이에요. 좀 더 신경 쓰셔야 할 거예요."

"네. 그건 제 전문이니까요."

당당하게 대답하는 차빈을 보면서 진은 싱긋 미소를 지었다.

"확실히 차빈 씨가 오니까 든든하네요."

진은 이제 한시름 놓았다고 생각했다. 그런데 아무래도 마음에 걸리는 것이 딱 하나 있었다.

"아, 근데 분명히 해두고 싶은 게 있어서 묻는 건데요……."

진이 이렇게 서두를 꺼낸 후 좀처럼 말을 잇지 못하자 차빈이 서둘러 말했다.

"편하게 말씀하세요."

진은 조금 더 주저하는 듯하더니 잠시 후 입을 열었다.

"이제 하렴이하고는 남은 감정 없는 거죠?"

"아아, 네. 물론이죠."

차빈은 조금의 망설임도 없이 즉답했다. 그녀의 평온한 얼굴을 보면서 진은 안도의 한숨을 내쉬었다.

"뭐, 안타깝지만 이 세상엔 어쩔 수 없는 문제라는 것도 있는 거니까요."

하렴과 이모부 인후의 문제는 그녀의 탓이 아니니만큼 차빈이 책임감을 느끼지 않았으면 좋겠다고 생각했다. 아니, 이젠 하렴과 차빈 두 사람 다 편해졌으면 좋겠다는 게 진의 솔직한 심정이었다. 말처럼 쉽진 않겠지만 말이다.

"그럼 앞으로도 우리 하렴이 잘 부탁해요."

"네, 저도 앞으로 잘 부탁드립니다."

차빈을 향해 미소 짓던 진이 문득 무언가 떠오른 얼굴로 말했다.

"아, 참고로 하렴이 한국에 돌아오자마자 선봤어요."

"아…… . 그래요?"

순간 차빈의 눈동자가 미세하게 흔들렸다. 그걸 눈치채지 못한 진이 덤덤히 말을 이었다.

"이름은 진수민. 강일전자 막내딸이고 나이는 스물둘. 그쪽에선 하렴일 굉장히 마음에 들어 하는 눈치고 하렴이도 싫진 않은 것 같아요. 근데 뭐, 그 녀석이야 워낙 결혼을 비즈니스로만 생각하니까 상대가 누구든 싫은 티를 안 내긴 하죠."

굳어지려는 얼굴에 힘을 주며 차빈은 애써 미소를 지었다.

"아, 그렇군요."

"비서니까 알고 있어야 할 것 같아서 말해준 건데, 괜찮죠?"

진이 차빈의 눈치를 살피며 묻자 차빈이 웃는 얼굴로 대답했다.

"네, 그럼요. 알려주셔서 감사합니다."

그녀의 미소를 보고 진은 그녀가 하렴에 대한 감정을 정리했을 거란 확신이 들었다.

"하렴이 안에 있으니까 들어가봐요."

진이 사장실 문을 가리키면서 말하자 차빈의 두 눈이 커졌다.

"벌써 출근하셨어요?"

"네. 요즘 시차 적응 못해서 매일 지각하더니 오늘은 웬일로 일찍 왔더라고요."

차빈의 심장이 세차게 뛰기 시작했다. 심장을 진정시키기 위해 심호흡을 하면서 차빈은 사장실로 다가갔다. 그리고 똑똑 노크를 한 후 조심스레 문을 열었다.

"안녕하십니까, 사장님."

의자에 하렴이 앉아 있었지만 그와 눈을 마주치지 못한 채 인사를 했다. 차빈은 스케줄표로 시선을 고정시키며 말했다.

"오늘 스케줄 말씀드리겠습니다."

그런데 그때 하렴이 불쑥 목소리를 보냈다.

"진수민."

그의 입에서 나온 여자 이름에 놀란 차빈이 천천히 고개를 들었다.

"얘긴 들었나?"

하렴의 질문에 방금 전 진에게서 들었던 내용을 떠올렸다.

"네, 들었습니다. 지난주에 선보셨다고."

"응. 그리고 또 들은 건 없어?"

하렴의 질문이 이어지자 차빈은 다시 입을 열었다.

"강일전자 진일주 회장님의 막내따님이라는 사실과 나이는 알고 있습니다."

"그거 말고."

"없습니다."

차빈이 대답을 마치자 하렴이 그녀를 지그시 바라보았다. 공중에서 두 사람의 눈이 마주쳤다. 그때 하렴이 다시 입을 열었다.

"나 그 여자랑 결혼할 거야."

"네?"

순간 차빈의 표정이 눈에 띄게 굳어졌다. 하지만 하렴은 아랑곳 않고 말을 이었다.

"다음 달에 약혼 먼저 하고 올해 안에 결혼할 거야."

"아…… 약혼……? 결혼……?"

"그러니까 나는 지금 너한테 그 여자가 내 피앙세라는 걸 알려주는 거야."

자신을 뚫어지게 응시하고 있는 하렴의 서늘한 눈빛에 차빈은 겨우 정신을 차렸다.

"아, 네. 알겠습니다."

정신 차려, 이차빈.

"미리 축하드립니다, 결혼."

차빈은 가까스로 비서다운 대답을 마쳤다.

상처받을 필요도, 이유도 없다. 우린 이미 끝난 사이가 아니던가. 차빈은 모질게 마음을 다잡았다.

점심식사를 마친 차빈은 호텔 로비를 지나 엘리베이터를 향해 걸어가고 있었다.

"예쁜 언니!"

자신의 뒤에서 들리는 부름에 차빈의 걸음이 멈췄다.

'설마 저게 날 부른 거겠어?'

의아해하면서 어깨를 틀자 전에 카페에서 한 번 본 적이 있는 여자가 눈에 들어왔다.

"아, 그때 카페에서……. 그분 맞죠?"

그녀는 며칠 전 카페에서 시윤과 차빈에게 둘이 연인 사이냐고 물었던 여자였다.

"네. 언니 여기서 일하세요? 카페 사장님인 줄 알았는데."

하늘하늘 원피스를 입은 그녀가 차빈에게로 가까이 다가왔다. 그녀는 그 특유의 당당한 눈빛과 표정으로 차빈을 응시했다.

"카페는 아빠가 운영하시는 건데, 잠깐 맡은 것뿐이고요. 여기가 제 일터예요. 근데 여긴 웬일이에요?"

"남자친구 만나러 왔어요."

아, 그때 말한 남자친구.

차빈이 고개를 끄덕이며 그녀를 물끄러미 바라보았다. 그러고 보니 옷차림이며 화장이며 정성을 꽤 들인 티가 났다.

"남자친구가 여기서 일해요?"

"네. 백오피스에서."

"아아. 어느 부서예요? 제가 안내해줄게요."

그 순간 여자의 선이 진한 두 눈이 동그래졌다.

"부서? 부서라……."

미간을 좁히며 생각에 잠긴 듯한 그녀의 귀여운 모습에 차빈은 싱긋 미소를 지었다. 남자친구가 일하는 부서가 잘 생각이 안 나는 모양이다.

"기억 안 나요?"

"아아!"

드디어 생각이 난 듯 여자가 두 눈을 반짝거리며 소리쳤다.

"사장실이요!"

차빈의 얼굴에서 서서히 미소가 사라져갔다.

"사장실……?"

"네, 사장실."

여자가 핑크빛으로 예쁘게 색을 칠한 입술을 늘어뜨리며 상큼하게 웃었다.

"제 남자친구가 이 호텔 사장님이거든요."

복잡 미묘했다. 이 도미호텔 사장인 신하렴을 자기 남자친구라 표현하는 여자를 보는 심정은. 차빈은 자신도 모르게 두 주먹을 꽉 움켜쥐며 그녀에게 물었다.

"혹시 이름이 진수민이에요?"

그때부터 차빈의 심장은 아플 정도로 빠르게 뛰기 시작했다.

"네! 어떻게 아셨어요?"

수민이 놀란 듯 두 눈을 동그랗게 떴다. 그녀를 보며 차빈은 씁쓸한 미소를 지었다.

그렇구나. 이 예쁜 아가씨가 신하렴의 피앙세구나.

"제가 신 사장님 비서거든요."

"아, 그래요? 와, 이런 우연이! 신기하다. 우리 인연인가 봐요, 언니!"

수민은 차빈을 친근하게 부르며 그녀의 팔을 잡았다. 그러다 문득 뭔가 이상하다는 듯 고개를 갸웃했다.

"아, 근데 전에 본 비서는 남자분이셨는데?"

"그분이 그만둬서 제가 어제부터 비서직을 맡고 있어요."

차빈은 일부러 전에 6개월 정도 하렴의 비서를 맡은 경력이 있단 말을 하지 않았다. 왠지 하고 싶지 않았다.

"그렇구나. 앞으로 잘 부탁해요, 언니."

차빈의 팔을 잡아 흔들면서 수민이 애교 있게 말했다. 그녀를 향해 차빈은 가식적인 미소를 지었다. 그녀에게 친절하게 굴어야 한다는 걸 잘 알지만, 그 이상 예쁜 미소가 지어지지 않았다.

31. 완벽한 미련

"우리 이제 제대로 헤어지자."

웃기지도 않게 폼을 잡았다. 그 말을 뱉어내고 돌아서자마자 후회한 주제에.

당장 돌아가서 잘못했다고, 나는 여전히 너를 놓치고 싶지 않다고, 나는 여전히 네가 필요하다고 소리치고 싶었다. 하지만 하렴은 끝내 그러지 못했고 그의 심장은 딱딱하게 굳어졌다.

그냥 원래 살던 대로 살면 된다. 원래 자신은 차빈 없이도 잘 살았다. 아주 잘.

그렇게 버티다 보니 살아지긴 했다. 하지만 그러다가도 불쑥불쑥 밀려오는 공허감에 몇 번이나 무릎을 꿇어야 했고, 삶에 의욕이 생기지 않아 삶의 이유에 대해 며칠이고 고민해야 했다.

그렇게 삶을 '산다'기보다 '버틴다'에 가까운 하루하루를 보내고 있었는데, 거짓말처럼 그 앞에 그녀가 다시 나타났다. 차빈의 얼굴을 확인한 순간 그의 심장은 세차게 뛰기 시작했다.

"전 절대 도망 안 갑니다."

미치도록 그리워하던 그녀가 다시 그의 곁에 있겠다고 했다. 하렴은 표현하기 힘들 정도로 기뻤다.

"다시는 도망 안 가요."

하렴은 그대로 손을 뻗어 그녀를 잡고 싶었다. 하지만 그가 손을 뻗어 그녀의 손을 잡으려는 순간, 그녀의 다른 손을 잡고 있는 이가 보였다.

"……!"

인후였다. 그런데 그때 하렴의 다른 손을 잡아당기는 이가 있었다. 천천히 고개를 돌려보니 그의 손을 잡고 있는 어머니 수정이 보였다.

"해리, 넌 내 곁에 있을 거지? 아빠처럼 떠나지 않을 거지?"

결국 하렴은 차빈을 향해 뻗었던 손을 바닥으로 떨어뜨렸다. 그와 동시에 심장도 쿵 바닥으로 떨어졌다. 더는 심장이 뛰지 않았다.

하렴은 미간을 잔뜩 찌푸린 채 눈을 떴다. 겨우 잠에 들었다고 생각했는데 어김없이 요란한 꿈을 꾸었다. 불면증에 이어 악몽에도 익숙해져버린 하렴의 텅 빈 눈동자가 천장을 멍하니 올려다보았다.

그때 그녀의 손을 잡지 않은 건 현명한 행동이었다. 앞으로도 그녀를 절대 잡지 않겠다. 이대로 평생 사랑 따위 모르고 살겠다.

그렇게 굳게 결심하면서 하렴은 자리에서 일어나 출근 준비를 마쳤다. 호텔로 가는 내내 그는 오늘 꾼 악몽을 떠올리며 몇 번이고 똑같은 다짐을 했다. 하지만 막상 사무실로 와서 차빈의 얼굴을 보면 마음이 갈대처럼 흔들린다. 결심 따위 흔적도 없이 연기처럼 흩어진다.

"오셨습니까, 사장님."

사장실 문으로 다가가는 하렴에게 차빈이 정중하게 인사를 건넸다. 들은 척도 않는 하렴을 향해 차빈이 꿋꿋이 말을 이었다.

"점심 스케줄 말인데요, 오늘 마침 부산 지점 현장 매니저가 서울에 오거든요. 그래서 한번 뵙고 싶다고……."

"점심은 절대 안 돼."

하렴의 단호한 태도에 차빈의 두 눈이 커졌다. 그녀를 지그시 마주 보면서 하렴이 말했다.

"약속 있어, 피앙세랑."

"아, 네. 알겠습니다."

하렴은 일부러 '피앙세'라는 단어를 붙였다. 그녀에게 경고를 주기 위해서가 아니라 자신에게 주의를 주기 위한 행동이었다. 그렇게라도 하지 않으면 그녀에게 또다시 손을 뻗어버릴 것만 같아서.

"얼굴색이 안 좋으시네요."

차빈이 하렴의 얼굴을 살피면서 말하자 하렴은 노골적으로 불쾌하단 표정을 지었다.

"상관 마. 네가 걱정할 일 아니야."

"비서가 사장님 건강을 걱정 안 하면 누가 합니까?"

차빈이 당당하게 맞받아쳤다. 대쪽 같은 그녀의 태도에 하렴은 헛웃음이 났다.

"너는 진짜 여전하구나."

그가 나직하게 중얼거리자 그 말을 들은 차빈이 의아해했다.

"제가요?"

"응. 비서 주제에 무지 건방져."

서늘한 표정으로 말을 마친 하렴은 차갑게 그녀를 스쳐 지나갔다.

그래도, 나는 그래도 네가 내 옆에 있어줬으면 좋겠다. 안 보고 괴로워하는 것보다 보고 괴로워하는 게 더 나을 것 같으니까.

점심 식사를 마치자마자 차빈은 안내데스크에 있는 선영과 희진에게 달려갔다. 도미호텔로 돌아온 뒤 제일 기쁜 일을 꼽으라면 그녀들과 다시 수다를 떨 수 있게 된 것이다.

"차빈 씨 다시 와서 너무 좋다."

"저도 언니들 다시 봐서 너무 좋아요."

차빈이 얼굴 가득 함박웃음을 지었다. 그때 희진이 호기심 가득한 눈빛으로 물었다.

"근데 비서 일은 왜 갑자기 그만뒀던 거야?"

"아, 개인적인 사정이 생겨서요."

차빈이 곤란해 보이는 표정을 지으며 얼버무리자 선영이 그녀의 팔뚝을 부드럽게 치며 말했다.

"암튼, 정말 잘 왔어. 진짜 보고 싶더라. 그나저나 차빈 씨 없는 동안 무슨 일이 생긴 줄 알아?"

"무슨 일이요?"

"희진이 애, 총지배인님이랑 사귀고 있어."

선영의 검지가 희진을 가리켰다. 놀란 차빈의 두 눈이 커졌다.

"어머, 정말이요?"

희진은 부끄러운 듯 얼굴을 붉혔다.

"그, 그렇게 됐어. 조금 쑥스럽네."

"'야닭소' 별명 지은 걸 고백해서 같이 밥 먹었는데, 그 후로 사이가 좋아져서 사귄대. 3개월 넘었어."

선영이 밉지 않게 희진을 흘겨보면서 말을 이었다.

"난 그것도 모르고 괜히 총지배인님한테 흑심 품을 뻔했지, 뭐야."

"그래서 내가 미안하다고 사과했잖아."

선영과 희진을 지켜보면서 차빈은 피식 웃음을 터뜨렸다. 역시 이 언니 둘은 변함없이 쿨하다.

"축하해요, 희진 언니."

"고마워. 차빈 씨 덕분에 좋은 사람 알게 된 것도 정말 고맙고."

차빈과 희진이 서로를 향해 미소를 짓고 있던 그때 레스토랑 쪽을 보고 있던 선영이 나직하게 말했다.

"저기 신왕자랑 신왕자 피앙세다."

그 목소리에 차빈은 반사적으로 고개를 돌렸다. 점심 식사를 마친 듯 나란히 레스토랑을 빠져나오고 있는 하렴과 수민이 보였다. 그들은 누가 봐도 완벽한 선남선녀 커플이었다.

"저 여자애, 요즘 자주 오네."

두 사람을 물끄러미 보던 희진이 중얼거렸다. 그리고 잠시 후 피식 하고 쓴웃음을 지으며 말을 이었다.

"역시. 어리고 돈 많은 여자애랑 결혼하는구나."

"그러게. 역시 금수저가 최곤가 봐. 근데 난 솔직히 신왕자는 차빈 씨랑 뭔가 있구나 싶었는데……."

선영이 말끝을 흐리며 차빈을 힐끔 쳐다보자 차빈이 동요하는 표정으로 입을 열었다.

"네? 그럴 리가요. 말도 안 돼요."

비밀 연애를 했기 때문에 그녀들은 차빈과 하렴이 사귀었다는 사실을 모른다. 차빈은 모든 게 끝난 지금 그걸 굳이 알릴 필요는 없다고 생각했다.

"아니야? 나는 신왕자가 차빈 씨 보는 눈빛이 가끔 너무 달달해서 오해했네."

"그러게. 나도 선영이랑 똑같이 생각했거든. 게다가 차빈 씨 일 그만두고 난 후부터 신왕자 상태가 너무 이상해서 더 그렇게 생각했어."

희진의 말에 차빈이 깜짝 놀란 얼굴로 물었다.

"이상했다고요?"

"응. 마치 혼이 나간 사람처럼 멍하더라고."

"맞아. 생기라곤 하나도 없고, 꼭 밀랍인형 같았어. 그러더니 얼마 후에 미국으로 훌쩍 가버리더라."

선영까지 나서서 하렴의 위태로웠던 상태에 대해 설명하자 차빈은 가슴이 아파왔다. 자신과의 이별로 그가 얼마나 힘들어했는지, 자신은 아마 짐작조차 할 수 없을 것이다.

심장이 조여오는 느낌에 차빈은 숨을 쉬기가 힘들어졌다. 그에 비하면 자신의 상처는 아무것도 아니다. 자신은 단순한 이별에 가깝지만 그는 엄청난 배신에 가까울 테니 말이다.

그때 차빈의 눈에 수민과 헤어진 하렴이 엘리베이터 쪽으로 걸음을 옮기는 게 보였다. 차빈이 선영과 희진을 돌아보며 빠르게 말했다.

"언니들, 그럼 저 먼저 갈게요. 나중에 또 봐요."

차빈은 하렴을 쫓아가기 위해 열심히 걸음을 옮겼다. 그런데 엘리베이터 쪽으로 바삐 걸어가는 그녀의 팔을 누군가 건드렸다.

"차빈 언니!"

반갑게 자신을 부르는 이에게로 차빈이 몸을 돌렸다.

"아, 수민 씨……."

그녀를 불러 세운 수민이 화사하게 웃으며 물었다.

"어딜 그렇게 급하게 가세요?"

"비서실로 올라가려고요. 점심 식사는 맛있게 하셨어요?"

"네. 여기 레스토랑 요리는 정말 맛있는 것 같아요."

"네, 맞아요. 정말 맛있죠."

맞장구를 치며 차빈이 싱긋 미소를 지었다. 그러자 수민이 그녀의 얼굴을 빤히 쳐다보았다. 그 시선이 의아해서 차빈이 고개를 갸웃하는 순간 수민이 입을 열었다.

"언니 너무 예쁜 것 같아요."

차빈의 얼굴에 당혹감이 깃들었다.

"그 농담 좀 그만하면 안 돼요?"

"농담 아니에요."

그러지 말라고 하면서도 차빈은 입가가 자꾸 씰룩거렸다. 기분은 좋지만 그래도 역시 자신보다 어리고 예쁜 여자한테 자꾸 예쁘단 소릴 듣는 건 좀 민망하다.

"하렴 오빠도 언니 예쁜 거 인정했는걸요?"

"네?"

갑작스런 수민의 말에 차빈은 심장이 쿵 내려앉는 느낌이 들었다.

"제가 하렴 오빠한테 비서 언니가 너무 예뻐서 불안해요, 라고 했더니 '너도 예뻐'라고 했어요. 너'도'라는 건 언니가 예쁘다는 걸 인정하는 거잖아요?"

수민의 올곧은 눈빛이 자신을 지그시 응시하자 차빈은 머쓱해졌다.

"그냥 무심결에 한 말이겠죠."

"무심결에 한 말이라면 '네가 더 예뻐'라고 해야 하는 게 맞지 않나요? 오빠같이 매너 좋은 사람이라면 더더욱."

수민은 어젯밤 데이트 때의 하렴을 상기해보았다. 그 말을 할 때 하렴의 표정은 어딘가 슬퍼 보였다. 왜 예쁘다고 하면서 슬픈 표정을 짓는 건지 조금 의아했던 기억이 난다.

"그건 아마 한국어가 서툴러서 그럴 거예요. 사장님이 미국에서 20년 넘게 산 건 알죠?"

"네, 그건 알아요. 하지만 전 오빠의 서툰 말도 다 이해해요. 제가 대학에 겨우 들어가서 그렇지, 나름 국문과 학생이거든요."

대답을 하면서 수민은 배시시 미소를 지었다. 그녀의 표정은 사랑에 빠진 여자의 표정, 그 자체였다. 그런데 지금 이 순간 차빈은 하렴이 자신에게 예쁘다고 했다는 말보다 수민에게 예쁘다고 했다는 말이 더 신경 쓰였다.

빈말이라도 거짓말은 못하는 사람이니, 그의 눈에도 수민이 예쁘긴 예쁜 모양이다. 하긴. 그러니 결혼 상대로 선택한 거겠지. 그리고 원래도 예쁜 여자 좋아하던 사람이었으니…….

"언니, 왜 그래요? 눈이 빨개요."

눈물이 차오르는 차빈의 눈을 발견한 수민이 놀란 표정을 지었다.

"아, 눈에 뭐가 들어갔어요. 너무 아프네요."

황급히 손을 들어 두 눈을 비빈 차빈이 서둘러 수민에게 인사를 건넸다.

"전 화장실 좀 들렀다 갈게요. 그럼, 조심히 돌아가요."

다음 순간 차빈은 화장실 쪽으로 빠르게 걸어갔다. 화장실 안으로 들어서자마자 그녀의 눈에선 봇물 터진 것처럼 눈물이 흘러나왔다. 이 눈물이 무엇을 의미하는지 차빈은 모르지 않았다.

아아……. 나는 불행히도, 아직 신하렴을 좋아하는구나. 그의 피앙세 앞에서 질투심에 눈물이 날 정도로, 아직도 그를 좋아하고 있구나.

퇴근을 하고 하렴은 진과 함께 호텔을 빠져나왔다. 양손을 주머니에 찔러 넣은 채 차도 쪽으로 성큼성큼 걸어가는 하렴의 뒤에서 진은 걸음을 늦추며 손목시계를 확인했다.

"오늘은 데이트 안 해?"

시간을 확인한 진이 하렴의 뒤통수에 대고 물었다.

"피곤해. 집에 가서 잘 거야."

"밥은?"

"귀찮아. 안 먹어."

세상 살기 싫다는 얼굴로 대답을 마친 하렴은 도로 끝에 서서 자신의 차를 기다렸다. 그의 곁에서 진은 고개를 이리저리 돌리며 누군가를 찾고 있었다. 진을 힐끔 돌아본 하렴이 물었다.

"여자친구랑 만나기로 했어?"

"어? 어. 너 먼저 보내고 만날 거야."

"그럴 거면 그냥 지금 가. 꼴도 보기 싫으니까."

퉁명스럽기 그지없는 하렴의 말투에 진은 마음이 상했다.

"야, 넌 형한테 말버릇이 그게 뭐냐? 말 순화 좀 해라."

"그럼, 어서 자취를 감춰버려."

"그것도 묘하게 기분 나쁘거든?"

"그럼, 꺼져요, 형님."

"그래, 그렇게 존댓말로…… 응? 꺼지라고? 죽을래, 너? 존댓말이라 속을 뻔했네."

그때 마침 그들의 곁으로 은색 고급승용차가 와서 멈춰 섰다. 진과 하렴의 시선이 자연스럽게 그 차로 향했다. 그 순간 뒷좌석 창문이 열리고 그 틈으로 수민이 얼굴을 드러냈다.

"안녕하세요, 오빠들!"

수민이 환하게 웃는 얼굴로 하렴과 진에게 인사했다.

"수민 씨, 반가워요."

두어 번 하렴과 함께 있는 수민을 본 적 있는 진이 그녀를 알아보고 인사를 건네자마자 수민이 차에서 내렸다. 그러고는 곧바로 하렴에게 다가가 그의 팔에 팔짱을 꼈다.

"오빠 보고 싶어서 그냥 무작정 왔는데, 마침 나와 있었네요? 퇴근한 거예요?"

"응."

"그럼 우리 같이 저녁 먹으러 가요, 오빠."

"응."

기계적으로 대답하는 하렴의 얼굴을 진은 물끄러미 바라보았다. 그때 수민이 진에게로 고개를 돌리며 물었다.

"진 오빠도 같이 저녁 먹으러 갈래요?"

"아뇨, 저는 여자친구랑 약속이 있습니다."

수민과는 아직 조금 어색한 사이였기에 진은 부드럽게 거절의 의사를 표했다. 그러자 수민이 예의 그 밝은 목소리와 표정으로 제안했다.

"그럼, 다 같이 저녁 먹으러 가요!"

"네?"

진은 두 눈을 동그랗게 떴고 하렴은 고개를 돌려 수민의 얼굴을 쳐다보았다. 그들을 향해 수민이 다시 말했다.

"우리 커플이랑 진 오빠네 커플, 이렇게 넷이서 식사해요!"

희진은 아까부터 테이블 건너편에서 두런두런 이야기를 나누고 있는 선남선녀 커플을 힐끔힐끔 관찰하고 있었다.

"여기 고기 부드럽다. 그죠?"

"응."

"와인 더 마실래요, 하렴 오빠?"

"아니."

대화는 주로 수민이 주도를 했고, 하렴은 대답만 하는 정도였다. 근데 정말이지 하렴은 꼬박꼬박 대답만 해줬지, 표정이나 억양에 영혼이 전혀 없었다. 그런데도 수민은 좋아서 어쩔 줄 모르겠다는 얼굴이었다.

"안 먹고 뭐 해요? 맛이 별로예요?"

옆에서 진이 좀처럼 먹지 않는 희진의 얼굴을 살피며 물었다. 희진이 화들짝 놀라 고개를 저었다.

"아니에요. 너무 맛있어서 아껴 먹는 거예요."

TV에 몇 번이나 소개되었고 잡지에 단골로 나오고 있는 이곳은 인기 쉐프가 운영하는 유명 프렌치레스토랑이었다. 맛이 없을래야 없는 곳이란 말이다.

"저 쉐프, 많이 봤죠? 요새 TV만 틀면 나오잖아요."

수민이 주방에서 나오고 있는 남자 쉐프를 발견하고 손가락으로 그를 가리켰다. 그녀의 손가락을 따라 고개를 돌린 하렴이 툭 던지듯 대답했다.

"응. 디립따."

알 수 없는 외계어를 던진 하렴으로 인해 테이블 위에 정적이 흘렀다.

"……."

수민과 진, 그리고 희진이 일제히 하렴의 얼굴을 쳐다보기 시작했다.

"……되게 많이 봤다고."

하렴이 세 사람의 눈치를 보면서 자신의 말을 정정했다. 그러자 진이 헛웃음을 터뜨렸다.

"그 말을 누가 이해하냐? 차빈……."

차빈 씨 말고- 라고 말하려던 진의 입이 도중에 멈췄다.

'하렴의 피앙세 앞에서 옛 연인의 이름을 말할 뻔하다니, 미쳤구나, 김진.'

자신을 노려보고 있는 하렴과 눈이 마주친 진이 서둘러 다시 입을 열었다.

"차비는 얼마나 들어요, 출근할 때?"

진이 고개를 돌려 희진을 쳐다보자 그녀의 두 눈이 동그래졌다.

"차비요? 기본요금이요. 근데 갑자기 차비는 왜요?"

"그냥요, 갑자기 궁금해서."

'차빈'을 그렇게밖에는 둘러댈 말이 없었던 것이다. 고개를 갸웃하던 희진이 이내 예리한 눈초리로 진과 하렴을 번갈아 쳐다보았다. 그때 하렴이 무릎에 있던 냅킨을 거칠게 집어 테이블 위에 올려놓으며 말했다.

"식사 다 했으면 그만 일어나자."

"그래, 그러자."

하렴의 상태가 더욱 나빠지기 전에 진은 그를 어서 집으로 보내고 싶었다. 그래서 급하게 자리에서 일어섰다.

"후식은 제가 좋아하는 카페로 가서 먹어도 되죠?"

하렴의 팔에 찰싹 달라붙은 수민이 두 눈을 반짝거리며 묻자 하렴은 덤덤히 고개를 끄덕였다.

"마음대로 해."

"진 오빠랑 희진 언니도 같이 가실래요?"

수민이 발랄하게 진과 희진을 돌아보며 물었다. 진이 미처 거절의 말을 내놓기도 전에 희진이 재빨리 대답했다.

"아뇨, 저희는 괜찮아요."

"그럼, 조심히 가요, 둘 다."

진은 빠르게 인사를 건네고 희진과 함께 불편한 레스토랑을 빠져나왔다.

레스토랑을 나온 이후로 희진은 생각에 잠긴 듯 줄곧 말이 없었다. 조용한 그녀를 물끄러미 쳐다보면서 진이 물었다.

"무슨 생각을 그렇게 해요?"

다음 순간 희진이 발걸음을 우뚝 멈췄다. 그 탓에 진도 걸음을 멈춰야 했다. 희진이 매혹적인 미소를 입가에 단 채 진을 향해 어깨를 틀었다.

"신왕자, 아니 신 사장님이 피앙세를 볼 때 눈빛이요, 꼭 날 보는 눈빛 같지 않아요?"

갑작스런 그녀의 말에 진은 미간을 찡그리고 말았다.

"네? 무슨 그런 소릴 하십니까? 왜 하렴이가 희진 씨를 자기 약혼녀 보듯 바라본단 말입니까? 기분 나쁩니다."

진은 기분이 상한다는 듯 눈썹을 구기며 짧게 한숨을 내쉬었다. 심각한 표정이 된 진의 어깨에 손을 올리며 희진이 나지막하게 말했다.

"귀여운 질투 그만하시고, 내 말 잘 들어봐요."

그녀의 목소리에서 카리스마가 느껴졌기에 진은 얌전히 대답했다.

"네."

"나를 볼 때 사장님 눈빛이 어떤지 알아요? 굉장히 무덤덤하고 무심해요."

"그 말인즉……?"

진의 표정이 딱딱하게 굳어졌다. 이제야 그녀가 무슨 말을 하려는 건지 이해가 됐던 것이다.

"맞아요. 수민 씨를 볼 때도 그렇다고요. 자기 약혼녀를 보는 건데 당연히 꿀이라도 떨어질 듯 달달하게 바라봐야 하는 거 아닌가요?"

"……아직 만난 지 얼마 안 돼서 그럴 겁니다. 그리고 그 녀석, 원래 그렇게 사람을 좀 건조하게 쳐다봅니다."

"그래요? 아니던데."

희진이 진을 향해 의미심장한 미소를 지어 보였다. 때문에 진의 얼굴에 물음표가 떴다.

"……?"

다음 순간 희진이 그의 팔에 팔짱을 끼며 입을 열었다.

"나 갑자기 달달한 아이스크림이 먹고 싶어졌어요. 여기 가까운 곳에 맛있는 아이스크림 가게 있거든요. 먹으러 가요, 우리."

희진이 잡아끄는 방향으로 끌려가면서, 진은 방금 그녀가 한 이야기를 그냥 흘렸다. 그녀가 아주 자연스럽게 화제를 돌렸던 것이다.

"있잖아요, 우리 전봇대가 보일 때마다 가위바위보 해서 업어주는 거 어때요?"

"네? 그건 안 됩니다. 희진 씨가 저를 어떻게 업습니까?"

진이 정색을 하며 고개를 저었다. 그러자 희진이 얼굴 가득 매력적인 미소를 지었다.

"그러니까 제가 정한 룰을 설명해줄게요. 진 씨가 이기면 이긴 사람이 업는 거고, 진 씨가 지면 진 사람이 업는 거예요."

"……그냥 업어달라고 하시죠."

"후후, 그럼 재미없잖아요."

입가에 옅은 미소를 띤 진이 두 눈을 초승달로 만든 채 웃고 있는 희진을 바라보았다.

"자, 그럼 무의미한 가위바위보부터 할까요?"

진이 주먹을 들어 올리며 희진에게 제안하자 희진이 그를 똑바로 마주 보았다. 그녀가 진을 응시하면서 주먹을 들어 올리려다 문득 그 행동을 멈추고 입을 열었다.

"있잖아요, 지금 진 씨 눈빛이요."

"네."

"꼭 사장님이 차빈 씨 쳐다볼 때, 그 눈빛이에요."

희진의 말에 진은 공중에 들어 올렸던 주먹을 바닥으로 떨어뜨렸다.

"진 씨가 말 안 해줘도 나는 알 것 같아요. 그 둘이 분명 뭔가 있었다는 거. 그리고 지금도 뭔가 있다는 거."

희진은 귀엽게 미소를 지었지만 진은 그녀의 예리함에 적잖게 놀란 듯 연신 헛기침을 해댔다.

며칠째 이어진 비서 업무와 카페 운영 겸업에 피곤함을 느낀 차빈은 오늘 조금 일찍 카페 문을 닫으려고 했다. 카페 내부 정리를 끝낸 차빈이 출입문으로 다가간 순간, 그녀 앞으로 여자 손님이 불쑥 나타났다.

"차빈 언니, 저 왔어요!"

수민이었다. 갑작스런 그녀의 등장에 차빈은 어색한 표정을 지었다.

"어서 와요."

조금 피곤했지만 여기까지 온 사람을 그냥 돌려보낼 수는 없었다. 그런데 그때 수민이 뒤쪽으로 어깨를 틀면서 말했다.

"저 남자친구랑 같이 왔어요."

"……!"

남자친구? 차빈의 심장이 크게 쿵 하고 반응했다. 수민의 남자친구라면 그 사람밖에 없지 않은가.

차빈이 당황한 얼굴로 시선을 돌리자 어둠 속에서 하렴이 모습을 드러냈다. 돌처럼 굳은 그의 표정을 보면서 차빈 역시 얼굴을 딱딱하게 굳혔다.

다음 순간 수민이 하렴의 팔을 끌고 카페 안으로 들어왔다. 하렴은 아무도 없는 카페 안을 획 둘러보고는 정중앙 테이블에 자리를 잡았다. 그런 그를 따라 앉으려던 수민이 갑자기 가방을 뒤적거리며 말했다.

"아, 저 차에 거울을 두고 왔나 봐요. 금방 다녀올 테니까 오빠가 먼저 커피 시켜요."

수민이 급하게 카페를 빠져나가자마자 차빈은 하렴의 곁으로 다가서더니 그 앞에 장승처럼 우두커니 섰다.

"어떻게 여길 와요?"

차빈이 두 팔에 팔짱을 끼며 어이가 없다는 어조로 말했다. 하렴은 그녀를 쳐다보지도 않고 대답했다.

"여긴 줄 모르고 왔어."

"요 앞까진 모르고 왔다 쳐도 카페 안까지는 들어오면 안 되는 거 아닌가요?"

차빈의 목소리가 다소 높아지자 하렴의 날카로운 눈빛이 그녀에게로 향했다. 다음 순간 하렴이 벌떡 일어서며 그녀를 향해 말했다.

"왜 그렇게 화를 내? 화를 낼 사람이 누군데? 너 지금, 호텔 일 끝나자마자 이 카페로 와서 일하는 거지?"

"그냥 저녁 타임에만 문 여는 거예요. 자정까지만."

"뭐? 자정? 미쳤구나, 너? 그 인간은 어쩌고 네가 여기 와서 일하는 건데?"

"그 인간이라고 하지 말아요. 아빤 해남에 더 있을 거라며 카페 문 닫으라고 했는데, 그냥 제가 고집 부려 하는 거예요."

차빈이 굳은 얼굴로 말을 마치자마자 하렴이 그녀를 노려보며 다시 입을 열었다.

"그렇게 카페 일까지 빡세게 하다가 내 업무에 지장 주면 어쩔 건데?"

"'빡세게'가 뭐예요? 품위 없이. '힘들게'라고 바꿔 말해요."

"그래. 그렇게 힘들게 일하다 내 호텔에서 쓰러지기라도 하면 어쩔 건데? 다른 사람들한테 피해라도 주면 어쩔 건데?"

가시가 박혀 있는 하렴의 차가운 발언에 차빈은 적잖게 상처를 받았다. 그래서 오기 부리듯 말했다.

"걱정 말아요. 쓰러져도 호텔에선 절대 안 쓰러질 테니까."

"너 그걸 말이라고 하냐? 쓰러지려면 호텔에서 쓰러져야지. 내 앞에서 쓰러져야 내가……!"

말을 하던 하렴이 멈칫하며 입을 멈췄다. 그 순간 차빈의 심장이 세차게 뛰었다. 공중에서 마주친 두 사람의 눈빛이 미세하게 흔들렸다. 그런데 그때,

"왜 그래요, 두 분?"

어느새 카페 안으로 들어온 수민이 손에 핑크색 거울을 든 채 하렴과 차빈을 번갈아 쳐다보았다.

"설마 지금 싸우는 거예요?"

수민이 고개를 갸웃하면서 물었다. 차빈이 서둘러 입을 열었다.

"아니에요. 싸우긴요."

"안 싸운 거라고요? 꽤 큰 목소리가 났는데?"

"사실, 회사 일로 사장님께 훈계를 좀 듣고 있었어요."

차빈이 굳은 표정으로 변명을 하는 동안 하렴은 아무 말 없이 다시 의자에 앉았다. 그런 그를 본 수민이 재빨리 그의 옆 의자로 가서 앉았다.

"오빠 화내는 거 처음 봤어요."

"놀라게 해서 미안."

하렴이 그녀를 향해 부드럽게 말하자 수민의 얼굴에 미소가 피

어올랐다. 그들을 지켜보면서, 차빈은 두 주먹을 꽉 움켜쥐었다. 요동치는 마음을 진정시킨 차빈이 그들에게 말했다.

"음료 만들게요. 뭐 마실래요?"

"저는 레모네이드요. 오빠는요?"

"나도 같은 걸로."

하렴은 차빈에게 눈길 한 번 주지 않았고, 차빈 역시 그를 보지 않으려고 애썼다.

잠시 후 차빈이 레모네이드를 들고 수민과 하렴이 있는 테이블로 갔다. 테이블 위에 레모네이드를 내려놓는 차빈을 올려다보며 수민이 불쑥 물었다.

"퇴근 후에 이렇게 일하는 거 힘들지 않아요, 언니?"

"안 힘들어요. 원래 하던 일이라."

차빈이 담백하게 대답했다. 그사이 레모네이드를 한 모금 마신 수민이 또다시 호기심 어린 얼굴로 물었다.

"근데 이 카페의 진짜 사장님은 언니 아버지라고 했죠? 그분은 어디 있어요?"

"고향에 내려가 있어요."

대답을 하면서 차빈은 하렴의 눈치를 살짝 보았다. 하지만 그는 여전히 그녀를 보고 있지 않았다.

"고향에서 언제 오시는데요?"

"언제 돌아올진 잘 모르겠어요."

"그럼 그때까지 언니가 이 카페를 맡아서 운영하는 거예요?"

"네, 그때까지 제가 꿋꿋하게 유지할 거예요."

말을 마친 차빈이 싱긋 웃는 순간 하렴이 고개를 들어 그녀를 쳐다보았다. 아니, 노려보았다는 말이 더 정확하다. 그 시선에 차빈은 조금 당황했다.

"언니 정말 착하네요."

수민이 감동한 듯한 목소리를 내자 하렴이 차빈에게서 시선을 거두며 툭 던지듯 말했다.

"미련한 거지."

차빈은 방금 전보다 더 당황했지만 애써 평정심을 유지했다. 이 이상 수민에게 의심을 사고 싶지 않았던 것이다. 그때 하렴의 차가운 태도에 놀란 수민이 그의 팔을 잡으며 말했다.

"오빠, 안 어울리게 너무 차가워요."

다음 순간 하렴이 자리에서 벌떡 일어섰다. 그 바람에 그의 팔에서 수민의 손이 떨어져나갔다.

"나 오늘 좀 피곤하니까, 그만 가자."

하렴은 차갑게 돌아서서 카페를 빠져나갔다. 그를 따라 수민도 카페를 나갔다.

혼자 남겨진 차빈의 눈에 하렴이 앉아 있던 자리에 놓인 머그컵이 들어왔다. 그는 차빈이 만든 레모네이드에는 손도 안 댄 상태였다. 그 컵을 들어 올리며 차빈은 낮게 한숨을 내쉬었다.

한편, 카페를 빠져나온 하렴은 화를 삭이기 위해 어두운 밤거리를 무작정 걸었다. 씩씩거리며 걷는 하렴의 뒤에서 목소리가 들렸다.

"오빠, 차 이쪽에 있어요."

수민의 목소리에 하렴은 정신을 퍼뜩 차리고 몸을 돌렸다. 그리고 자신의 차로 성큼성큼 걸어갔다.

버릇처럼 하렴은 조수석 차 문을 열고 수민이 타기를 기다렸다.

하지만 그녀의 움직임이 느껴지지 않았다.

"뭐 해? 안 타?"

수민을 돌아본 하렴이 물었다. 하지만 수민은 여전히 처음 그 자리에 멈춰 있었다.

"왜 거기 서 있어? 어서 와서 타."

하렴의 얼굴에 살짝 귀찮다는 표정이 묻어났다. 그때 수민이 그를 향해 불쑥 물었다.

"오빠는 왜 날 한 번도 이름으로 안 불러줘요? 수민아~ 이렇게."

"……그건 기대하지 마. 이름 부르는 거, 낯간지러워서 절대 못 해. 대신 다른 건 다 해줄게."

하렴이 딱딱하게 굳은 얼굴로 대답했다. 그러자 수민이 빠르게 그의 곁으로 다가오더니 조그만 목소리로 말했다.

"그럼 뽀뽀해줘요."

그러면서 그녀는 수줍은 미소를 지었다. 다음 순간 하렴은 말없이 그녀의 얼굴 앞으로 자신의 얼굴을 가까이 가져갔다. 수민은 심장이 터질 것처럼 두근거려서 자신도 모르게 숨을 멈췄다. 두 눈을 깜박거리는 그녀의 긴장된 얼굴 앞에서 하렴이 나직하게 말했다.

"여자애가 그런 얘기 먼저 하는 거 아니야."

그런 다음 하렴은 손으로 수민의 앞머리를 부드럽게 쓰다듬었다. 수민의 얼굴이 방금 전보다 더 수줍게 변했다.

32. 완벽 제어장치 불능

호텔 유니폼으로 갈아입고 안내데스크에 서자마자 희진은 휴대폰을 꺼내 진에게 문자를 보냈다.

[저 무사히 출근했어요^^ 오늘 하루도 파이팅!]

미소를 띤 채 주머니 속으로 휴대폰을 다시 집어넣은 희진의 눈에 호텔 유리문을 열고 들어오는 차빈이 들어왔다.

"차빈 씨!"

희진은 반가움에 차빈을 향해 손을 흔들어 보였다. 이를 본 차빈 역시 싱긋 웃으며 손을 흔들었다. 그런데 그때, 차빈이 걸어오고 있는 반대편에서 열 살 정도로 보이는 남자아이가 달려가고 있었다. 호텔 출입문만 보면서 달려가던 아이는 그대로 차빈과 부딪치고 말았다. 그 바람에 두 사람은 동시에 넘어졌다.

"엇……!"

넘어지는 아이를 보호하려고 차빈은 두 팔로 아이를 껴안았다. 그 때문에 차빈은 대리석 바닥에 팔꿈치가 긁혀버렸다.

"차빈 씨, 괜찮아?"

희진이 깜짝 놀라 그녀에게 달려갔다. 그사이 아이는 일어나서 자신의 엄마에게 달려갔다.

"네, 괜찮아요."

차빈이 씩씩하게 대답하며 자리에서 일어섰다. 희진은 걱정스런 얼굴로 차빈의 치마에 붙은 먼지를 털어주었다. 그때 호텔 유리문을 열고 들어온 선영이 차빈과 희진을 발견하고 다가왔다.

"뭐야? 차빈 씨, 넘어졌어?"

"네. 근데 괜찮아요."

그 순간 차빈의 치마를 털어주고 있던 희진이 그녀의 팔꿈치를 보고는 두 눈을 크게 떴다.

"괜찮긴 뭐가 괜찮아? 팔에서 피가 나는데."

희진이 피가 새어 나오고 있는 차빈의 팔꿈치를 가리키면서 말하자 선영이 그 팔을 조심스레 붙잡았다.

"어머, 정말이네? 아프겠다."

"괜찮아요. 별로 안 아파요."

아무렇지도 않다는 듯 행동하는 차빈을 물끄러미 보던 희진의 표정이 갑자기 달라졌다. 의미심장한 미소를 지은 희진이 선영을 돌아보며 말했다.

"뭐 해, 선영아? 빨리 보건실로 데려가야지."

"내가?"

"응. 나는 데스크 지켜야 하니까."

선영이 조금 당황한 표정을 지었지만 희진은 아랑곳하지 않았다. 그녀들을 보며 차빈이 재빨리 말했다.

"아니에요. 저 괜찮아요. 보건실 갈 정도는 아니에요."

"무슨 소리야? 흉터 남으면 어쩌려고? 여자 몸엔 흉 생기면 안돼. 어서 선영이 네가 보건실까지 데려다줘."

"그래. 알았어."

결국 희진의 성화에 못 이겨 선영은 차빈을 데리고 보건실 쪽으로 걸어갔다. 그녀들의 뒷모습을 지켜보면서 희진은 주머니 속에서 휴대폰을 꺼내 들었다. 그리고 곧바로 자신의 남자친구에게 전화를 걸었다.

"여보세요? 진 씨?"

-네, 희진 씨.

전화기 너머로 듣기 좋은 남자의 중저음 목소리가 들려오자마자 희진은 다짜고짜 물었다.

"지금 뭐 해요?"

-출근 중이에요. 호텔에 거의 다 왔어요.

"그럼, 지금 혹시 사장님이랑 같이 있어요?"

-네. 그런데 왜요?

기대했던 대답이 들려오자 희진은 입가에 미소를 띠었다.

"아니, 뭐, 그냥요. 그나저나, 지금 큰일 났어요."

-왜요? 무슨 일 생겼어요?

"방금 차빈 씨가 호텔 로비에서 쓰러졌어요."

-네? 차빈 씨가요? 왜, 왜 쓰러졌어요?

예상대로 진은 크게 놀랐다. 그의 말을 옆에서 하렴이 다 듣고 있을 걸 염두에 둔 채 희진은 빠르게 말을 이었다.

"아니, 쓰러졌다기보단 크게 넘어졌는데, 암튼, 그래서 지금 선영이가 호텔 보건실로 데려갔어요."

-보건실이요? 병원으로 가는 게······. 야, 하렴아! 어디 가?

전화기를 통해 들려오는 진의 다급한 목소리에 희진은 기쁜 표정을 지었다.

오묘한 두 사람 사이에 무슨 사연이 있다 하더라도 그건 자신이 알 바 아니다. 자신은 그저 두 사람이 같이 있을 때 행복한 표정이 된다는 거. 그것만 생각할 것이다.

이른 아침이라 그런지 보건실에는 아무도 없었다. 텅 빈 보건실로 들어서면서 차빈이 선영을 향해 말했다.

"제가 약 찾아서 바를게요. 언닌 이제 가요. 옷도 갈아입어야 되잖아요."

"그래. 그럼 나 먼저 갈게. 나중에 보자."

유니폼으로 갈아입기 위해 선영은 먼저 보건실을 나와야 했다.

선영을 보낸 후 차빈은 연고와 밴드를 찾아서 간이침대에 앉았다. 그러다 문득 피로가 밀려와서 연고와 밴드를 손에 쥔 채 침대에 벌러덩 누워버렸다.

오늘도 하루 종일 하렴의 얼굴을 보게 되겠지. 어쩌면 또 수민과 같이 있는 모습을 보게 될지도 모르고······.

그건 너무 괴롭던데······. 차라리 그만둬버릴까.

한숨을 내쉬며 차빈은 두 눈을 감았다. 그런데 그때, 보건실 문이 거칠게 열렸다.

"야, 이차빈!"

소리를 버럭 지르며 들어온 남자 때문에 차빈은 자리에서 벌떡 몸을 일으켰다.

"사, 사장님?"

하렴이 침대에 엉덩이를 대고 어정쩡하게 일어서 있는 차빈에게 다짜고짜 소리쳤다.

"내가 뭐랬어? 너 결국 쓰러질 거라고 했잖아! 네가 무슨 슈퍼우먼이야?"

"네? 아, 사장님, 그게 아니라……."

아까 다친 얘기가 어디서 와전됐나? 차빈은 제대로 상황 설명을 하고 싶었지만, 하렴은 그녀의 말을 들어주지 않았다.

"삐쩍 마른 주제에 어디서 같잖게 투잡이야? 너 당장 그 카페 문 닫아! 때려치우라고!"

"아니, 제가 지금 여기 있는 건 카페 때문이 아니라……."

"내가 너 쓰러졌단 말 듣고 얼마나 놀랐는지 알……. 팔꿈치는 또 왜 그래? 피 나잖아!"

하렴이 차빈의 팔꿈치에서 흐르는 피를 발견하고는 버럭 소리쳤다. 그러면서 그녀의 팔뚝을 덥석 잡았다. 그때 차빈이 재빨리 그의 손 위에 자신의 손을 올리며 차분하게 말했다.

"진정해요. 그냥 넘어져서 까진 것뿐이에요."

"……뭐?"

그제야 하렴의 격앙된 표정이 다소 진정되었다.

"아까 어린아이 손님이랑 부딪쳐서 넘어졌어요. 그러니까 쓰러졌다는 표현보다는 넘어졌다는 표현이 정확해요."

"⋯⋯하아."

하렴의 입에서 안도의 한숨이 터져 나왔다. 그 모습에 차빈은 설렘과 안쓰러움을 동시에 느꼈다.

"'누가 저 쓰러졌다고 했어요?"

하렴은 아무 대답도 하지 않았지만 그럼에도 차빈은 그가 너무 고마웠다.

"걱정해줘서 고마워요."

잠시 잊고 있었다. 이 남자가 못돼 처먹었지만 사실은 착한 남자라는 걸.

"걱정은 아니고, 난 요즘 너만 보면 화가 나."

"미안하네요. 존재 자체가 분노유발자라서."

하렴의 퉁명스런 표현에 차빈 역시 무뚝뚝하게 대답했다. 그사이 차빈의 손에 들린 연고를 발견한 하렴이 그것을 빼앗아 그녀의 팔꿈치에 바르기 시작했다.

"너 당장 그만둬, 그 카페."

밴드까지 손수 다 붙인 하렴이 고개를 들어 차빈을 쳐다보았다. 차빈은 하렴의 행동에 설레서 고개를 푹 숙이고 있었다.

"알았지? 대답해."

"⋯⋯만지지 마요."

차빈이 밴드 위로 손을 가져가면서 말했다. 불쾌하다는 듯 하렴이 눈썹을 치켜 올리자 그녀가 말을 이었다.

"이렇게 걱정해주고 만지고 하면, 막 고백하고 싶어진단 말이에요."

"뭐?"

순간 하렴이 놀란 표정을 지었다. 차빈이 숙였던 고개를 들면서 그를 향해 말했다.

"제가 고백하면 어쩌려고 이래요?"

"뭐라는 거야, 너……?"

하렴의 두 눈동자가 크게 흔들리고 말았다. 그는 애써 동요를 감추며 뒤로 물러섰다. 차빈은 그런 그를 쫓아 그의 몸 앞쪽까지 가까이 다가갔다.

"저 사장님 좋아해요, 아직도."

진지한 차빈의 고백에 하렴의 입가가 살짝 떨렸다.

"사장님이 절 다시 받아줬으면 좋겠어요."

"……."

하렴은 아무 말 없이 차빈을 바라보았다. 그리고 잠시 후 그녀의 양어깨를 잡으며 나직하게 말했다.

"그럼…… 신인후 버리고 와."

"네?"

차빈의 두 동공이 믿을 수 없다는 듯이 흔들렸다. 하렴이 서늘하게 다시 말했다.

"너 그 인간 평생 안 볼 수 있어?"

자신의 양어깨를 꽉 붙잡고 있는 하렴을 올려다보면서 차빈은 상처받은 얼굴을 했다. 하지만 하렴은 말을 멈추지 않았다.

"그 인간 평생 안 보고 살 수 있냐고?"

차빈은 아무 말 없이 윗니로 아랫입술을 잘끈 깨물었다. 그녀의 눈에선 눈물이 차오르고 있었다.

"네가 신인후를 평생 안 볼 생각이 있다면, 그럼 나도 너 받아줄게."

잔인하게 느껴지는 하렴의 말에 상처받은 차빈은 손을 올려 어깨에 있는 그의 양손을 쳐냈다. 그리고 두 눈에 힘을 주면서 하렴을 응시했다.

"아뇨. 만약 사장님이 절 받아주게 된다면 그땐 저와 아빠를 다 받아주는 걸 거예요."

"허-"

하렴의 입에서 기가 찬 한숨이 터져 나왔다. 그가 차빈을 노려보며 입을 열었다.

"웃기지 마. 그런 일은 절대 없어."

하지만 차빈은 전혀 흔들림 없이 말을 이었다.

"사람을 사랑하면요, 그 사람이 어떤 상황이어도 어떤 사정이 있어도 다 받아주는 거예요. 사랑하니까."

"그딴 말 하는 거 보니까 나한테 돌아올 생각이 없는 거구나, 너."

하렴은 서늘한 표정으로 말을 마친 뒤 몸을 돌렸다. 그대로 보건실 문을 향해 걸어가는 그의 앞으로 차빈이 달려가 길을 막았다. 차빈이 양팔을 벌려 앞을 막자 하렴의 눈썹이 꿈틀 움직였다.

"비켜."

"우리가 헤어진 건 아빠 때문이 아니에요."

차빈이 두 눈을 똑바로 뜨고 하렴을 바라보았다. 하렴의 동공이 흔들리는 순간 차빈이 나머지 말을 이었다.

"우리는 그저 덜 사랑했기 때문에 헤어진 거예요."

"비키랬지."

결국 하렴은 손을 뻗어 차빈의 어깨를 살짝 밀었다. 그리고 그 옆으로 지나가려고 했다. 하지만 차빈이 그걸 용납하지 않았다.

차빈의 양손이 하렴의 팔뚝을 덥석 잡자 하렴이 또다시 눈썹을 구겼다.

"근데요, 저는 헤어지고 줄곧 후회했어요. 아무리 밀어내도 끝까지 붙잡고 있을 걸 하고."

"그래서, 하고 싶은 말이 뭔데? 신인후 때문에라도 난 널 받아줄 생각이……."

"그래서 저는 앞으로도 계속 사장님을 좋아할 거예요."

"뭐?"

하렴의 표정은 무척 혼란스러워 보였다. 그런 그와 정반대로 차빈의 표정은 아주 단호했다.

"비서가 직속상사를 남자로서 좋아하는 건, 꽤 흔한 일이에요."

그 순간 냉정하게 얼굴을 굳힌 하렴이 짧게 물었다.

"짝사랑이어도?"

"그건 더더욱 흔한 일이죠."

대답을 하면서 차빈은 쓸쓸하게 웃었다. 하렴은 결국 그녀를 밀치고 보건실을 나와버렸다.

아침부터 회의실 안에는 냉랭한 공기가 흘렀다. 회의실 안에 모인 임직원들은 모두 상석에 앉아 있는 하렴을 쳐다보고 있었다. 하렴은 그들의 시선을 여유롭게 즐기고 있었고 그 옆에서 차빈은 그들의 공격에 대비하기 위해 잔뜩 긴장한 채 대기하고 있었다.

"부산지점은 내년 겨울 완공이라 들었습니다만, 진척 상황은 어떻습니까? 겨울에 오픈도 가능한 겁니까?"

전무가 심각한 표정으로 질문을 쏟아내자 옆에 앉은 상무도 같이 입을 열었다.

"그동안은 사장님만 믿고 가만히 있었는데, 어째 진행 상황이 제대로 전달이 안 되는 느낌이 듭니다. 부산지점 개관에 문제는 전혀 없는 겁니까?"

그들을 번갈아 쳐다보며 하렴은 천하 태평한 얼굴로 대답했다.

"제가 알아서 잘 하고 있습니다."

그러자 기다렸다는 듯이 상무가 득달같이 달려들었다.

"잘 하고 계신다고요? 얼마 전에 부산지점 현장매니저가 서울에 다녀갔는데, 만나지도 않으셨다고 들었습니다만?"

"서로의 스케줄이 안 맞았던 것뿐입니다."

"혹시 부산지점 개관만 결정해놓고 진행 상황에 관해선 손을 놓고 계신 거 아닙니까?"

"아닙니다. 매주 현장매니저에게 자세한 진행 상황을 보고받고 있습니다."

하렴은 쏟아지는 질문 공격에도 아주 여유로운 태도를 유지했다. 누군가 작정하고 물어뜯는 상황에서 버티는 내공이라면 이미 한국과 미국에서 충분히 쌓을 만큼 쌓은 그였다. 어차피 세상 어디에도 그의 편은 없었으니 스스로 강해져야 했다.

"그래서, 정확히 언제 완공 예정입니까? 오픈 예정은요?"

"내년 12월 초로 예상합니다."

이번에도 하렴은 여유 있게 대답했다. 그런데 그때 옆에 있던 차빈이 그의 발언에 설명을 덧붙였다.

"완공 시기는 사장님이 말씀하신 대로고, 정식 오픈은 안전 점검 절차를 꼼꼼하게 거친 뒤 진행할 예정입니다."

똑 부러지게 설명을 마친 차빈의 얼굴로 하렴의 시선이 향했다. 어쩌면 그녀라면 자신의 편이 되어줄지도 모른다고 생각하던 때가 있었다. 하지만 지금은…….

차빈에게서 냉정히 시선을 거둔 하렴이 다시 임직원들을 쳐다보았다. 그때 잠시 잠자코 있던 전무가 불쑥 하렴을 향해 물었다.

"미국에서 돌아오신 뒤로, 아니 부산지점 개관이 결정된 이후로 부산 현장에 다녀오신 적은 있으십니까?"

"……."

술술 막힘없이 쏟아내던 하렴의 말문이 턱 막혔다. 사실 부산지점 개관이 결정되고 10개월 동안 한 번도 부산에 가본 적은 없던 것이다. 하렴이 좀처럼 대답의 말을 내놓지 못하자 전무의 입가에 비열한 미소가 걸렸다.

"역시 그러실 줄 알았습니다. 미국 본사 일만 소중하고 저희 한국 도미호텔 일은 나 몰라라 하시는 겁……."

"이번 주말에 방문할 예정입니다."

전무의 말을 자르며 하렴이 담백하게 대답했다. 예상치 못한 답변에 전무가 잠시 입을 멈추자 하렴이 빠르게 말을 던졌다.

"이번 주 금, 토, 일에 부산지점 방문 예정이라고요. 이제 됐습니까?"

심각한 얼굴을 한 진이 사장실 문을 두드렸다.

"회의 좀 하자. 나와."

하렴은 순순히 그를 따라 사장실을 나왔다. 그사이 진은 어딘가

로 전화를 걸고 있는 차빈을 물끄러미 쳐다보고 있었다. 곧 그녀가
전화를 끊자 진이 그녀를 향해 말했다.

"차빈 씨도 따라와요."

진은 하렴과 차빈을 데리고 호텔 커피숍으로 향했다. 커피숍 안
쪽 테이블에 자리를 잡은 진이 다짜고짜 하렴에게 물었다.

"너 정말 이번 주에 부산 갈 생각이었어?"

그의 반대편 의자에 앉으며 하렴이 태연하게 대답했다.

"그냥 충격요법으로 해본 말이야."

"……?"

진이 하렴의 말을 이해할 수 없어서 고개를 갸웃하는 순간 차빈
이 옆에서 해석을 덧붙였다.

"충동적으로 해본 말이래요."

그제야 이해가 된 진이 인상을 찡그리며 혀를 끌끌 찼다.

"내 그럴 줄 알았다. 금요일이면 내일모렌데 어쩌려고 그랬어?"

"뭘 어째? 가면 되지."

여전히 천하 태평하기만 한 하렴의 태도에 진은 조바심이 났다.

"거기서 너 방문하는 거 알고는 있고?"

"무지막지로 가는 거지, 뭐."

"……?"

또다시 진의 얼굴에 물음표가 떴다. 하렴의 옆자리에서 차빈이
기다렸다는 듯이 설명했다.

"막무가내로 가는 거래요."

"아휴, 저 한국어 바보가 진짜……! 차빈 씨 없으면 대화가 안
되겠네."

진의 입에서 큰 한숨이 터져 나왔다. 지금 이곳에 차빈이 없었다면 진은 벌써 뒷목 잡고 쓰러졌을지도 모른다.

"그리고 걱정 마십시오. 부산지점 쪽엔 제가 방금 전에 연락해 뒀습니다."

차빈이 덧붙인 말을 듣고서야 진의 표정이 평온해졌다. 안심한 그가 하렴을 흘겨보며 말했다.

"그쪽도 정해놓은 일정이 있을 텐데, 하렴이 너 온다고 다 뒤집어엎었겠다, 인마."

그런 다음 곧바로 차빈에게로 고개를 돌려 물었다.

"그런데 하렴이 이번 주 금요일 스케줄은요? 다 비웠어요?"

"네, 다 취소했습니다."

일사천리로 복잡한 일들을 다 정리해준 차빈이 고마워서 진은 흡족한 미소를 지었다.

"여러 가지로 고마워요, 차빈 씨. 하렴이가 저지른 일들 수습하느라 고생이 많죠?"

"아닙니다."

정중하게 대답하는 차빈의 옆에서 하렴이 냉정하게 말했다.

"그게 얘 일이잖아."

"그렇게 당연하게 생각하지 말라니까? 그런 생각 때문에 차빈 씨 이외의 모든 비서가 다 도망간 거잖아."

진의 타박에도 하렴은 표정 변화 없이 멀뚱히 앉아 있었다. 그를 보면서 생각에 잠긴 듯 가만히 있던 진이 잠시 후 결심한 표정으로 입을 열었다.

"차빈 씨한테 망나니 같은 너를 계속 맡기는 건 너무 미안하니까, 이번엔 나도 가야겠어."

그러자 그때까지 무표정한 얼굴이었던 하렴이 조금 놀란 표정을 지었다.

"나랑 너랑 차빈 씨랑, 이렇게 셋이 가자."

하렴은 아무 말도 하지 않았지만 그의 표정은 여러 말을 하고 있었다. 그의 미묘하게 일그러진 눈썹과 불만 가득한 눈빛을 본 진이 떨떠름한 얼굴로 물었다.

"뭐냐, 그 떫은 감이라도 씹은 듯한 표정은?"

그때였다.

"어머, 여기 모여 계셨네요?"

밝은 여자의 목소리가 세 사람 사이로 파고들었다. 앉아 있던 세 사람은 동시에 고개를 돌렸다.

"아, 수민 씨……!"

그들에게 말을 건 이는 수민이었다. 수민의 옆에는 희진도 있었다. 그녀들을 본 차빈이 자리에서 일어섰다.

"희진 언니까지……. 여긴 웬일이세요?"

차빈이 묻자 수민이 희진의 팔에 팔짱을 끼면서 세 사람을 향해 말했다.

"그냥 놀러 왔는데, 마침 희진 언니가 쉬는 시간이라고 해서 같이 차 마시러 왔어요."

희진이 진과 눈인사를 나누는 사이 수민은 차빈이 일어선 자리에 냉큼 앉았다. 그러고는 호기심 가득한 얼굴로 물었다.

"무슨 얘기 중이었어요, 오빠?"

하지만 하렴은 대답 없이 의자에 앉은 그녀와 그 옆에 서 있는

256

차빈을 번갈아 쳐다보았다. 하렴이 대답을 않자 진 쪽에서 대답의 말을 내놓았다.

"이번 주말에 하렴이가 부산 출장을 가거든요. 그래서 그 얘기를 하고 있었습니다."

"어머, 부산이요? 누구누구 가는데요?"

이어지는 수민의 질문에 진이 젠틀하게 대답했다.

"하렴이가 가는 거니까 이 비서는 당연히 가는 거고, 거기에 저도 따라갈까 생각 중입니……."

"그럼 저도 따라가도 될까요?"

수민이 진의 말을 자르며 재빠르게 묻자 진의 표정이 곤란한 듯 굳어졌다. 진이 머뭇거리며 아무 말도 하지 않자 수민은 하렴에게로 고개를 돌렸다.

"저도 가도 되죠, 하렴 오빠?"

"……마음대로 해."

두 팔을 교차시켜 팔짱을 낀 채 하렴은 무덤덤한 얼굴로 대답했다. 그에게 허락을 받아낸 수민이 신이 난 표정으로 희진을 돌아보았다.

"그럼, 언니도 같이 가요!"

"네? 저도요?"

생각지도 못한 제안에 희진은 당황하고 말았다. 하지만 수민은 자신의 생각을 적극적으로 밀어붙였다.

"어차피 주말이니까 다 같이 가서 놀고 오면 좋잖아요?"

"으음. 글쎄요."

고민하는 희진을 보며 진은 자리에서 일어섰다. 그리고 그녀의 앞에 서서 부드러운 어조로 물었다.

"같이 갈래요, 희진 씨?"

"아, 네. 뭐, 재미있을 것 같긴 하네요."

희진이 빙그레 미소를 지었다. 그때 무심코 그들 커플을 지켜보고 있던 차빈의 뇌리에 불길한 예감이 스쳤다.

'뭐야, 뭐야. 나 그럼 이 커플들 사이에 혼자 껴서 가는 거야?'

외톨이가 될 게 분명한 상황이라 차빈은 난감해졌다. 그런데 그 순간 차빈을 휙 돌아본 수민이 천진난만한 얼굴로 말했다.

"어? 그럼 차빈 언니만 혼자네요?"

차빈은 서둘러 태연한 척 대답했다.

"괜찮아요, 저는. 어차피 일하러 가는 건데요, 뭐. 일 끝나고 바로 올라오면 되죠."

그때 옆쪽에서 희진이 차빈을 향해 불쑥 말했다.

"시윤이 데려가면 되잖아."

"네?"

깜짝 놀란 차빈이 동그랗게 뜬 눈으로 희진을 쳐다보았다. 희진의 옆에서 진이 호기심 어린 얼굴로 물었다.

"시윤이요? 그게 누구예요?"

"차빈 씨 잘 따르는 어리고 잘생긴 남자애 있어요. 요즘 TV에도 가끔 나와요."

대답을 마친 희진이 다시 차빈을 보며 말했다.

"시윤이는 가자고 하면 갈 것 같은데?"

"아니에요. 저는 그냥 혼자 갔다 올게요."

"나 시윤이 전화번호 알아. 당장 전화해볼게."

수민만큼 대단한 추진력을 자랑하는 희진이 잽싸게 자신의 휴대폰을 꺼내 들었다. 그때 구석에서 작은 목소리가 들렸다.

"······겠다는 거야?"

너무 작은 목소리였기에 아무도 그 말을 신경 쓰지 않았지만, 수민은 바로 자신의 옆에서 들려온 목소리였기 때문에 즉각 반응했다.

"네? 하렴 오빠, 지금 뭐라고 했어요?"

다음 순간 하렴이 자리에서 벌떡 일어섰다. 그리고 버럭 화를 냈다.

"내가 지금 놀러 가는 것도 아니고, 어딜 떼로 우수수 가겠다는 거야?"

그 목소리에 휴대폰을 만지던 희진은 깜짝 놀라 움직임을 멈췄고 진은 황당하다는 표정으로 하렴을 쳐다보았다. 그리고 차빈은 '우수수'를 '우르르'로 정정해주고 싶어서 입이 근질거렸다. 그들을 향해 하렴이 서늘하게 말했다.

"부산엔 나 혼자 갈 거야."

단호한 하렴의 태도에 진은 당황한 표정으로 목소리를 높였다.

"야, 그건 안 돼. 너 혼자 가서 또 얼마나 말실수를 하려고?"

"이차빈 있잖아."

하렴이 너무나도 당연하다는 듯이 대답했기에 진은 순간 멈칫했다.

"아아······. 이 비서는 데려갈 거야?"

"당연하지. 비서잖아."

중요한 출장에 비서가 따라가는 건 어찌 보면 아주 당연한 일이긴 했다.

"난 또 혼자 간다고 해서 진짜 혼자만 가는 줄 알았네."

진이 안심하는 표정을 지었다. 그때 수민이 자리에서 일어서면서 하렴을 향해 물었다.

"근데 갑자기 왜요? 왜 갑자기 마음이 변했어요, 오빠?"

"일하러 가는 거라니까."

대답하는 하렴의 목소리에서 짜증이 묻어났기 때문에 수민은 조금 시무룩한 얼굴이 되었다.

"하렴 오빠⋯⋯."

그런 그녀를 힐끔 돌아본 하렴이 아주 낮게 한숨을 내쉬고는 다시 입을 열었다.

"큰 목소리 내서 미안. 사과의 의미로 이따 오빠가 맛있는 거 사줄게."

수민의 얼굴에 금세 웃음꽃이 피었다. 사랑에 빠진 여자는 어쩌면 이 세상에서 제일 약할지도 모른다.

그때 문득 뇌리에 불길한 예감이 스친 진이 다시 하렴을 향해 말했다.

"그나저나 너 차빈 씨한테 무거운 짐 같은 거 다 맡기고 그러지 마라."

"그러려고 데려가는 건데?"

"이 자식이 진짜⋯⋯."

뻔뻔한 하렴의 태도에 진은 울화가 치밀었다. 솔직히 그는 차빈 같은 비서는 좀 더 소중하게 대우받아야 한다고 생각했다. 하지만 하렴은 그 사건 이후로 차빈을 냉대하고 있었다. 아무리 헤어졌어도 어떻게 저렇게 마음이 확 변할까 싶었다. 그러다 혹 차빈이 일을 그만두기라도 하면 어쩌나 걱정이 될 정도였다.

"안 되겠다. 아무래도 나도 가야겠어."

"혼자 간다니까."

"진짜 혼자 가는 것도 아니잖아, 인마. 그럼 원래 가려던 대로 우리 셋이 가자. 그럼 되지?"

"……오케이."

잠시 고민하는 듯하던 하렴이 결국 고개를 끄덕였다. 그때 가만히 상황을 지켜보고 있던 수민이 갑자기 하렴의 팔을 잡으며 말했다.

"오빠, 정말 저도 같이 가면 안 돼요? 아까는 저한테 마음대로 하라고 했잖아요. 그냥 조용히 따라가기만 할게요, 네?"

뒤쪽에서 희진도 하렴에게 부탁했다.

"저도 그냥 뒷자리에 얌전히 타서 갈게요. 당연히 일에는 절대 방해 안 되게 할 거고요. 그동안 진 씨가 바빠서 같이 여행 한 번 못 가봤단 말이에요."

그녀들을 돌아본 하렴이 큰 결심을 했다는 듯 다부지게 고개를 끄덕였다.

"좋아요. 그럼 이렇게 다섯이서만 가는 겁니다. 알겠죠?"

"네!"

그녀들의 대답을 들은 하렴은 만족스런 표정으로 인사를 건넸다.

"그럼 저 먼저 들어갑니다."

하렴이 자리를 뜨자 차빈도 급하게 그를 따라갔다.

남겨진 세 사람은 테이블에 옹기종기 모여 앉았다. 둘러앉은 진과 수민을 쳐다보던 희진이 문득 호기심 어린 얼굴로 물었다.

"근데 운전은 누가 해요?"

"하렴이 운전기사 따로 있어요."

"저희도 따라가는데 어떻게 기사님께 운전을 부탁해요?"

"그럼 제가 하죠, 뭐."

선뜻 운전을 하겠다고 나서는 진을 응시하면서 희진이 단호하게 고개를 저었다.

"안 돼요. 진 씨는 내려가서 일도 해야 하는데, 운전까지 하면 피곤해서 안 돼요."

상황을 지켜보던 수민이 천진난만한 얼굴로 말했다.

"그럼 그날 제 차 운전기사를 부를까요?"

"아니에요. 그건 너무 부담스러워요."

이번에도 희진은 단호히 거절했다. 사실 그녀에게는 좋은 생각이 하나 있었던 것이다.

잠시 후 그녀가 진과 수민을 향해 상큼하게 웃으며 말했다.

"제가 아는 동생이 있는데, 그 동생한테 운전을 부탁해야겠어요."

그런 다음 곧바로 휴대폰을 꺼내 전화를 걸었다. 휴대폰 화면에 그녀가 전화를 걸고 있는 상대의 이름이 떴다.

[민왕자]

33. 완벽한 불청객들

    금요일 아침, 도미호텔 앞에 하렴과 차빈, 그리고 수민이 누군가를 기다리는 듯 서 있었다. 잠시 후 그들의 앞으로 진이 모습을 드러냈다. 호텔에서 걸어 나온 진이 세 사람을 향해 말했다.

    "희진 씨가 오전근무를 해야 돼서 저는 희진 씨 기다렸다가 제 차 끌고 가야 할 것 같아요."

    진의 선언에 하렴은 조금 당황한 표정을 지었다.

    "그럼 내 차는 누가 운전해? 형이 김 기사 휴가 줬다며? 덕분에 나 오늘 되게 오랜만에 운전해서 출근했어. 그래서 그런지 몹시 피곤하고 기분도 별로야."

    까칠한 태도를 보이는 하렴을 향해 진이 서둘러 입을 열었다.

    "걱정 마. 하렴이 네 차 운전은……."

    "참고로, 이차빈은 절대 안 돼. 운전 드럽게 못한단 말이야."

하렴이 차빈을 힐끔 돌아보며 말하자 근처에 서 있던 차빈이 정색했다.

"그동안 많이 늘었거든요?"

"늘어봤자 거북이가 자라 된 정도겠지."

"그건 는 것도 아니잖아요? 진짜 늘었다니깐요?"

"못 믿어. 넌 죽어도 운전대 잡지 마."

그들의 모습을 수민이 뒤쪽에서 물끄러미 지켜보고 있었다. 수민의 눈치를 본 진이 재빨리 말을 이었다.

"나도 차빈 씨 시킬 생각 없어. 네 차는 저 친구가 운전할 거야."

진이 검지를 뻗어 한 곳을 가리켰다. 그가 가리킨 곳을 돌아본 하렴과 차빈의 눈이 휘둥그레 커졌다.

"시윤아……!"

시윤을 발견한 차빈이 놀란 목소리로 그의 이름을 불렀다. 그사이 시윤은 그녀에게로 성큼성큼 다가왔다.

"네가 여기 웬일이야?"

"희진 누나가 운전을 부탁해서요. 마침 차빈 누나 짝도 없다면서요?"

예상치도 못한 상황 앞에서 차빈은 난감한 표정으로 관자놀이를 긁적거렸다.

"부산까지 운전하려면 많이 피곤할 텐데."

그의 마음이 고마웠지만 한편으론 부담스럽기도 했다.

"괜찮아요. 저 여기 있는 남자들 중에서 제일 젊잖아요."

시윤이 진과 하렴을 돌아보며 말했다. 그러다 하렴과 눈이 딱 마주쳤다. 그 순간 하렴이 그를 쏘아보며 물었다.

"네가 내 차를 운전한다고?"

"네. 저 운전 꽤 잘해요."

시윤이 싱긋 웃으며 그에게 손바닥을 내밀었다.

"차 키 주세요."

하렴은 영 내키지 않는다는 얼굴이었지만 결국 주머니에서 차 키를 꺼내 건넸다. 그러고는 차 쪽으로 걸어가더니 뒷좌석에 먼저 타버렸다. 그사이 수민이 시윤에게로 다가와 인사를 건넸다.

"안녕하세요, 오빠."

"어? 예전에 카페에서 한번 뵀었죠? 근데 여긴 웬일이에요?"

시윤의 눈이 놀란 듯 커졌다. 그를 향해 차빈이 짧게 설명했다.

"사장님 약혼녀야."

"아아……. 네, 그렇군요. 반가워요."

시윤은 어떤 상황인지 대충 짐작이 된다는 듯 천천히 고개를 끄덕이고는 차 키의 열쇠고리를 검지에 끼운 채 흔들어 보였다.

"자, 그럼 출발할까요?"

차 쪽으로 성큼성큼 다가간 시윤이 화사하게 웃는 얼굴로 말했다.

"제 옆 조수석에는 차빈 누나가 타면 되겠고, 뒷좌석에는 결혼하실 두 분이 타면 되겠네요."

"네. 그럼 운전 잘 부탁해요, 오빠."

"네, 걱정 마세요."

대답을 하면서 시윤은 조수석의 문을 열었다. 그리고 차빈을 향해 상큼하게 말했다.

"어서 타요, 누나."

생글거리는 시윤의 얼굴을 보면서 차빈은 고개를 갸웃했다.

"……너 좀 신나 보인다?"

"오랜만에 부산여행 가는 거라서요."

끝까지 시윤은 기분 좋아 보이는 미소를 지었다.

아직 한창 공사가 진행 중인 도미호텔 부산지점 현장에 도착한 하렴과 차빈, 그리고 진과 희진은 현장매니저에게서 진행 상황을 보고받고 있었다. 도미호텔과 관련이 전혀 없는 수민과 시윤은 멀리 떨어져 있는 카페의 테라스에서 그 모습을 지켜보고 있었다.

"심심하다……."

수민의 입에서 지루함이 섞인 한숨이 터져 나왔다. 한 시간 가까이 자신에게는 관심도 없는 남자와 단둘이 있다 보니 수민은 따분함을 견딜 수가 없었다.

"일이 주목적이라는 거 모르고 온 것도 아니잖아요."

휴대폰으로 게임을 하면서 시윤이 냉랭하게 말했다. 수민은 게임 화면만 보고 있는 그를 잠시 물끄러미 보다가 입을 열었다.

"나 아이스크림 사다주면 안 돼요?"

"내가 왜요?"

시윤은 여전히 그녀를 쳐다보지도 않은 채 대답했다. 그를 보며 수민은 쓴웃음을 지었다.

예상은 했지만 예상보다 훨씬 더 자신에게 관심이 없는 남자였다. 솔직히 자신 정도면 어디 가서 빠지는 미모와 재력은 아닌데 말이다.

"……그렇게 차가우면 여자들한테 인기 없어요."

"모든 여자한테 차가운 건 아니라서 괜찮아요."

그때 수민의 머릿속에 부산까지 오는 내내 차빈의 기분을 살피면서 살뜰히 챙기던 시윤의 모습이 떠올랐다.

"하긴. 아까 차빈 언니한테는 엄청 자상하게 굴었지, 참."

또다시 쓴웃음을 지은 수민이 휴대폰 게임에 열중하고 있는 시윤을 향해 물었다.

"차빈 언니랑 사귀는 거 아니라고 했죠?"

"네."

"근데 왜 여기까지 왔어요? 운전만 해주러 온 건 아닐 거 아니에요?"

"운전만 해주러 온 거예요."

담백한 그의 대답에 수민은 조금 놀라고 말았다.

'겨우 운전만 해주려고 온 거라고? 고속도로를 몇 시간이나 달려야 하는데? 저렇게 잘생기고 매력적인 남자가?'

"혹시 차빈 언니 좋아해요?"

그것밖에는 이 상황을 설명할 방법이 없었다.

"네."

시윤이 휴대폰 화면에서 시선을 떼면서 대답했다. 그 짧은 대답에 수민은 헛웃음이 났다.

"헐. 그런 줄은 알았지만, 되게 솔직하시네요."

다음 순간 시윤은 다시 휴대폰 게임 화면으로 시선을 돌렸다. 그때 수민이 그의 무심한 얼굴을 향해 말했다.

"그럼, 차빈 언니 좀 제대로 꼬셔줘요."

그러자 시윤이 다시 고개를 들어올렸다. 그의 눈동자엔 의문이

서려 있었다.

"네?"

"하렴 오빠가 두 번 다시 차빈 언니에게 흔들리지 않게."

시윤의 미간이 살짝 구겨졌다. 안 좋은 예감이 그의 전신을 휘
감았다.

"설마…… 둘이 사귀었던 거 알고 있어요?"

"네. 제 뒤엔 강일전자가 있어요. 제 정보력을 무시하면 안 되
죠."

아…… 역시 이 여잔 무서운 여자였다.

시윤은 휴대폰을 손에서 놓고는 그 손으로 이마를 짚었다. 머리
가 지끈거리는 것만 같았던 것이다. 그사이 수민이 말을 이었다.

"사실, 얼마 전에 우연히 카페에서 두 사람이 싸우는 걸 봤거든
요. 아무래도 이상해서 뒷조사를 시켰죠."

시윤은 수민의 덤덤한 얼굴을 지그시 쳐다보았다.

"나는 과거에 집착하는 여자가 아니라서, 솔직히 지금 아무렇지
도 않아요. 하지만 모른 척 천진난만하게 있을 수 없게 되는 순간
이 오면, 나도 내가 어떻게 변할지 알 수 없어요."

"협박처럼 들리는데, 맞나요?"

이마에 올린 긴 손가락을 움직여 긁적거리던 시윤이 그녀를 응
시하며 물었다. 수민은 부정하지 않았다.

"잘 알아들었으면 차빈 언니 좀 제대로 잡아줘요. 두 번 다시 하
렴 오빠에게 손 뻗치지 않게."

"그건 들어줄 수 없어요. 나는 누나를 좋아하니까 누나가 하고
싶은 대로 하게 해줄 거예요."

시윤이 이마에서 손을 떼며 단호하게 말했다. 그러자 수민의 붉은 입술에 조소가 서렸다.

"안 돼요. 그건 안 되죠. 언니는 하렴 오빠에게서 아빠를 빼앗은 사람이잖아요?"

"……!"

거기까지 알고 있다니.

"당신 정말 무서운 사람이군요?"

시윤은 자신도 모르게 인상을 찌그렸다.

"믿을지 모르겠지만 나는 차빈 언니를 좋아해요. 하지만 하렴 오빠를 사랑하죠. 그러니 나를 제발 첫사랑에 빠진 순진한 여자애로만 있게 해줘요."

이 여자 때문에 차빈은 또 상처받게 될지도 모른다. 또 울게 될지도 모른다. 시윤은 그것만큼은 꼭 막고 싶었다.

"우와!"

문을 열고 들어서자마자 수민은 테라스로 달려 나갔다. 그녀의 뒤로 하렴과 진 그리고 희진이 따라 들어왔고 그 뒤론 차빈과 시윤이 들어왔다. 테라스에 서서 눈앞에 펼쳐진 바다 정경을 만끽하던 수민이 하렴을 돌아보며 물었다.

"여기가 오빠네 별장이라고요?"

"내건 아니고 외할아버지 명의로 된 별장이야."

덤덤하게 대답을 마친 하렴이 진을 향해 떨떠름한 시선을 보냈다. 그러면서 나직한 목소리로 말했다.

"여긴 싫다고 했잖아."

하렴은 할아버지의 사업이 부도난 이후로 할아버지에게 도움을 받는 걸 극도로 꺼려했다. 자신이 도움을 주면 줬지 받는 건 영 내키지 않아 했다. 아무래도 할아버지가 제일 힘들 때 가족끼리 미국으로 떠나버린 걸 미안해하는 것 같았다.

"공짜로 묵을 수 있는 공간이 있는데, 뭐하러 회사 경비를 써?"

하렴의 마음을 모르는 바 아니었지만, 진은 이제 할아버지의 사업이 예전만큼은 아니어도 어느 정도 자리를 잡아가고 있으니 하렴이 마음을 편하게 가졌으면 좋겠다고 생각했다.

"할아버지한테 신세 지기 싫어."

"그런 말 하면 할아버지가 섭섭해하실걸?"

하렴은 여전히 뚱한 얼굴로 입을 다물어버렸다. 그때 테라스에서 안으로 들어온 수민이 하렴의 팔에 팔짱을 끼며 말했다.

"하렴 오빠, 바다 보러 갈래요?"

"여기서도 보이잖아."

하렴이 턱으로 테라스를 가리켰다.

"그래도요. 가까이 가서 보면 더 좋잖아요. 발에 물도 적시면서."

"아직 날이 추운데."

하렴은 영 내키지 않는다는 눈치였지만 수민은 계속 그를 졸랐다. 그사이 안으로 들어온 희진과 차빈은 럭셔리한 대리석 바닥과 기둥 그리고 화려한 벽 디자인에 감탄사를 연발하고 있었다.

"우와, 여기 되게 예쁘다. 어머, 2층도 있네?"

희진이 2층으로 연결된 나선형 계단을 발견하고는 눈을 빛냈다. 차빈 역시 그것을 보고 감탄사를 터뜨렸다.

"우와! 계단이 럭셔리하게 생겼네요."

"나 이런 거 처음 봐. 같이 올라가볼래, 차빈 씨?"

"네."

경쾌한 몸짓으로 희진이 먼저 계단을 오르기 시작했고 그 뒤를 차빈이 따랐다.

"와, 대박! 여기 장난 아니다!"

"그래요?"

2층이 더욱 궁금해진 차빈의 걸음이 빨라졌다. 그런데 그 순간 차빈의 발끝이 계단에 걸려 그만 넘어지고 말았다.

"어엇!"

넘어진 그녀의 몸이 아래쪽으로 굴러 떨어졌다.

쿵-

갑작스럽게 벌어진 상황에 모두 깜짝 놀랐다.

"차빈 씨!"

"누나!"

희진은 급하게 계단을 내려왔고 시윤은 잽싸게 차빈에게 달려왔다. 그사이 진은 자신의 발 앞으로 굴러 떨어진 차빈에게로 상체를 숙이며 그녀의 상태를 살폈다.

"차빈 씨, 괜찮아요?"

"다리가……."

차빈은 심상치 않은 고통이 느껴지는 자신의 발목을 향해 손을 뻗었다. 그걸 본 시윤이 빠르게 물었다.

"삔 것 같아요?"

"많이 아파?"

"부러진 건 아니겠죠?"

이어 희진과 진도 질문을 던졌다. 당황해서 어쩔 줄 몰라 하는 그들 사이로 하렴의 목소리가 파고들었다.

"비켜."

그 날 선 목소리에 진과 희진 그리고 시윤이 동시에 고개를 돌렸다.

"비키란 말 안 들려?"

놀란 희진이 몸을 옆으로 비키자 하렴은 그 자리로 가서 차빈의 목과 무릎 아래에 손을 넣고 그녀를 들어 올렸다.

"……!"

차빈이 깜짝 놀라 몸을 움츠렸다. 그녀의 심장이 쿵쾅쿵쾅 뛰었다. 그녀를 품에 안고 곧바로 걸음을 떼려던 하렴이 시윤을 돌아보며 카리스마 있게 말했다.

"뭐 해? 차 대기시켜."

병원 응급실 침대에 앉은 차빈은 붕대로 감은 자신의 발을 만지작거리고 있었다. 인대가 조금 늘어난 정도라 다행이긴 한데, 자신의 앞에 서 있는 남자들 보기가 조금 민망했다.

"죄송해요. 저 때문에. 다들 내일까지 재미있게 놀려고 오신 건데."

하렴은 무뚝뚝한 얼굴로 아무 말도 하지 않았고 시윤은 걱정스런 얼굴을 했다. 그녀의 미안해하는 표정을 본 진이 고개를 저으며 말했다.

"아니에요. 저흰 괜찮아요. 신경 쓰지 마세요. 그나저나 차빈 씨

요즘 너무 많이 다치는 거 아니에요? 얼마 전에도 손님이랑 부딪쳐서 넘어졌다면서요?"

"요즘 너무 피곤해서 그런 거 아니에요?"

옆에서 시윤도 걱정스레 물었다.

"글쎄. 그런 것 같진 않은데. 마가 꼈나?"

말하면서 차빈은 배시시 미소를 지었다. 그 얼굴을 본 하렴이 눈썹을 꿈틀 하며 버럭 소리쳤다.

"웃음이 나오냐?"

차빈이 움찔하며 어깨를 움츠리자 시윤이 정색하며 하렴을 쳐다보았다.

"아픈 사람한테 소리 지르지 마세요."

"그래. 뭐라고 하지 마. 아픈 것도 서러운데."

진도 하렴을 나무랐다. 하지만 하렴은 여전히 성난 표정으로 차빈을 보고 있었다. 그가 다시 입을 열었다.

"그러니까 내가 당장 그 카페 때려치우라고 했잖아."

"이건 아빠 카페랑 상관없는, 그저 사고일 뿐이에요."

차빈이 진지하게 반박했다.

"진짜 말 드럽게 안 듣네."

잠시 불만 어린 얼굴로 가만히 있던 하렴이 두 팔에 팔짱을 끼면서 입을 열었다.

"네가 그만두지 못하겠다면 내가 그만두게 만들어주지."

"어떻게요? 뭘 어떻게 하려고 그래요? 무섭게."

차빈이 조금 겁먹은 얼굴을 했다.

"그 카페 건물을 사버려서 월세를 열 배 정도 올려 받을 거야."

"허- 무슨 그런 악마 같은 생각이 다 있어요?"

"악마? 너 지금 악마라 그랬냐?"

"그럼 그게 악마지 뭐예요?"

하렴과 차빈이 서로를 노려보며 목소리를 높이고 있던 그때 진이 그들 사이로 몸을 집어넣었다.

"자자, 이제 그만들 싸우고 돌아갑시다. 희진 씨랑 수민 씨가 걱정하면서 기다리고 있을 거예요."

진의 말이 끝나기가 무섭게 시윤이 차빈의 앞으로 자신의 등을 내밀었다.

"누나, 업혀요."

"어……?"

차빈이 곤란한 표정으로 그의 등만 쳐다보고 있자 하렴이 앞으로 나섰다.

"비켜. 내가 업을게."

하지만 차빈에겐 이도 곤란하긴 마찬가지였다. 잠시 조용해진 공간 안에서 시윤이 하렴을 서늘하게 노려보았다.

"형이 왜요?"

"뭐?"

"형이 대체 무슨 자격으로 업는다는 건데요? 두 사람 이미 헤어졌잖아요?"

시윤은 당당하기만 한 하렴의 태도가 마음에 들지 않았다. 모든 사실을 알고 헤어진 주제에, 게다가 결혼할 약혼녀까지 있는 주제에 뭐가 이리도 당당하단 말인가.

"행동 똑바로 하세요, 제발."

하렴의 약혼녀를 떠올린 시윤의 표정이 더욱 딱딱하게 굳어졌다.

"당신의 말 한마디, 행동 하나에 차빈 누나가 크게 상처 받을 수도 있으니까."

말을 마친 시윤은 다시 차빈에게 등을 내밀었다.

"그냥 업혀요, 누나. 차까지만 업을게요. 발 디디면 안 좋댔잖아요."

결국 차빈은 어쩔 수 없이 그의 등에 업혔다.

늦은 밤, 진과 희진 그리고 수민과 하렴은 테이블에 둘러앉았다. 그들의 앞에는 와인병과 잔이 놓여 있었다. 희진이 테이블 위에 있는 치즈를 먹기 좋은 크기로 자르고 있는 사이 시윤이 그들에게로 다가왔다.

"차빈 씨는?"

진이 가까이 다가온 시윤에게 물었다.

"방에서 쉬고 싶대요."

"하긴. 아직 많이 아플 거야."

진이 안타깝다는 듯이 중얼거리자 희진이 손을 멈추고 그를 돌아보았다.

"제가 아까 보고 왔는데, 방에서 출장보고서 쓰고 있던데요?"

"그래요? 역시. 차빈 씨는 너무 성실하고 착해요."

"맞아요. 그래서 제가 차빈 씨를 좋아하죠. 사람이 너무 곧잖아요. 구린 구석 없이."

시윤은 희진의 옆에 앉아 조용히 와인 잔을 기울였다. 그의 반대편에 앉아 있는 하렴 역시 아주 조용히 술잔을 기울이고 있었다.

조용히 술만 마시는 분위기가 어색했던지 하렴의 옆자리에 앉아 있던 수민이 불쑥 말했다.

"우리 술도 마셨는데 진실게임 할래요? 어때요, 하렴 오빠?"

"진실게임?"

하렴이 피식 웃음을 터뜨렸다. 그 웃음소리에 진과 희진이 고개를 돌려 그를 쳐다보았다. 하렴이 수민을 향해 물었다.

"그건 진실이 알고 싶은 사람끼리 하는 거 아니냐?"

"네. 맞아요."

"근데 나는 이 자리에 진실이 알고 싶은 사람이 없어."

지나치게 솔직한 하렴의 발언에 그 자리에 있던 모든 사람이 놀랐다. 그중 제일 당황한 수민이 애써 웃는 얼굴로 말했다.

"아아, 오빠 지금 이 자리가 되게 재미없군요?"

"재미? 재미 정도가 아니라 아예 관심이 없어."

방금 전보다 더 당황한 수민이 울 것 같은 얼굴을 하자 진이 자리에서 일어나 하렴의 어깨를 잡아챘다.

"그만해, 신하렴."

그런 다음 굳어 있는 수민을 향해 말했다.

"얘가 지금 취해서 그래요. 원래 이 녀석이 취하면 막 독설을 내뱉거든요."

"독설이 뭐야? 독설탕 줄임말이야?"

하렴이 진을 향해서 물었다. 이에 진은 억지웃음을 지었다.

"봤죠? 지금 제대로 취해 있잖아요, 이놈."

다시 한 번 수민을 달랜 그가 곧바로 하렴을 돌아보며 진지하게 말했다.

"정신 차려, 신하렴. 네 피앙세한테 이게 대체 무슨 짓이야?"

'피앙세'라는 단어에 하렴의 표정이 달라졌다. 곧 씁쓸한 미소를 입가에 단 그가 천천히 고개를 끄덕였다.

"아아, 그래, 맞아. 그렇지. 내가 취해서 그랬어."

그런 다음 수민을 향해 부드럽게 말했다.

"놀라게 해서 미안하다, 꼬맹아."

"아니에요, 오빠."

하렴은 옅은 미소를 띠는 수민을 마주 보면서 그녀의 머리를 쓰다듬어주었다. 그러고는 잠시 후 조용히 자리에서 일어섰다.

'하렴 오빠가 왜 이렇게 안 오지?'

화장실에 간다던 하렴이 30분 넘게 안 나타나자 수민은 조바심이 났다. 계속 화장실 쪽만 쳐다보던 그녀는 결국 자리에서 일어섰다. 그리고 두런두런 이야기를 나누고 있는 진과 희진, 시윤을 지나쳐 화장실로 갔다. 그러나 화장실 안엔 불도 꺼져 있고 사람도 없었다. 고개를 갸웃하는 수민의 시야로 문이 살짝 열려 있는 방이 들어왔다. 수민은 본능적으로 그 방을 향해 다가갔다. 그리고 문 앞에 서서 열려 있는 방문을 더 활짝 열었다. 그녀의 눈에 침대에 누워 있는 남녀 한 쌍이 보였다.

"꺄앗!"

수민의 입에서 비명이 터져 나왔다. 그리고 이내 눈물도 터져 나왔다.

"오빠……! 하렴 오빠!"

그녀는 자리에 멈춰 서서 침대에 누워 있는 하렴의 이름을 불렀다. 그 소리에 거실에 있던 진과 희진 그리고 시윤이 놀라서 달려왔다.

"무슨 일······."

수민에게 상황을 물어보려던 진의 입이 딱 멈췄다. 그의 입에서 깊은 한숨이 터져 나왔다.

한편, 소란스런 소리에 차빈은 잠에서 깨어났다. 그런데 깨자마자 누군가의 흐느끼는 소리를 들어야 했다.

"흐윽······."

잠에서 막 깬 차빈은 지금 어떤 상황이 벌어진 건지 가늠하기가 힘들었다. 다만 느낌상 심상치 않은 일이 벌어졌다는 건 알 것 같았다. 눈에 보이는 상황을 먼저 파악하자면, 수민이 눈물을 펑펑 흘리고 있고 진이 한숨을 내쉬고 있다. 희진은 놀란 듯 눈이 커졌고 시윤은 참담한 표정을 짓고 있었다. 차빈은 천천히 고개를 돌려 그들이 보고 있는 자신의 옆자리를 쳐다보았다.

"······!"

뒤에서부터 자신을 꼭 끌어안은 채 잠들어 있는 하렴의 얼굴이 보였다. 그날은 정말이지 그녀에게 최악의 밤이자 최고의 밤이었다.

34. BF는 빌어먹을 프렌드

시윤이 운전하는 차 안엔 묘한 긴장감이 감돌고 있었다. 운전하는 시윤의 옆에 앉은 진이 룸미러로 뒤를 확인하자, 입을 꾹 다문 채 앉아 있는 하렴과 그와 거리를 둔 채 앉아 붕대 감은 다리를 만지고 있는 차빈이 보였다. 진이 불쑥 하렴을 향해 말했다.

"하렴아, 차빈 씨 다리 좀 뻗게 해줘. 붕대 감아서 불편할 텐데."

"뭐?"

하렴의 얼굴에서 당황이 묻어났다. 그 얼굴을 힐끔 돌아본 차빈이 재빨리 진에게 말했다.

"아니에요. 전 괜찮아요. 이게 편해…… 앗!"

발을 뻗어 괜찮다는 걸 보여주려던 차빈이 문득 통증을 느끼고 앓는 소리를 냈다. 그 모습에 진이 놀라서 말했다.

"거봐요. 하렴이 쪽으로 다리 뻗어요, 어서."

차빈은 고개를 돌려 하렴의 얼굴을 물끄러미 바라보았다. 그녀의 처연한 눈빛을 마주한 하렴이 슬쩍 미간을 구겼다. 그의 갈색 눈동자가 그녀의 붕대 감은 다리로 향했다.

"너 설마 내 허벅지 위에 그 발을 올리려는 거야?"

"아니에요. 그럴 리가요."

하렴의 표정이 심상치 않아 보였기에 차빈은 황급히 고개를 좌우로 저었다. 그들의 모습을 룸미러로 지켜보던 진이 하렴을 타박했다.

"차빈 씨 편하게 가게 도와줘, 이 못된 놈아."

하지만 그는 여전히 굳은 얼굴로 차빈을 향해 살벌하게 말했다.

"내 허벅지에 올리기만 해. 무슨 일이 벌어질지 나도 장담 못하니까."

"하렴아."

진이 점잖게 그를 불렀지만 하렴은 들은 척도 하지 않았다. 울상을 지은 차빈이 어깨를 축 늘어뜨리며 말했다.

"그냥 쭈그리고 갈게요."

차빈이 구석으로 몸을 더욱 집어넣었다. 그 모습을 안타깝다는 듯이 쳐다보던 진이 안전벨트를 풀며 입을 열었다.

"그럼 나랑 자리 바꿀래, 신하렴?"

진이 몸을 틀어 하렴을 돌아보자 하렴의 입가에 오묘한 미소가 걸렸다.

"……형 허벅지에 애 발을 올리겠다고? 희진 씨가 괜찮으실까 모르겠네."

"나는 그냥 차빈 씨를 환자로만 생각하고 말한 건데, 여기서 희진 씨 얘기가 왜 나와? 이 엉큼하고 불순한 놈아."

진이 핀잔을 주자 하렴은 머쓱한 기분이 되었다. 하지만 애써 아무렇지도 않은 척 창문 쪽으로 고개를 돌려버렸다. 그때 차빈이 구석에서 쿡- 하고 웃음을 터뜨렸다.

"하긴. 사장님이 좀 엉큼한 구석이 있긴 하죠."

그 웃음소리에 하렴은 다시 고개를 돌려 차빈을 쳐다보았다.

"내가 구석이 어디 있어? 난 구석이 없고 참신한 사람이야."

"구석의 의미를 잘 모르시는 것 같네요."

차빈이 떨떠름한 표정으로 고개를 설레설레 흔들자 하렴은 기분이 나빠졌다. 그래서 다시 입을 열려던 그 순간, 운전하던 시윤이 갑자기 급브레이크를 밟아 차가 앞으로 쏠리고 말았다.

"……!"

하렴은 잽싸게 팔을 뻗어 앞으로 쏠리는 차빈의 몸을 막았다. 차빈의 몸을 단단하게 고정시킨 하렴이 빠르게 물었다.

"괜찮아? 안 아파?"

"아, 네."

놀란 차빈이 자신의 몸 앞에 있는 하렴의 팔을 잡으며 고개를 끄덕였다. 그때 시윤이 급하게 어깨를 틀어 뒤를 돌아보았다. 그의 얼굴에도 당황한 기색이 역력했다.

"죄송해요. 골목에서 차가 튀어나오는 바람에……. 괜찮아요, 누나?"

"운전 좀 똑바로 해."

하렴이 버럭 화를 내자 시윤은 나직하게 사과를 하고는 다시 차를 출발시켰다. 그사이 차빈은 하렴의 팔에서 손을 떼고 얌전히 문 쪽으로 몸을 기댔다. 그런 그녀를 돌아본 하렴이 짧게 한숨을 내쉰 뒤 말했다.

"어쩔 수 없다. 그냥 내 허벅지에 발 올려."

"네?"

차빈의 두 눈이 커졌다. 그녀의 반응에도 아랑곳 않고 하렴은 자신의 허벅지 위로 그녀의 붕대 감은 다리를 올렸다. 그 움직임은 무척 조심스러웠다.

"아, 감사합니다."

하렴의 단단한 허벅지 위로 올라간 자신의 발이 혹시라도 무거울까 봐 차빈은 슬쩍 다리에 힘을 주었다. 그런데 이를 하렴이 단번에 알아챘다.

"다리에 힘주지 마라. 힘줘도 안 줘도 무거운 건 똑같으니까."

"······칫."

차빈의 입술이 뾰로통하게 튀어나왔다. 그녀를 돌아보며 하렴은 소리 없이 웃었다. 하지만 그의 입에서 나오는 말은 퉁명스러웠다.

"편하게 있으라고, 환자 주제에."

그제야 차빈이 다리에 힘을 풀었다. 묘한 두근거림이 느껴져서 하렴은 다시 창밖으로 시선을 던졌다. 공기까지 덩달아 긴장된 느낌이 들었다.

'나는 아직도 이 여자에게 이렇게 설레는데, 왜 우리는······.'

문득 하렴은 가슴이 갑갑해졌다.

'우리가 헤어진 건 아빠 때문이 아니에요. 우리는 그저 덜 사랑했기 때문에 헤어진 거예요.'

우리가 헤어진 게 덜 사랑했기 때문이라고? 그렇다면 이 멈추지 않는 설렘은 어떻게 설명할 거지?

하렴은 두 주먹을 꽉 움켜쥐었다. 어차피 치졸한 자신은 결국 그녀를 받아줄 수 없을 것이다. 그러니 설렘 따위 참으면 그만이다. 참는 거라면 이골이 난 그가 아니던가.

하렴은 그렇게 끝까지 참을 수 있을 줄 알았다.

화장실에서 나온 하렴은 눈꺼풀이 무겁게 느껴져서 걸음을 멈췄다.

'졸려⋯⋯.'

와인에 취한 몸을 이끌고 눈앞에 있는 방 안으로 들어서자 침대 위에 잠들어 있는 차빈이 보였다. 그녀의 손에는 아까 현장매니저에게서 들은 내용들을 적은 수첩이 있었다. 하렴은 그것을 옆으로 치우고 그녀에게 이불을 덮어주었다. 상체를 숙인 상태로 그는 차빈의 잠든 얼굴을 들여다보았다.

만약 이 세상에 정말 신이 있어서 지금 이 순간 모든 걸 잊을 수 있게만 해준다면, 그녀의 몸을 만져서 그녀를 깨우고 달콤한 키스를 퍼부어주고 싶었다.

하지만 하렴은 침대에 누워 뒤에서부터 차빈의 몸을 안아주는 것밖에는 어떤 일도 하지 못했다. 그녀를 안고 있으니 잠이 쏟아졌다. 마치 원래부터 자신의 자리였던 것처럼 편안해서 잠이 쏟아졌다.

"꺄앗! 하렴 오빠⋯⋯!"

날카로운 목소리에 잠이 깨버렸다. 참 오랜만의 숙면이었는데⋯⋯. 하렴은 아쉽다는 표정으로 눈을 떴다. 그리고 자신의 옆에 누워 있던 차빈과 눈이 마주쳤다.

"왜, 왜 여기에······."

차빈의 당황이 묻어나는 눈빛에서 모든 상황을 파악한 하렴은 나직한 한숨과 함께 자리에서 몸을 일으켰다.

"흑······. 흐윽······."

수민의 우는 소리를 들으면서 하렴은 침대에서 내려왔다. 그런 다음 수민의 앞으로 성큼성큼 걸어갔다.

"미안. 내 실수야. 방을 잘못 찾았어."

하지만 하렴의 변명에도 수민은 좀처럼 눈물을 멈추지 못했다. 방 안에 모여 있는 진과 희진 그리고 시윤의 시선을 느낀 하렴이 다시 한 번 말했다.

"미안해. 그만 울어."

"흐으윽······ 흡······."

하렴은 결국 우는 그녀의 팔을 잡고 다른 방으로 장소를 옮겼다. 하지만 수민은 계속 눈물을 흘렸다.

"너무해요······. 오빠, 흑······."

"대체 뭐 때문에 그렇게 우는 거야? 미안하다고 몇 번이나 사과했잖아."

하렴은 눈물을 멈추지 않는 수민이 답답하게 느껴졌다. 수민이 손등으로 눈물을 닦으면서 말했다.

"내가, 오빠 많이 좋아하는 거 알면서······ 흐윽······! 어떻게 딴 여자랑······ 흑······."

"실수였다고 했잖아. 대체 내가 뭘 어떻게 해야 그만 울래?"

하렴의 말을 기다렸다는 듯이 수민이 울음을 뚝 그쳤다. 또다시 손으로 눈물을 닦아낸 그녀가 입을 열었다.

"그럼 약혼반지 사줘요."

"뭐?"

하렴의 두 눈이 커졌다. 그를 향해 수민이 단호하게 말했다.

"사서 제 손에 끼워주세요. 내일 당장."

차빈은 아침이 되자마자 시윤과 함께 서울로 올라가겠다며 별장을 빠져나왔다. 시윤은 다리에 붕대를 감은 차빈을 부축해서 먼저 조수석에 태우고 자신은 운전석으로 건너갔다. 그런데 그가 차에 올라타려던 그 순간.

"잠깐만요!"

별장 문을 열고 나온 수민이 그를 불러 세웠다. 그녀가 급하게 입고 나온 듯 보이는 카디건을 여미며 말했다.

"저 언니랑 잠깐 얘기 좀 할게요."

시윤이 내키지 않는다는 표정을 지었다.

"잠깐이면 돼요. 부탁 좀 할게요."

수민이 점잖게 부탁했기 때문에 시윤은 결국 정원 쪽으로 걸어가버렸다. 곧바로 운전석으로 올라탄 수민이 차빈을 돌아보자 그녀가 긴장된 얼굴로 수민을 쳐다보았다. 수민이 차분하게 물었다.

"하렴 오빠랑 저, 다음 주에 약혼하는 거 알죠?"

"네, 알아요."

어젯밤 사건 이후로 차빈은 수민의 얼굴을 제대로 쳐다볼 수가 없었다. 너무 미안해서 어떤 말도 건네기 힘들었다.

"그런데 이런 사건이 터져서 전 지금 무척 기분이 더러워요."

"정말 미안해요."

그 사건은 분명 하렴의 실수였지만, 왠지 자신의 탓인 것만 같아서 차빈은 미안했다. 지금 그녀의 기분이 얼마나 나쁠지 충분히 이해가 되었다.

"그러니까 비서 일, 그만둬주세요."

수민의 부탁 아닌 부탁에 차빈은 조금 놀랐지만 이 역시 충분히 이해가 되었다. 지금 수민에게 자신은 약혼자를 홀린 악녀가 따로 없을 테니 말이다. 하지만 이해한다고 해서 그녀의 무리한 부탁까지 들어줄 수는 없었다.

"그럼 또 미안해요. 그건 들어줄 수가 없거든요. 전 사장님께 고용된 사람이고 또⋯⋯."

"혹시 아직도 우리 하렴 오빠 좋아해요?"

수민의 질문에 차빈은 뒤통수를 한 대 맞은 듯한 느낌이 들었다.

"아직도⋯⋯?"

'아직'이란 표현을 썼다는 건 우리가 전에 좋아하는 사이였다는 걸 안다는 의미일 것이다. 차빈은 자신을 경멸한다는 듯이 쳐다보는 수민의 눈빛을 덤덤하게 마주했다.

"하렴 오빠가 조금 위해준다고 착각하지 말아요. 오빠에게 어울리는 여자는 언니가 아니라 나예요."

그녀의 독설에 차빈은 오히려 차분해졌다. 어차피 의도와는 상관없이 악녀가 되어버린 거, 조금 더 독한 악녀가 되어볼까 싶었다.

"네, 맞아요. 저 아직도 사장님 좋아해요. 앞으로도 좋아할 거고요."

그러나 수민은 전혀 동요 없이 피식 웃음을 터뜨렸다.

"좋아할 자격이 안 되지 않나요?"

"좋아할 자격이요?"

차빈의 차분하게 가라앉은 눈빛이 미세하게 흔들렸다. 그녀를 보며 수민이 도도하게 말을 이었다.

"하렴 오빠가 언니에게 아빠를 빼앗기고 어떻게 살았는지, 저는 다 들었거든요."

"……!"

어울리지도 않는 악녀 도전은 실패였다. 충격을 받은 차빈의 눈동자가 크게 흔들렸다.

"사장님이 그런 얘길 했어요?"

"네. 아주 고통스럽고 몹시 원망스럽다고 했어요."

저 말을 믿는 건 아니다. 하지만 저 말이 틀린 말도 아니다.

"그러니까 제발 우리 앞에서 사라져주세요."

차빈은 두 주먹을 움켜쥐며 울컥 솟아오르는 눈물을 참아냈다.

서울로 돌아와서 며칠을 고민했다. 그러다 차빈은 결단을 내리고 사장실의 문을 두드렸다.

들어오라는 하렴의 목소리에 차빈은 천천히 문을 열고 안으로 들어갔다. 그녀의 발에는 아직 붕대가 얇게 감아져 있는 상태였다. 하렴은 책상이 아닌 소파에 앉아 서류를 훑어보고 있었다. 차빈은 나직하게 심호흡을 한 다음 그의 앞으로 걸어갔다.

"저 일 그만둘게요."

서류를 보고 있는 하렴의 앞에 선 차빈이 그에게 흰 봉투를 내밀며 말했다. 그런 그녀를 물끄러미 올려다보며 하렴이 짧게 물었다.

"갑자기 왜?"

"······."

차빈이 망설이는 표정으로 아무 대답도 않자 하렴이 다시 질문을 던졌다.

"나 좋아한다며?"

이내 하렴은 가슴 깊은 곳에서부터 분노가 스멀스멀 올라오는 것을 느꼈다.

'고백한 지 얼마나 됐다고 벌써 떠나겠단 말인가?'

그때 차빈이 시선을 바닥으로 떨군 채로 입을 열었다.

"해볼 만큼 해본 것 같아서요."

그녀의 대답은 하렴의 화를 더욱 돋우기에 충분했다.

"뭐? 해볼 만큼 해봐?"

하렴의 입가에 조소가 걸렸다. 다음 순간 그가 그녀를 향해 나직하게 말했다.

"잠깐 앉아봐."

차빈은 하렴이 가리키는 그의 옆자리에 조심스레 앉았다. 그런데 그 순간, 하렴이 그녀의 허리에 팔을 두르며 그녀를 소파에 눕혔다.

"······!"

그의 힘에 의해 소파에 누워버린 차빈의 심장이 쿵쾅쿵쾅 세차게 뛰었다. 그때 하렴이 허리를 잡지 않은 다른 손으로 그녀의 턱을 잡았다. 키스라도 할 듯 가까운 위치에 있는 그의 입술 때문에 차빈은 잔뜩 긴장이 되었다.

"적어도 이런 유혹까진 해봐야 해볼 만큼 해본 거지, 안 그래?"

하렴의 입가에 매혹적이면서도 위험한 미소가 걸렸다. 차빈은 키스를 시도할 것처럼 가까이 다가오는 그의 입술을 보며 마른침을 꿀꺽 삼켰다.

"……이러지 마세요."

"왜? 싫어?"

"아뇨."

차빈은 단호하게 고개를 저었다. 그런 다음 그의 갈색 눈동자를 마주 보며 진지하게 말했다.

"여기서 키스해버리면 정말 멈추지 못할 것 같아서 그래요."

차빈의 대답에 하렴의 동공이 크게 흔들렸다. 차빈은 일렁이는 그의 갈색 눈동자에서 시선을 떼지 않았다. 그녀의 입술 앞에 자신의 입술을 멈춘 하렴은 끝내 고개를 돌려버렸다. 그러곤 자리에서 벌떡 몸을 일으켰다. 그의 모습을 보면서 차빈 역시 씁쓸히 몸을 일으켰다. 우울해진 차빈이 냉랭하게 말했다.

"말씀드린 대로 저 회사 그만둘 거예요."

"그만두는 게 아니라 도망가는 거겠지."

그 냉정한 말에 차빈이 시선을 위로 들어 올렸다. 그녀의 눈빛은 날카로워져 있었다.

"뭐라고요?"

"왜? 너 그거 잘하는 거잖아. 도망."

하렴의 신랄한 표현에 상처받은 차빈의 눈동자가 촉촉하게 젖어들었다.

"어떻게 그런 말을 해요?"

"그럼 내 말이 틀렸어?"

날 선 그녀와 눈을 마주친 하렴이 다시 입을 열었다.

"그동안 우리 관계에서 네가 절실해본 적이 있긴 해? 항상 나만

동동거리며 널 찾아다니고⋯⋯!"

"도대체, 여기서 얼마나 더 절실해야 하는 건데요?"

차빈이 하렴의 말을 반박하며 소리쳤다. 하렴의 목소리 역시 높아졌다.

"넌 항상 나보다 절실하지 못했어."

"말로 안 하면 그 절실함이 전달이 안 돼요? 당신 진짜 바보예요?"

울분에 찬 차빈이 하렴을 노려보았다. 하지만 그 노려보는 눈에 눈물이 가득 차 있어서 살벌한 기색은 전혀 없었다.

"그럼 내가 구구절절 다 설명해야 돼요? 당신 때문에 밤마다 잠이 안 오고, 당신이 수민이란 애랑 있을 때마다 속이 뒤집어질 것 같다고 꼭 말해야 돼요? 하루에도 몇 번씩 당신 품에 안기고 싶다고 꼭 말해야 아냐고요?"

하렴의 눈동자가 동요로 일렁였다.

"딴 여자랑 결혼한다는 당신 옆에 자존심도 없이 딱 붙어 있는데, 그래도 내가 절실한 게 아니에요?"

그녀의 말이 끝나자마자 두 사람이 있는 공간 안에 정적이 흘렀다. 잠시 후 하렴이 어렵게 입술을 뗀 순간.

쾅- 사장실 문이 거칠게 열렸다. 깜짝 놀란 하렴과 차빈이 동시에 고개를 돌렸다.

"해리!"

익숙하면서도 익숙하지 않은 부름에 하렴의 눈썹이 구겨졌다.

"필립? 너 왜 왔냐?"

문을 연 이는 놀랍게도 필립이었다. 곧 능숙한 듯하지만 약간은 어눌한 한국어가 들려왔다.

"나? 네 약혼 축하해주러 왔지!"

갑작스런 필립의 등장에 하렴과 차빈은 어안이 벙벙했다. 필립이 파란 눈을 반짝거리며 말했다.

"널 축하해주러 미국에서 여기까지 왔어."

환하게 미소 짓던 필립의 눈이 차빈을 발견했다.

"어? 차빈도 있었네? 안녕!"

"안녕하세요."

차빈이 고개 숙여 인사를 하자 필립은 그녀를 향해 윙크를 날렸다. 그런 다음 다시 하렴을 돌아보며 말했다.

"어쨌든, 해리! 콩그레츄레이션스!"

필립의 천진난만한 미소를 보면서 하렴은 떨떠름한 표정을 지었다.

'단지 축하해주기 위해서 한국까지 왔다고? 괴롭히기 위해서가 아니라?'

알 수 없는 불안감이 엄습해왔기에 하렴은 미간을 찡그렸다. 그런 그를 보면서 필립은 여전히 밝은 어조로 말했다.

"해리 네 약혼 소식을 듣고 내가 가만히 있을 수가……."

"나가. 우리 얘기 중이었어."

필립의 말을 자르며 하렴이 턱으로 문 쪽을 가리켰다. 그 순간 필립의 눈썹이 꿈틀 움직였다. 잠시 울컥한 표정을 지은 그였지만 금세 얼굴 가득 환한 미소를 지었다.

"왜? 무슨 얘기 중이었는데?"

"나가."

하렴이 다시 한 번 차갑게 말했다. 필립은 눈을 돌려 차빈의 군어 있는 얼굴과 하렴의 서늘한 얼굴을 번갈아 쳐다보았다. 솔직히 그도 들어왔을 때부터 분위기가 심상치 않다는 건 느끼고 있었다.

"어라? 설마 둘이 싸웠어?"

필립이 과장되게 두 눈을 크게 뜨며 물었다. 두 사람 다 아무 대답도 하지 않았기에 필립은 신이 난 표정으로 차빈에게 다가갔다.

"차빈, 전남친이랑 왜 싸웠어?"

"네?"

차빈은 꽤 당황한 기색이었다. 필립이 내뱉은 '전남친'이라는 단어 때문이었다.

"약혼녀 이름이 차빈이 아니라 수뭔이더라고. 그럼 너희 둘은 헤어진 거 맞잖아?"

필립이 싱긋 미소를 지었다. 그 기분 좋아 보이는 미소에 차빈은 자신도 모르게 쓴웃음을 지었다.

"그것도 축하하러 겸사겸사 왔지."

파란 눈의 필립이 쓴 '겸사겸사'란 표현에 차빈은 조금 놀라고 말았다. 하렴이라면 절대 쓸 수 없는 표현일 것이다.

"근데 필립은 한국어를 정말 잘하네요."

"그치? 해리보다 잘하지?"

"네, 사장님보다 더 잘하는 것 같아요."

필립은 발음이 조금 어색해서 그렇지, 단어 실수는 적은 편이었다. 하지만 하렴은 발음엔 별 문제가 없어도 어휘 선택엔 문제가 많았다.

"톤만 조금 다듬으면 완전 한국사람 같을 것 같아요."

"그치? 한국어 잘하는 외국인으로 방송에나 나가볼까? 완전 유명해질 것 같은데!"

"맞아요. 인기 많을 거예요. 잘생겨서."

"핸섬하단 말 자주 듣지만 차빈이 해주니까 더 좋다. 차빈도 완전 예뻐. 어? 근데 차빈 발에 그거 뭐야?"

"조금 다쳤는데, 이젠 괜찮아요."

마주 본 채 둘만의 수다삼매경에 빠져 있는 필립과 차빈을 지켜보는 하렴의 눈빛은 차갑게 식어 있었다. 그가 천천히 입을 열었다.

"……다 나가."

그 작은 목소리를 들은 필립이 발랄하게 고개를 돌려 그를 쳐다보았다.

"응? 뭐라고 했어, 해리?"

필립과 차빈을 서늘하게 쳐다보면서 하렴이 버럭 소리쳤다.

"둘 다 나가라고!"

요 며칠 하렴은 갑자기 회사를 그만두겠다고 선언한 차빈 때문에 무척 심란했다. 그녀를 생각하면 가슴이 답답하고 한숨부터 새어 나왔다. 하지만 그렇다고 그녀 생각을 멈출 수도 없었다.

커피숍 의자에 앉아 깊은 생각에 잠겨 있는 하렴에게로 굵은 스트라이프 무늬의 니트 투피스를 입은 수민이 다가왔다. 그녀가 하렴의 앞에 멈춰 서서 싱긋 웃었다. 하지만 하렴은 그녀를 쳐다보지도 않았다.

"무슨 생각을 그렇게 해요?"

잠시 씁쓸한 표정을 짓던 수민이 다른 곳을 보고 있는 그를 향해 물었다. 그제야 하렴이 고개를 돌려 그녀를 보았다. 그의 명한 눈빛을 마주한 수민이 싱긋 웃으며 자리에 앉았다. 하렴이 그녀를 향해 입을 열었다.

"이 비서가 갑자기 회사를 그만둔대."

순간 수민의 얼굴이 미묘하게 굳어졌다. 하지만 그것도 잠시, 그녀가 두 눈을 동그랗게 뜨며 물었다.

"어머, 그래요?"

"응. 그래서 곤란해 죽겠어."

하렴의 입에서 긴 한숨이 새어 나왔다. 수민이 그를 위로하듯 말했다.

"걱정 말아요. 제가 제대로 된 새 비서 추천해줄게요."

하렴의 눈빛이 다소 날카롭게 변했다.

"그럴 필요 없어."

그는 그녀의 제안을 단번에 잘라낸 다음 고개를 돌려버렸다. 수민은 기분이 상했지만 모처럼의 데이트를 망칠 순 없단 생각에 애써 웃었다.

"그나저나 오빠, 뭐 잊은 거 없어요?"

수민이 보란 듯이 자신의 두 손을 비비며 웃는 얼굴로 물었다. 하렴의 시큰둥한 얼굴이 그녀에게로 향하자 수민이 말을 이었다.

"반지, 계속 기다리고 있는데."

"아⋯⋯."

수민은 저번 부산 출장 때 하렴이 차빈을 끌어안고 잔 일에 대해 용서를 해주는 대신에 약혼반지를 사달라고 요구했었다. 하지만 요즘 하렴의 머릿속엔 온통 차빈으로 가득해서 수민이 말한 반지는 까맣게 잊고 있었다.

"바빠서 깜박했어."

거짓말이었다. 기억하고 있었다 하더라도 하렴이 그녀의 반지를 사는 일은 절대 없었을 것이다. 그러나 수민은 그의 성의 없는 태도에도 아무렇지도 않은 듯 미소를 지었다.

"그럴 줄 알고 내가 샀어요."

수민이 가지고 온 클러치백 안에서 반지상자를 꺼냈다. 그리고 상자를 열어 하렴에게 보여주었다.

"예쁘죠?"

하렴은 그 한 쌍의 반지를 보고서야 자신이 무슨 짓을 저지르고 있는 건지 알아차렸다. 무작정 자신의 상처를 덮고자 저지른 일이 누군가에겐 큰 상처가 될 수도 있다. 그의 마음이 무거워졌다.

"……미안. 나 이거 못 껴."

하렴이 나지막하게 말하자 수민이 두 눈을 크게 떴다.

"왜요?"

"안 맞을 거야."

하렴의 대답에 안심한 듯 다소 긴장됐던 수민의 표정이 풀어졌다.

"손가락이요? 사이즈야 가서 바꾸면 되죠."

"아니. 손가락이 아니라 마음. 마음에 안 맞을 거야."

하렴이 처음으로 자신의 속마음을 수민에게 고백한 순간이었다. 수민의 입가에 쓴웃음이 걸렸다.

"참 이상한 표현이네요."

울 것 같은 얼굴을 하고 있는 수민을 향해 하렴이 말을 이었다.

"내가 사랑하는 건 네가 아니야."

"네, 알아요. 그래도 우린 결혼할 거예요."

연약하고 어리게만 봤던 수민의 표정과 목소리가 무척 단호했기에 하렴은 아무 말도 하지 못했다. 자신의 잘못을 알기에 미안한 마음뿐이었다.

"……."

반면 수민은 입을 꾹 다물고 있는 하렴이 불안해서 견딜 수가 없었다. 그래서 재빨리 입을 열었다.

"그렇다고 이 결혼을 엎고 다시 사랑하는 사람한테 갈 수 있는 상황도 아니잖아요?"

"……!"

그 순간 하렴의 얼굴이 딱딱하게 굳어졌다. 방금까진 그래도 그녀에게 미안해하는 눈빛이었는데 지금은 완전 달라졌다.

"무슨 뜻이야?"

"……."

살벌한 그의 표정에 겁을 먹은 수민이 입을 꾹 다물어버렸다. 하렴이 그런 그녀를 달래듯 부드러운 어조로 물었다.

"설마 뒷조사했어?"

"……두 사람 사이가 궁금해서요."

"흐음. 다 알고 있었구나."

잠시 두 사람의 테이블에 정적이 흘렀다. 그 정적은 곧 하렴의 '피식' 하는 웃음소리로 인해 깨졌다. 얼굴에서 웃음기를 싹 거둬낸 그가 수민을 차갑게 노려보았다.

"너 설마 그걸로 이차빈 협박했냐?"

두 번 다시 자신을 안 떠나겠다고 했던 차빈이 갑자기 사직서를 냈을 때 뭔가 이상하긴 했다. 하지만 그게 다 자신의 약혼녀 때문이었다니. 하렴의 입가에 비릿한 웃음이 서렸다.

"치졸하고 비겁한 나를 욕하는 건 괜찮아도, 아무 잘못도 없는 이차빈을 건드리는 건 반칙이지."

"아무 잘못도 없는데 왜 헤어진 건데요?"

하렴이 순간 멈칫하자 수민이 울 것 같은 얼굴로 입을 열었다.

"그런 사람은 오빠 곁에 없는 게 나아요. 나는 정말 다 오빠를 생각해서……!"

"네가 뭔데 날 생각해? 네가 무슨 자격이 있어서?"

살벌한 하렴의 물음에 수민은 억울하다는 표정을 지었다.

"난 당신 약혼녀예요!"

그 순간 하렴은 다시 한 번 코웃음을 터뜨렸다.

"그 약혼녀 자격, 오늘부로 내가 부숴줄 수도 있어."

결국 수민의 눈에서 눈물이 흐르기 시작했다. 그녀가 울먹이는 목소리로 말했다.

"오빠, 설마 내가 어느 집안 딸인지 잊은 거예요?"

"안 잊었어. 그나마 네가 그 '딸', '여자'라서 이 정도로 끝내는 거야."

말을 마친 후 하렴은 자리에서 몸을 일으켰다. 그리고 마지막으로 그녀를 향해 경고했다.

"다신 내 눈 앞에 나타나지 마."

이건 명백한 파혼 선언이었다. 약혼식을 며칠 앞두고 파혼을 선언한 하렴 때문에 수민은 패닉 상태가 되었다.

"내가 네 앞에서 매너 좋은 남자로 있는 건, 오늘이 마지막이니까."

하렴이 몸을 돌려 걸음을 떼려는 순간 수민이 그의 팔뚝을 붙잡았다.

"나 오빠, 진심으로 좋아해요."

"미안."

하렴은 큰 움직임 없이 수민의 손을 떼어내며 말을 이었다.

"나는 여전히 네 진심에는 관심이 없어."

Rrrrr. 비서실 책상 위에 있는 전화기가 울리자 차빈은 바로 전화를 받았다.

"네, 도미호텔 사장 비서실입니다."

전화를 건 상대는 차빈의 후임자를 구하는 비서직에 지원한 사람이었다. 그의 질문에 차빈이 차분하게 대답했다.

"네, 내일 오전 면접 맞습니다. 정확한 시간과 장소는 문자로 보내드릴게요. ……사장님께서 직접 면접 보시는 건 아니고, 총지배인님께서 보십니다. ……물론, 비서 경력이 있으면 더 좋죠."

잠시 후 전화를 끊은 차빈의 표정은 꽤 어두웠다. 그녀의 입에서 묵직한 한숨이 새어 나왔다.

"회사 그만두나 봐?"

등 뒤에서 갑자기 들려온 목소리에 차빈은 소스라치게 놀랐다. 놀라서 동그래진 차빈의 두 눈에 필립의 개구쟁이 같은 얼굴이 들어왔다.

"언제 왔어요?"

"회사 그만둬?"

차빈의 물음에는 대답도 않고 필립이 물었다. 두 눈을 반짝거리고 있는 그를 향해 차빈은 고개를 끄덕였다.

"네. 그렇게 됐어요."

"해리랑도 끝났고, 회사도 그만두고……?"

"아아, 네."

필립의 입가에 노골적인 미소가 걸렸다. 기분 좋은 듯 환한 미소를 띤 그가 차빈의 앞으로 더욱 가까이 다가왔다.

"그럼 나랑 같이 미국 본사로 갈래?"

"네?"

생뚱맞은 그의 제안에 차빈의 두 눈이 휘둥그레 커졌다.

"스카우트 제안이야."

차빈은 갑작스런 상황에 혼란스러워서 아무 말도 하지 못했다. 필립의 일방적인 말이 이어졌다.

"저번엔 해리한테 농담 식으로 말해본 건데, 이번엔 진심이야. 본사 가서 같이 일하자, 차빈."

"근데 너무 갑작스러워서……."

"나랑 미국 가자. 아니, 가줘, 제발."

급기야 필립은 차빈의 팔을 잡고 애원하기 시작했다. 당황한 차빈이 두 눈만 깜박거리며 아무 대답도 못하자 필립이 사뭇 진지하게 말했다.

"솔직히 나 이번에 차빈 데려가려고 한국 온 거야."

깜짝 놀란 차빈의 눈이 커졌다.

"미국에 있는 내내 차빈이 생각나더라고."

하지만 차빈은 순순히 그의 말을 믿을 수가 없었다. 하렴의 여자친구들을 빼앗았다는 과거도 과거지만, 그동안 자신이 봐온 필립의 모습 역시 그다지 성실한 남자의 것은 아니었기 때문이다.

믿어도 되나 몰라, 이 바람둥이를. 차빈은 떨떠름한 표정으로 필립을 바라보았다. 그녀의 의구심 가득한 눈빛에 위기를 느낀 필립이 서둘러 입을 열었다.

"어차피 해리랑은 헤어진 거잖아? 어차피 회사 그만두면 백수고? 본사로 가기 딱 좋은 상황인데? 이 좋은 기회를 놓칠 거야?"

미국 본사······. 분명 그녀의 인생에 두 번은 없을 좋은 기회일지도 모른다. 커리어를 쌓기에도 그렇고 무엇보다, 눈앞에서 하렴이 결혼하는 걸 보느니 차라리 미국으로 도망쳐버리는 편이 훨씬 나을 것이다. 마침내 무거워 보였던 차빈의 입술이 열렸다.

"조금, 생각할 시간을 주세요."

차빈의 대답에 반색한 필립이 빠르게 물었다.

"얼마나?"

"한 열흘?"

"열흘? 10일? 그렇게 오래는 안 돼. 나도 미국으로 돌아가야지."

이렇게 새치름하게 말한 다음 필립은 엄지와 검지, 중지를 펴서 차빈에게 보여주었다.

"딱 3일 줄게."

"네, 알았어요. 그러니까 이제 그만 돌아가세요."

필립을 밀어내고 차빈은 다시 자신의 일에 집중하려고 의자를 당겨 앉았다. 그런데 필립은 가기는커녕 그런 그녀의 의자 옆으로 쭈그리고 앉았다.

"내가 돌아갈 곳이 어디 있어? 난 차빈이 나랑 같이 간다고 할 때까지 차빈 옆에만 붙어 있을 거야."

차빈이 곤란한 듯 미간을 살짝 찡그렸다. 그런데 그때 사장실 문이 열리고 하렴이 걸어 나왔다.

"야, 이차빈."

그 부름에 차빈은 자리에서 벌떡 일어섰다. 그와 동시에 필립도 그녀를 따라 벌떡 일어섰다.

"응, 해리."

필립이 일어서면서 하렴을 향해 대답하자 그의 존재를 예상하지 못했던 하렴이 소스라치게 놀랐다.

"아, 깜짝이야."

하렴이 단박에 눈썹을 구겼다.

"넌 여기 왜 있냐?"

"밤새 보고 싶었어, 해리."

"꺼져."

달콤한 고백을 하는 필립을 벌레 보듯 쳐다보며 하렴은 손을 휘휘 내저었다. 그가 차빈을 향해 간결하게 명령했다.

"얘 내쫓아. 지금 당장."

그런 다음 다시 사장실 안으로 들어가려고 걸음을 뗐다. 그 움직임을 본 차빈이 재빨리 물었다.

"저한테 할 말 있으셨던 거 아니에요?"

하렴은 필립의 얼굴을 한 번 힐끔 보고는 짧게 대답했다.

"나중에, 나중에 할게."

늦은 오후, 하렴은 다시 사장실에서 나와 차빈을 찾았다.

"야, 이차빈."

하렴의 눈이 빠르게 차빈의 주위를 훑었다. 다행히 그녀의 주변엔 아무도 없었다. 차빈이 자리에서 일어나 그에게 대답했다.

"네, 사장님. 무슨 할 말 있으세요?"

안심한 하렴이 차빈에게로 빠르게 걸어가며 입을 열었다.

"응. 내가 너한테 할 말이 있는데……."

"욥, 해리!"

뒤에서부터 들려온 목소리에 하렴은 화들짝 놀라고 말았다.

"아, 깜짝이야."

하렴은 시야로 들어오는 필립의 장난기 가득한 얼굴에 울컥 화가 났다. 화장실에서 손을 씻다가 하렴의 목소리를 듣고 달려 나온 필립이 두 눈을 빛내며 물었다.

"무슨 할 말? 뭔데, 뭔데?"

그러자 하렴이 못마땅하다는 얼굴로 말했다.

"넌 여기 지박령이냐? 왜 아직도 있냐?"

"지박령이 뭐야? 잘생겼어?"

"딱 너같이 생겼겠지."

"그럼 잘생겼네."

필립이 흡족한 미소를 짓는 사이 하렴은 두 주먹을 불끈 쥐며 분노를 다스렸다. 잠시 후 하렴이 그를 향해 점잖게 경고했다.

"여긴 우리 일하는 곳이야. 가드 불러서 내쫓기 전에 그만 꺼져."

"헐! 가드? 아이고, 무서워라. 어서 집에 가야지…… 이럴 줄 알았냐? 내가 이 도미호텔 회장 아들인데? 그리고 무엇보다 내 가드들이 가만있지 않을걸?"

필립이 기세등등하게 말하자 하렴은 기가 찬 듯 헛웃음을 터뜨렸다.

"설마 가드 데려왔냐?"

"응. 나의 가드들을 내가 미국에서 직접 데려왔지. 덩치가 이만해, 아주."

두 팔을 어깨너비보다 훨씬 크게 벌리며 필립이 자신의 가드들을 자랑했다. 그런 다음 입가에 손을 세우고 나직하게 속삭였다.

"사실, 내가 저번에 한국 왔을 때 전 여자친구한테 뺨을 한 대 맞았거든. 그때 가드들을 꼭 데려와야지, 하고 결심했어."

"자랑이다, 인마."

하렴이 그를 한심하다는 듯이 쳐다보더니 이내 의구심 가득한 표정을 지었다.

"근데 넌 여기 대체 왜 왔냐? 회장님은 너 여기 온 거 알고 계셔?"

"쉿!"

필립이 황급히 검지를 뻗어 하렴의 입술 위에 얹었다.

"나 지금 비밀 업무수행 중이야."

하렴이 손으로 필립의 검지를 거칠게 떼어내며 불같이 화를 냈다.

"어디에 그 드러운 손가락을 올려?"

"걱정 마. 씻었어. 방금 화장실에서 씻은 손이야."

자신의 두 손을 팔랑거리며 필립이 천진난만하게 말했다. 하렴은 그 모습을 말없이 바라보다가 분통이 터진다는 듯 한숨을 크게 내쉬었다.

결국 하렴은 뒤로 물러섰다. 그가 차빈을 향해 힘없이 말했다.

"이 자식 꺼지면 말해. 얘기 좀 하게."

하지만 필립은 차빈이 퇴근할 때까지 그녀의 곁에 꼭 붙어 있었고 하렴은 좀처럼 그 '할 말'을 할 수 없었다.

35. 세상에서 제일 못됐지만 완벽한 남자

다음 날, 아침부터 호텔 분위기가 어수선했다. 사내에 퍼져 있는 사장에 관한 소문 때문이었다. 로비로 들어서는 차빈을 발견한 선영과 희진이 급하게 그녀를 불렀다.

"소문 들었어, 차빈 씨?"

이제 막 출근한 차빈에게 선영은 다짜고짜 질문을 던졌고 차빈은 어리둥절해했다. 선영이 그 소문을 알려주었다.

"신왕자 약혼 깨졌다며?"

"네?"

생각지도 못한 선영의 말에 차빈은 어안이 벙벙했다.

"이번 주말에 진행할 예정이었던 약혼식도 다 취소되고 결혼 자체가 엎어졌대."

적잖게 놀란 차빈의 머릿속에 어제 하루 종일 자신에게 할 말이 있다며 서성이던 하렴의 모습이 떠올랐다.

그 할 말이 혹시 이거였나? 근데 왜 갑자기 약혼이 취소된 거지? 설마 그날 일 때문인가?

그때 잠자코 있던 희진이 충분히 납득한다는 듯 고개를 끄덕이면서 입을 열었다.

"하긴. 나 같아도 결혼할 남자가 전 여자친구랑 껴안고 침대에 있었으면 당장 그 결혼 엎지, 암."

그녀의 말에 차빈은 재빨리 선영의 눈치를 보았다. 그러자 선영은 모든 사실을 알고 있다는 표정으로 차빈을 새치름하게 노려보았다.

"나도 다 들었어. 둘이 그렇고 그런 사이였었다며?"

"아, 네……."

부끄러움에 차빈의 볼이 발그레 붉어졌다. 그런데 그때 선영이 고개를 갸웃하며 말을 이었다.

"근데 내가 들은 소문으론 신왕자가 약혼 엎었다던데?"

"뭐? 진짜?"

"네?"

희진과 차빈이 동시에 놀랐다.

"그래서 그 집 딸내미가 자존심이 엄청 상해서 몸져누워버렸대."

그때부터 차빈은 심장이 쿵쾅쿵쾅 뛰기 시작했다. 선영이 혼란스러워 보이는 그녀를 향해 말했다.

"암튼, 나는 차빈 씨의 신데렐라행을 응원해."

"신데렐라는 무슨. 그동안 내가 지켜본 결과, 저 둘은 왕자님과 신데렐라가 아니라 바보온달과 평강공주야."

옆에서 선영의 말에 반박하던 희진이 차빈을 돌아보며 싱긋 웃었다.

"암튼, 나도 응원해. 잘생긴 바보온달과 착한 평강공주 스토리."

말하면서 희진은 차빈의 어깨를 부드럽게 두드려주었다. 그제야 차빈은 조금 웃을 수 있었다.

"감사해요."

그녀들에게 인사를 전한 뒤 차빈은 곧바로 엘리베이터로 향했다. 그와 동시에 주머니에서 휴대폰을 꺼내 필립에게 전화를 걸었다.

"지금 어디 있어요?"

필립의 목소리가 들리자마자 차빈이 급하게 물었다.

-방금 일어났어. 왜?

"잠깐만 내려와주세요. 할 말 있으니까."

그러자 잠시 동안 필립의 목소리가 들려오지 않았다. 조금 뜸을 들인 그가 귀찮다는 어조로 말했다.

-하루 종일 잠만 잘 거야. 할 말 있으면 올라오든지.

"그럼 전화로 말할게요. 저……."

뚝. 전화가 끊어졌다. 결국 차빈은 씩씩거리며 걸음을 옮겼다.

잠시 후, 필립이 묵고 있는 로열스위트룸 앞에 선 차빈이 벨을 눌렀다. 기다렸다는 듯이 필립이 문을 열어주었다. 안으로 들어서던 차빈이 입구 근처에서 멈칫했다. 그녀에게 문을 열어준 필립이 샤워가운 차림이었던 것이다. 다소 불쾌했던 예전 기억이 떠올라 차빈은 입구 근처에 우두커니 멈춰 섰다. 언제든지 문을 열고 나갈 수 있는 자세를 취한 차빈이 빠르게 입을 열었다.

"저 안 갈래요, 미국."

"대답이 너무 빠르지 않아? 겨우 하루 지났는데?"

필립이 두 눈을 동그랗게 뜨며 충격 받은 얼굴을 했다. 차빈이 다시 한 번 단호하게 말했다.

"전 그냥 한국에 있을래요. 사장님 곁에."

"왜? 대체 왜? 그놈이 어디가 그렇게 좋아서? 미국 본사로 가면 돈도 더 많이 받고 경험도 많이 쌓을 텐데! 그리고 내가 엄청 잘해 줄 텐데! 나랑 결혼도 할 수 있을지도 모르는데!"

그러니까요. 그래서 가기 싫은 건데…….

차빈은 그를 향해 쓴웃음을 지어 보였다. 잠시 후 흥분을 가라앉힌 필립이 자못 심각한 얼굴로 물었다.

"하렴이가 그렇게 좋아?"

"네."

"딴 여자랑 결혼한다고 하는데도?"

"네."

1초의 망설임도 없이 차빈은 꼬박꼬박 대답을 했다. 그녀의 얼굴을 쳐다보며 절망하던 필립이 생각에 잠긴 듯 조용해졌다. 이내 그가 진지한 표정으로 입을 열었다.

"좋아. 그럼 포기할게. 대신, 나 내일 공항으로 친구가 온다는데 같이 가줘."

"네?"

생뚱맞은 부탁에 차빈의 두 눈이 휘둥그레 커졌다. 필립이 그녀에게 가까이 다가서며 말했다.

"어려운 거 아니잖아?"

"아, 뭐, 그렇죠."

"그럼 약속한 거다?"

"네."

차빈은 얼떨결에 고개를 끄덕였다.

하렴은 이제 차빈을 보면 자연스레 인후의 얼굴이 떠올랐다. 결국 차빈의 말이 맞았다. 이차빈을 끌어안으려면 신인후도 같이 끌어안아야 할 거라는 말. 그런데 예전만큼 인후의 존재가 불편하게 느껴지지 않는 것은 아마도 차빈의 영향일 것이다.

그럼에도 여전히 인후를 용서할 수 없어서 차빈에 대한 마음을 정리하려고 했다. 그럴 수 있을 거라 생각했다. 하지만 차빈을 잊어보겠다고 딴 여자랑 결혼까지 결심한 주제에, 수민이 그녀를 협박했던 사실에 눈이 뒤집힐 것같이 화가 났고 시윤이나 필립이 그녀의 곁에 있는 게 꼴 보기 싫어 미칠 것만 같았다.

생각하고 또 생각해도 어차피 결론은 같았다.

나는 역시 이차빈이 좋다. 미치게 좋다. 누구한테 뺏기고 싶지도 않고 한시도 떨어져 있고 싶지 않다. 그녀가 과거의 내 상처였다면 그것을 치유할 수 있는 것도 그녀일 거란 이상한 믿음마저 생겨났다.

이 마음을 그녀에게 전하고 싶은데, 필립 때문에 단둘이 있는 것조차 불가능한 상황이다.

"하렴아."

아침부터 사장실로 찾아온 진이 제법 진지한 얼굴로 하렴을 불렀다.

"너 필립이 왜 또 한국에 온 줄 알아?"

"나 괴롭히러 왔겠지."

의자등받이에 상체를 기대며 하렴이 시큰둥하게 대답했다. 그런 그의 앞으로 성큼 다가간 진이 다시 입을 열었다.

"필립이 본사 직원들한테 한국에서 자기 비서를 스카우트해오 겠다고 했대. 그게 누구겠어?"

"……설마 그게 이차빈이라고?"

"난 그렇게 생각해."

하렴이 헛웃음을 터뜨렸다.

갑자기 또 왜 나타났나 했더니…… 빌어먹을 놈.

"내가 가게 내버려둘 것 같아?"

순간적으로 눈빛이 달라진 하렴이 나직하게 읊조리듯 중얼거렸 다. 불끈 쥔 그의 두 주먹이 미세하게 떨렸다. 그때 문득 그의 뇌리 에 불길한 예감이 스쳤다.

"오늘 필립을 못 봤네."

하렴이 불안한 어조로 중얼거리자 진이 자신이 알고 있는 정보 를 전달했다.

"오전에 공항 간다고 했어."

"진짜? 벌써 돌아간다고?"

하렴의 두 눈이 커졌다. 이내 그의 갈색 눈동자가 불안정하게 흔들렸다.

"잠깐. 이차빈은?"

"응? 몰라. 왜 그걸 나한테 물어? 네 비서잖아."

그러고 보니 들어올 때 차빈이 없었다. 불현듯 떠오른 생각에 진이 놀란 표정을 지었다.

"아! 혹시 필립이랑 같이 갔나? 설마 그렇게 빨리 행동할 줄이 야……야, 어디 가?"

책상에서 나와 문으로 달려가려는 하렴의 팔을 덥석 잡아챈 진이 빠르게 물었다.

"공항 가려는 거야?"

"막아야 돼."

흥분한 상태의 하렴에게 진이 진지하게 말했다.

"네가 무슨 자격이 있어서? 미국에 가든 안 가든 그건 차빈 씨가 결정할 일이야. 딴 여자와 결혼까지 결심했던 넌 막을 자격이 없어."

너무 맞는 말이라서 하렴은 가슴이 미어지듯 아파왔다. 잠시 후 그가 힘겹게 입술을 열었다.

"자격이 없어도 붙잡을 거야. 매달릴 거야."

"뭐……?"

생각지도 못한 하렴의 대답에 진은 그의 팔에서 손을 놓고 말았다. 곧바로 하렴은 다시 걸음을 뗐다.

"내가 잘하는 거거든. 매달리는 거."

인천공항 게이트 앞에 서서 차빈은 필립의 친구란 사람을 기다리고 있었다. 그녀 옆에는 필립도 서 있었다.

"친구는 언제 오는 거예요?"

문득 궁금해진 차빈이 물었다. 잠시 곰곰이 생각에 잠긴 표정으로 이마를 긁적이던 필립이 불쑥 말했다.

"우리 이대로 미국에 가버릴까?"

단박에 차빈의 눈살이 찌푸려졌다.

"그 얘긴 어제 끝난 거 아니었어요?"

"생각해보니까 내가 중요한 얘길 안 했더라고."

"무슨 얘기요?"

차빈이 호기심 가득한 눈빛을 보내자 필립은 잠시 뜸을 들이더니 영어로 말을 시작했다.

「해리는 결국 미국 본사로 다시 들어가게 될 거야. 본사 경영진 자리로.」

「본사? 경영진?」

차빈은 갑자기 들린 영어를 해석하느라 머리가 아팠다. 그런데 해석한 내용도 그녀의 머리를 아프게 만들었다.

사장님이 다시 미국엘 간다고? 그것도 경영자로?

「어때? 차빈도 가고 싶어졌지?」

필립이 다소 사악해 보이는 미소를 지으며 물었다. 혼란스러워진 차빈이 이마에 손을 올리자 그 모습을 지켜보던 필립이 말을 이었다.

「해리는 부산지점이 완공되면 1년 이내 본사로 돌아가게 될 거야. 그러니까 차빈은 나랑 당장 미국으로 가서 해리를 기다리자.」

차빈이 혼란스러워하는 틈을 타 필립은 그녀의 손을 덥석 잡았다. 그리고 그녀의 몸 앞으로 가까이 다가섰다.

"차빈, 나랑 미국 가자, 제발…… 응?"

해리의 여자라서 이 여자가 매력 있게 느껴졌던 거라고 생각했다. 하지만 해리의 여자가 아닌 지금도 이 여자가 너무 매력적인 걸 보면 그건 잘못된 생각인 것 같다.

필립은 절대로 자신을 봐주지 않는 차빈이 진심으로 갖고 싶어졌다. 그가 설레면서 차빈의 얼굴 앞으로 자신의 얼굴을 가져간 순간이었다.

"야! 필리이이입!"

귀청을 울리는 험한 목소리에 차빈과 필립은 깜짝 놀라 동시에 고개를 돌렸다. 그 순간 거친 손이 필립의 멱살을 잡아챘다.

「진짜 죽고 싶냐, 마크 필립?」

하렴의 유창한 영어가 필립의 귀로 들려왔다.

「진정해, 해리! 여긴 공공장소야.」

공항 한복판에서 멱살이 잡혀버린 필립이 주위 사람들의 눈치를 보며 나직하게 말했다. 하지만 하렴은 진정은커녕 필립의 멱살을 잡은 손에 더욱 힘을 가했다.

「내가 네 그 드러운 손버릇 좀 고치라고 했지.」

하렴이 살기를 담은 눈빛으로 필립을 노려보며 말을 이었다.

「가진 것도 많은 놈이 왜 그렇게 남의 물건에 손대는 걸 좋아하는 건지, 쯧쯧.」

「남의 물건?」

하렴이 내뱉은 한 단어에 의구심이 든 필립이 재빨리 물었다.

「나 지금 남의 물건 안 건드렸는데?」

그러자 하렴이 뒤쪽에서 놀란 얼굴로 상황을 지켜보고 있는 차빈을 힐끔 보고는 말했다.

「이차빈, 내 여자야.」

「웃기지 마. 둘이 헤어졌잖아!」

필립은 하렴에게 멱살이 잡힌 채로 소리를 질렀다. 하지만 하렴은 그의 행동을 코로 비웃을 뿐이었다.

「우리가 엘리베이터에서 만난 그때부터 지금까지 이차빈이 내 여자가 아니었던 순간은 단 한 순간도 없었어.」

하렴의 뻔뻔한 태도에 필립은 울화가 치밀었다. 그는 지금 이곳이 공항인지도 잊은 상태였다. 분노에 찬 필립이 또다시 소리쳤다.

「너 그거 엄청 이기적인 거야!」

「나도 알아. 근데 약혼녀만 다섯 명인 네놈한텐 듣고 싶지 않아.」

하렴의 목소리는 당연히 차빈의 귀에도 아주 잘 들려왔다.

"다, 다섯 명? 지금 약혼녀 다섯 명이라고 한 거 맞죠? Five는 다섯 맞잖아요?"

놀란 차빈이 묻는 말에 필립은 난감하다는 듯 아랫입술을 깨물었다. 그가 차빈을 돌아보며 애절하게 말했다.

"그래도 No.1은 차빈이⋯⋯."

"꺼져."

"꺼져요."

말하면서 하렴은 그의 멱살을 놓아버렸고, 차빈은 그런 그를 피해 하렴의 등 뒤로 숨어버렸다. 필립은 굉장히 분하다는 얼굴로 씩씩거렸지만 더는 아무 말도 하지 못했다. 그가 씩씩대며 공항을 빠져나가자마자 하렴은 차빈을 향해 버럭 화를 냈다.

"너도 말이야, 저런 놈이 손을 잡고 있는데 가만히 있고 그러면 안 되지. 내가 여자한테 환장한 놈이라고 미리 경고했잖아."

차빈은 당당하게 화를 내는 그 때문에 어안이 벙벙했다.

"당신도 그랬잖아요. 당신도 막 딴 여자랑 데이트했잖아요? 결혼도 한다 그러고⋯⋯!"

"그랬는데 결국 안 하잖아."

하렴의 당당하다 못해 뻔뻔한 태도에 차빈은 울컥 화가 났다.

"지금 결과가 중요해요? 내가 얼마나 상처를 받았는데!"

"결과가 왜 안 중요해? 결국 내가 너 때문에 그 잘난 집안 딸을 버렸다잖아."

"그런 거 진짜 하나도 안 기쁘거든요?"

"왜 안 기뻐? 기뻐해야지. 신인후가 키운 너를 내가 사랑한다잖아."

"……!"

하렴의 입에서 나온 '사랑'이란 단어에 차빈은 심장이 쿵 내려 앉는 것 같았다. 그녀의 심장이 세차게 뛰기 시작했다.

"네 말이 맞았어. 사람은 사랑을 하면 상대의 그 어떤 사정도 다 받아들일 수 있더라."

하렴이 놀라서 두 눈만 깜박거리고 있는 차빈의 손을 잡았다.

"우리가 덜 사랑했기 때문에 헤어진 거라면, 이젠 죽어도 헤어지지 않을 거야."

그의 고백에 차빈은 눈물이 차올랐다. 하렴이 그녀의 얼굴을 두 손으로 조심스레 감싸며 속삭였다.

"사랑해."

"……!"

"사랑해, 차빈아."

처음 듣는 고백에 차빈은 결국 눈물을 흘렸다.

카페의 테이블을 닦으면서 차빈은 콧노래를 흥얼거렸다. 삶이 다시 즐거워졌고 그녀의 뇌로 희로애락이 돌아온 느낌이었다. 숨 쉬는 것조차 신나고 즐거웠다. 테이블을 닦고 있는 차빈의 눈에 카페 문이 열리는 게 보였다. 카페로 들어오는 중년의 아저씨를 본 차빈의 눈이 커졌다.

"아저씨가 웬일이세요?"

그는 근처에서 부동산을 운영하고 있는 현수였다. 현수의 뒤로 부부로 보이는 중년 남성과 여성이 들어왔다. 자신을 의아한 표정으로 쳐다보고 있는 차빈에게 현수가 말했다.

"몰랐어? 아버지가 이 카페를 내놨어."

"네?"

차빈의 두 눈이 방금 전보다 더 휘둥그레졌다. 깜짝 놀라는 그녀를 보며 현수가 말을 이었다.

"카페 접을 거라고 하던데?"

"언제요?"

"엊그제. 자기는 이제 계속 해남에서 살 거니까 팔아달라고 했어."

전혀 예상치 못한 상황에 맞닥뜨리게 된 차빈은 어안이 벙벙했다. 이내 그녀는 테이블을 닦던 손을 멈추고 의자에 앉아버렸다. 그사이 현수와 부부는 카페 안을 둘러보았다.

그들이 돌아간 후에도 차빈은 의자에 멍하니 앉아 있었다. 그녀의 텅 빈 눈빛이 한산해진 카페 안을 훑었다. 인후가 항상 서 있던 카운터에 시선을 멈춘 그녀가 그곳을 지그시 응시했다.

'아빠는 정말 이곳으로 돌아오시지 않을 생각이구나.'

씁쓸해진 그녀의 눈가가 촉촉해졌다. 그때 주머니에 넣어둔 그녀의 휴대폰이 울렸다. 차빈은 천천히 발신자를 확인했다.

[♡]

발신자가 하트다. 그걸 발견한 차빈의 입가에 미소가 서렸다.

-차빈아.

들려오는 하렴의 나직한 목소리에 차빈의 미소가 더욱 짙어졌다.

"네, 하렴 씨. 지금 뭐 해요?"

-수영하고 나왔어. 이제 샤워하러 들어갈 거야.

"그럼 샤워 끝나고 전화하지 그랬어요."

-지금 당장 목소리가 듣고 싶었거든.

솔직하다 못해 오글거리기까지 하는 하렴의 멘트에도 차빈은 그저 행복하기만 했다.

"저도 목소리 듣고 싶었어요."

차빈이 행복한 미소를 지으며 대답했다. 그런데 곧바로 전화기를 통해 하렴의 불만 어린 음성이 들려왔다.

-그나저나 그놈의 카페는 언제 때려치울 거야? 오늘도 그 카페 때문에 나랑 데이트도 거부했잖아.

차빈의 얼굴이 시무룩해졌다. 잠시 잊고 있었던 사실이 떠올랐기 때문이다.

"안 그래도 곧 그만둘 거예요."

-정말? 나 때문에?

"아뇨. 아빠가 부동산에 가게를 내놨대요. 접을 생각이라고 하시면서."

전화기 너머 하렴이 조용해졌다. 그녀와 다시 사귀기로 한 이상 인후와의 문제는 꼭 짚고 넘어가야 할 과제라는 걸 그도 그녀도 잘 알고 있었다. 그렇기 때문에 차빈은 용기를 내서 말을 꺼냈다.

"해남에 한번 내려가볼래요?"

-으음. 글쎄, 아직은 좀……

하렴이 어렵게 거절의 말을 내놓자 차빈은 자신이 조금 서둘렀다는 생각이 들어 재빨리 말했다.

"아, 그죠. 아직은 좀 그렇죠. 이해해요."

-미안.

"아뇨, 괜찮아요. 받아들일 수 있을 때까지 기다릴게요."

차빈이 부드러운 어투로 그를 달랬다. 그들의 관계는 이제 막 다시 시작했을 뿐이다. 서두를 필요가 전혀 없다. 잠시 후 하렴이 조금 편안해진 목소리를 보냈다.

-나 이제 샤워하러 들어간다. 상상해.

그의 마지막 말에 차빈은 헛웃음이 터졌다.

"보통 상상하지 말라고 하지 않나요?"

-어차피 상상하지 말라고 해도 상상할 거잖아.

"상상 안 해요!"

차빈이 억울하다는 듯이 목소리를 높이자 전화기 너머 하렴이 작은 소리로 웃었다.

-알았어. 이따 전화할게. 상상하고 있어.

"네. 네? 아, 글쎄, 안 한다니……!"

뚝. 전화가 끊어졌다. 차빈은 멈춘 휴대폰 화면을 보면서 피식 웃음을 터뜨렸다.

그가 받아들일 수 있을 때까지 기다리기로 했는데, 그럴 수가 없어졌다.

"아, 아빠?"

차빈은 사장 비서실로 모습을 드러낸 인후 때문에 깜짝 놀랐다.

"차빈아, 오랜만이야."

오랜만에 서울로 올라온 그는 턱수염을 깔끔하게 민 상태였다. 차빈은 하렴이 일하고 있는 사장실의 문과 인후를 번갈아 쳐다보았다. 그사이 인후가 차빈의 얼굴을 지그시 보면서 말했다.

"시윤이한테 너 이곳에서 다시 일한다는 소식은 들었어."

차빈은 깔끔해지긴 했지만 전보다 훨씬 마른 인후의 얼굴을 안타깝다는 듯이 쳐다보았다. 그녀가 조심스럽게 물었다.

"여기까진 무슨 일이야?"

"하렴이 좀 보러 왔어."

인후의 대답에 차빈은 난감한 표정을 지었다. 하렴은 아직 그를 만날 준비가 안 된 것처럼 느껴졌기 때문이다.

"그러지 말고, 나중에 제대로 날 잡아서 만나. 오늘은 좀……."

"내가 할 말이 있어서 온 거야."

인후는 단호하게 말하고는 사장실 앞으로 걸음을 옮겼다. 차빈이 그의 뒤를 재빨리 따라갔다. 문 앞에 선 그가 차빈을 돌아보며 말했다.

"아빠 무슨 말을 들어도 괜찮으니까 넌 절대 들어오지 마."

"아빠……."

차빈이 울상을 지었다. 그때 그녀의 등 뒤에서 불쑥 목소리가 들렸다.

"아빠? 아빠라고?"

그 밝은 목소리에 차빈은 황급히 몸을 틀었다. 두 눈을 반짝거리고 있는 필립이 그녀의 시야로 들어옴과 동시에 필립이 인후를 향해 허리를 꾸벅 숙였다.

"안녕하세요! 저는 차빈의 친구 필립입니다."

한국어 잘하는 외국인의 등장에 인후는 조금 놀란 듯하더니 이내 미소를 지으며 그에게 악수를 청했다.

"그래요. 앞으로도 우리 차빈이랑 잘 지내줘요."

"네, 걱정 마십시오."

필립은 인후의 손을 두 손으로 잡고는 또다시 허리를 꾸벅 숙였다. 하는 행동이 영락없이 한국사람 같았다. 잠시 후 인후는 사장실 안으로 들어갔고 차빈은 그 모습을 걱정스럽게 바라보았다. 그녀의 옆에서 필립이 불쑥 말했다.

"근데 저 아저씨, 해리랑 되게 닮았네?"

"네?"

차빈이 소스라치게 놀라며 필립을 돌아보았다. 그러자 필립이 두 눈을 예리하게 빛내며 말을 이었다.

"내가 해리를 십 년 넘게 지켜봤잖아. 해리 가정사도 다 알고 있고. 근데 느낌이 꼭 해리의 집 나간 아버지 같단 말이야."

"그, 그럴 리가요."

마른침을 꿀꺽 삼킨 차빈이 고개를 세차게 저었다.

"그치? 그럴 리가 없지?"

"네. 그럼요."

"하긴. 방금 차빈이 '아빠'라고 했으니까 해리 아버지일 리는 없겠지."

필립이 다소 음흉해 보이는 미소를 지으며 고개를 끄덕이자, 차빈은 불길한 예감이 들었다. 재빨리 그녀가 화제를 돌렸다.

"그런데 그동안 어디 있었어요? 한 이틀 안 보이길래 미국 간 줄 알았는데."

"인천에 있는 할머니네. 실연의 상처를 달래고 왔지."

장난스럽게 대답을 마친 필립이 주머니에서 휴대폰을 꺼냈다.

"말 나온 김에 할머니한테 전화나 해야겠다. 나 잠깐 전화 좀."

그는 차빈에게 손을 흔들어주고는 엘리베이터 쪽으로 성큼성큼

걸음을 옮겼다. 전화기를 귀에 대고 걷는 그의 입에서 나직하게 영
어가 흘러나왔다.

"하렴아."

오랜만에 다시 보게 된 아버지의 모습에 하렴은 조금 긴장을 하
고 말았다. 그의 입에서 퉁명스런 목소리가 튀어나갔다.

"왜 왔어?"

"할 말이 있어서."

인후가 문 앞에 서서 하렴의 얼굴을 지그시 응시했다. 귀티 나
게 잘생긴 데다 머리까지 좋아서 늘 자신의 자랑거리였던 아들이
었다. 훌쩍 커버린 아들이 자신을 향해 차갑게 말했다.

"빨리 하고 나가."

"그래."

인후는 하렴을 향해 고개를 끄덕였다. 다음 순간 하렴은 자리에
서 일어나 소파로 다가왔다. 그가 또다시 퉁명스럽게 말했다.

"앉아."

인후가 자리에 앉자 하렴도 그의 반대편에 앉았다. 자신을 향한
인후의 시선에 부담스러움을 느낀 하렴이 시선을 테이블 위로 내
렸다. 그때 인후가 조심스레 입을 열었다.

"우리 차빈이 용서해준 거니?"

그 물음에 하렴이 시선을 올려 인후의 마른 얼굴을 쳐다보았다.
그의 입에서 또다시 날이 선 목소리가 튀어나갔다.

"용서해주고 말고 할 게 어디 있어? 그 아이 잘못도 아닌데."

"그렇게 생각해주니 다행이네."

인후가 힘없이 미소를 지었다. 그가 자책하는 표정으로 말을 이었다.

"아빠가 죄가 많아서 자식들한테 상처만 주는구나."

"할 말이 뭔데?"

하렴이 차갑게 그의 말을 자르며 물었다. 인후는 그런 그의 굳은 얼굴을 애정 어린 눈길로 바라보았다. 잠시 후 인후가 나직한 목소리로 말을 시작했다.

"네가 그렇게 하라면 아빤 평생 너랑 차빈이 안 보고 살게. 그러니까 제발 우리 차빈이 행복하게 해줘."

"……."

"오늘 보니까 몇 달 전보다 훨씬 얼굴에 생기도 돌고 아주 행복해 보이더라. 다 네 덕분인 거 알아."

하렴은 묵묵히 인후를 응시한 채 그의 말을 들었다. 인후의 말이 이어졌다.

"차빈이 행복하게 해줘. 그리고 너도 행복해져라, 하렴아."

그 순간 하렴의 갈색 눈동자가 미세하게 흔들렸다. 인후의 애정 어린 따뜻한 눈빛은 진심을 말하고 있었다.

"내 일방적인 이혼 선언에 힘들었을 네 엄마한테도 미안하고, 나 때문에 아무 죄 없이 고생한 너한테도 너무 미안해."

"……."

"그래서 이 아빠는 진심으로 네가 이제부터라도 행복해졌으면 좋겠어. 그것밖에는 바라는 게 없어."

말을 마친 인후가 천천히 자리에서 일어섰다. 그리고 말없이 앉아 있는 하렴을 내려다보았다.

"아빠 이제 갈게."

"……."

하렴은 그때까지도 아무 말도 하지 않았다. 다음 순간 인후는 사장실 문을 향해 다가가기 시작했다. 문 앞에 멈춰 선 그가 다시 하렴을 돌아보았다.

"그리고 걱정 마."

인후의 눈에 아랫입술을 잘끈 깨물고 있는 하렴의 모습이 들어왔다. 그 모습을 가슴 아프게 바라보면서 나머지 말을 이었다.

"아빠는 이제 다신 안 나타날 거야."

하렴은 결국 끝까지 아무 말도 하지 못했다. 그렇게 돌아서는 인후를 지켜볼 뿐이었다.

인후가 나가고 난 후 심란해진 마음을 달래고 있는데 갑자기 노크도 없이 사장실 문이 벌컥 열렸다.

"해리!"

달갑지 않은 부름과 징글징글한 목소리가 들려오자마자 하렴은 눈썹을 확 구겼다.

"나가."

하렴이 고개를 들며 필립을 향해 차갑게 말했다. 그러나 그 정도론 필립의 마이페이스를 무너뜨릴 수 없었다.

"이틀 동안 엄청 보고 싶었어, 해리."

"나가."

필립이 발랄하게 스텝을 밟으며 하렴의 책상 앞으로 다가왔다.

"그래. 우리 나가서 밥 먹자."

"나가."

"어차피 나 오늘 밤에 떠날 거야. 그러니까 조금만 놀아줘."

"나가."

흔들림 없이 냉랭한 하렴의 태도에도 필립은 동요 없이 빙그레 미소를 지었다. 하렴의 책상 앞에 멈춰 선 그가 입가에 손을 세우며 속삭이듯이 말했다.

"나 네 아버지 봤어."

"나⋯⋯. 뭐?"

필립이 무슨 말을 하든지 '나가'로 일관하려던 하렴의 페이스가 흔들렸다. 그의 의구심 가득한 눈빛이 필립을 향했다.

"네가 우리 아버지를 어떻게 알아서?"

"너랑 느낌이 비슷하더라고. 차뷘이 '아빠'라고 부르던데? 그 아저씨가 네 아버지 맞지?"

"⋯⋯우리 아버지 아니야."

확신이 아니라 짐작인 것 같아서 하렴은 딱 잘라 대답했다. 하지만 필립은 천연덕스럽게 말을 이었다.

"그래? 그럼 내가 가서 직접 물어볼까? 아직 호텔에서 멀리 벗어나진 못하셨을 것 같은데."

말을 마친 필립이 몸을 확 돌리자 하렴이 자리에서 벌떡 일어나 그의 팔을 잡아챘다.

"하고 싶은 말이 뭐야?"

뒤에서 들려오는 하렴의 목소리에 필립은 씨익 미소를 지었다. 사실 그는 아까 개인 비서를 통해 하렴의 아버지에 대한 정보를 전해 들었다. 자세한 생김새와 한국 주소지, 동거인 유무 등등.

다음 순간 필립이 몸을 돌려 하렴을 지그시 바라보았다. 그리고 약간 화가 난 듯 보이는 하렴의 굳은 얼굴을 향해 물었다.

"차뷘이랑 한 번 헤어졌었던 이유가 아버지 때문이야?"

"……."

하렴은 대답하지 않았지만 필립은 대답을 들은 것만 같았다.

"왜? 차뷘한테 아버지를 빼앗긴 것 같아서?"

이번에도 하렴은 대답하지 않았다. 무섭게 굳어 있는 그의 얼굴을 물끄러미 보다가 필립은 한숨을 푹 내쉬었다. 잠시 후 필립은 하렴의 책상 위에 엉덩이를 대고 앉았다. 그가 하렴을 지그시 내려다보며 영어로 말을 시작했다.

「너만 아빠 뺏긴 거 아니야. 나도 늘 너한테 아빠를 뺏긴 기분이었다고.」

하렴이 고개를 들어 필립을 쳐다보았다. 장난기라곤 전혀 없는 진지한 얼굴로 필립이 말을 이었다.

「나도 너만 예뻐하고 너만 에워싸는 우리 아빨 줄곧 원망했어.」

「회장님은 결국 널 선택했어. 날 한국으로 보낸 거 봐.」

하렴이 그의 말에 반박했다. 그러자 필립은 하렴을 향해 힘없이 웃어 보였다. 씁쓸해 보이는 그의 얼굴이 하렴은 낯설었다.

「아빤 널 다시 본사로 불러들일 생각이야. 경영에 참여시킬 거라더라.」

하렴이 조금 놀란 표정을 지었다. 전혀 예상치 못한 이야기였던 것이다.

「멍청한 나는 깔끔하게 뒤로 밀렸지.」

필립이 또다시 씁쓸한 표정으로 웃었다. 그러면서 난감한 듯 보이는 하렴의 얼굴을 물끄러미 바라보았다.

「그럼에도 나는 너를 좋아해.」

「뭐?」

하렴의 두 눈이 동그래졌다. 필립의 고백이 이어졌다.

「평생 널 따라다닐 거야.」

그의 고백이 마음에 들지 않았는지 하렴의 얼굴이 딱딱하게 굳어졌다. 필립은 그런 그의 얼굴을 아주 재미있다는 듯 주시했다.

「좋아하니까. 원망하면서도 좋아하니까. 아빠랑 너를 놓을 수가 없어. 그건 너도 마찬가지지?」

결국 이 얘기가 하고 싶었던 건가, 이 녀석은.

하렴은 입을 꾹 다물어버렸다. 다음 순간 필립은 책상에서 일어나 하렴의 옆으로 걸어갔다. 그러면서 장난스럽게 말했다.

「난 네 아버지도 좋아.」

「뭐? 왜?」

「널 태어나게 해줬잖아.」

순간 하렴의 눈썹이 무섭게 구겨졌다.

「미친놈. 너 설마 나 진짜 좋아하냐?」

필립이 하렴의 옆으로 바짝 다가서며 대답했다.

「응. 네가 여자였다면 결혼을 생각했을 정도로.」

「뭐?」

하렴이 필립을 경계하며 자리에서 벌떡 몸을 일으켰다. 그리고 재빨리 뒷걸음질을 쳤다. 필립이 그런 그를 따라가면서 물었다.

「어때? 날 위해 성전환수술 할 생각은 없어?」

벽에 등이 닿게 되어 더 이상 물러설 수 없게 되자 하렴은 다가오는 필립의 멱살을 확 잡아챘다. 그러고는 살벌하게 말했다.

「널 살해할 생각은 있어.」

그 서슬 퍼런 살기에 필립은 겁을 먹고 말았다.

「이, 이거 놔. 소리 지를 거야! 차빈 부를 거야!」

「좋아하는 내 손에 한번 죽어봐.」

「좋아하는 널 살인자 만들 순 없지! 살려줘, 차빈! 차빈!」

결국 그들의 싸움은 차빈이 들어와서야 끝이 날 수 있었다.

36. 완벽한 위기는 아직 시작도 하지 않았다

아침부터 차빈은 멍하니 휴대폰을 들여다보고 있었다. 하지만 기다리는 전화는 끝내 오지 않았다. 대신, 기다리지 않았던 친구들로부터의 문자는 하나둘씩 도착했다.

[생일 축하해, 차빈아!♡]

[주말이니까 애인이랑 놀겠네? 행복한 생일 보내길!]

문자들을 확인하는 차빈의 얼굴이 밝지 않았다. 자신의 생일을 제일 먼저 축하해줄 거라 믿었던 인후에게선 연락이 한 통도 없었기 때문이다.

비단 오늘뿐만 아니라 지난주 내내 그와 연락이 닿지 않고 있었다. 마치 작정하고 숨은 사람처럼 말이다. 차빈은 힘없이 휴대폰을 탁자 위에 올려놓았다. 그런데 그 순간 연락이 없는 또 한 사람이 떠올랐다.

그러고 보니 애인한테서도 연락이 없잖아?

설마…… 내 생일인 걸 모르나? 직원 인적사항에, 그것도 제일 위 칸에 기재되어 있을 텐데? 아님, 설마 깜박했나?

순간적으로 든 불길한 예감을 떨쳐내기 위해 차빈은 긍정적으로 생각을 해보았다.

지금 연락이 없는 건, 생일선물을 사고 있기 때문일 거야. 아니면 혹시 편지를 쓰고 있나? 꽃집에서 꽃을 고르고 있는지도 모르지.

그렇게 차빈은 자신을 안심시키며 하렴의 연락을 기다렸다. 기다리는 동안 소파에 편하게 누워 TV를 보기도 했고 지루해지면 휴대폰으로 인터넷 서핑을 하기도 했다. 하지만 한 시간이 지나고 두 시간이 지나자 차빈은 초조해졌다.

이 인간 진짜 잊어버린 거 아니야? 아니, 잊어버린 정도가 아니라 아예 모르는 거 아니야? 나는 총지배인님한테 자기 생일 알아내서 달력이랑 다이어리에 하트까지 쳐놓고 기다리고 있는데!

차빈의 어깨가 축 처졌다. 혼자인 생일날이 너무 서럽게 느껴졌다. 기분이 끝도 없이 침울해지는 것 같아서 차빈은 급하게 휴대폰을 집어 들었다.

어차피 요즘 대세는 적극적인 여성이다. 요즘 같은 시대에 여자가 자기 생일날 먼저 만나자고 하면 좀 어떤가?

차빈은 당당하게 하렴에게 전화를 걸었다. 하지만 전화기 너머로 들려오는 하렴의 잠기운 가득한 목소리 때문에 다시 침울해졌다.

-으음……. 왜?

차빈이 불안해하면서 물었다.

"잤어요?"

-주말이잖아.

"오늘이 무슨 날인지 몰라요?"

-주말이잖아.

주말? 그게 다야?

"허- 계속 잘 거예요?"

-주말이잖아.

차빈은 울컥 서운한 마음이 들었다. 서운함에 눈물까지 나려고 했다.

"알았어요. 주말이니까 계속 자요."

전화를 끊으려는 차빈의 귀로 하렴의 목소리가 빠르게 들려왔다.

-주말이니까 문 좀 열어봐.

"네?"

차빈의 두 눈이 휘둥그레졌다. 그녀의 시선이 현관 쪽으로 향했다.

-짐이 많아. 문 좀 열어줘.

"아, 네!"

차빈은 황급히 자리에서 일어나 현관으로 달려갔다. 그녀가 문을 열자 양손에 3단 찬합도시락을 든 하렴이 보였다.

"뭐, 뭐예요?"

"나 잠에서 깬 척 잘하지?"

"네. 엄청."

다음 순간 하렴은 잽싸게 집 안으로 들어오더니 양손에 들고 있던 찬합도시락을 식탁 위에 내려놓았다. 그리고 차빈 보란 듯이 찬합 뚜껑을 열기 시작했다. 그 안에는 불고기와 잡채, 베이컨말이, 그리고 각종 과일이 들어 있었다. 마지막으로 보온병의 미역국까지 보여준 하렴이 차빈을 향해 싱긋 웃었다.

"설마 이걸 다 만든 건 아니죠?"

"주말이잖아. 새벽에 일어나서 다 만들었지."

말도 안 돼. 차빈이 두 손을 올려 자신의 입을 가렸다. 너무 놀라서 말이 안 나왔다. 아까는 그렇게도 듣기 싫던 '주말이잖아'가 지금은 아름답게만 느껴졌다.

"정말, 너무 고마워요."

"자, 앉아서 먹어."

하렴이 자신의 옆자리로 차빈을 앉게 했다. 차빈은 자리에 앉아 하렴이 준비해온 음식들을 먹기 시작했다.

"진짜 맛있어요. 고마워요."

모든 것이 너무 맛있어서 차빈은 젓가락을 멈추지 못했다. 맛있게 먹고 있는 차빈을 물끄러미 보면서 하렴이 말했다.

"이거 다 먹으면 백화점 가자. 선물 사러."

"이거면 됐어요."

차빈은 단호하게 고개를 젓고는 다시 음식에 집중했다. 그런 그녀에게 하렴이 다시 물었다.

"그럼 꽃집 갈래?"

예전에 부인이 꽃 사달라고 하면 어떻게 할 거냐는 질문에 꽃집에 데려가겠다고 했던 그의 대답이 생각나 차빈은 피식 웃었다.

"가서 계산만 해주려고요?"

"응."

"다 필요 없어요. 하렴 씨만 내 옆에 있어주면 돼요."

차빈은 하렴을 향해 싱긋 웃어주고는 다시 젓가락을 움직였다. 하지만 하렴은 아무래도 마음에 걸린다는 표정이었다.

"원하는 거 정말 없어?"

"……으음."

차빈이 젓가락을 입에 문 채 생각에 잠긴 얼굴을 했다. 솔직히 원하는 게 하나 있긴 했다. 하지만 하렴이 들어줄 것 같지 않았다.

"사실, 한 가지 있긴 한데……."

"뭔데?"

하렴이 두 눈을 빛내며 물었다. 잠시 주저하던 차빈이 이내 용기를 내서 말을 시작했다.

"아빠가 연락이 안 돼서 걱정돼요. 그래서 해남에 한번 가보고 싶어요."

"……오케이. 내일 가자."

하렴의 대답을 믿을 수 없어서 차빈은 마른침을 삼키며 다시 물었다.

"진짜 가도 괜찮아요?"

"응. 같이 가자."

하렴이 고개를 끄덕이는 순간 차빈은 너무 기뻤다. 그래서 두 팔로 그를 껴안았다. 드디어 그가 인후에 대해 마음을 여는 것 같았기 때문이다.

"고마워요, 정말!"

"하고 싶은 거 또 없어? 말만 해. 다 해줄게."

하렴이 차빈을 꽉 끌어안은 채 달콤한 어조로 말했다. 차빈은 잠시 생각에 잠겼다가 그에게서 몸을 떼어내면서 대답했다.

"우선, 바닥에 이불 깔고 누워서 영화 보기!"

"누워?"

한 단어에 꽂힌 하렴이 갈색 눈동자를 반짝반짝 빛냈다. 그를 믿지 않게 흘겨보면서 차빈은 자리에서 일어섰다.

"이상한 상상 하지 말고, 거실에 이불 깔고 기다려요. 재미있는 영화 다운로드 받아서 갈게요."

말을 마친 차빈은 발랄한 몸짓으로 방 안으로 들어갔다. 그사이 하렴은 침대에서 이불을 가지고 와서 거실에 넓게 깔았다.

잠시 후 영화 파일을 담은 USB를 손에 든 차빈이 거실로 나왔다. 그런 그녀의 눈에 자신의 팔을 베개 삼아 잠들어 있는 하렴이 보였다. 차빈은 천천히 그에게로 다가가 그 옆에 쪼그리고 앉았다. 그때 하렴이 살짝 눈을 떴다.

"졸려요?"

"새벽 5시에 일어나서 음식 만들었거든."

그를 안쓰럽다는 듯이 쳐다보던 차빈이 그의 몸에 이불을 덮어 주며 말했다.

"그럼 잠깐 자요."

"너도 누워."

하렴이 자신의 옆자리를 손으로 톡톡 두드렸다. 순간 위험을 감지한 차빈이 조심스럽게 물었다.

"이상한 짓 안 할 거죠?"

"어. 절대."

하렴이 호언장담을 했기에 차빈은 안심하면서 그의 옆자리에 누웠다. 그런데 눕자마자 하렴은 손을 뻗어 그녀를 끌어안았다.

"……!"

그와 동시에 그녀의 몸 위로 올라타더니 그녀에게 무게가 실리지 않도록 양팔의 팔꿈치로 자신의 상체를 지탱했다. 지나치게 가까워진 하렴의 어깨를 붙잡으며 차빈이 물었다.

"이상한 짓 안 한다면서요?"

"이게 왜 이상한 짓이야?"

과장되게 두 눈을 크게 뜬 그가 이내 씨익 웃어 보였다.

"아름다운 짓이지."

"아직 날이 밝은데……."

차빈이 부끄러워하면서 두 볼을 붉히자 하렴이 그녀의 입술에 뽀뽀를 쪽 하고는 말했다.

"그럼 어두워질 때까지 하자."

말을 마친 하렴의 입가에 매혹적인 미소가 걸렸다.

민박집 방에서 나와 멍하니 마루에 앉아 있는 인후의 귀로 익숙한 목소리가 들려왔다.

"아빠!"

하렴의 손을 잡고 나타난 차빈의 모습을 본 인후는 온몸에 전율이 이는 것만 같았다. 그가 반사적으로 자리에서 일어섰다. 평생 볼 수 없을 거라고 생각했던 두 사람의 모습을 이렇게 빨리 볼 수 있게 되리라곤 상상도 하지 못했던 것이다.

"차빈아…… 하렴아!"

자신에게 달려온 차빈의 손을 잡으며 인후는 차오르는 눈물을 참아냈다. 그녀의 뒤에 서 있는 하렴을 쳐다보며 인후가 말했다.

"이렇게 와줄 줄은 정말 몰랐어. 평생 못 보고 살 거 각오하고 있었는데……."

인후가 차빈의 손을 잡지 않은 손을 들어 자신의 눈가를 닦아냈다. 그 모습을 보면서 하렴이 나직하게 말했다.

"난 앞으로도 아주 가끔은 보고 살아도 좋다고 생각해."

"고맙다. 고마워, 하렴아."

인후는 자꾸만 흐르는 눈물을 닦아내며 연신 고맙다는 말을 했다. 그때, 하렴이 진지하게 진심을 전했다.

"내가 진심으로 행복하려면 이차빈의 행복이 필요하고, 이차빈이 행복하려면 당신이 필요하니까."

다음 순간 인후가 조심스럽게 하렴의 손을 잡았다. 자신의 손을 떨쳐내면 어쩌나 잠시 걱정했지만, 다행히 하렴은 그러지 않았다. 잠시 그들의 모습을 지켜보던 차빈이 인후의 팔에 팔짱을 끼며 말했다.

"이제 서울로 돌아올 거지?"

"아아, 글쎄."

인후가 곤란한 표정을 짓자 차빈의 얼굴이 조금 어두워졌다.

"아빠, 정말 이대로 'HABIN' 문 닫을 거야?"

"생각 좀 해보고. 여기 생활이 꽤 편해졌거든."

차빈은 카페 'HABIN'이 좋았다. 인후가 처음부터 애착을 가지고 열심히 운영했던 곳이기도 하고, 자신이 인후가 없는 몇 개월 동안 혼자 아등바등하면서 정을 쏟아부은 곳이기도 하니까.

"아, 그리고 보니 우리 카페 이름이 사장님 이름이랑 내 이름을 반반 섞은 거구나."

"뭐?"

차빈이 중얼거린 말을 듣자마자 하렴은 놀란 표정을 지었다. 그를 향해 씨익 웃어 보인 다음 차빈은 인후에게 확인차 물었다.

"하렴의 '하'랑 차빈의 '빈'. 그래서 'HABIN'인 거 맞지, 아빠?"

인후가 조그맣게 고개를 끄덕였다. 잠시 어색한 공기가 세 사람을 휘감았다. 얼마 후 하렴이 먼저 걸음을 떼면서 말했다.

"밥이나 먹으러 가자."

차빈은 미소를 지으며 인후의 팔을 잡아끌었다.

회의 분위기가 삼엄했다. 누구 하나 쉽사리 입을 떼지 못했고 발표를 진행하고 있는 김 팀장조차 사장의 눈치를 보면서 마이크를 off 상태로 꺼두었다.

"하아⋯⋯. 2위."

하렴의 입에서 한숨이 터져 나왔다. 도미호텔이 지난달 프리미엄 브랜드지수 호텔 부문에서 또 2위를 차지했다. 또다시 만년 2위를 벗어나지 못한 것이다. 하렴은 본사에 보고할 걸 생각하니 벌써부터 짜증이 밀려왔다.

"나는 여러분이 2위를 그렇게 좋아하시는 줄 몰랐습니다."

사장의 입에서 쏟아질 독설을 예상하면서 임직원들은 묵묵히 시선을 바닥으로 내리거나 타는 속을 달래려 물을 마시기도 했다.

"이쯤 되니 나는 그냥 여러분이 1위를 싫어하시는 거라 생각이 됩니다."

순간 직원들의 눈빛이 미세하게 일렁였다. 사장의 태도가 전과 아주 조금 달라졌던 것이다.

"욕심이 그렇게 없으십니까, 다들?"

물론, 그는 화를 내고 있었다. 하지만 한 달 전 임직원 회의 때보다는 엄청 얌전해진 상태였다. 한 달 전과 브랜드지수 2위인 건 똑

같은데 말이다. 한 가지 달라진 점이라면, 사장의 곁에 이 비서가 자리하고 있다는 것뿐이었다.

사장을 바라보는 직원들의 대다수는 이렇게 생각하고 있었다.

'저 사장이란 작자는 왜 저 비서만 곁에 있으면 묘하게 안정적으로 보이는 걸까.'

뭐가 어찌 됐든 덕분에 회의 분위기는 더 이상 살벌해지지 않았다. 전무가 입을 열기 전까지는 말이다.

"사장님의 스캔들 영향도 있다고 봅니다."

전무가 조용해진 회의실 안에 제법 굵은 목소리를 내뱉었다. 불쾌한 듯 하렴의 눈썹이 꿈틀 움직였다.

"뭐라고요?"

"사장님의 사생활이 하루가 멀다 하고 기사랑 찌라시로 나오는 통에 저희는 도미호텔이란 이름보단 사장님의 이름이 더 유명할 겁니다. 아마도 사장님의 브랜드지수는 1위일 테죠."

바로 얼마 전 하렴의 파혼 소식 역시 증권가 정보지로 한 번, 기사로 한 번 나갔었다. 비아냥거리는 전무의 태도에 하렴은 두 주먹을 불끈 쥐었다.

"여자랑 마주 보고 서서 숨만 쉬어도 찌라시로 나는 걸 제가 어떻게 말리겠습니까?"

"정말 여자랑 마주 보고 숨만 쉬신 건 아니잖습니까?"

"정말 여자랑 마주 보고 숨만 쉬었어도 숨만 쉬었다고 기사를 쓸 순 없잖습니까, 그들도?"

"빌미를 제공하지 않으셨으면 됐을 텐데요."

하렴과 전무의 시선이 공중에서 첨예하게 맞부딪쳤다. 직원들이 그들의 대립을 숨죽이며 지켜보고 있는 가운데 하렴의 옆에서 차빈이 불쑥 손을 들어 올렸다.

"저도……! 한마디 하고 싶습니다."

날이 서 있던 하렴과 전무의 시선이 그녀에게로 향했다. 다른 직원들 역시 그녀를 쳐다보았다.

"세계적으로 유명한 도미호텔이기 때문에 부수적으로 따라오는 그런 가십과 관심들은 어쩔 수 없는 부분이라고 생각합니다."

용기를 내서 발언하는 차빈 덕분에 하렴의 표정이 다소 부드러워졌다. 차빈이 여전히 날이 서 있는 전무를 향해 말을 이었다.

"어찌 됐든, 지난달 소비자만족지수는 1위를 했습니다. 그 점은 무척 고무적인 일이 아니겠습니까? 전무님이 평소에 그쪽에 신경을 많이 쓰신다 들었습니다."

전무의 날카로웠던 눈빛 역시 다소 누그러졌다. 그가 헛기침을 하며 앞에 있는 물을 마시는 사이 차빈이 하렴의 귓가에 작고 빠르게 속삭였다.

"화만 내지 말고 칭찬을 좀 해줘요."

잠시 회의실 안이 조용해졌다. 하렴은 자신의 비서를 한 번 슥 돌아보고는 임직원들을 향해 입을 열었다.

"물론, 프리미엄 브랜드지수 1위를 차지한 타 호텔은 워낙 역사도 깊고 자사 브랜드 사업에도 힘을 기울이고 있는 곳입니다."

원인을 알고 있고 결과도 알고 있으니 해결방법도 있을 것이다. 하렴은 차빈의 말을 떠올리며 최대한 부드럽게 말을 이었다.

"그러니까 지금은 우리가 이렇게 말싸움을 하면서 기싸움을 할 때가 아니라, 말 그대로 '브랜드'의 힘을 높여야 하는 때입니다.

······여러분의 능력이라면 가능하다고 믿습니다, 저는."

이런 낯간지러운 표현이 늘 어색했던 하렴이었다. 하지만 인생엔 이런 낯간지러움이 필요한 순간이 있다.

"어찌 됐든, 지난달에도 수고 많으셨습니다, 여러분."

하렴의 마지막 말에 직원들이 조금 놀란 표정을 지었다. 그들의 시선에 부담스러움을 느낀 하렴이 자리를 박차고 일어났다.

"오늘 회의는 여기까지 하시죠."

경보라도 하듯 빠른 걸음으로 잽싸게 회의실을 나가는 하렴을 차빈이 재빨리 따라갔다.

회의실에서 돌아온 하렴은 차빈의 비서실 책상에 엉덩이를 반쯤 걸치고 그녀와 대화를 나누고 있었다. 의자에 앉은 차빈이 진지한 얼굴로 말했다.

"제가 전무님이랑 상무님 성향을 분석해봤는데요."

팔짱을 낀 채 차빈을 내려다보던 하렴이 눈살을 찌푸렸다.

"그 사람들을 왜 분석해? 차라리 나를 분석해. 내 몸을 분석하든지."

"장난하지 말고요. 사장님, 당근과 채찍이란 말 알죠?"

"아, 그런 거 좋아해? 채찍?"

하렴의 얼굴에 음흉한 미소가 걸렸다. 차빈이 그런 그를 살짝 때리며 입을 열었다.

"그런 쪽으로 생각하지 말라니까요?"

차빈의 표정이 제법 심각했기 때문에 하렴은 장난을 멈추고 그녀의 말에 귀를 기울였다.

"전무님과 상무님은 채찍으로 상대를 하면 더욱 뾰족하게 반응을 하시더라고요. 차라리 저처럼 무대포로 '예! 저만 믿어주십시오! 열심히 하겠습니다!' 이렇게 나가면 조금 당황하시는 것 같아요. 그러니까 사장님도 무조건 싸울 생각만 하지 마시고 당근을 좀 쥐보세요. 칭찬을 건넨다거나 예쁘게 '네, 네.' 대답만 한다거나."

"싫은데?"

"못 이긴 척 한번 해봐요. 분명 인생이 편해질 테니."

차빈은 여전히 떨떠름한 표정을 짓고 있는 하렴을 향해 싱긋 미소를 지어 보였다.

"어차피 좋아하는 일만 하면서 좋아하는 것만 보면서 살 수 없는 게 인생이잖아요."

하렴은 방금까지 분명 엄청 하기 싫었었는데 차빈이 저렇게 말하니까 한번 해볼까 싶어졌다. 그만큼 그녀의 말에는 힘이 있다. 그건 비단 좋아하기 때문에 라는 이유만은 아닐 것이다.

"맞아. 싫어하는 것들 투성이어도 좋아하는 것 하나로 버틸 수 있는 게 인생이지."

하렴이 고개를 끄덕이면서 차빈의 얼굴 앞으로 자신의 얼굴을 가져갔다. 다가오는 그의 얼굴을 본 차빈이 눈을 살짝 감았다. 하렴이 씨익 웃으며 그녀의 입술에 자신의 입술을 가져가는 순간.

"차빈 씨, 오늘 회의 분위기 어땠……."

갑자기 진의 목소리가 그들 사이로 파고들었다. 하렴과 차빈은 황급히 서로에게서 떨어졌지만, 진은 이미 펄쩍 뛰고 있었다.

"뭐야? 신성한 사내에서 뭐 하는 짓들이야, 대체?"

목소리를 높이는 진을 향해 하렴이 불만 어린 시선을 보냈다.

"형도 사내연애 하잖아."

"나는 사내뽀뽀는 안 해, 인마."

진은 제법 심각한 얼굴로 대꾸하고는 차빈을 돌아보았다.

"차빈 씨도 이 녀석 행동에 동조하고 그럼 안 되죠."

"네, 죄송해요."

차빈이 고개를 숙이자 그 모습을 본 하렴이 눈썹을 꿈틀 움직였다. 이내 그가 차빈과 진의 사이로 몸을 집어넣으며 말했다.

"우리 차빈이한테 뭐라고 하지 마. 해고할 거야."

놀란 진의 두 눈이 커졌다.

"뭐? 나를 뭐 해? 해고? 내가 너보다 여기 한국 도미호텔에 더 오래 있었거든?"

"하지만 형은 날 해고할 수 없지."

하렴의 얼굴에 시니컬한 미소가 걸렸다.

"허- 너 지금 형한테 갑질하냐?"

진은 기가 막힌다는 표정으로 양손을 허리에 척 얹었다. 잠시 후 그가 하렴의 팔뚝을 거칠게 잡아당기며 말했다.

"따라 들어와. 사촌형으로서 정신교육을 시켜주겠어."

하렴은 진에게 얌전히 끌려갔다. 사이좋은 그들의 모습에 차빈은 웃음이 났다.

방문을 열자 수민이 머리끝까지 이불을 뒤집어쓰고 있는 모습이 눈에 들어왔다. 수민은 열흘 넘게 밥도 안 먹고 침대에 누워 울고만 있었다.

"수민아."

딸의 이름을 부르며 희애는 방 안으로 들어섰다. 그녀의 손에는 죽과 샐러드가 놓인 쟁반이 들려 있었다.

"너 계속 이렇게 밥도 안 먹고 울기만 할 거야? 엄마 속상해 죽겠어."

쟁반을 협탁 위에 올려놓은 희애가 걱정 가득한 얼굴로 수민이 뒤집어쓴 이불을 걷어냈다. 두 눈이 퉁퉁 부어 있는 딸의 모습에 희애는 속이 상했다.

솔직히 그쪽 집안이 많이 기울어서 별로 내키지 않는 혼사였지만 수민이 좋다기에 그냥 결혼시키려고 했다. 그런데 기가 막히게도 그쪽에서 파혼 선언을 해버렸다. 그날 이후로 수민은 이렇게 앓아누워버렸고 집안 분위기는 암울 그 자체가 되었다.

"그냥 놔둬. 나 이대로 죽어버릴 거야."

수민이 다시 이불을 뒤집어쓰며 내뱉은 말에 희애는 경악하는 표정을 지었다. 희애가 이불을 다시 걷어내며 목소리를 높였다.

"얘가 진짜 못하는 소리가 없어! 너 죽으면 엄마가 어떻게 살아?"

"나 진짜 너무 분해서 못 살겠단 말이야."

수민이 울분을 터뜨리자 희애는 그녀의 흐트러진 머리카락을 쓸어 넘겨주며 그녀를 달랬다.

"알아, 네 맘 다 알아. 그래서 아빠가 도미호텔 쪽하고는 그 어떤 계약이나 거래도 하지 않겠다고 선언했잖아."

"그 정도로는 안 돼. 그 정도 타격으론 꼼짝도 안 할 거라고, 그 남자."

수민은 하렴의 냉정한 얼굴을 떠올리며 두 손으로 이불을 꽉 움켜쥐었다. 그런데 그 순간 불현듯 누군가의 얼굴도 같이 떠올랐다. 수민이 자리에서 벌떡 일어나 앉으며 희애를 향해 말했다.

"엄마, 나 일신기업 회장님한테 전화 좀 넣어줘."

"김 회장님? 김 회장님한테는 왜?"

갑자기 수민의 얼굴에 조금이지만 생기가 돌기 시작했다. 그녀가 다시 입을 열었다.

"엄마 잊었어? 신하렴이 김 회장님 외손자잖아."

"그래서, 일신기업하고도 거래 끊으라고? 그건 그냥 아빠한테 부탁하면 되잖아."

희애의 말에 수민은 싱긋 미소를 지었다. 실로 오랜만에 보는 그녀의 미소였다.

"아니. 그냥 단순히 안부만 여쭈려는 거야. 잘 지내시는지, 우리 파혼에 대해선 어떻게 생각하시는지, 지금 외손자가 어떤 여잘 만나고 있는지 알고 계시는지 등등."

마지막 말을 하면서 수민의 미소가 다소 사악하게 바뀌었다.

37. 완벽하게 닥친 위기

하렴은 차빈과 함께 점심식사를 마치고 엘리베이터의 앞에 섰다. 잠시 후 엘리베이터 문이 열리자 그 안에 먼저 타 있는 남자 둘이 보였다. 하렴과는 조금 껄끄러운 전무와 상무였다. 그들은 하렴을 발견하자마자 담소 나누던 것을 딱 멈췄다. 마치 하렴의 이야기를 하고 있었던 것처럼 말이다.

하렴은 그들의 행동이 신경 쓰였지만 애써 아무렇지도 않은 척 엘리베이터에 올랐다. 그의 뒤에서 차빈은 전무과 상무에게 허리를 꾸벅 숙여 인사했다. 이내 엘리베이터가 아주 조용히 움직였다. 그 안에서 네 사람은 약속이라도 한 듯 모두 침묵했다. 그런데 얼마 지나지 않아 하렴이 전무와 상무를 향해 몸을 빙글 돌렸다. 하렴이 살짝 놀란 듯한 전무를 보면서 입을 열었다.

"전무님, 넥타이가 아주 멋지십니다."

전무는 하렴이 따사로운 눈길을 보내고 있는 자신의 넥타이를 내려다보며 꽤 당황한 표정을 지었다.

'뭐지? 비꼬는 건가?'

그를 안 지 1년하고도 반년이 더 지났지만, 이런 칭찬은 처음이었다. 아무리 생각해도 수상했지만 전무는 떨떠름하게 감사 인사를 전했다.

"아, 예. 고맙습니다."

전무를 향해 싱긋 웃어 보인 후 하렴은 상무에게로 고개를 돌렸다. 그리고 윤기가 흐르는 것처럼 보이는 상무의 살 오른 얼굴을 물끄러미 보면서 말했다.

"상무님은 요즘 좋은 일 있으신가 봅니다. 느낌이 젊어지셨어요."

상무가 당황한 표정으로 자신의 양 볼에 두 손을 얹었다.

"어젯밤에 딸아이가 마스크팩을 해줬는데, 그게 효과가 있나 봅니다. 허허허-"

상무가 쑥스럽다는 듯이 웃자 하렴도 그를 따라 미소를 지었다. 긴장감만 흐르던 엘리베이터 안이 갑자기 따뜻해지는 순간이었다.

"그럼, 두 분 다 오늘도 수고해주세요."

마지막까지 하렴은 전무와 상무에게 친절했고 그들은 마지막까지 당황한 눈치였다. 그들이 엘리베이터에서 내리자마자 하렴은 아주 크게 한숨을 내쉬었다. 그런 그를 향해 차빈이 엄지를 치켜세웠다.

"아주 잘했어요. 칭찬 어렵지 않죠?"

"네 말대로 해보긴 했는데, 칭찬거리를 찾아내는 게 힘드네."

하렴은 고개를 설레설레 흔들었다. 그러던 중 그의 시야로 차빈의 귀에 걸려 있는 큐빅 박힌 귀걸이가 들어왔다.

"오늘 귀걸이 예쁘다. 입술 색도 예쁜데?"

하렴이 차빈의 귀걸이에 이어 핑크빛 입술도 칭찬하자 차빈은 웃음을 터뜨렸다.

"제 칭찬거리 찾아내는 것처럼만 찾아내도 금방 찾아내겠는데요?"

하렴이 피식 웃음을 터뜨리고는 중얼거렸다.

"이 세상 사람들이 전부 너였으면 좋겠다."

그런데 이 말을 뱉어놓고 3초도 지나지 않아 바로 정정했다.

"아니, 아니다. 그럼 내가 너무 힘들어서 안 되겠구나."

"왜요?"

차빈이 두 눈을 동그랗게 뜨면서 그 이유를 궁금해하자 하렴이 씨익 웃으며 대답했다.

"이 세상 사람들을 다 좋아해야 되잖아."

"어우, 그런 말 하지 마요. 느끼하니까."

말과 달리 차빈은 부끄러운 듯 얼굴을 붉혔다. 잠시 후 사장실이 있는 층에 엘리베이터가 멈춰 서자 그들은 나란히 엘리베이터에서 내렸다. 차빈이 하렴의 옆으로 바짝 붙어서 걸으며 말했다.

"오늘은 제가 요리해줄까요?"

"좋지."

"그럼 퇴근하고 우리 집으로 가요."

비서실 책상 앞에 선 차빈이 하렴을 사장실 쪽으로 가게 했다.

"이제 들어가서 일해요."

"좀만 있다가."

그러나 하렴은 차빈의 책상에 엉덩이를 걸치고 비스듬히 기대 섰다. 잠시 머뭇거리던 차빈도 그를 따라 그 옆에 기대섰다.

"또 둘이 뭐 해?"

그런데 그때, 익숙한 목소리 하나가 알콩달콩한 그들 사이를 방해했다.

"형, 또 왔어?"

진의 등장에 하렴이 노골적으로 불편하단 표정을 지었다. 그사이 진은 당당한 걸음으로 하렴과 차빈의 앞까지 왔다.

"야, 넌 이제 자리를 아예 여기로 옮겼냐? 올 때마다 여기 있는 것 같다?"

진의 비아냥거림에도 하렴은 못 들은 척 가만히 있었다. 하지만 진의 구박은 거기서 멈추지 않았다.

"왜? 아주 책상도 들쳐 메고 나오지 그래?"

"……또 잔소리하러 왔어?"

하렴이 불만 어린 표정과 목소리로 묻자 진은 한숨을 푹 내쉬었다.

"오늘 중국인 VIP 손님들 백 명 가까이 온대. 백프로 야근 확정이야."

"그럼 총지배인으로서 기뻐해야지."

"총지배인으로선 기뻐. 근데 일이 바빠져서 데이트를 못 하니까 희진 씨가 삐졌어."

어두운 진의 표정을 보면서 하렴은 알 만하다는 듯이 고개를 끄덕거렸다. 그가 진을 흘겨보면서 물었다.

"그래서 요즘 우리 사이를 방해하는 거야?"

"……아니라곤 못하겠다."

진은 솔직하게 대답했고 하렴은 기가 막혀 했다. 잠시 후 시간을 확인하고 자리를 뜨려던 진이 하렴을 향해 말했다.

"이따 저녁이나 같이 먹자."

"안 돼. 차빈이네 가야 돼."

"또? 얼마 전에도 갔잖아."

놀라는 진을 향해 하렴은 어른스러운 미소를 지어 보였다.

"마누라가 예쁘면 처갓집에 말뚝을 박는다잖아."

"군대냐?"

진이 하렴을 한심하다는 듯이 쳐다보았다. 그사이 차빈은 하렴의 귓가에 대고 정확한 표현을 알려주었다.

"마누라가 예쁘면 처갓집 말뚝에도 절을 한다- 예요."

"어쨌든, 마누라가 예쁜 건 예쁜 거잖아."

하렴이 작은 건 신경 쓰지 않는다는 굉장히 쿨한 자세를 취하자 진은 졌다는 듯이 두 손을 들어 항복했다.

차빈의 제안에 하렴은 노골적으로 싫은 얼굴을 했다. 텅 빈 카페 'HABIN' 안에 하렴의 불만 섞인 목소리가 울려 퍼졌다.

"그러니까 그 두 사람 화해를 왜 우리가 시켜주냐니까?"

요즘 사이가 별로 안 좋아 보이는 진과 희진 커플을 위해 차빈은 화해의 자리를 만들어주고 싶었다. 하지만 하렴은 영 내켜 하지 않았다.

"그 두 사람이 우리를 다시 이어준 거나 마찬가지니까요!"

차빈은 두 눈을 초롱초롱 빛내며 열변을 토했다. 하렴이 그녀를 지그시 바라보며 고개를 설레설레 흔들었다.

"아니. 우리를 다시 이어준 건 우리의 사랑이야."

"그런 낯간지러운 소리 그만하시고요."

차빈이 하렴을 새치름하게 흘겨보았다. 이 남자 요즘 부쩍 낯간 지러운 소릴 잘한다. '차빈아'로도 질색했던 남자가 맞나 싶다. 물론 그런 변화가 싫은 건 아니지만 말이다.

잠시 후 차빈이 사뭇 진지해진 얼굴로 말을 시작했다.

"부산에서의 그날 밤이 아니었다면 당신이나 나나 용기를 내지 못했을 거예요."

그제야 하렴의 표정이 조금 진지하게 바뀌었다. 그가 묵묵히 차빈의 말에 귀를 기울였다.

"그날 부산에서 시윤이가 당신을 자극했기 때문에 당신은 그날 밤 내 침대에 올라왔죠. 그 행동 덕분에 나는 당신의 마음을 확인할 수 있었고."

"……그래서 하고 싶은 말이 뭐야?"

하렴의 태도가 조금이지만 누그러졌다. 다음 순간 차빈은 테이블 위에 있는 그의 손을 붙잡으며 말을 이었다.

"그렇게 우리 사이에서 중요했던 시윤이를 부른 건 희진 언니였다고요."

"중요했다느니 그런 말 쓰지 마. 열 받아."

하렴이 차빈의 말을 자르며 조금 날카롭게 말했다.

"알았어요. 암튼, 그렇게 희진 언니가 알게 모르게 큰 도움을 줬어요. 저한테 사장님이랑 잘해보라고 용기를 준 것도 희진 언니였고요."

"……그래서 뭘 어쩌고 싶은데?"

하렴이 마지못해 묻자 차빈이 두 눈을 빛내며 말했다.

"사장님 집에서 파티 어때요?"

"파티?"

예상치 못한 단어의 등장에 하렴이 멈칫했다. 그와 반대로 차빈은 신이 나서 말을 이었다.

"네. 파티에 가까운 즐거운 저녁식사요. 그 저녁식사에 희진 언니랑 선영 언니를 먼저 초대하고 나중에 총지배인님도 부르는 거죠. 아, 그리고 시윤이를 불러도 좋을 것 같아요. 언니들이 시윤일 좋아하거든요."

"시윤이 놈은 안 돼."

"알았어요. 암튼, 그렇게 해서 자연스럽게 화해의 자리를 만들어주면 되죠."

하렴은 시종일관 썩 내켜하지 않는 태도였지만 결국은 고개를 끄덕였다.

선영과 희진이 자신의 집으로 들어서는 순간 하렴은 차빈의 제안을 승낙한 것을 후회했다.

"어머머, 여기가 신왕자, 아니 신 사장님 집이구나!"

"럭셔리하다, 진짜! 방이 대체 몇 개야?"

소란스러울 거라 예상 못했던 건 아니지만 그들은 생각보다 훨씬 더 시끄러웠다.

"어머나! 여기 봐! 대리석 계단 있어."

"밖에서 보니까 3층까지 있는 것 같던데?"

그녀들을 보며 하렴은 자신의 이마를 손으로 짚었다. 그리고 옆에 서 있는 차빈에게 속삭이듯이 말했다.

"나 벌써 머리 아프려고 해. 먼저 방으로 들어가면 안 돼?"

"안 돼요. 조금만 참아요."

선영과 희진이 집 안 이곳저곳을 돌아다니며 감탄사를 터뜨리고 있는 동안 차빈과 하렴은 주방으로 들어가 음식을 준비했다. 하렴은 자신 있어 하는 파스타를 만들기 시작했고 차빈은 카레 만들 준비를 시작했다.

잠시 후 집 구경을 마친 선영과 희진이 주방으로 들어왔다. 차빈이 그녀들을 향해 말했다.

"오늘은 저와 사장님이 요리를 맡아서 할 거예요. 그러니까 언니들은 그저 즐기기만 하시면 돼요."

"어머, 정말?"

선영과 희진이 동시에 반색했다. 차빈은 그녀들을 식탁에 앉게 했고 하렴은 그녀들 앞으로 자신이 만든 크림 파스타를 내려놓았다.

"자, 드세요."

"잘 먹겠습니다."

선영과 희진이 포크로 파스타를 돌돌 말아 입 안에 넣었다. 파스타 맛을 본 그녀들이 놀란 얼굴을 했다.

"어머머, 이 파스타 정말 사장님이 만든 거예요? 너무 맛있다!"

"완전 맛있어요. 셰프로 전직하셔도 되겠어요, 사장님."

"감사합니다."

하렴은 짧게 감사 인사를 하고는 샐러드를 만들어 식탁 위에 올려놓았다. 그사이 차빈은 그녀들 앞으로 카레가 담긴 그릇을 내려놓았다.

"이 카레는 제가 만든 거예요. 언니들, 많이 먹어요."

"사장님이랑 차빈 씨도 같이 먹어요."

"그래요. 다 같이 먹어야 맛있죠."

그렇게 네 사람의 저녁 식사가 시작되었다.

"선영 언니, 살 빠졌죠? 완전 날씬해졌어요."

"아니. 몸무게는 그대론데 빠져 보이는 거야. 최근에 발레를 시작했거든."

"맞아. 발레 하면 몸이 그렇게 예뻐진대. 몸의 라인이 진짜 예술적으로 예뻐진다더라."

하렴은 수다삼매경에 빠진 세 여자들 사이에서 묵묵히 차빈이 만든 카레를 먹었다.

'형은 언제 오는 걸까?'

진을 그리워하며 하렴은 밥그릇을 깨끗이 비웠다. 잠시 후 그는 와인을 골라 오겠다며 식탁에서 몸을 일으켰다. 그러나 주방을 나온 하렴은 거실에 있는 와인 진열장이 아닌 자신의 방으로 향했다. 방으로 들어가자마자 하렴은 침대 위에 철퍼덕 엎드려버렸다.

그는 솔직히 자신이 왜 이 즐거운 주말에 성질에도 안 맞는 홈 파티를 하고 있는 건가 싶었다. 자신은 그저 단 한 사람과 즐겁기만 하면 되는데 말이다.

"여기서 뭐 해요?"

그 단 한 사람의 목소리가 들려오자 하렴은 몸을 빙글 돌려 똑바로 누웠다. 그러곤 자신을 보고 있는 차빈을 올려다보며 옆자리를 톡톡 두드렸다.

"여기 누우면 말해줄게."

"안 돼요. 언니들 기다려요."

"잠깐만 좀 눕자. 딱 3분만."

결국 차빈은 그곳에 새우잠 자듯 조심스럽게 옆으로 누웠다. 그녀가 하렴의 옆얼굴을 쳐다보며 물었다.

"제가 만든 카레 어땠어요? 맛있었어요?"

하렴이 피식 웃음을 터뜨렸다. 지극히 평범했던 카레의 맛이 떠올랐던 것이다. 보통 카레는 웬만하면 맛있는데 말이다.

"결혼하면 요리는 내가 해야겠더라."

"맛이 없단 소리예요? 내가 얼마나 열심……. 응? 결혼하면?"

말을 하던 차빈이 순간 멈칫했다. 하렴이 그녀를 지그시 보면서 대답했다.

"응. 언젠간 할 거잖아, 우리 결혼."

"……."

차빈이 아무 대꾸 없이 그를 응시하자 하렴은 갑자기 불안해졌다.

"뭐야? 결혼 안 할 거야, 나랑?"

"……."

"왜 대답을 안 해? 너 설마 결혼은 딴 놈이랑……."

순간적으로 흥분한 하렴이 그녀 쪽으로 몸을 반쯤 일으켰다. 그때, 차빈이 입을 열었다.

"사랑해요."

"……!"

하렴은 그 자세 그대로 굳어졌다. 이내 기침하듯 숨을 토해낸 하렴이 말했다.

"아, 나 지금 너무 깜짝 놀랐어."

말하면서 하렴은 가슴 쪽으로 손을 올렸다. 그의 심장이 거칠게 뛰고 있었다.

"심장 아파."

공중에서 두 사람의 애정 어린 눈빛이 마주쳤다. 다음 순간 하렴은 천천히 상체를 숙여 차빈의 입술에 자신의 입을 맞췄다. 두 사람의 입술이 맞닿은 그 순간, 하렴의 집에 초인종이 울렸다. 황급히 입술을 뗀 차빈이 말했다.

"총지배인님 왔나 봐요."

"벌써?"

하렴은 고개를 갸웃하면서 자리에서 몸을 일으켰다. 그가 오기에는 조금 이른 시간인 것 같았던 것이다. 자신의 방을 빠져나가려던 하렴이 또다시 고개를 갸웃했다.

"아니, 그보다 형은 우리 집 비밀번호 아는데……?"

의구심 가득한 얼굴로 인터폰 화면 앞에 선 하렴의 두 눈이 커졌다. 그 화면에는 80세를 넘겼을 듯 보이는 근엄한 느낌의 노인이 한 분 서 있었다. 하렴의 입술이 열렸다.

"할아버지?"

하렴은 곧바로 문을 열고 밖으로 나갔다.

잠시 후 하렴과 함께 그의 외할아버지인 정섭이 집 안으로 들어왔다. 그의 갑작스런 등장에 하렴은 상당히 놀란 듯한 모습이었다.

"여긴 어쩐 일이세요?"

하렴이 놀란 얼굴로 물었지만 정섭은 대답하지 않았다. 그저 무서운 얼굴로 하렴을 노려볼 뿐이었다.

"아, 손님이 오신 모양이네요. 그럼 저희는 이만 가보겠습니다."

그사이 선영과 희진은 심상치 않은 분위기를 감지하고 재빨리 자리를 떴다. 그녀들이 나가고 나자 집안은 매우 조용해졌다. 침묵이 가라앉은 공간에서 정섭은 카리스마가 느껴지는 시선을 하렴의 뒤에 서 있는 차빈에게로 보냈다. 그 서늘한 눈빛에 차빈은 하마터면 딸꾹질이 나올 뻔했다.

"이 애가 그 애냐?"

정섭이 이곳에 와서 처음으로 한 말이었다. 곱지 않은 정섭의 시선으로 인해 차빈과 하렴은 사태의 심각성을 예감했다. 정섭이 차갑게 말을 이었다.

"긴말 않겠다."

그의 매서운 눈빛이 차빈과 하렴을 번갈아 쳐다보았다.

"당장 헤어져."

"……!"

차빈과 하렴의 얼굴이 눈에 띄게 어두워졌다. 예상은 했지만 생각보다 너무 단호했던 것이다. 어디서 이야기를 듣고 왔는진 모르겠지만, 정섭은 모든 사실을 알고 있는 듯 보였다. 결국 하렴은 솔직하게 대답했다.

"그럴 수 없습니다."

순간 정섭의 표정이 더욱 무섭게 굳어졌다. 하렴이 그의 앞으로 가까이 다가서며 말을 이었다.

"제가 다 용서하고 넘어간 일입니다."

"뭐? 용서를 해?"

하렴의 말에 정섭의 눈썹이 사납게 구겨졌다. 단호해 보이는 그의 입매가 매섭게 꿈틀거렸다.

"네가 네 어미를 생각하는 놈이라면 그런 말은 절대 해선 안 되지."

그러자 하렴은 괴로운 표정을 지었다. 물론 그도 쉬운 선택은 아니었다. 하지만 결국 용서하기로 마음먹었고 차빈을 사랑하기로 결심했다. 그걸 흔들 생각은 전혀 없었다.

"어머닌 한 번도 아버질 원망한 적이 없어요. 그리워만 했지. 원망한 건 저뿐이었습니다."

엄마는 늘 아버지 얘길 했다. 하지만 그 속엔 원망보단 그리움이 간절했다. 그래서 하렴은 더더욱 아버질 원망했었는지도 모른다.

"할아버지도 사업을 하시니까 잘 아실 거 아닙니까? 저는 제 사람이 필요한 사업가입니다. 이 여자가 제가 제일 믿고 의지할 수 있는 제 사람이고요."

자신을 매서운 눈빛으로 보고 있는 할아버지를 설득하기 위해 하렴은 진지하게 말했다. 하지만 정섭은 다부지게 고개를 저었다.

"내 뜻은 변함이 없다."

빈틈없이 까맣게 염색된 할아버지의 새까만 머리카락과 타협의 여지라곤 조금도 느껴지지 않는 고집스러운 입매, 그리고 단호한 눈빛을 차례로 훑은 하렴이 천천히 입을 열었다.

"할아버지가 저희 사이를 반대하셔도 저는 절대 헤어지지 않을 겁니다."

"뭐라고, 이놈아?"

정섭이 불같이 화를 냈지만 하렴은 조금도 흔들리지 않았다.

"제가 생긴 건 아버지를 닮았어도 성격이나 근성은 전부 할아버지를 닮았잖습니까?"

그런 이유로 정섭은 하렴을 예뻐했다. 하지만 지금은 오히려 그 점이 정섭의 심기를 불편하게 만들고 있었다. 지지 않겠다는 의지가 느껴지는 하렴의 태도에 정섭은 그를 매섭게 노려보았다. 그때, 현관문이 열리고 진이 들어왔다. 구두를 벗으려던 그가 거실에서 있는 정섭을 발견하고 굳어졌다.

"하, 할아버지?"

진은 단번에 사태를 파악한 후 제일 먼저 차빈에게 다가갔다.

"일단, 차빈 씨는 집으로 돌아가는 게 좋겠어요."

살벌한 정섭의 눈빛과 고집스런 하렴의 얼굴을 살피면서 진은 차빈을 현관으로 데려갔다.

"여기 있어봐야 좋은 말 못 들으니까 어서 가요."

결국 차빈은 어쩔 수 없다는 듯이 현관 앞에 섰다. 그녀가 정섭을 향해 허리를 꾸벅 숙여 인사했다.

"그럼, 저 먼저 가보겠습니다."

물론 정섭은 그녀를 쳐다보지도 않았다.

38. 그만 있으면 완벽한 여자

앤티크한 분위기를 풍기는 카페 안으로 들어선 차빈은 단번에 정섭이 앉아 있는 테이블을 찾아냈다. 그에게서 뿜어져 나오는 강인한 느낌은 확실히 평범한 사람들과는 거리가 멀었다. 차빈은 그가 있는 테이블로 다가가서 허리를 꾸벅 숙였다.

"안녕하십니까."

인사를 건네는 그녀의 목소리가 살짝 떨렸다.

"앉아요."

정섭이 무표정한 얼굴로 그녀에게 말하자 차빈은 조심스럽게 반대편 의자에 앉았다.

"내가 왜 따로 불렀는지 모르진 않겠지요?"

점잖은 정섭의 말투에도 차빈은 심장이 크게 두근거릴 정도로 긴장을 했다. 점심시간 직전 차빈은 정섭에게서 전화를 받았고 무슨 용무인지 대충 예상을 했다. 때문에 점심밥도 어떻게 먹었는지 기억이 잘 안 날 정도였다.

"죄송합니다."

차빈이 정섭을 향해 머리를 숙였다. 정섭은 그런 그녀의 행동을 보며 불편한 표정을 지었다.

"그런 사과 받으려고 나온 게 아닙니다."

"죄송합니다."

차빈이 또다시 사과를 하자 정섭의 얼굴이 딱딱하게 굳어졌다. 그때 차빈이 고개를 들며 정섭의 얼굴을 똑바로 응시했다.

"저, 하렴 씨 사랑합니다."

정섭은 그녀의 행동이 마음에 안 든다는 듯 미간을 찡그리며 한숨을 내쉬었다. 잠시 후 그가 무거워 보이는 입술을 열었다.

"신인후가 내 사위 놈이에요. 아니, 사위 놈이었지요."

"······."

"그놈이 내 딸을 버리고 키웠다는 그쪽을 내 손자며느리로 받아 줄 수는 없어요."

차빈은 아무 말도 할 수가 없었다. 정섭이 보기에 자신은 그저 소중한 딸에게 상처를 준 존재일 테니 말이다.

"하렴이와 나와의 관계까지 망치고 싶지 않다면 당장 헤어져요."

정섭이 무섭게 경고했다. 이에 차빈은 가슴이 조이는 괴로움을 느끼고 아랫입술을 잘끈 깨물었다.

"하렴이가 인후 놈을 용서했어도 나는 절대 용서할 수가 없으니."

정섭의 말에 차빈은 다시 고개를 숙였다. 그 순간 정섭이 자리에서 일어섰다. 그가 마지막으로 그녀의 정수리를 향해 말했다.

"우리, 오늘 이후로 다시는 안 봤으면 좋겠네요."

그대로 정섭이 자리를 뜨고 나자 테이블 위로 차빈의 눈물이 뚝 떨어졌다. 눈물을 참아보려 차빈은 입술을 앙다물었다. 하지만 소용이 없었다. 그녀의 눈에서 눈물이 쉴 새 없이 쏟아져 내렸다.

"흐윽…… 흑흑……."

그녀는 그렇게 한참을 소리 죽여 울었다.

늦은 오후, 차빈은 이번 주 하렴의 스케줄 표를 작성하느라 컴퓨터에서 시선을 떼지 못하고 있었다. 그녀의 눈과 손이 바쁘게 움직였다. 하지만 얼마 후 그 움직임이 서서히 느려지더니 이내 우뚝 멈췄다.

'하렴이와 나와의 관계까지 망치고 싶지 않다면 당장 헤어져요.'

맑게 빛나던 그녀의 눈빛이 생각에 잠긴 듯 어두워졌다. 그때 사장실 문이 열리고 하렴이 밖으로 나왔다. 하지만 차빈은 여전히 멍한 상태였다.

"아까 점심때 말도 없이 어디 갔었어?"

하렴이 차빈의 책상으로 다가오며 물었지만 차빈에게선 대답이 없었다. 그녀의 멍한 얼굴을 물끄러미 보면서 하렴이 다시 물었다.

"무슨 생각을 그렇게 해?"

"……."

하지만 이번에도 차빈은 말이 없었다. 무언가 골똘히 생각하고 있는 그녀를 잠시 지켜보던 하렴이 결국 다시 입을 열었다.

"차빈아."

"……!"

차빈이 놀란 듯 생각에서 깨어나 하렴을 쳐다보았다. 그와 눈이 마주친 차빈의 얼굴에서 당황스러움이 묻어났다. 그녀의 행동이 이상해서 하렴은 의심의 눈초리를 보냈다.

"무슨 일 있었지?"

"아, 아뇨."

차빈은 부인했지만 하렴은 믿지 않았다. 이내 그가 짐작이 간다는 듯 두 눈을 예리하게 빛냈다.

"혹시 할아버지 만났어?"

"……."

"전화 한 통이면 알아낼 수 있는 사실이니까 빨리 솔직하게 말해."

결국 차빈은 무겁게 고개를 끄덕였다.

"네, 만났어요."

그녀의 얼굴에 가득한 근심과 눈빛에 서린 슬픔을 읽어낸 하렴이 나직하게 말했다.

"무슨 말을 하셨는지 표정을 보니까 다 알겠네."

"……."

"다 잊어버려. 기억 속에서 깨끗하게 지워."

하렴은 차빈의 슬퍼 보이는 표정이 불안했다. 그래서 서둘러 자리를 뜨고 싶어졌다.

"나 다시 들어간다. 일해."

도망치듯 물러서는 하렴을 본 차빈이 재빨리 자리에서 일어나 그에게 다가갔다. 그녀가 하렴의 팔뚝을 덥석 잡으며 나직이 그를 불렀다.

"사장님."

"나 일 바쁜데."

하렴이 그녀를 쳐다보지도 않고 말했다. 차빈이 그런 그의 옆얼굴을 향해 다시 입을 열었다.

"저 할 말 있어요."

그러자 하렴이 자신의 팔에서 그녀의 손을 떼어냈다.

"하지 마."

"중요한 말이에요."

"하지 말라고. 아무것도 하지 마, 넌."

다음 순간 차빈이 다시 하렴의 팔을 잡았다. 이번엔 그가 떼어내지 못하도록 두 손으로 꽉 붙잡았다.

"아뇨! 꼭 해야겠어요."

"하고 싶으면 해. 대신 난 안 들어."

하렴은 여전히 그녀에게 시선을 주지 않았다. 그녀의 '할 말'이 무엇인지 듣지 않아도 알 것 같았기 때문이다.

"들어요."

"싫다고."

"우리요, 헤어……."

"하지 말라니까!"

결국 하렴은 버럭 화를 내며 고개를 돌렸다. 괴로움에 벌겋게 충혈된 그의 눈동자가 차빈을 원망하듯 노려보았다.

"내가 네 그 말에 트라우마 있는 거 알아, 몰라?"

"그러니까 제 말 끝까지 들어요."

"싫어. 넌 어떻게 그 말을 또 할 수가 있냐? 너 그렇게 이기적이고 잔인한 애였냐?"

하렴의 붉어진 눈빛이 촉촉하게 젖어들었다. 자신을 원망하는 그 눈빛을 향해 차빈이 덤덤하게 대답했다.

"네, 저 이기적인 여자예요."

화가 난 하렴이 다시 그녀의 손을 떼어내려 하자 차빈이 손에 더욱 힘을 주며 말을 이었다.

"그러니까 우리 헤어지지 말아요, 절대."

순간 하렴의 움직임이 멈췄다.

"뭐?"

그가 믿을 수 없다는 표정을 지었다. 놀란 그에게 차빈이 다시 한 번 강하게 말했다.

"우리 헤어지지 말고 꼭 결혼까지 해요."

"뭐, 뭐라고? 너……."

하렴의 갈색 눈동자가 동요로 일렁였다. 그 순간 차빈이 싱긋 예쁜 미소를 지으며 말했다.

"네, 저 지금 프러포즈 하는 거예요. 우리 결혼해요."

청혼을 당했다. 아니, 받은 건가? 뭐가 맞는 표현인지 모르겠다. 머리가 안 돌아간다. 암튼, 분명 헤어지잔 소릴 할 것 같아서 잔뜩 긴장하고 있었는데, 결혼을 하잔다.

"하아-!"

하렴은 너무 놀라 자리에 철퍼덕 주저앉아버렸다. 다리에 힘이 풀려버린 것이다. 그런 그의 앞으로 차빈이 쪼그려 앉았다. 그녀가 놀라서 얼이 빠져 있는 하렴의 얼굴 앞으로 자신의 얼굴을 들이밀 며 물었다.

"왜 대답을 안 해요?"

그제야 하렴이 차빈을 똑바로 쳐다보았다. 그가 마른침을 꿀꺽 삼킨 다음 입을 열었다.

"그럼……."

"네."

차빈이 놀란 하렴을 달래듯 부드러운 미소를 지어 보였다. 곧 하렴이 말을 이었다.

"우리 아이는 몇이나 낳을까?"

그러자 이번엔 차빈이 깜짝 놀랐다.

"아이요? 무슨 그런 얘길 벌써 해요?"

반문하는 차빈의 볼이 발그레 붉어졌다. 하지만 하렴은 그녀의 이야기를 전혀 듣지 않고 있었다.

"성격이랑 얼굴은 널 닮는 게 좋을 거야. 음식 솜씨랑 머리는 날 닮는 게 세상 살기 편할 테고."

"뭐라고요? 이 사람이 진짜……."

차빈이 발끈하는 사이 하렴은 자리에서 일어나 심각한 표정으로 팔짱을 꼈다. 차빈이 그를 따라 일어서자 하렴이 빠르게 말했다.

"그리고 난 아이는 셋 정도가 좋아."

"셋이나요? 너무 많아요."

"아니야. 삼남매가 딱 좋아. 딸, 아들, 딸."

"성별까지 정해놓지 말아요."

하렴을 구박하는 차빈의 입가에 예쁜 미소가 걸렸다. 하렴 역시 그녀와 똑같은 미소를 지었다.

"그래. 천천히 정하자."

"그래요…… 가 아니라 정해놔서 될 일이 아니라니까요?"

이에 두 사람은 동시에 웃음을 터뜨렸다.

현관문을 열자마자 보이는 복도를 따라 걷는 하렴의 발걸음이 시원시원했다. 익숙한 곳인 듯 빠르게 걷던 하렴이 한 방 앞에서 멈춰 섰다. 나무로 된 미닫이문을 열려는 순간 안쪽에서 먼저 문이 열렸다. 문을 연 이는 정섭이었다. 하렴은 자신을 기다리고 있었던 것처럼 보이는 정섭에게 퉁명스럽게 물었다.

"왜 부르셨어요?"

정섭의 눈썹이 사납게 꿈틀 움직였다.

"넌 그게 할아버지를 보자마자 할 말이냐? 인사도 없이……."

"차빈이 따로 불러내셨다면서요?"

정섭의 말을 다 듣지도 않고 하렴이 차갑게 물었다. 정섭은 딱딱하게 굳은 표정으로 되물었다.

"그 아이랑은 아직도 안 헤어졌냐?"

"말씀드렸잖아요. 절대 헤어지지 않을 거라고."

공중에서 정섭의 매서운 눈빛과 하렴의 단호한 눈빛이 맞부딪쳤다. 그때 하렴이 한 치도 물러서지 않겠다는 의지가 느껴지는 표정으로 입을 열었다.

"저 차빈이랑 결혼할 겁니다, 할아버지."

"뭐? 절대 안 돼."

강경한 정섭의 반응에도 하렴은 흔들리지 않고 말을 이었다.

"할아버지도 아시다시피 저는 불안정한 가정에서 자란 놈이에요. 그래서 결혼 따위 그저 사업의 일환으로만 여겼었죠."

하렴의 진솔한 고백에 정섭의 눈빛이 미세하게 흔들렸다. 아무리 강한 할아버지여도 손자의 아픔에는 약한 법이니까.

"그런 제가 처음으로 가정을 꾸리고 싶다고 생각한 여자입니다. 단순히 결혼이 아니라, 그 여자랑 가정을 꾸리고 싶다고요. 아이도 낳고 행복하게 살고 싶어요."

하지만 정섭은 아무리 생각해도 차빈을 받아줄 수가 없었다. 그건 차빈을 향한 미움 때문이 아니라, 자신의 딸을 향한 미안함 때문이었다.

"그러니까 꼭 결혼할 거예요, 이차빈이랑."

"못난 놈! 꼴사납게 여자한테 빠져서는……!"

끝까지 단호하게 나오는 하렴에게 정섭은 불같이 화를 냈다. 곧바로 하렴의 눈초리가 사나워졌다. 또다시 두 사람의 신경전이 시작되었다.

"할아버지도 할머니랑 결혼하려고 야반도주를 강행하셨다 들었는데요."

"네 할머니는 귀하게 자란 양갓집 규수였어."

"그 여자도 저한텐 엄청 귀해요."

"그런 놈이 키웠는데 귀하기는 무슨……!"

그 순간 하렴의 눈썹이 크게 꿈틀거렸다. 미간을 사납게 구긴 하렴이 자신의 할아버지를 향해 서늘하게 말했다.

"계속 이렇게 나오시면 저도 더 이상 할아버지랑 대화하기 힘들어요."

"뭐, 이놈아?"

하렴이 뒤로 물러서면서 여전히 화를 내고 있는 정섭에게 말했다.

"할아버지도 더는 제 꼴 보기 싫으실 테니, 이제 오지 않을게요."

"뭐……?"

예상치도 못한 반격에 정섭은 혼란스러웠다. 꽤 고집을 피울 거라 예상은 했지만 이건 정말 생각지도 못한 공격이었다.

"부르셔도 안 올 거고, 연락도 받지 않을 겁니다."

"이, 이놈이!"

울컥한 정섭이 부들부들 떨며 한 팔을 들어 올렸다. 하렴은 그런 그를 피해 뒤로 두어 발자국 물러섰다.

"할아버지랑 닮은 제가 꼭 그렇게 할 거란 건 예상되시죠?"

그가 마지막으로 정섭을 향해 허리를 꾸벅 숙였다.

"그럼 건강히 잘 계세요."

그러곤 걸어왔던 복도를 따라 다시 현관문을 향해 걸어가기 시작했다. 멀어지는 손자의 뒷모습을 보면서 정섭은 힘없이 팔을 떨어뜨렸다.

"허-"

그의 입에서 허망한 한숨이 터져 나왔다.

"저 망할 놈……!"

날이 제법 따뜻해져서 차빈은 하렴과 함께 공원을 산책하고 싶었다. 그래서 하렴의 손을 잡고 집 근처 공원으로 향했다.

"나 여기 별론데."

하렴이 공원으로 들어서자마자 약간 떨떠름한 표정을 지었다. 차빈이 의문 담은 눈빛으로 물었다.

"왜요?"

"나 여기서 너한테 차였었잖아. 새벽 1시까지 너 기다렸었는데."

그러고 보니 잠시 헤어졌을 때 이 공원에서 한 번 만난 적이 있었다. 아무래도 하렴은 그때의 기억이 떠오른 모양이다.

"이제 좋은 추억으로 만들면 되죠."

차빈이 배시시 웃으며 하렴의 팔에 팔짱을 꼈다. 하렴이 그녀를 내려다보며 미소를 짓던 그때 그의 휴대폰이 울렸다. 하렴은 주머니에서 휴대폰을 꺼내 발신자를 확인하더니 곧바로 다시 주머니 안으로 넣어버렸다. 그 행동을 본 차빈이 놀라 물었다.

"전화를 왜 안 받아요?"

"할아버지 전화야."

"그렇다면 더더욱이요. 할아버님 전화를 왜 안 받아요?"

차빈이 이해할 수 없다는 표정으로 묻자 하렴이 심각한 얼굴로 대답했다.

"우리 사일 반대하시잖아."

"네?"

차빈의 두 눈이 휘둥그레졌다.

"겨우 그런 이유로 할아버님의 연락을 피하는 거예요?"

다음 순간 차빈은 하렴의 팔에서 손을 떼면서 뒤로 물러섰다. 그녀의 행동에 하렴이 고개를 갸웃하자 차빈이 입을 열었다.

"당신 바보예요?"

"뭐?"

"당신 이제 보니 한국어 바보가 아니라 그냥 바보구나, 바보!"

"그냥 바보라니, 무슨 그런 심한 말을 해?"

차빈은 화를 내고 있었고 하렴은 그런 그녀가 당황스러웠다.

"당장 할아버님께 전화드려요."

"싫어. 이건 할아버지와 나의 자존심 싸움이야."

하렴은 자신이 할아버지를 너무나도 닮았다는 걸 잘 알고 있었다. 그렇기 때문에 더더욱 물러설 수 없다고 생각했다. 물러서는 순간 지는 싸움이라 여겼다. 그런데.

퍽-

"윽……!"

차빈이 그런 하렴의 등을 손바닥으로 내려쳤다. 하렴은 순간 너무 깜짝 놀랐다.

"왜 이렇게 철이 안 들었어요? 할아버님이 당신을 얼마나 예뻐하시는데!"

"우리 엄마도 날 이렇게 때린 적이 없는데……."

충격을 받은 하렴이 자신의 등에 손을 올리며 차빈을 쳐다보았다. 그녀가 진지한 얼굴로 그를 마주 보았다.

"저는 지금 당신 때문에 악녀가 됐어요. 당신과 할아버님의 연을 끊게 만든 악녀. 기분 좋아요?"

"……아니."

하렴이 천천히 고개를 좌우로 저었다. 그도 정말 정섭과 연을 끊을 생각은 아니었다. 하지만 차빈의 저 심각한 얼굴을 보니 자신의 행동이 조금 지나쳤는지도 모르겠단 생각이 들었다.

"저는 단순히 결혼이 하고 싶은 게 아니에요. 당신과 행복해지고 싶은 거라고요."

"나도 그래."

하렴도 그랬다. 그래서 하루빨리 정섭의 허락을 받아내고 싶었다. 하지만 방법이 틀린 모양이다. 아니, 틀렸다. 차빈이 그렇게 말하니까 그게 맞다.

"그러니까 어서 할아버님이랑 화해해요."

차빈이 다시 부드러워진 어조로 말했다.

"알았죠?"

하렴이 그녀의 얼굴을 보면서 천천히 고개를 끄덕였다.

사우나를 마치고 나오는 정섭의 표정이 평소와 달랐다. 일주일에 서너 번은 올 만큼 좋아하는 사우나인데, 사우나를 마친 그의 표정은 어둡기만 했다. 잠시 후 사우나 건물에서 나오는 그의 앞으로 차빈이 빠르게 달려왔다.

"할아버님!"

계단을 내려오던 정섭이 차빈을 발견하고는 발을 멈췄다. 그가 언짢은 표정으로 입을 열었다.

"우리 다신 보지 말자고 한 것 같은데."

"죄송합니다."

차빈이 정섭을 향해 허리를 꾸벅 숙였다. 그녀가 얼굴 표정을 풀지 않는 정섭에게 솔직하게 말했다.

"이곳에 자주 오신다는 이야기를 들어서 실례를 무릅쓰고 찾아 왔습니다."

어젯밤 차빈은 총지배인 진에게 전화를 걸어 정섭에 대한 정보를 알려달라고 졸랐다. 덕분에 정섭이 자주 애용하는 사우나를 알아냈고 오늘 이렇게 찾아온 것이다. 그녀도 솔직히 이렇게 빨리 만나게 되리라곤 예상하지 못했다.

"이런 행동, 솔직히 불편하고 기분 나쁩니다."

"네, 죄송합니다."

정섭이 불편한 표정과 목소리로 말하자 차빈은 다시 허리를 꾸벅 숙였다. 허리를 편 그녀가 정섭을 향해 정중하게 말했다.

"하지만 댁으로 찾아갔더니 모르는 사람이라고 문을 안 열어주시더라고요."

정섭의 동공이 미세하게 흔들렸다. 이틀 전 집으로 찾아왔다는 한 아가씨를 무조건 돌려보내라고 한 일이 떠올랐던 것이다.

"그래서 생각해보니 그럴 수 있겠단 생각이 들었어요. 그 도우미 아주머니는 저를 전혀 모르시잖아요?"

……참 긍정적인 아가씨구만.

정섭이 무안한 시선을 이리저리 돌리고 있던 그때 저 멀리 그의 차가 보였다. 그가 급히 발을 떼려는 순간 차빈이 그에게 말했다.

"저는, 하렴 씨를 많이 좋아합니다. 그러니까 할아버님도 분명 좋아하게 될 거란 예감이 들어요."

"나는 그렇게 생각하지 않는데요."

정섭이 딱 잘라 대답하고는 발걸음을 뗐다. 그런 그의 뒤를 따라가며 차빈이 말했다.

"시간이 아주 많이 걸리더라도 저는 할아버님의 마음에 꼭 들고 싶습니다."

정섭은 차빈을 무시한 채 자신의 차로 열심히 걸음을 옮겼다. 그런데 뒤따라오던 차빈이 신경 쓰이는 말을 던졌다.

"그리고 하렴 씨가 얼마 전에 댁에 가서 말실수를 한 것 같던데, 너그럽게 용서해주세요."

정섭이 우뚝 발을 멈췄다. 그가 차빈을 돌아보자 그녀가 재빨리 말을 이었다.

"미국에서 오래 살아서 한국어가 서툴거든요."

"내 손자 녀석이니까 그건 내가 더 잘 알아요."

"네, 물론 그러시겠죠."

차빈이 정섭을 향해 싱긋 예쁜 미소를 지어 보였다.

"그러니까 하렴 씨요, 할아버님이 부르시면 언제든 올 거고 연락도 잘 받을 겁니다."

정섭은 하렴과 자신 사이에 존재하고 있는 문제를 잘 알고 있는 듯한 그녀를 물끄러미 바라보았다. 이내 그가 혼잣말처럼 말했다.

"어제만 해도 전화도 안 받던데……?"

"지금 해보세요. 받을 거예요. 부르시면 바로 올 거고요."

의구심을 품고 있는 듯 보이는 정섭을 응시하면서 차빈이 말을 이었다.

"걱정 마세요. 저 때문에 두 분 사이가 망가지는 일은 절대 없을 겁니다. 제가 그렇게 만들지 않을 거거든요."

잠시 후 정섭은 주머니에서 휴대폰을 꺼내 들었다. 그리고 곧바로 자신의 손자에게 전화를 걸었다. 얼마 지나지 않아 하렴의 목소리가 들려왔다.

-여보세요.

정말 전화를 받았다, 이 괘씸한 놈. 무려 일주일이나 연락이 안 닿았던 놈인데 말이다. 정섭은 길게 말하지 않고 간단하게 명령했다.

"당장 집으로 와라."

-……네.

"나한테 뭐 할 말은 없냐?"

⋯⋯그날은 죄송했어요.

"진작에 그렇게 나올 것이지."

정섭은 입을 삐죽거리며 기세등등하게 전화를 끊었다. 그런데 그 순간 자신의 행동을 지켜보고 있던 차빈과 눈이 마주쳤다. 정섭이 무안한 듯 헛기침을 하자 차빈이 그를 향해 말했다.

"그럼 저는 이만 가보겠습니다."

다음 순간 차빈은 다시 허리를 꾸벅 숙이고는 뒤돌아서 걸어가기 시작했다. 그사이 정섭의 운전기사가 그를 발견하고 달려왔다. 운전기사와 함께 걸음을 떼던 정섭이 문득 차빈을 돌아보았다. 확실히 요즘 보기 드물게 씩씩한 아가씨였다.

그가 멀어지는 차빈을 불렀다.

"이봐요, 아가씨."

"네."

기다렸다는 듯이 차빈이 몸을 빙글 돌렸다. 정섭이 그녀의 얼굴을 빤히 보면서 말했다.

"다음에 집에 한번 놀러 와요. 그땐 문 열어줄 테니."

그를 향해 차빈이 씩씩하게 대답했다.

"네, 감사합니다."

본사로부터 도착한 메일을 읽고 있는 차빈의 얼굴이 진지했다. 영어로 되어 있기 때문이기도 하지만, 느낌상 꽤 중요한 내용이 포함된 것 같았기 때문이다.

"뭘 그렇게 봐?"

그때 마침 출근한 하렴이 그녀에게 말을 걸었다. 차빈이 자리에서 일어나 그를 향해 인사했다.

"안녕하십니까, 사장님."

인사를 건네는 그녀의 표정과 목소리가 밝았다. 그러나 그녀와 반대로 하렴의 표정은 어두웠다. 급기야 그는 한숨까지 내쉬었다.

"후우……."

순간 차빈의 얼굴에 물음표가 떴다.

"웬 한숨이에요?"

하렴이 그녀에게 푸념하듯 말을 시작했다.

"할아버지가 이틀째 댁으로 안 돌아가시고 있어."

"왜요?"

"나한테 벌주는 거래."

차빈은 하렴의 할아버지 정섭의 강인한 얼굴을 떠올렸다. 아무래도 얼마 전에 하렴이 연락을 끊겠다고 실언한 일에 대한 벌인 모양이다.

"덕분에 퇴근하면 저녁 내내 할아버지 심부름으로 바빠."

할아버지의 말에 얌전히 따르는 하렴의 모습을 상상하며 차빈은 작게 웃음을 터뜨렸다.

"그래서 오늘은 일부러 야근을 하려고. 너도 같이할래?"

하렴의 제안에 차빈은 오늘 아침 인후에게서 받은 전화를 떠올렸다. 오랜만에 집에 온다는 연락이었다.

"저도 그러고 싶은데, 실은 오늘 아빠가 서울로 올라온다고 해서 빨리 들어가봐야 돼요."

"아, 그래? 아쉽네."

하렴은 아쉬워하며 자신의 방으로 가기 위해 몸을 돌렸다. 그런데 그때 그의 뇌리를 스치는 생각이 있었다. 다시 차빈에게로 몸을 돌린 그가 물었다.

"본사에서 온 메일 봤어?"

"네."

차빈이 고개를 끄덕이자 하렴이 빠르게 말했다.

"봐서 알겠지만, 나 다음 달에 미국 본사 가야 돼."

"네, 읽었어요."

"같이 갈래?"

예상치 못한 제안이었기에 차빈은 조금 놀란 표정을 지었다. 그녀가 방금 읽은 메일 내용을 상기하며 말했다.

"으음. 근데 제가 알기론 미국 본사에서 사장님 혼자만 부른 걸로 알고 있는데요?"

분명 차빈이 본 내용엔 긴급한 용무이니 하렴 혼자 와달라고 쓰여 있었다.

"그런 거 안 지켜도 돼."

하렴이 대수롭지 않다는 듯 가볍게 대답했다.

"그러니까 같이 가자."

"그래도 돼요?"

차빈이 조금 조심스럽게 묻자 하렴이 그녀를 향해 씨익 웃어 보였다.

"가서 한 달 가까이 있을 건데, 너 없으면 나 못 버텨."

하렴이 차빈의 얼굴 가까이 자신의 얼굴을 가져가며 윙크를 찡긋 날렸다. 그가 달콤하게 속삭였다.

"보고 싶어서 울지도 몰라."

차빈의 입가에 미소가 피어올랐다.

"우리 사장님 울면 안 되니까 꼭 같이 가야겠네요."

사장실 안으로 성큼성큼 들어온 진이 소파에 털썩 앉으며 하렴을 돌아보았다.

"소식 들었지?"

드물게도 그의 얼굴은 꽤 상기된 상태였다. 하렴이 그런 진을 보면서 자리에서 일어나 소파로 다가왔다. 진의 반대편에 앉은 하렴이 짧게 대답했다.

"응."

그가 무슨 말을 하는 건지 주어를 듣지 않아도 알 수 있었다. 이내 진이 상기된 얼굴로 말을 시작했다.

"어떻게 자기 첫째 아들을 경영자 자리에서 내쫓을 수가 있지? 암튼, 마크 회장님도 참 대단해."

지금 도미호텔의 주요 인사들 사이에선 마크 회장의 첫째 아들인 마크 다니엘의 경질이 결정되었단 소문이 돌고 있었다. 그 소문을 듣자마자 진은 너무 놀라 하렴에게 달려온 것이다.

"그게 회장님의 훌륭한 점이니까."

하렴이 마크 회장을 존경하고 따랐던 이유는 단순히 그가 자신을 후원했기 때문이 아니었다. 그가 지나칠 정도로 공과 사가 분명하고 공정한 사람이기 때문이었다. 이번에도 그는 다니엘이 경영자로서 적합한 자질이 없다고 판단했기 때문에 그런 결정을 내린 걸 것이다.

"넌 예상했었냐?"

진의 질문에 하렴은 솔직하게 대답했다.

"아니. 솔직히 나도 좀 놀랐어."

하렴도 솔직히 거기까진 예상하지 못했다. 아무리 마크 회장이어도 자신의 아들을 경영진 자리에서 내쫓을 줄은 정말 몰랐다. 하렴은 마크 회장의 남다른 배포를 다시 한 번 느끼게 되었다.

"나는 정말 기함을 했다. 남들은 자기 아들 그 자리에 못 앉혀서 안달인데 말이야."

진이 정말 놀랐다는 얼굴로 고개를 설레설레 흔들었다. 그러던 그가 갑자기 하렴의 얼굴을 빤히 쳐다보기 시작했다. 하렴이 의아한 시선을 보내자 진이 입을 열었다.

"근데 내가 또 다른 소문을 들었는데 말이야."

"뭔데?"

"그 자리에 네가 대신 들어간다고 하더라? 맞아? 아니지?"

"……."

하렴이 아무 대답도 하지 않았기에 진의 표정이 달라졌다. 그가 두 눈을 크게 뜨며 다시 물었다.

"맞구나?"

대답을 촉구하는 진의 눈빛에 하렴은 결국 무거워 보이는 입술을 열었다.

"아직 몰라. 이번에 가면 제대로 얘기하시겠지."

이번 미국 출장이 마크 회장의 긴급 호출이었기 때문에 하렴도 어느 정도 예상은 하고 있었다.

"제대로 제안 받으면 하긴 할 거고?"

"……고민해봐야지."

그 순간 진의 입에서 헛웃음이 터졌다.

"허- 네가 난 놈은 난 놈이구나."

제멋대로인 데다가 성격도 나쁘고 이상한 한국어를 써서 은근히 무시하고 있었는데, 그런 사촌동생이 장차 도미호텔을 경영하게 될지도 모른단다. 무려 전 세계 21개국에 205개의 지점을 둔, 세계적으로 유명한 초일류 글로벌 호텔을 말이다.

진은 어딘가 대단해 보이는 자신의 사촌동생 얼굴을 물끄러미 쳐다보았다.

39. 완벽한 해피엔딩

　차빈은 오랜만에 서울로 올라온 인후가 한 말에 기뻐서 펄쩍 뛰었다.

　"진짜 카페 'HABIN' 다시 열 거야?"

　"응."

　인후가 다부지게 고개를 끄덕이자 차빈은 두 팔로 그를 껴안았다. 그가 집으로 돌아온 것도 충분히 기쁜 일인데, 카페 문까지 다시 연다고 하니 차빈은 너무 행복했다.

　"와! 신난다!"

　차빈의 기뻐하는 모습에 인후는 피식 웃음이 났다.

　"넌 카페 'HABIN'이 그렇게 좋냐?"

　"응. 꼭 하렴 씨랑 내 카페 같잖아. '하빈'이란 이름부터가."

　"맞아, 너희 둘의 카페지. 그래서 아빠 이제 더 열심히 운영할 거야."

처음 카페 이름을 지을 때 제일 먼저 떠오른 게 하렴과 차빈이었다. 자식들을 생각하는 마음으로 차린 카페이니만큼 인후는 다시 한 번 잘 운영해보기로 마음을 먹었다.

차빈이 인후의 손을 잡으며 좋아하던 그때, 그녀의 휴대폰이 울렸다. 그런데 눈으로 확인한 발신 전화번호의 길이가 심상치 않다. 차빈이 조심스레 전화를 받자 익숙한 억양이 들려왔다.

-안녕! 내 사랑, 차빈!

역시. 전화를 건 이는 필립이었다.

"안녕하세요. 내 친구, 필립."

차빈의 깔끔한 대답이 이어지자 필립은 금세 서운한 목소리를 보내왔다.

-어우, 선을 너무 그렇게 확 긋지 마. 가슴 아프잖아.

"우리 친구 맞잖아요?"

-지금은 그렇지. 하지만 난 아직 포기 안 했어!

전화기 너머로 들려오는 득의양양한 필립의 목소리에 차빈은 쓴웃음을 지었다. 이 남자는 정말이지 못 말리겠다. 하긴. 이런 사람이니 그 대단한 신하렴도 10년이나 괴롭힘을 당한 거겠지.

"계속 그런 이상한 소리만 하면 전화 끊을 거예요."

차빈이 제법 무섭게 경고했다. 그제야 분위기를 파악한 필립이 빠르게 대답했다.

-아, 알았어, 알았어! 안 할게.

"근데 무슨 일로 전화했어요?"

-해리 미국 오는 거 알고 있어?

"물론이죠. 출장으로 가는 거잖아요."

-차빈도 올 거야?

"네."

-나 보고 싶어서 오는 거야?

"그럴 리가요. 이상한 소리 안 한다면서요?"

지치지도 않고 대시하는 필립의 행동이 이젠 귀엽게 느껴지기까지 했다. 차빈이 피식 미소를 짓고 있는 사이 필립이 꽤 진지한 목소리를 보냈다.

-그렇다면 오지 않는 게 좋을 거야.

갑자기 바뀐 필립의 목소리가 차빈은 의아했다.

"왜요?"

──……잘하면 하렴은 다시 한국으로 돌아가지 않을지도 모르니까.

"네?"

차빈의 두 눈이 화등잔만 하게 커졌다. 필립의 말이 이어졌다.

"차빈 혼자 한국으로 돌아갈 수도 있으니까."

당황한 차빈이 더듬거리며 물었다.

"왜, 왜요?"

-드디어 해리의 경영진 자리가 준비된 모양이더라고. 그래서 이번에 극비로 해리를 부른 듯해.

"……!"

그녀의 눈동자가 사정없이 흔들리기 시작했다. 그럼 오늘 아침 메일에 하렴 혼자 본사로 와달라고 써놓은 이유가 바로 이거였단 말인가?

쿵쾅쿵쾅. 차빈은 혼란스러움에 심장이 뛰었다.

-내가 말했잖아. 해리는 결국 미국 본사로 오게 될 거라고.

차빈의 얼굴이 울 것같이 일그러졌다. 그런 그녀를 아는지 모르는지 필립의 말은 그칠 줄 몰랐다.

-어쩌면 차빈은 해리랑 헤어지게 될지도 몰라.

말도 안 된다. 우리가 여기까지 어떻게 왔는데. 그렇게 간단히 헤어질 리가 없다. 하지만…… 하렴의 앞길을 막을 수는 없다. 막아서도 안 된다.

그가 미국 본사 경영진 자리에 오른다면 정말 이보다 좋은 일은 없을 것이다. 힘들었던 과거를 모두 보상받는 기분일 것이다. 물론, 결혼이야 조금 늦어지겠지만 그건 하렴이 그곳 일에 적응한 뒤에 해도 괜찮다.

머릿속으로는 모든 걸 이해하면서도 차빈은 마음이 복잡했다. 심란해서 견딜 수가 없었다.

이후 며칠을 고민하던 차빈은 결국 하렴의 방에 문을 두드렸다. 사장실로 들어선 차빈이 하렴의 책상 앞에 섰다. 그녀가 나직하게 말을 시작했다.

"다음 주에 미국 출장 가시는 거 말입니다."

하렴이 고개를 들어 그녀의 긴장된 얼굴을 물끄러미 올려다보았다. 마른침을 꿀꺽 삼킨 차빈이 다시 입을 열었다.

"저는 안 가면 안 됩니까?"

이에 하렴은 이해할 수 없다는 듯 되물었다.

"왜?"

"원래 사장님 혼자 가시는 출장이었잖아요. 그리고 요즘 제가 몸도 별로 안 좋고요, 무엇보다 제가 가도 되는 건지 확신이 안 서서……."

"너 안 가면 나도 안 가."

"……!"

차빈은 하렴의 단호한 대답이 기뻤다. 자신은 어쩌면 저 말을 기대하고 안 간다고 말한 걸지도 모른다.

"……라고 말하고 싶지만, 나는 가야 돼."

이어지는 하렴의 말에 차빈은 실망감을 느껴 어깨를 축 늘어뜨렸다.

"왜요?"

"마크 회장님이 부르신 거라 꼭 가야 돼."

차빈은 어두워진 표정으로 하렴을 응시했다. 여기서 알았다고 대답하고 나가면 어른스러운 여자로 있을 수 있다. 하지만 사랑에 어른스러운 게 어디 있단 말인가.

"사장님은, 저 없이 한 달 동안 잘 있을 수 있어요?"

결국 차빈은 서운하다는 어조로 물었다. 그러자 하렴이 의자에서 몸을 일으켰다.

"'잘'은 모르겠지만 있을 순 있겠지."

차빈은 하렴의 덤덤한 태도가 섭섭했다.

"저는 사장님 없으면 하루도 불안한데……."

그녀의 흔들리는 눈동자를 마주 보며 하렴이 물었다.

"뭘 그렇게 불안해하는 거야?"

그러면서 하렴은 차빈의 앞으로 다가왔다. 그가 손을 뻗어 차빈의 손을 잡으며 진지하게 말했다.

"나는 어디에 있든지 차빈이 네 거야."

"온전히 제 것이어도 불안한 건 불안한 거예요."

순간 하렴이 이해할 수 없다는 표정을 지었다.

"왜?"

"사랑하니까."

차빈은 이렇게 대답하며 손에서 하렴의 손을 떼어냈다. 그녀가 뒤로 물러서면서 나직하게 말했다.

"사랑하지 않는다면 불안하지도 않을 거예요."

그런 다음 그녀는 그대로 문을 열고 나갔다. 남겨진 하렴은 길게 한숨을 내쉬었다.

평소보다 조금 일찍 퇴근한 차빈은 집 안으로 들어서면서 당연하게 인사를 건넸다.

"다녀왔습니다."

그런데 곧바로 들려와야 할 대답이 들려오지 않았다. 차빈은 순간 고개를 갸웃했다. 그러고 보니 거실은 물론이고 안방까지 불이 꺼져 있는 상태였다.

'아, 혹시 카페에 가신 건가?'

다시 오픈한다고 했으니 분명 이런저런 준비로 바쁠 것이다. 납득한 차빈은 가벼운 발걸음으로 욕실로 향했다. 잠시 후 차빈이 샤워를 마치고 나오자 얼마 안 있어 현관문이 열렸다.

"아빠 왔……."

그런데 들어오는 인후의 옷차림을 보고 차빈의 입이 멈췄다. 무척 드물게도 그가 정장을 입고 있었던 것이다.

"그렇게 차려입고 어디 갔다 와?"

차빈이 정장 입은 인후를 본 건 손에 꼽을 정도로 적었다. 짙은 회색빛을 띠는 정장은 그의 큰 키에 무척이나 잘 어울렸다. 인후는 대답 대신 어색한 미소를 지었다.

"어디 갔다 왔냐니까?"

차빈이 수건으로 젖은 머리카락을 털면서 인후에게 다가갔다. 재촉하는 그녀를 지그시 보면서 인후가 입을 열었다.

"장인어른, 아니 하렴이 외할아버지 만나고 왔어."

"뭐?"

차빈이 믿을 수 없다는 듯이 두 눈을 크게 떴다.

"아무래도 제대로 용서를 구하는 게 좋겠다 싶어서 다녀왔지."

인후를 바라보는 차빈의 얼굴이 걱정으로 물들었다. 그녀를 향해 인후는 인자하게 웃어 보였다.

"너희 결혼도 해야 하잖아."

차빈과 하렴의 결혼을 위해서 인후는 정섭의 앞에 무릎을 꿇었다. 그는 그저 자신이 당연히 해야 할 일이라고 생각했다.

"안 그래도 되는데……. 혹시 할아버님한테 심한 말 듣진 않았어?"

차빈이 걱정스럽게 물었다. 그러자 인후는 말없이 미소를 지었다. 잠시 후 그가 미소를 지은 채로 나직하게 말했다.

"너를 예뻐하셔서 다행이야."

"응?"

예상치 못한 인후의 말에 차빈은 깜짝 놀랐다.

"아직 나를 용서하는 건 힘들다 하셨지만, 너는 참 예뻐하시더라."

정섭은 여전히 냉랭했고 자신의 얼굴을 보고 싶어 하지도 않았지만 그래도 차빈에 관해선 한마디 남겼다.

"잘 키웠다 하셔서 눈물 날 정도로 기뻤어."

인후는 정말 기쁘다는 얼굴을 하고 있었다. 그가 행복해 보이는 표정으로 말했다.

"너는 내 자랑이야."

인후의 표정을 보던 차빈은 갑자기 울컥 눈물이 날 것만 같았다. 차오르는 눈물을 참으려 두 주먹을 꽉 움켜쥐었다. 인후가 그런 그녀의 주먹을 발견하고는 손을 뻗었다. 그녀의 주먹을 부드럽게 펴주며 그가 말했다.

"차빈아, 우리 하렴이 잘 부탁해."

인후가 차빈의 손을 잡은 채 말을 이었다.

"너희가 만난 건 강력한 운명이니까."

그제야 차빈의 얼굴에 미소가 서렸다. 어리석게도 잠시 잊고 있었다. 우리가 얼마나 힘들게 다시 만났는지. 우리가 얼마나 서로 사랑하고 있는지.

자신의 방으로 돌아온 차빈은 휴대폰을 들고 목소리를 가다듬었다. 그리고 조금 긴장된 마음으로 하렴에게 전화를 걸었다.

"여보세요."

-……응.

전화기 너머로 하렴의 목소리가 짧게 들려오자 차빈은 조심스럽게 입을 열었다.

"아까는 미안했어요. ……어린애같이 굴어서."

-…….

하렴은 아무 말도 하지 않았다. 하지만 차빈은 그게 오히려 말하기 편했다.

"믿을게요. 당신이 어디에 있든지 내 것이고 우리는 늘 함께할 거라고. 불안이 스며들 틈도 없이 더 많이 사랑할게요."

–…….

"……왜 말이 없어요? 아직도 화나 있어요?"

차빈이 전화기 너머로 조용한 하렴에게 물었다. 그때 반대편에 서 밭은 기침 소리가 들려왔다.

-쿨럭…… 쿨럭…….

"어디 아파요?"

차빈이 깜짝 놀라 물었다.

-응.

"어디가요?"

-달력 좀 봐봐.

하렴의 말에 차빈은 재빨리 고개를 돌려 벽에 걸린 달력을 확인 했다.

"……아!"

그러고 보니 곧 있으면 하렴의 어머니 기일이구나. 놀란 차빈이 전화기에 대고 빠르게 말했다.

"지금 바로 집으로 갈게요. 조금만 참아요."

하렴은 어머니 기일이 다가오면 늘 아팠다. 그걸 알고 있었으면 서 어떻게 미리 체크하지 않았던 걸까. 비서로서도, 여자친구로서 도 실격이다, 진짜.

차빈은 자책하면서 하렴의 집으로 달려갔다. 잠시 후 하렴의 집 에 도착한 그녀가 대문을 열고 안으로 들어섰다. 그런데 그때 정원 쪽에 불이 환하게 켜져 있는 게 눈에 들어왔다. 차빈은 그 불빛을 쫓아 천천히 걸음을 옮겼다.

한 발자국, 한 발자국. 정원 한가운데까지 걸어간 차빈의 눈에 슈트 차림으로 서 있는 하렴이 보였다.

"하렴 씨?"

뒷짐을 지고 있던 그가 차빈을 보더니 환하게 웃었다. 다음 순간 그가 천천히 그녀에게 다가왔다.

"여기 왜 서 있어요? 침대에 누워 있지."

"너한테 줄 게 있어서."

이렇게 말한 다음 하렴은 한쪽 다리를 구부려 무릎을 꿇었다. 그 모습에 차빈이 깜짝 놀라 말했다.

"왜 이래요? 몸도 아픈 사람이."

그러나 하렴은 말없이 한쪽 무릎을 꿇은 채로 두 팔을 들어 올렸다. 그의 마주 잡은 손 안에는 반지 상자가 들려 있었다.

"어……?"

차빈이 놀라는 사이 하렴은 그 반지 상자를 열었다. 그 안에는 화려한 큐빅이 박힌 한 쌍의 반지가 들어 있었다.

"누가 결혼하자고 말만 해놓고 청혼반지를 안 주니까 결국 내가 사버렸잖아."

하렴은 이렇게 말하면서 자리에서 몸을 일으켰다.

"내가 껴줄게."

하렴이 사이즈가 좀 더 작은 반지를 꺼내 차빈의 손가락에 끼워주었다. 그러곤 그녀의 손을 잡은 채 말했다.

"미국 본사 경영진 자리는 거절할 거야."

"네?"

"나는 지금처럼 한국 도미호텔 대표로 살 거야. 너랑 같이 여기 한국에서."

하렴이 차빈의 촉촉해지는 눈동자를 응시하면서 말을 이었다.

"부산지점을 성공시키는 게 내 다음 꿈이야. 그리고 더 많은 곳에 도미호텔을 세울 거야."

말하면서 그는 차빈의 손을 꽉 잡았다.

"그러려면 네가 필요해."

그의 갈색빛을 띠는 눈동자가 진심을 말하고 있었다.

"결혼하자, 우리."

차빈은 대답 대신 상자 안에 남아 있는 반지를 꺼내 하렴의 손가락에 끼워주었다. 하렴이 그녀의 손에 있는 반지와 자신의 반지를 번갈아 보며 말했다.

"이 반지 끼고 미국 출장 같이 가자."

"네."

"그리고 돌아오면 한 집에서 살자."

"네."

두 사람의 마주 잡은 손에 있는 반지가 아름답게 반짝거렸다.

"꼭 행복하자."

"네. 평생."

완벽한 에필로그 (1/2)

차빈은 지금 정신이 하나도 없었다. 그녀의 두 눈이 빙글빙글 돌았다. 결국 그녀의 입에서 한탄이 터져 나왔다.

"뭐가 뭔지 하나도 모르겠어!"

귀로 들려오는 말이라곤 전부 영어였고 눈으로 보이는 사람들이라곤 모두 외국인이었다. 눈과 같이 머릿속도 빙글빙글 돌았다. 그도 그럴 것이 그녀가 서 있는 이곳은 미국 로스앤젤레스의 한복판이었던 것이다.

즐비하게 늘어서 있는 다양한 색채의 건물들과 대체적으로 신장이 큰 사람들로 가득한 도심 안에서 차빈은 잔뜩 긴장을 한 상태였다. 그녀가 이 낯선 곳에서 의지할 사람이라곤……

"차빈아."

뻣뻣하게 굳어 있는 차빈의 곁으로 말쑥한 슈트 차림의 하렴이 다가왔다. 차빈의 두 눈이 동그래졌다.

'똑같이 10시간 넘게 비행기를 타고 왔는데, 어떻게 저 사람만 저리도 깔끔하단 말인가!'

비행기 안에서 잠을 잘 못 잤을 텐데도 하렴은 뽀얀 도자기 피부를 뽐내고 있었고 표정도 무척 밝았다.

"이제 본사로 가자."

그녀의 앞에 멈춰 선 하렴이 붉은빛 입술을 늘어뜨리며 미소를 지었다.

아무리 호텔에 들러서 샤워를 하고 나왔다곤 해도 어떻게 저렇게 산뜻할 수가 있지? 샤워를 한 건 자신도 마찬가지인데 말이다. 다음 순간 차빈은 자신의 푸석푸석한 얼굴을 만져보았다. 오랜 비행에 찌든 피부도 피부지만, 몸도 몹시 피곤했고 시차 문제로 정신도 멍했다.

"저 괜히 왔나 봐요……."

차빈이 우울한 목소리로 말하자 하렴이 피식 웃음을 터뜨렸다.

"그게 출장 첫날부터 할 말이야?"

"여기 너무 낯설어서 심장이 막 쿵쾅쿵쾅 뛰어요."

자신의 가슴 위로 손을 올리며 차빈이 말했다. 그녀를 물끄러미 보던 하렴이 갑자기 그녀에게로 상체를 숙였다.

"나 때문이 아니고?"

그가 차빈의 얼굴 앞으로 자신의 얼굴을 가져가며 물었다.

"네, 그런 것 같기도 하네요."

차빈의 대답이 마음에 든다는 듯 하렴은 만족스런 미소를 지었다. 다음 순간 그는 시선을 내려 차빈의 반지 낀 손을 보고는 팔을 뻗어 그 손을 잡았다. 그런데 그녀의 손이 땀으로 홍건했다.

"긴장 많이 했구나?"

하렴이 두 눈을 크게 뜨며 물었다. 차빈은 그의 손에서 자신의 손을 빼내려고 했다. 젖은 손을 닦기 위함이었다.

"괜찮아. 빼지 않아도 돼."

이렇게 말하면서 하렴은 그녀의 손바닥을 자신의 슈트 자락에 조심스레 문질렀다.

"슈트 더러워져요."

차빈이 기겁하며 손을 빼려고 했지만 하렴이 그걸 막았다. 그녀의 손을 다시 꽉 잡은 하렴이 말했다.

"긴장하지 마. 내가 옆에 있잖아. 지금부터 나한테서 3센티도 떨어지지 마."

"네!"

힘차게 대답하는 차빈의 얼굴에 더 이상 긴장감은 없었다. 그녀의 두 눈이 반짝반짝거렸다.

이 남자가 내 남자여서 너무 행복하다.

「안녕하십니까. 한국에서 온 신하렴 사장님 비서인 이, 차, 빈입니다.」

하렴과 함께 본사 사무실로 들어온 차빈은 그들에게 다가오는 직원들을 향해 영어로 크게 인사를 건넸다.

「앞으로 잘 부탁드립니다.」

인사를 하면서 차빈은 허리를 꾸벅 숙였다. 하지만 어수선한 사무실 안에서 그녀의 인사를 제대로 받아주는 이는 없었다. 모두 하렴과 인사를 나누기 바빴다. 직원들과 차례로 인사를 나눈 하렴이 멀뚱히 서 있는 차빈의 귓가에 고개를 숙이며 속삭였다.

"그렇게 일일이 허리 숙일 필요 없어. 여긴 그런 문화가 아니잖아. 대신 악수를 정중하게 해줘."

말을 마친 하렴이 차빈을 향해 윙크를 찡긋 날렸다.

"지금부터 회의 들어가야 돼. 따라와."

"네!"

어차피 자신의 일은 하렴의 업무를 돕는 것. 사장님의 일을 보조하는 게 제일 중요하다. 그것만 잘하면 다른 건 다 못해도 괜찮다.

'그런데……'

차빈이 1시간 정도 진행되는 회의를 지켜보면서 깨달은 것은 어쩌면 그 보조하는 일조차 쉽지 않을지도 모른다는 것이다. 1시간 내내 영어로 진행되는 회의를 따라가느라 차빈은 정신이 하나도 없었다. 회의록도 적긴 적었는데, 자신이 제대로 적은 건진 조금 의심스러웠다.

회의가 끝난 후, 본사 직원과 이야기를 나누고 있는 하렴의 뒤에서 차빈은 자신이 적은 회의록을 체크하고 있었다. 그런데 그때, 누군가 멀리서 하렴을 불렀다.

「해리! 잠깐 좀 와봐.」

안경을 낀 나이 지긋한 직원의 부름에 하렴은 차빈을 돌아보며 말했다.

"나 잠깐만 갔다 올게."

하렴을 보내고 나니 차빈은 정말 혼자였다. 혼자 남겨지니까 굉장히 할 일이 없었다.

'어디 구석에서 회의 내용이나 정리할까?'

차빈은 천천히 비어 있는 책상을 찾아다니기 시작했다. 그런데 사무실 안을 두리번거리는 차빈에게로 한 여자 직원이 다가왔다. 그녀의 손에는 갈색 서류 봉투가 들려 있었다.

「이봐요, 차…… 으음, 차비?」

키가 큰 금발머리 미인이 말을 걸자 차빈은 신이 나서 크게 대답했다.

「차빈! 제 이름은 차빈이에요.」

「그래요, 차빈. 저는 앨리스예요.」

자신의 이름을 밝힌 앨리스가 손에 들고 있던 서류 봉투를 차빈에게 내밀었다.

「제가 바빠서 그런데, 이것 좀 우체국에 갖다 주고 올래요?」

「우체국? 오케이!」

차빈은 냉큼 그 서류 봉투를 받아 들었다. 드디어 하렴의 업무 보조 외에 할 일이 생겼다. 뒤돌아 걷는 차빈의 발걸음이 무척 가벼웠다.

"근데…….."

터벅터벅 길을 걷던 차빈이 이내 발을 우뚝 멈췄다. 당황한 그녀의 눈동자가 일렁였다.

"우체국이 대체 어디야?"

그냥 무작정 길을 나선 게 잘못이었다. 차빈은 난감한 표정으로 주위를 둘러보았다. 우체국과 비슷하게 생긴 건물조차 보이지 않는다. 그냥 다 네모난 빌딩이다. 그때 그녀의 눈에 반대편에서 걸어오는, 파마머리의 중년 여성이 들어왔다.

「실례합니다만, 우체국이 어디에 있나요?」

풍채가 좋은 중년 여성은 꽤 친절해 보이는 얼굴을 하고 있었다. 그녀가 앞으로 손가락을 뻗으며 설명을 시작했다.

「이쪽으로 쭉 가서 왼쪽으로 꺾으면 슈퍼마켓이 보이는데, 그다음 블록에서 골목으로 들어가면 당신의 오른편에 있을 거예요.」

순간 차빈의 두 눈이 동그래졌다.

'대체 무슨 소리지? 왜 친절하게 알려줘도 알아듣질 못하니!'

솔직히 한국어로 알려줬어도 다소 헷갈릴 설명이었다. 차빈의 당황한 표정을 읽은 중년 여성이 물었다.

「다시 설명해줄까요?」

「네!」

역시 예상대로 그녀는 친절한 사람이었다.

「앞으로 5미터 정도 걸어가서 왼쪽으로 꺾어요. 그럼 큰 슈퍼마켓이 보이는데 그 블록이 아니라 다음 블록에서 또다시 꺾어요. 그 골목을 지나면 오른편에 위치해 있어요. 알겠어요?」

하지만 차빈은 그녀의 친절한 설명을 끝까지 완전하게 이해하지는 못했다.

'아직도 잘 모르겠는데, 또 물어보기도 미안하다. 일단 가보자.'

「가, 감사합니다.」

차빈은 중년 여성에게 고개를 꾸벅 숙여 인사하고는 걸음을 뗐다. 그리고 일단 앞으로 씩씩하게 걸어갔다. 그런 다음 중년 여성의 설명대로 왼쪽으로 꺾었다. 그랬더니 정말 슈퍼마켓이 보였다.

제대로 이해한 게 맞구나! 기분이 좋아진 차빈의 걸음이 점점 빨라졌다. 다음 블록에서 방향을 꺾은 그녀의 눈에 'POST OFFICE'란 글자가 들어왔다.

"우체국이다!"

너무 반가워서 그녀는 자신도 모르게 한국어로 소리쳤다. 그러자 길거리를 오가던 사람들이 그녀를 힐끔힐끔 쳐다보기 시작했다. 그들의 시선에 차빈은 발걸음을 더욱 빨리했다. 그런데 그때.

"윽……!"

보도블록에 발이 걸려 넘어지고 말았다. 차빈은 무릎과 팔꿈치에서 느껴지는 통증에 인상을 찡그렸다.

'정말 가지가지 한다. 넘어지기까지 하고.'

바닥을 짚고 일어서는 그녀에게로 방금 전보다 더 많은 사람들의 시선이 쏟아졌다. 차빈은 잽싸게 바닥에 떨어져 있는 서류 봉투를 집어 들고 우체국 쪽으로 달리기 시작했다. 잠시 후 우체국 앞에 도착한 그녀가 문득 자신의 손을 내려다보았다.

'뭔가 허전하다. 뭐지?'

그녀의 손에는 서류 봉투가 제대로 들려 있었다. 그런데도 뭔가 허전했다. 그녀가 고개를 갸웃했다. 그 순간 그게 뭔지 알아차렸다.

"……!"

손가락이다. 손가락이 허전하다. 자신의 손에서 반짝거리고 있어야 할 반지가…… 없다.

"바, 반지? 내 반지!"

절망에 빠진 차빈은 그 자리에 털썩 주저앉아버리고 말았다.

최악이다.

"으허허엉……."

반지를 잃어버렸다. 그것도 하렴에게 프러포즈를 받을 때 받은 반지를 말이다.

"그만 울어. 내가 다시 사줄게."

하렴이 스위트룸 고급 가죽소파에 앉아 울고 있는 차빈에게로 다가가며 말했다. 그의 손에는 따듯하게 데운 우유가 들려 있었다. 하렴이 차빈의 손에 그 우유를 들려주었지만 그녀는 마시지 않았다.

"어떻게 청혼반지를 잃어버릴 수가…… 어엉엉……."

그 후 곧바로 어두워져서 다시 찾으러 가지도 못했다.

"그만 올라니까."

하렴은 솔직히 잃어버린 반지는 아무 상관없었고, 그저 미국 도미호텔의 최상층 스위트룸을 즐기지 못하고 울고만 있는 차빈이 안타까웠다.

"눈물이 안 멈춰요……. 흐윽……."

지금 차빈의 눈물은 여러 가지 의미를 담고 있었다. 청혼 받은 반지를 잃어버린 것도 서러운데, 심부름을 해준 앨리스한테는 고맙다는 인사 한마디 못 들었다. 그리고 오늘 하루 종일 먹은 음식이 너무 느끼했다.

"저 벌써 집에 가고 싶어졌어요. 흐윽……. 아빠도 보고 싶고, 한국 음식도 그리워요. 더 이상 영어도 듣기 싫어요."

울고 있는 차빈의 앞에 선 하렴이 그녀의 눈물을 닦아주면서 말했다.

"적응되면 여기도 좋은 곳이야."

"여기서 20년 넘게 사셨던 분이니 당연히 그렇겠죠."

차빈은 새치름하게 말하고는 다시 눈물을 흘렸다.

"아빠……. 내 반지……. 한국……. 흐어엉……."

차빈은 미국에 오자마자 향수병에라도 걸린 듯했다. 하렴이 그녀를 내려다보며 달래듯이 말했다.

"겨우 한 달 출장이잖아. 좀 참아봐."

"못 참겠어요. 앞으로 어떻게 버텨야 할지 눈앞이 캄캄하다고요."

차빈이 손으로 눈물을 닦으면서 하렴을 올려다보았다. 그녀가 그렁그렁 눈물 맺힌 눈으로 하렴에게 물었다.

"저 혼자 먼저 한국으로 돌아가면 안 돼요?"

하렴이 어이없다는 듯이 대꾸했다.

"애냐? 초딩이야?"

애? 초딩? 흥. 그래, 자기는 여기가 익숙하다, 이거지.

차빈이 두 눈을 모나게 뜬 채 하렴을 노려보았다. 그녀의 살벌한 시선에 살짝 겁을 먹은 하렴이 조심스럽게 물었다.

"삐졌냐?"

하지만 차빈은 그에게 눈길도 주지 않고 자신의 방으로 돌아갔다.

점심식사를 마치자마자 차빈은 어제 잃어버린 반지를 찾으러 밖으로 나왔다. 어제 넘어졌던 자리로 간 차빈이 본격적으로 반지를 찾기 시작했다.

"분명 이 근처에서 반지를 떨어뜨린 것 같은데……."

이곳에서 넘어졌을 때 반지가 빠진 게 틀림없다고 생각했는데, 좀처럼 반지는 모습을 드러내지 않고 있었다. 보도블록 위와 쓰레기통 밑을 살피는 차빈의 곁으로 많은 사람들이 지나갔다. 눈에 불을 켜고 찾아도 반지가 보이지 않자 차빈은 초조해졌다. 아무리 하렴이 다시 사준다고 했어도 차빈은 그 반지를 꼭 찾고 싶었다. 그도 그럴 것이 하렴에게서 처음 받은 반지가 아니던가.

「헤이! 헤이, 아가씨!」

그때 허리를 숙이고 있는 차빈의 귀로 껄렁껄렁한 목소리가 들려왔다. 차빈이 고개를 휙 돌렸다. 그녀의 시야로 2미터에 가까운 우람한 덩치의 남자가 들어왔다. 그 남자는 짧은 크루컷 일명 스포츠머리에 까만 선글라스를 끼고 있었다. 그가 끼고 있던 선글라스를 벗으며 차빈에게 다가왔다.

「여기서 뭐 해? 뭐 찾고 있어?」

가볍게 느껴지는 그의 말투에 차빈은 직감적으로 그를 경계해야 한다고 생각했다.

「괜찮아요. 저 혼자 찾을 수 있어요.」

차빈이 뒤로 물러서자 남자는 다시 선글라스를 끼며 영어로 말했다.

「뭐든 도와줄게. 말만 해.」

「됐어요. 진짜 괜찮아요.」

차빈은 그를 경계하며 또다시 뒤로 물러섰다. 그걸 눈치챈 남자가 그녀를 놀리듯 더욱 가까이 다가왔다. 차빈이 뒤로 한 발자국 더 물러서려는 순간 남자가 손을 뻗어 차빈의 손목을 잡아챘다. 화들짝 놀란 차빈이 소리쳤다.

「이거 놔요!」

「내가 도와준다잖아. 뭘 그렇게 튕겨?」

그녀의 손목을 꽉 잡은 채 남자가 능글맞게 웃었다. 그 모습을 보고 차빈은 울컥 화가 치밀었다.

"아, 글쎄, 필요 없다고!"

차빈의 입에서 한국어가 거칠게 튀어나갔다. 남자가 비웃듯이 입술을 비틀며 웃었다.

「뭐라는 거야? 의미를 전혀 모르겠어.」

차빈은 그에게서 손을 빼내기 위해 안간힘을 썼다. 하지만 남자의 힘을 당해낼 재간이 없었다. 그때였다.

「그 손 좀 놓지? 걔 내 애인인데.」

익숙한 목소리가 들려왔기에 차빈은 반가운 마음에 고개를 확 돌렸다. 그녀의 입에서 격앙된 목소리가 튀어나갔다.

"필립!"

그곳엔 필립이 두 손을 흔들면서 서 있었다. 필립의 뒤에는 그의 가드로 보이는 덩치 큰 남자 두 명이 있었다. 그의 등장에 차빈은 크게 안심했다.

"이리 와, 차빈!"

필립이 그녀를 향해 두 팔을 벌렸다. 그래서 차빈은 스포츠머리 남자의 손을 떼어내고 필립에게 달려갔다. 스포츠머리의 남자는 필립의 뒤에 서 있는 까만 정장의 가드들을 보고는 조용히 다른 곳으로 가버렸다.

"나 아니었으면 위험할 뻔했네, 차빈."

"네. 고마워요, 필립!"

이런 곳에서 필립을 만나게 될 줄은 정말 몰랐다. 하지만 가만히 생각해보면 이곳은 도미호텔 본사 근처니까 그를 만난 게 그다지 이상한 일은 아니었다. 기가 막힌 타이밍에 나타나준 그가 차빈은 정말 고마웠다.

"근데 뭐 찾고 있어?"

필립이 차빈의 흐트러진 머리카락을 살짝 만져주며 물었다.

"아, 반지를 좀⋯⋯. 근데 하렴 씨가 다시 사준댔어요. 신경 쓰지 마세요."

차빈은 필립을 신경 쓰게 하고 싶지 않아서 간단하게 말을 잘랐다. 필립이 그녀의 얼굴을 물끄러미 바라보다 입을 열었다.

"차빈, 못 본 사이에 많이 말랐네? 내가 맛있는 거 사 줄까?"

"괜찮아요. 점심 먹었어요."

"그래도 사줄게. 더 맛있는 거."

"저 지금 회사로 들어가봐야 돼서요."

차빈은 사무적인 태도로 필립의 제안을 거절했다. 그녀는 끝까지 필립에게 틈을 보이지 않았다.

"그럼, 조심히 가세요."

재빨리 가버리는 그녀를 보면서 필립은 고개를 절레절레 흔들었다.

'역시 쉽지 않은 여자야. 일부러 위험한 상황을 만들어서 구해줬는데도 저리 경계를 하니, 원.'

멀어지는 차빈을 바라보는 필립의 얼굴이 시무룩해졌다.

완벽한 에필로그 (2/2)

"필립을 만났다고?"

자신의 스위트룸 침대에 엉덩이를 대고 앉은 하렴이 두 눈을 휘둥그레 떴다.

"네, 아까 낮에."

차빈은 그와 마주 볼 수 있는 자리에 의자를 끌어다 앉으며 대답했다. 하렴의 입에서 기가 찬 한숨이 터져 나왔다.

"나 참, 회사에는 얼굴도 안 비추더니……."

나직하게 중얼거리던 하렴이 불현듯 고개를 들어 예리한 눈초리로 차빈을 쳐다보았다.

"그 녀석이 또 너한테 찝쩍댄 거 아니지?"

차빈은 내심 뜨끔하면서도 애써 태연하게 대답했다.

"아니요. 도와주기만 했어요."

"뭘 도와줘?"

순간 차빈의 입이 멈췄다. 왠지 사실대로 말하면 안 될 것 같았던 것이다.

'반지 찾다가 불량한 남자한테 손목 잡혔다고 어떻게 말해? 분명 화낼 거야.'

차빈이 어색하게 웃으면서 거짓말을 했다.

"그, 그냥, 길을 좀 알려줬어요. 제가 워낙 여길 잘 모르니까."

하렴은 잠시 그녀의 얼굴을 가늘게 뜬 눈으로 주시했지만 더 이상 어떤 말도 하지 않았다. 그러던 그가 문득 하품을 했다.

"하암……."

"피곤해요?"

"조금."

미국에 오자마자 하렴은 여러 인사들과 만나면서 틈틈이 회의를 하느라 바빴다. 그의 엄청난 스케줄을 잘 알기에 차빈은 얼른 그를 쉬게 해주고 싶었다.

"그럼, 자요. 저 갈게요."

그래도 내일은 주말이니 푹 쉴 수 있어서 다행이다. 이렇게 생각하면서 차빈은 자리에서 일어섰다. 그때 하렴이 그녀를 불렀다.

"차빈아, 나 내일 회장님 만나."

아아, 내일도 일이 있구나. 푹 쉬고 같이 데이트나 하려고 했는데…….

차빈이 애써 실망감을 감춘 채 물었다.

"그럼 저도 따라갈까요?"

"아니. 그냥 호텔에 있는 게 좋을 것 같아."

애써 감춘 실망감이 차빈의 얼굴에 얼핏 스며들었다. 그걸 눈치챈 하렴이 재빨리 말을 이었다.

"회장님과 중요하게 할 말이 있어서. 미안."

"아아…… 아니에요. 괜찮아요."

워낙 잘나고 바쁜 남자친구이니 이해해야 하는 건 아는데, 차빈은 그래도 섭섭한 마음을 어쩌질 못했다.

늦은 오후. 차빈은 도미호텔 스위트룸 복도를 서성이고 있었다. 잠도 늘어지게 잤고 시내 구경도 했지만, 그래도 시간이 잘 안 갔다. 그저 빨리 하렴이 돌아오기만을 기다렸다. 바쁜 그가 서운하지 않다면 거짓말이지만, 그래도 차빈은 하렴이 좋았다. 너무 좋았다.

"차빈아."

그때 뒤쪽에서 누군가 그녀를 불렀다.

"네, 사장…… 필립?"

그녀를 '차빈아'라고 부른 건 필립이었다. 차빈은 당연히 하렴인 줄 알고 고개를 돌렸는데, 필립이 서 있어서 놀랐다. 그렇다면 그는 여태 '차빈'이라고 할 수 있었으면서도 계속 '차빈'이라고 한 거란 말인가?

차빈은 어색하게 웃으면서 그에게 인사를 건넸다. 그런데 그 순간 필립이 엄지와 검지만으로 잡은 반지 하나를 보여주었다.

"혹시 이게 차빈이 찾던 거야?"

순간 차빈의 두 눈이 동그래졌다.

"와-! 맞아요!"

큐빅이 박혀 있는 금색의 반지를 본 차빈이 재빨리 필립에게 달려갔다.

"정말 고마워요! 어디서 찾았어요?"

그녀가 손을 뻗어 필립에게서 반지를 가져가려는 순간, 필립이 팔을 높이 올려 차빈의 손을 피했다. 그러고는 어리둥절해하는 차빈을 보며 말했다.

"그보다 나 목 마른데, 물 좀 주라."

"아, 네. 들어와요."

물을 주기 전까지는 절대 반지를 넘겨줄 생각이 없어 보이는 필립 때문에 차빈은 어쩔 수 없이 스위트룸의 문을 열었다. 필립을 먼저 자신의 룸 안으로 들여보낸 차빈은 문을 닫기 직전 도어스토퍼를 내려두었다. 그런 다음 냉장고로 가서 물을 꺼내 필립에게 건넸다.

"이제 저 주세요, 그 반지."

차빈이 물을 마시고 있는 필립에게 말했다. 그러자 필립이 다시 반지를 들어서 보여주었다.

"이거?"

"네."

"줄까, 말까?"

필립의 얼굴에 개구쟁이 같은 미소가 걸렸다. 다음 순간 물컵을 내려놓은 그가 소파 쪽으로 걸음을 옮겼다. 그러면서 얼토당토않은 소리를 했다.

"그냥 이거 다시 끼지 말고 버리자."

"네? 싫어요. 저 주세요, 빨리."

차빈이 급하게 필립을 쫓아갔다. 필립은 그런 그녀를 돌아보더니 손을 뻗어 그녀의 손목을 잡아챘다. 그러고는 그대로 확 끌어당겨 소파에 눕혔다.

풀썩-

필립의 힘에 의해 소파에 눕게 된 차빈이 자신의 위에 있는 필립을 강하게 노려보았다.

"이게 뭐 하는 짓이에요?"

"나랑 여기 미국에서 살자, 차빈아."

필립이 달콤한 목소리로 말했지만 화가 난 차빈에게는 전혀 달콤하게 들리지 않았다.

"내가 초호화 저택으로 집도 마련해줄……."

철썩-

공중에 살과 살이 맞닿는 날카로운 소리가 울려 퍼졌다. 뺨을 맞은 필립의 몸에 힘이 빠지자 차빈은 그를 밀치고 몸을 일으켰다.

"결혼식만 안 올렸지, 제 마음은 이미 유부녀예요."

차빈이 굳어 있는 필립을 향해 차갑게 말했다.

"유부녀한테 이 무슨 추태예요?"

필립은 뺨에 손을 올리며 얼이 빠진 표정을 지었다.

'……역시 이 여잔 대단해. 최강이야. 이길 수 없어. 그러니, 가질 수도 없겠지.'

필립의 입에서 허망한 웃음이 새어 나왔다. 그가 미친놈처럼 웃고 있던 그때였다.

짝짝짝-

갑자기 현관 쪽에서 박수 소리가 들려왔다.

"우리 부인 잘했어. 훌륭해."

그 소리에 차빈과 필립은 동시에 고개를 돌렸다. 목소리의 주인공은 하렴이었다.

"사장님?"

슈트 차림의 하렴이 그들 쪽으로 빠르게 다가왔다. 다가오는 그를 향해 차빈이 물었다.

"언제 왔어요?"

"뺨 때릴 때."

차빈의 질문에 짧게 대답한 그가 다짜고짜 필립의 멱살을 화악 잡아챘다. 순간 겁을 먹은 필립이 위축된 목소리로 물었다.

"때릴 거야?"

"안 때려."

손을 부들부들 떨면서도 하렴은 그를 때리지 않겠다고 했고 정말 때리지 않았다. 대신, 이렇게 말했다.

"마크 회장님 호출이다, 필립."

"갑자기 왜?"

필립의 두 눈이 커졌다. 그는 상당히 놀란 듯 보였다. 그도 그럴 것이 아버지 마크 회장의 호출은 최근 3년간 단 한 번도 없었던 것이었다.

"널 아르헨티나 지점으로 보낸다고 하시더라. 얼마 전에 완공된 지점이라 할 일이 엄청 많거든."

"뭐? 아, 아르헨티나?"

하렴은 기분 좋아 보이는 미소를 지으며 고개를 끄덕였다.

"그 먼 데를?"

"그다지 멀진 않……."

"한국에선 엄청 멀잖아!"

필립이 믿을 수 없다는 듯 아주 큰 목소리로 소리쳤다. 그 순간 하렴의 얼굴이 무섭게 굳어졌다. 그가 필립의 멱살을 잡은 손에 힘을 주며 살벌하게 말했다.

"응. 그래서 내가 널 적극적으로 추천했어…… 랄까, 처음부터 그 목적으로 여기 온 거지만."

"이런 젠장!"

회장님의 호출이란 말에 필립은 뒤도 안 돌아보고 스위트룸을 빠져나갔다. 그의 잽싼 뒷모습을 보면서 하렴은 한숨을 내쉬었다.

"하아…… 빌어먹을 놈."

그가 미간을 찡그리며 나직하게 말을 내뱉었다.

"내가 빨리 왔으니 망정이지."

다음 순간 하렴은 눈썹을 구긴 채로 차빈을 돌아보았다.

"내가 저놈 경계하랬잖아? 저놈은 진짜 보통 놈이 아니라니까? 갖고 싶은 걸 위해선 무슨 짓이든 한다고!"

그의 눈치를 보면서 차빈이 부드럽게 말했다.

"그래서 제가 알아서 잘 처리했잖아요."

"그래. 그랬지. 그렇지만 저놈은 남자야. 저놈이 결국 힘으로 했으면 어쩔 뻔했어?"

"저도 힘 세요."

차빈이 두 팔을 구부려 어깨 위로 들어 올렸다. 그 모습을 본 하렴이 손을 뻗어 그녀의 팔목을 잡아챘다. 손목의 스냅을 이용해 그녀를 끌어당긴 하렴이 다른 손으로 차빈의 허리를 감싸 안았다.

"힘 참 쎄다?"

차빈의 허리를 확 당겨 끌어안은 채 하렴이 서늘하게 말했다.

그런데 그때 그의 눈에 차빈의 네 번째 손가락에 껴 있는 반지가 들어왔다.

"어? 반지 찾았네?"

반가움에 하렴의 두 눈이 반짝거렸다. 차빈이 고개를 끄덕였다.

"네."

사실 아까 필립이 회장님의 호출로 정신없어할 때 떨어뜨린 걸 주워서 손에 껴뒀었다. 차빈이 싱긋 웃으며 말을 이었다.

"필립이 찾아준 거예요."

하렴의 얼굴에서 미소가 사라졌다.

"필립은 그렇게 매번 병 주고 약 주고 그래요."

"하아……."

또다시 하렴의 입에서 한숨이 새어 나왔다. 자신한테도 평생 병만 주다가 아주 가끔 선심 쓰듯 약을 던져주던 녀석이었다. 하지만 실컷 패놓고 연고 찔끔 발라주는 것 따위 하나도 안 기쁘다.

"이젠 나뿐만 아니라 너한테도 그러는구나……."

그렇다면 정말 차빈을 좋아하는 모양이다, 그 녀석.

하렴의 얼굴빛이 어두워졌다. 어떻게 하면 필립으로부터 차빈을 온전하게 지켜낼 수 있을까. 방법은 딱 하나뿐이었다. 잠시 후 굳게 결심을 한 하렴이 두 주먹을 불끈 움켜쥐며 선언했다.

"돌아가면 당장 결혼부터 해야겠어."

"네? 결혼이요?"

차빈의 두 눈이 동그래졌다. 전혀 생각지도 못한 방향이었던 것이다.

"공항에서 내리는 순간부터 결혼 준비를 할 거야."

"말도 안 돼요, 어떻게 그렇게 갑자기……."

차빈이 어리둥절해하면서 반박했지만 하렴은 강하게 그녀의 말을 잘랐다.

"할 거야. 꼭."

하렴의 말은 정말이었다.

미국에서 돌아오자마자 하렴은 제일 먼저 도미호텔의 웨딩홀을 예약했다. 그리고 차빈과 함께 결혼 예복을 보러 다녔다. 그러면서 웨딩 촬영을 진행했고 동시에 청첩장을 주문 제작했다. 그의 불도저를 연상시키는 추진력에 차빈은 깜짝 놀랐다. 그렇게 하렴에게 끌려 다니다가 정신을 차려보니 어느 새 일주일 후가 결혼식이었다.

"신혼집은 그냥 우리 집으로 괜찮지?"

카페 'HABIN'의 구석 테이블에 앉은 하렴이 반대편 의자의 차빈에게 물었다. 이제 와서 집을 구하기도 쉽지 않고 무엇보다 하렴이 처음부터 신혼집으로 자신의 집을 강력 추천하고 있었기에 차빈은 그냥 받아들이기로 했다. 하지만 그래도 영 걸리는 부분이 있었다.

"근데 그 집 너무 크지 않아요?"

"난 그 정도 집에선 살아야 돼."

"어차피 2, 3층은 잘 쓰지도 않잖아요?"

"잘 안 써도 있음 좋잖아."

"그거 허세예요."

차빈이 냉정하게 말했지만 하렴은 팔짱을 낀 채 들은 척도 하지 않았다. 대신 그의 뒤쪽에서 목소리가 들려왔다.

"남자는 허세가 좀 있어야 돼."

인후가 손에 김이 모락모락 나는 머그컵을 든 채 그들의 뒤로 다가왔다. 그의 말에 차빈이 눈을 모나게 떴다.

"아빠, 지금 내 편 안 들고 이 사람 편드는 거야?"

인후는 싱긋 웃으며 차빈의 옆자리에 앉았다. 그가 하렴과 차빈을 번갈아 보면서 물었다.

"요즘 정신 하나도 없지? 원래 결혼이란 게 그래."

"정말 정신이 하나도 없어. 이 사람이 막 밀어붙이니까."

결혼은 원래 그렇게 하는 게 좋다지만 모든 게 너무 일사천리로 휙휙 진행되고 있었다. 차빈이 하렴을 흘겨보자 그가 억울하다는 표정을 지었다.

"밀어붙이는 나는 어떻겠냐? 나도 정신 하나도 없어."

그의 말에 차빈과 인후는 웃음을 터뜨렸다. 그때 차빈이 문득 생각난 듯 인후를 돌아보며 말했다.

"아빠 예복 맞춘 거, 내일 찾아올 거야."

"아아, 근데 그거 괜히 맞췄나 싶어. 하렴이 맞추는 김에 옆에서 맞추긴 했는데……."

인후가 주저하면서 말하자 차빈과 하렴이 두 눈을 크게 떴다.

"왜?"

그들을 향해 인후가 씁쓸해 보이는 얼굴로 대답했다.

"내가 너희 결혼식에 가도 되나 싶어서……."

그랬더니 차빈과 하렴이 거의 동시에 말했다.

"당연히 와야지, 아빠."

"당연히 와야지."

조금의 망설임도 없는 그들의 대답에 인후는 눈물이 날 것만 같았다. 행복하다란 생각이 절로 들었다. 자신 같은 사람이 이렇게 행복해도 되는 건가 싶었다.

"고맙다, 고마워. 정말 고마워."

도미호텔 웨딩홀.

높은 천장과 그곳에 드리워진 화려한 조명, 자작나무로 꾸며진 웨딩 무대는 1시간 후에 완벽한 부부가 될 신랑과 신부를 기다리고 있었다.

그 시각, 신부대기실 안으로 네이비 빛깔의 슈트를 입은 남자가 들어섰다. 그의 꽃 같은 미모에 신부대기실 안에 있던 사진작가가 깜짝 놀랐다.

"어머, 시윤아!"

대기실 안으로 들어온 시윤을 발견한 차빈이 의자에 앉은 채 반갑게 손을 흔들었다. 웨딩드레스를 입고 있는 그녀에게로 시윤이 다가섰다.

"너 완전 멋있어졌다?"

차빈은 어른스럽게 변한 시윤의 모습을 칭찬했다. 그러자 시윤이 장난스럽게 물었다.

"저 놓친 거 후회되죠?"

그의 말에 차빈이 작게 웃음을 터뜨리는 사이 시윤의 뒤로 남자 한 명이 더 나타났다. 시윤이보다 더 작은 얼굴에 이목구비가 빼어나게 잘생긴 그 남자의 등장에 차빈이 내심 놀라며 물었다.

"친구랑 같이 왔어?"

질문을 하면서 차빈은 남자의 얼굴을 계속 관찰했다. 어디선가

본 적이 있는 얼굴이었던 것이다. 저렇게 잘생긴 얼굴은 흔히 볼 수도 없는데 말이다.

"네, 이 녀석도 배우예요."

시윤의 대답에 그제야 차빈은 고개를 끄덕였다.

'그래서 낯이 익었구나. 이름도 좀 생각이 나려고 하는데…….'

텔레비전에서 몇 번 본 적이 있는 남자가 차빈을 향해 고개를 까닥 숙였다가 들었다. 차빈은 무의식중에 남자의 하늘 높은 줄 모르는 높은 콧대를 슥 훑으며 말했다.

"네, 반가워요. 근데 혹시 이름이 권혁 맞아요?"

"……네."

짧게 대답한 권혁이 갑자기 차빈을 경계하듯 뒤로 물러섰다. 그가 시윤 쪽으로 고개를 돌리며 나직하게 말했다.

"야. 아무래도 네 아는 누나가 나한테 반한 것 같아."

생뚱맞은 그의 말에 시윤은 노골적으로 미간을 찡그렸다.

"뭐? 말도 안 되는 소리 하지 마. 저 누난 나한테도 안 반했어."

"그러니까."

권혁이 답답하다는 듯이 입을 열었다.

"나한텐 반한 것 같다고. 내가 정말 말도 안 되게 엄청 잘생겼잖아."

순간 차빈의 입에서 헛웃음이 터졌다. 허- 정말 별난 캐릭터네. 웃고 있는 차빈을 슥 돌아본 권혁이 여전히 그녀를 경계하면서 물었다.

"설마 저 때문에 이 결혼을 엎고 싶어지신 건 아니죠?"

풉, 차빈이 웃음을 터뜨렸다. 그녀가 미소를 지은 채 그를 향해 말했다.

"나가시는 문은 들어오신 문과 동일합니다."

"감사합니다. 나가는 문이 헷갈렸는데."

권혁은 전혀 어색해하는 기색도 없이 깔끔하게 대답했다. 이런 일이 굉장히 익숙한 모양이다. 신부대기실을 나가는 권혁의 뒷모습을 보면서 차빈이 중얼거렸다.

"재미있는 친구네."

"맞아요. 그래서 친하게 지내고 있어요."

시윤은 웃는 얼굴로 대답하고는 차빈을 물끄러미 바라보았다. 신부 화장을 하고 새하얀 드레스를 입고 있는 차빈의 모습은 정말 아름다웠다.

"결혼 축하해요, 누나."

시윤이 자신을 초롱초롱한 맑은 눈동자로 쳐다보고 있는 차빈에게 말했다.

"고마워."

차빈이 싱긋 웃었다. 그녀를 보며 시윤도 미소를 지었다.

잠시 후, 결혼식이 시작되었다. 신부의 부모석에는 인후가 자리하고 있었고, 신랑의 부모석에는 정섭이 앉아 있었다. 제일 뒤쪽에서는 하렴과 차빈이 동시 입장을 준비하고 있었다. 행진곡이 울리기 직전, 차빈이 하렴을 올려다보며 물었다.

"제가 이 말 안 했죠?"

"무슨 말?"

하렴이 그녀에게로 고개를 숙이자 차빈이 미소 띤 얼굴로 말했다.

"저랑 결혼해줘서 고마워요."

하렴의 얼굴에 환한 미소가 걸렸다. 다음 순간 그가 진지한 표정으로 그녀와 똑같이 물었다.

"내가 아직 이 말 안 했지?"

"무슨 말이요?"

"너만 내 곁에 있으면 나는 완벽해져. 고로, 나는 지금 완벽한 남자야."

하렴의 행복에 찬 달콤한 눈빛이 차빈에게서 떨어질 줄 몰랐다. 그때 행진곡이 울리기 시작했다. 차빈이 하렴의 팔에 팔짱을 꼈다.

"가요, 우리."

그들의 완벽한 부부가 되기 위한 행진이 이제 막 시작되었다.

세상에 완벽한 사람은 없다. 서로의 부족한 점을 채워줄 완벽한 상대가 있을 뿐.

-마침-